The Two Deaths Of Daniel Hayes

死了兩次的丹尼爾

馬可斯・塞基 Marcus Sakey——著
陳相如——譯

臉譜小說選 9

死了兩次的丹尼爾

The Two Deaths Of Daniel Hayes

作　　者　馬可斯・塞基 Marcus Sakey
譯　　者　陳相如
特約協力　黃麗玟
封面設計　Joe Huang
文字排版　林翠茵

業　　務　陳玫潾
行銷企畫　陳彩玉、蔡宛玲
主　　編　朱玉立
總 編 輯　劉麗真
總 經 理　陳逸瑛
發 行 人　凃玉雲

城邦讀書花園
www.cite.com.tw

出　　版　臉譜出版
台北市民生東路二段141號5樓　02-25007696

發　　行　英屬蓋曼群島商家庭傳媒股份有限公司城邦分公司
台北市民生東路二段141號11樓
讀者服務專線：02-25007718；25007719
服務時間：週一至週五9：30～12：00；13：30～17：00
24小時傳真服務：02-25001990；25001991
讀者服務信箱E-mail：service@readingclub.com.tw
劃撥帳號：19863813 書虫股份有限公司
城邦讀書花園網址：http://www.cite.com.tw
臉譜推理星空網址：http://www.faces.com.tw
臉譜出版噗浪網址：http://www.plurk.com/faces
臉譜出版部落格網址：http://facesfaces.pixnet.net/blog

香港發行　城邦(香港)出版集團
香港灣仔駱克道193號東超商業中心1樓
電話：852-25086231/傳眞：852-25789337
email：hkcite@biznetvigator.com

馬新發行　城邦(馬新)出版集團
Cité(M) Sdn. Bhd.(458372 U)
11,Jalan 30D/146,Desa Tasik, Sungai Besi,
57000 Kuala Lumpur,Malaysia
電話：603-90563833/傳眞：603-90562833
email：citekl@cite.com.tw

初版一刷　2012年3月6日

定價380元 (本書如有缺頁、破損、倒裝，請寄回本社更換)

國家圖書館出版品預行編目資料

死了兩次的丹尼爾 / 馬可斯・塞基(Marcus Sakey)著；陳相如譯. -- 初版. -- 臺北市：臉譜出版：家庭傳媒城邦分公司發行, 2012.03
面；　公分. -- (臉譜小說選；9)
譯自：The Two Deaths Of Daniel Hayes
ISBN 978-986-121-740-6 (平裝)

874.57　　101002783

〈推薦序〉

現實人生處處是戲，重點在於：我是誰？

臥斧（文字工作者）

某個人物在一部影片中死掉下葬，觀眾為他大灑傷心淚，結果他在下一部影片中又復活了，改扮成阿拉伯人，他們非常憤慨。

——《一百年的孤寂》

在馬奎斯的偉大作品《一百年的孤寂》中，有這麼一個段落：

馬康多小鎮開始漸漸繁榮後，出現了第一家電影院，鎮民們本來覺得十分新奇，但沒多久就發現電影裡頭的種種根本不是真的——同一個演員，在這部電影裡死去，居然下一部電影復活、還變成另一個角色，於是大為生氣，不但感覺自己受到欺騙，也認為「……自己的煩惱那麼多，實在沒心情為虛構人物的假苦難虛擲淚水」。

如果他也讀過這個段落，或許會感同身受。

他驚醒時發現自己全身赤裸、半死不活地泡在海裡，好不容易從海裡把自己拖上岸後，他發覺自己不知道這兒是哪裡、自己在這兒做什麼，更糟的是，他想不起來自己是誰——就像個半路登臺的演員，搞不清楚自己飾演的是什麼角色，也就不知道自己現在要做什麼才對。他在附近找到一部沒上鎖的車、在車裡找到合身的衣褲，置物櫃裡有車子的註冊卡和保險證，用的名字都是「丹尼爾・海斯」——這是他的名字嗎？如果是的話，丹尼爾・海斯為什麼放著沒上鎖的名牌車不管，脫個精光跳到海裡去呢？

《死了兩次的丹尼爾》，故事開始。

主角醒過來之後，發現自己突然間得面對好多煩惱，但他居然還記得要定時收看電視影集，並且因為這個舉動而得出了某些若有似乎的線索，進一步肯定自己的身分。隨著情節開展，我們發現，「戲劇」的相關元素，在這個故事裡占有舉足輕重的地位：記憶回歸的片段，作者馬可斯・塞基以劇本的方式呈現；不斷變換身分的某個角色，感覺就像是在不同劇碼間遊走的演員；丹尼爾由東岸到西岸橫越美國的過程，活脫是部找尋自我的公路電影；而惡黨的設局與主角的計畫，則像是不同編劇之間，透過發展迴異的劇本在相互較勁。

除了直接應用戲劇元素外，這個故事的架構也呈現了戲與人生的關係。

小說故事本身常是一套戲，但在現實生活，每個人都是自己這齣戲的唯一主角；《死了兩次的丹尼爾》明白的反應了這個情況，用每個角色各自的劇碼套疊組成完整的故事，在事件的發展當中，只有偶爾合作、偶爾衝突、偶爾共舞、偶爾獨演的不同橋段，沒有任何一個角色看清全貌。

在這樣紛雜串接的劇本裡頭，放進一個失憶的主角，便更添一層深意。

失去記憶，代表主角不確定在先前理應屬於自己的劇情當中，誰已經死了、誰可以信賴、誰是敵人、誰是朋友、別人對自己做過什麼，以及自己對別人做過什麼——也就是說，他不確定自己在這戲裡的角色到底是什麼身分。因此，他必須隨時分辨、重建，並且在一發現自己的判斷有誤時，馬上對擬好的後續情節做出更動；尤有甚者，他得要搞清楚自己過去的角色是怎麼回事，同時也得決定：這個角色接下來該怎麼辦？是要照著好像終於弄懂了的劇情繼續發展？還是應該修正、改變，讓這個角色呈現不同的面貌？

畢竟所有的未來，都與弄清楚自己是誰有關。

馬康多淳樸的鎮民們想得沒錯：自己的現實麻煩已經夠多了，當然沒心力去為虛構人物的問題操心。但鎮民們如果再往深裡想，就不難發現：現實人生其實也處處是戲，只是有計畫的不見得能照劇本走，沒計畫的就得即興演出，稱職一點的能寫出好劇本，沒什麼想法的就只能打迷糊仗。那些「虛構人物的假苦難」，倘若著落到自己或者周遭親友的頭上，就會變成貨真價實的麻煩；是故那些「別人的故事」，並不是完全事不關己，而看戲劇讀小說時所產生的同理心，其實正是旁觀他者人生時，最能滌清自己的人性溫柔，在認識這些經歷「假苦難」的他者後，對於真實世界的自己，也就能夠了解得再深入一點。

這是戲與人生奇妙的交互作用，也是《死了兩次的丹尼爾》獨到的閱讀趣味。

獻給史考特．米勒（Scott Miller）與班．塞威爾（Ben Sevier），
他們兩人從一開始就是我的支柱。

第一幕

所有的未來都需要以身分為前提，或者，是要符合身分的。少掉了牢籠般的規範。在身分不穩定的處境下，那個狀態是純粹而自由的。

——《偶遇者》，娜汀．葛蒂瑪[1]

---

1 Nadine Gordimer（1923-），南非作家，一九九一年諾貝爾文學獎得主。本段譯文出自她二〇〇一年的作品《偶遇者》（*The Pickup*），九歌出版。

他赤裸裸、冷冰冰，冰得像具屍體，全身的血管早已結凍。精心鍛鍊過的堅硬肌肉上，爬滿雞皮疙瘩，肌腱緊繃，皮膚滿是刮傷，身體微微顫抖。有東西爬過雙腳，絲絨般的觸感讓人膽顫心驚。他倒抽一口氣，結果也把海水吸進肺裡，鹹味滑過了喉嚨。他閉緊著嘴巴，努力往前爬行，在一堆黑色大石頭上胡亂摸索。大海想把他拖回去，他依然奮戰不懈，浸在海中的雙足布滿傷痕。他像個孩子似的努力向前爬。

浪潮退去，一顆顆小卵石探出頭來，好似一顆顆骨頭、一粒粒骰子、一個個電子。一隻海鷗尖叫飛過，聲音透著孤獨淒涼。

肺在燒，他得用雙肘才能撐起身體；開始嘔吐，張開的嘴中湧出一串鹹水、胃液等液體。起初酸液很多，接著漸漸變少，最後他吐掉幾口酸液，肺部很快就有空間容納空氣。嗯，有死魚的腐爛味道。

吸進去，咳出來。不斷重複這個動作，沒錯，就是這樣！

這雙手彷彿不是他的，手的膚色比牛奶還白，猛抖個不停。他根本無法讓手停止顫抖，而他也從未如此冷過。

他在這裡做什麼？

像是從夢遊中甦醒，他什麼都想不起來。不過這都無所謂了，現在全身冷冰冰的，快冷死了，如果想活下去，就得趕快離開這個鬼地方。

他往旁邊一滾，是個天堂般的沙灘啊！星空下的海水宛若泡沫閃動，流向一處水流緩慢、布滿海草的淺窪，海水拍打著帶刺海草，海草整株連根都彎了，放眼望去，視線內並無人跡。

一定得離開這裡。肌肉疼痛得讓他想大叫，搖搖晃晃中努力起身後，他試著踏出一步。腦子想發出指令，但傳輸思緒的器官早已凍僵，彷彿過了萬年之久，雙腳才有反應。他低頭一看，兩隻腳上全是血。

一步，又一步，海風拍打濕淋淋的皮膚。這片海灘是個陡峭的斜坡，每走一步都幫助他慢慢拿回肌肉運作的控制權。這過程中，肌肉慢慢暖和起來，喔！老天啊！真想不到肌肉變暖是這樣的感覺，如同刀割、釘刺、血液感染、人在發燒似的。他全神專注的呼吸，每個呼吸都是一次重要的標記。再一下！再五下！二十下以前不能停下來。你這個混蛋，快呼吸！

海裡的大石頭裂成小卵石，紛紛滾落，讓出空間給尚未破裂的大石頭，各式各樣包覆青苔的石頭說明了背風面在哪，也隔出一片深水潭，潭中有著尖銳物在等著。他跌跌撞撞走過一塊又一塊石頭，最後來到沙灘頂端。

映入眼簾的是一處荒蕪枯寂的土地，只有黑色的巨石與冒泡的海洋，天空中飛過幾隻小鳥。不對！等等。

他眨眨眼睛，試圖對準焦距。地上有兩條細細髒髒的軌跡，軌跡終點是一個有顏色、看似箱型的點。那是一輛車！雙腿緊繃、呼吸急促，他沒法強迫肺吸氣。吸飽了空氣，發抖的狀況減輕許多。雙腳不小心拐在一起，全身仆倒，真是個壞兆頭。車子已經近在眼前了，地面上有灰白的雜草，上面還有蟲咬的痕跡。地面狀況沒有那麼糟，算得上柔軟的。現在容易多了，比較容易往前行進了。

不！

爬呀！雙肘磨破了，雙膝磨破了，兩隻前臂淤青了。藍莓、藍色的海水、湛藍的眼睛。

他碰到車子的後車廂，靠著車撐起身子，車子的外殼泛著寒氣。他屈著身子走到車門邊，僵硬的手指握住門把。

拜託！拜託！

車門打開了。他巧妙的繞過車門，一頭栽進滿是皮革味的車中。雙腳無法動彈，只能用手將腳抬進車裡，一次抬一隻腳。握住發亮的門把，用力關上門，一瞬間狂嘯的風聲止息了。

這車不是用鑰匙發動，而是按扭。他用力按下，沒按到，再按一次。引擎轟隆隆的活了過來。

這男人將暖氣開到最大，然後癱倒在車座上。

□

真是舒服。一開始，溫暖的空氣帶來疼痛，慢慢才逐漸舒緩。男人把頭往後靠，盯著車頂看了一會兒，他十分滿足的看著眼前飄蕩的小塵埃，但只有在他不分心時，才看得到那些浮塵。他不去想目前身處何地、為什麼在這裡，也不去想這是誰的車、應該何時歸還，更不去想萬一車主看到一個赤裸的男人癱在昂貴的皮革椅上時，會有多不高興。

此刻的他，如同一隻龜縮在巢穴中的膽小動物一般，他鎖上了門，讓暖氣四溢。

過了很久，久到腦子全放空了，他才發覺自己回了神。他看起來像是小憩醒來，語言、疑問如十月樹上的落葉紛紛落下，但落葉被風狂捲著，始終觸不著地。

汽油，一桶汽油的標誌。汽油，那是……

喔！他直起身體，揉揉眼睛。全身的肌肉依舊疲憊，還沒有恢復氣力。燃料表上標示的汽油幾乎滿格，接著，他熄了火。

所以，這裡究竟是哪兒呢？

這輛車非常豪華，方向盤上的標誌顯示這是一輛ＢＭＷ，燃料表的樣式和飛機駕駛艙的一樣：

皮革座椅、鋁製方向桿、電腦螢幕的儀表板。車裡一團亂，座位腳邊有襪子和一雙Nike球鞋；駕駛座旁的椅子，堆滿了雜物，有地圖、外帶食物的袋子、汽水杯、空的大麻包裝袋、加油站收據、破損的美國公路地圖，和一瓶剩下五分之一的傑克・丹尼爾威士忌，威士忌只剩下一點點了。

啊—哈！

他打開威士忌，大口一吞，裡面所剩無幾的威士忌馬上少了一半。這真是讓威士忌在體內燃燒的最佳方式。

現在他不至於死了，雖然感覺很孤獨，但車外世界卻有了一種荒蕪之美。除了車開來時留下的那兩道窄窄的車痕，四方杳無人煙。從剛剛爬進車子到意識漸漸恢復的此刻，他連半個人影都沒看到。

所以，接下來……

究竟他是怎麼來到這裡的？

這到底是什麼鬼地方？他到底在這裡幹嘛？

冷靜，別驚慌，你現在是安全的，只要想想發生過什麼事。你是怎麼跑到這裡的。你……你……

啥也想不起來。

他閉上雙眼，緊緊閉著。然後，再次張開雙眼。

眼前一切如舊。喝過酒嗎？嗑過藥嗎？*回頭想想。你曾經……*

你曾經……

這就如同他偶爾會面臨的糟糕狀況：在陌生的環境中醒來，或在朋友黑漆漆的客廳中醒來，或在一間旅館中醒來。醒來後，腦子總會有段短路時間，可是驚慌、伺機而動、恐懼、神經緊繃等情緒會自動開始運作，等著接觸現實的狀況、等著正常狀態如同一條溫暖的毛毯落到身上。不知所措的時刻總會過去的，會過去的，然後他就能想起自己在哪裡，以及那裡做些什麼。

對吧？

他放下威士忌，雙手抓住方向盤，集中精神。

集中精神！

車外冷風颼颼，樹木看來猶如著火一般，向上延伸的深黑色樹幹，好似兩隻寬闊的翼，枝上的黃、橘枯葉，則像是火焰燃燒後剩下的最後餘燼。

好。肯定發生過什麼事情。有體溫過低的症狀，有驚嚇過度的症狀，不能太勉強情緒。逗一逗，哄一哄，情緒就像你眼前飄蕩的小塵埃，沒辦法抓到眼前，沒辦法擱在中央。那就放在一旁吧！

腦子似乎開始運作了，用用腦子，你現在在哪裡？

一個寒冷的岩灘。他嚐到嘴唇上的鹽巴，可以確認是在海邊。但是，是哪個海呢？

這個問題很瘋狂，但他總得想出答案。他會將問題與答案交叉比對，然後導出結論。目前儀表板上標示的時間是七點四十二分，陽光照射在海浪上的光影比剛剛亮了一點，這意味著：現在是早上。而看得到東方在哪一邊，則說明了：這裡是大西洋。所以，他應該還在美國。對了！他還有公路地圖。

好！大西洋。再繼續推論：又冷，岩石又多的海灘，且居民稀少，這會是緬因州嗎？應該是吧？

誰說不是呢！思緒一轉，他脫口而出：「這裡就是緬因州。」他的聲音沙啞，開始咳嗽，還持續咳了一會兒。「我在一輛BMW裡面，現在是清晨。」

沒其他想法了。

一個銀行專用信封被捲成一團擱在汽車杯架上。信封裡有一疊二十元鈔票，應該有幾百元。信封底下有個東西閃著銀光，竟是一支勞力士Daytona系列不鏽鋼腕表。挺不賴的表，超級讚的表。

還有什麼呢？他傾身打開車前的置物櫃，裡面有一本使用者手冊、一個BMW專用鑰匙圈、三枝筆、一包Altoids牌水果糖、一包未開封的大麻，還有一把黑色手槍。

他瞪著這些東西。一本使用者手冊、一個BMW專用鑰匙圈、三枝筆、一包Altoids牌水果糖、一包未開封的大麻，還有一把黑色手槍。他注意到那是一把半自動的手槍，也納悶自己為什麼能知道那些是什麼，卻不記得自己在沙灘上醒來前到底在哪兒。更糟的是，甚至不記得自己所持有的……

停止。別往那方向想。如果你不想面對，那或許就不是事實。

後車廂。

他走下車，狂風颼颼刮著他赤裸的身體，雞皮疙瘩爬滿皮膚，冷到連兩粒睪丸都想縮回肚子裡取暖。踮著染血的腳趾，他輕手輕腳走到車尾。

後車廂裡該不會有具屍體吧？手上銬著手銬，頭上中了一槍，還有可能被包在毯子裡，髮絲與鞋子散亂四處。

不！後車廂裡只有車子的跨接電纜，還有一個上面有隻紅色鬥牛眼的塑膠袋，Target百貨的袋子。他打開袋子，裡面有一件名牌牛仔褲，一件褲襠帶點黃黃的白色內褲，一件皺巴巴的拳擊用短內褲，和塞成一團的襪子。這是某個傢伙的洗衣袋。

他看了看四周。一不做，二不休！

他抖一抖內褲，腳一跨，穿了上去。牛仔褲料子很柔軟，布磨破了，但是看起來很高檔。不像是Target的衣服，也許Target的衣物是拿來變裝用的。頭一伸，他穿上T恤，砰的一聲關上後車廂。他再度爬回車裡，車裡的空氣真是美妙，暖和到讓人窒息。腳一套，他穿上運動鞋，一瞬間腳臭味四溢。

然後他坐著，瞪著窗外。

他怎麼會知道紅色鬥牛眼睛是Target的品牌標誌？他怎麼會知道那支手表是勞力士的？他怎麼會知道傑克．丹尼爾是威士忌品牌，而他又怎麼知道自己喜歡喝威士忌？

他怎麼知道BMW的鑰匙圈上有一個感應晶片，可以啟動車子的引擎鈕？怎麼知道緬因州是在東北角？怎麼會辨識體溫過低的症狀？又怎麼能只看了那疊二十元一眼，就知道那有好幾百元？這些事情他都知道，卻無法記得自己該死的……

他伸手拿了置物櫃裡的使用者手冊，小心翼翼不去碰到手槍。使用手冊的封面是黑色皮革的，手冊封面內裡塞著一張註冊卡、一張保險證明。註冊卡和保險證上的名字都是丹尼爾．海斯，住址是：加州馬利布市萬德米爾路六七二三號。

哈！

他爬出車子，走向車尾看了一眼，這的確是加州的車牌。

誰會開著一輛九萬美金的車到處閒晃，還把鑰匙放在車子前座置物櫃裡？那人跑到什麼地方去了？

還有這些衣物，鞋子很合腳，牛仔褲似曾相識。

自稱丹尼爾．海斯只是個開始，就像試穿牛仔褲一樣，名字當然也能試用。

丹尼爾回到車裡，戴上手表，點燃引擎，開動車子。

□

從地上兩條車痕可以看出，車子開過了一條泥巴路。這條泥巴路又通往一條鋪過柏油的道路，路雖是鋪過，但也只是稍微不那麼坑坑巴巴、崎嶇不平而已。最後在兩條道路的交叉口處，瀝青已近乎消失，只剩下一個路標，標示著美國國道一號，往北是馬柴厄斯，往南是往艾爾沃斯。

他停在路肩，坐著觀看四周。一輛破爛不堪的小客車駛過，開往南方。一分鐘後，一輛喜美往北駛去。

「生命繼續前進。」他說，然後笑了，笑聲中帶著幾分歇斯底里，他總是這樣子自言自語嗎？可能喔！可能你就是一個口咬手榴彈、強姦侏儒、為祕密政府殺人的……

他發動車子，開上高速公路，駛向南方。

天空清澈，沒有大塊的灰雲，鮮豔的藍天並未遭到破壞。BMW阻隔了外面的世界，只能聽到很柔和的嗡嗡聲。他的視線模糊，雙手和頭都很沉重，但令他高興的是，他看到其他車子的車牌上寫著：**緬因州**。

所以，他並沒有失去神智；或許，他只是稍稍失去了記憶。

假設，這車並不是他偷來的，車子的保險又還在有效期限內，那就意味他駕著這輛車行駛了三千英里。而開了三千英里後又跑去海裡游泳，光這些就足以使他的心臟停止跳動了。他究竟為什麼要這樣做？

丹尼爾揉揉眼睛，他的手好粗糙。眼皮有如千斤重，他得找一間汽車旅館，好好睡上一星期！醒來之後，應該就會好很多，屆時他就會想起他是……

千萬別承認！承認了就表示你精神錯亂了。

……他來這裡做過什麼，就會一切明朗了。

他經過一個小鎮，沿路他不停掃視著，一道白色的圍牆，一間傾頹的教堂；一個女孩踩著腳踏車，把手上還有彩帶飄揚；人行道、鎮公所，還有一個海外作戰退伍軍人協會，協會還附設了一間星期五炸魚店。道路另一側約一英里遠處，有個路邊廣告看板，秀出松樹汽車旅館還有空房間。隱沒在高速公路旁的旅館是棟低矮、外觀布滿煤屑的建築物。不錯！很好！太棒了！

汽車碾過鋪滿砂石的停車場，輪胎劈啪作響。走下車，他走在一個有鳥鳴聲、有冷冽太陽光的停車場，一路經過了幾輛髒兮兮的小貨車、一排用來掛運動用來福槍的架子，以及手繪的迷彩圖案。

旅館大廳位在主要建築物凹進去的僻靜空間，裡面就只放了一張桌子。大廳內空無一人。牆上掛著一幅技巧好得驚人的畫作，畫的是一隻鹿躍過一棵倒塌的樹。畫家抓住了動物驚恐的神韻，筆觸勾勒出威脅險惡的氣氛，作為背景的陰暗森林有一股童話般的黑暗氛圍。他看得出獵人就在畫作邊緣處一步步逼近，真正的危險遠超過那隻可憐動物所能感知到的。

「我能為您服務什麼嗎？」

丹尼爾快速轉身。一個女人撥開了珠簾，他無法判斷對方的歲數，看起來像是飽經滄桑的三十歲，也像是還很迷人的五十歲。

「喔，抱歉，我只是很佩服賞這幅畫。」

「我先生畫的，真不懂他為什麼要那麼費工去畫這些東西，一點用都沒有。我要他直接在上頭畫些新的，可是他卻還是保留著。」

「他是該保留下來的，」丹尼爾說，「他很有天分。」

「他已經花了很多時間在畫畫上，天知道他到底有沒有才華。」

好個幸運的傢伙，竟然有個像你這樣的妻子。「我……喔！我想要一間房。」

「單人房還是雙人房？」

「無所謂，都可以。」

「單人房比較便宜。」

「那就單人房，單人房就好了。」

女子坐到電腦前，開始打字。「四十元，要住多久？」

「我……我不確定，今天是星期幾？」

女子看了他一眼，根據他的解讀，那女人的眼神像是在嘲笑他是個城市鄉巴佬，但女子還是回答：「星期三。」

「好，就先住今天。」週三。不。沒事。他將銀行信封袋放在櫃檯上，女人看了信封袋一眼。

「你說四十元？」

她點點頭，他抽出了兩張二十元。

「名字？」

「丹尼爾・海斯。」

「信用卡？」

「嗄？」

「要刷押金。」

「我丟了皮夾。要不這樣，我多給你四十元當押金？」

女人的眼睛瞇了一下，但還是拿了錢。「中午退房，不可抽菸，你住七號房。」

「房裡裝了有線電視，對吧？」他焦急的問，然後又悶哼了一聲：「嗄？」這個字不由自主的從他嘴裡冒出。他到底在擔心什麼……女人盯著他看，他只好說：「你知道，就是電視嘛，你們有那玩意兒吧？」

「電視，有畫面的神奇盒子嗎？」

「對，抱歉。」他揉揉眼睛。「我有點頭昏腦脹的。」

女人從沉重的黃銅架上拿了鑰匙遞給他，指了指大廳的另外一頭。「往那走，製冰機和販賣部直走到底。」

第七號房竟然是一間十乘以二十呎的長方形房間，裡面有一張雙人床，家具都是塑合板製的。電視遙控器固定在床頭櫃上，窗簾鑲著黃色的蕾絲邊，將房間點綴得像是在辦喪禮一般，還散發出一股化學芳香劑的味道。

甜蜜的家！

丹尼爾將信封丟在梳妝台上，走向浴室，在浴室外猶豫了一會兒，還是將手伸向電燈開關。或許這時刻該做點什麼事，隨後就會越來越明朗化。震驚有時會如濃霧一般，接下來，他就能想起所有事情，然後大笑一場，帶著輕鬆的心情沉沉睡去。

那麼，你還在猶豫什麼呢？

這不難了解。萬一你看著鏡子，卻認不出自己，那該怎麼辦？

還是看吧！

丹尼爾輕輕拍了一下開關。日光燈閃了閃才亮，照亮了鋪著亞麻地毯的地板和富美家牌的洗手台。

結果，濃霧並沒有散去，面紗尚未掀開，鏡中的男人無法提供任何的答案。

鏡中的他，看起來很疲倦，有一堆挫傷，精力耗盡，頂著兩個黑眼圈，但或多或少還有點熟悉。短暫的暈眩瞬間襲來，讓丹尼爾一下子分不清哪個是他，哪個是鏡中倒影。鏡中人活像一個剛剛掙脫禁錮、開始獨立活動的幽靈，正如同他也是剛剛才掙扎脫困活了下來。

「我不覺得自己發瘋了。」他說，鏡中人也同意。「我只是無法……我無法……」喉嚨中忽然冒出酸味。「啪」一聲，他關掉電燈，步出浴室，一邊走一邊從頭上拉掉骯髒的汗衫。

睡覺吧！他應該可以睡上很長一段時間，等醒過來時，就會想起一切。他會想起一切的，他也必須想起一切。

親愛的老天爺，拜託了。

□

他的夢境裡全都是些讓人嚇出一身冷汗的內容，巨大、陰森的狀態不斷向他襲來；一些指指點點的手指，彷佛災難即將逼近。夢境不停的改變，他靠在一棟高樓的邊緣，在一輛失去控制的車上摸索著安全帶，或是步向橋下方的黑影，而未知可怕的事正在橋下等著他，夢境隨著一個又一個的夢不停變換，夢境的本質卻是一樣，他在每個夢中都是髒兮兮的，失去方向，無助的想要防止悲劇發生。

喇叭聲與汽車呼嘯而過的聲音吵醒他——一輛十八馬力的車子駛過。他猛然坐起時，以為自己是在方向盤上睡著了。但不是，床單凌亂潮濕，汗濕的枕頭印出頭型。

「可惡！」

鬧鐘面版上顯示「4:17 P.M.」，他已經睡了差不多五個小時了。丹尼爾拉開窗簾，往外看到這家可愛汽車旅館的標誌，穿過街道，對面有一個加油站，頭頂上是火紅的天空。才下午四點，太陽就開始西沉。這些人都沒搞頭了。

真詭異。並不是車牌、保險卡讓你明白你不屬於這裡，你就是知道這裡不是你的家。

丹尼爾從糾結成一團的毯子裡爬出來，慢慢踱步走向浴室。他燈也不開就扭水龍頭，然後在臉上和脖子上潑了潑水。

該是認清現實的時候。他不知怎麼的忘了自己是誰。

那麼，你知道些什麼呢？

他在一個海灘上醒來，當時呈現半死的狀態，全身赤裸。他嗑藥了？還是，挨了打，失去意識，被強行帶到那裡？倘若如此，為什麼還要留一輛車給他？還要讓他發現車子？

比較有可能的狀況是，他自己到了那裡。從車子裡的東西來看，威士忌、大麻、一堆垃圾，他有可能開了很久，有可能是從加州一路開過來。從陽光普照的馬利布市開到黑暗的大海，大海裡暗藏危機，就在那裡他……

他……

老天爺！他試圖殺死自己。

不然，要怎麼解釋這一切。車上沒有錢包、海灘上沒有衣服、沒有手機。他一定是走向了大海。他可以想像那個畫面，夕陽的光線陰冷，幾乎要打破地平線。習慣使然，他踢掉鞋子、脫下手表，然後意識到這一連串的動作實在沒必要。他走入水中，因驚嚇而退縮，骨頭因寒冷的潮水咯咯作響。他一直走到能潛水的深度，然後開始游泳，一邊游一邊剝去身上僅剩的衣物。穿過碎浪，他的心混亂不已，渴望一死，同時又奮力求生。深深潛入如子宮一般黑暗的大海，張開嘴，邀請海水進入體內……

丹尼爾，你還真夠戲劇性的？

他完全搞不懂那些，並不是很懂。或者，他只是想要泡一下水。該死，或許他根本就不是丹尼爾・海斯。他什麼都不確定。

一件一件來。先洗澡，然後找食物。他快餓死了，即便他還無法將自己的事拼湊完整，但如果不希望自己像個動物，如果想相信自己還是個人，或許就從簡單的事情開始做起。

在浴室中，他扭開熱水，將四角內褲脫下，隨意丟在馬桶水箱上。在等待水變熱前，他看著鏡中的身體：皮膚有一種不健康的蒼白，雖然手臂有些肌肉，但肚子已經呈現三十出頭的軟趴趴狀態。抓了抓肩膀和背部的交接處，**感覺我以前看起來好多了**。他踏進淋浴間，用水沖洗全身。

淋浴後，他在腰上圍上浴巾，開始研究這房間。牆上有一幅灰色調的油畫，是深黑色海浪沖刷過後露出一角的岩石，浪花濺得飛高，濺起的白色水滴與暴風雨前的黑雲形成對比。整幅畫面透露出強烈的孤獨感，狂暴的風雨與海浪更顯凶狠無情。那一點水滴如同雲朵上的一滴淚，渺小又遙遠。他不禁在心中與畫家對話：

是啊，嗯，一旦你娶了那種女人，人生希望就會越來越渺茫，且慢慢遠離你。

丹尼爾拿起床頭櫃上的電視遙控器，打開電視。五點五十八分，時間還沒到。他不停轉台，停在美國有線電視新聞網，沃爾夫・布利茲爾[1]真像個父親。巴勒斯坦人和以色列人還在打個不停，蘇丹境內達佛地區（Durfur）依舊是人間煉獄，俄羅斯仍然在衰退……丹尼爾按了靜音裝置。

1 Wolf Isaac Blitzer（1948-），美國新聞記者。一九九〇年起成為美國有線電視新聞網（CNN）的播報員，現為數個新聞性節目的主持人。

他的胃糾結起來。天啊，他快要餓死了，得快點找點東西吃。即便如此，還是先試試看能不能找到一點幫助。

電話又黑又舊。他拿起話筒，撥了查號台，然後聽到一個機器聲調，之後是另一個機器語音：「歡迎使用查號台服務。英文請按『一』，西班牙文請按『二』……」

他按了「一」。

「請說州名與城市。」

「加州，洛杉磯市。」

「請說姓名或是您要搜尋的職業……」

「丹尼爾．海斯。」

「請稍等，我將為您查詢。」

他等著，手指纏繞著電話線。過了一會兒，無聲狀態消失，客戶服務中心的無言狀態結束，一位接線生不帶情感的聲音響起：「謝謝您使用AT&T查號台服務，為確保服務品質，電話內容將錄音存證，請拼出您要尋找的人名。」

「海斯，H—A—Y—E—S，名字是丹尼爾。」

「謝謝。」敲打鍵盤的聲音。「先生，很抱歉，該用戶的電話並未登錄。」

「你聽好了，這是緊急事件。我一定得找到丹尼爾。」

「先生，很抱歉，我不能給您未登錄的電話。」

「可以請你幫我轉接嗎？」

「先生，很抱歉，我沒辦法。」

「拜託！」他一邊說，一邊試圖避免聲音透露出他的沮喪。「如果你幫我轉接，會出什麼問題？

我還是不會知道那個電話號碼啊！」

「先生，我很抱歉，我……」

「對啦，你就是什麼屁事也不能做。」他用力掛上電話，電話發出了一陣可怕的聲響。五點五十八分，時間差不多了。他不停轉台，轉到FX頻道才停下來，這是個警匪片的綜合台。儘管電話沒法接通，他還是希望那一頭會有人接電話，他希望有人能認出他的聲音。不管是室友、愛人、兄弟、妻子都好，只要是他能夠相信、能夠引導他的人……

等一下。

時間差不多了？什麼時間差不多了？

他的肩膀一抖，就像是有人用羽毛刷過一樣。入住時，他特地確認房間裡面裝了有線電視。剛剛他還沒注意到，可惡！剛剛打開電視的時候，他的確想過「**時間還沒到**」。

靠在廉價床頭板上，他坐直了身體，消去電視的靜音。電視廣告：「信用額度差、沒有信用額度，你需要借貸」；「史威福[2]在手，您就能成為時時面帶微笑的稱職主婦」；「福特野馬全車系，讓您以無法想像的速度穿越被遺忘的道路」。

接著，節目開始了！

2Swiffer，美國寶橋家業（P&G）旗下的清潔品牌，以乾濕兩用拖把聞名。

室內場景：「媽媽的廚房」咖啡廳

時間：白天

一間西好萊塢裝潢風格的咖啡廳，正值午餐時間。美麗的顧客津津有味的嚼著有機綠色蔬菜，啜飲夏布利白葡萄酒，女服務生穿著別緻的黑色套裝。靠窗的桌子旁，愛蜜麗．史威特正坐著把玩銀色餐具，她穿著緊身T恤與名牌牛仔褲，在人群中顯得特別突出。她的面前有一盤吃了一半的開胃菜。她掃了一眼手表，嘆口氣，然後伸手去拿側背皮包。

愛蜜麗：請幫我結帳。

女服務生：讓我猜猜。他沒出現？

愛蜜麗：（勉強擠出笑容）典型的加州男人啊！

女服務生：我還會不知道嗎，都是一些抹了太多髮膠，頭髮稀少的男人。

一個英俊的男人穿過人群走過來，俊俏的下巴漂亮得連超人都會嫉妒，那是傑克．摩丁。看到愛蜜麗還在，他鬆了一口氣。女服務生偷偷的對愛蜜麗舉起了大拇指。

傑克：嗯，親愛的，我很抱歉……

愛蜜麗：沒關係。（站起來）試試這道「誰比茄」[3]。

傑克：等等……

愛蜜麗：我已經受夠了老是等你，傑克。

傑克：我會遲到是因為……

愛蜜麗：這段時間我一直相信你的謊話，希望哪天你會有種做個選擇。但是，我得到了什麼呢？（她將側背皮包甩到肩膀上）誰比茄都變溫了。

傑克：我會遲到是因為我和塔拉談過了。事實上，我們互吼了一頓。（將一隻手放到愛蜜麗的肩膀上）全都結束了，嗯，（停了一拍）我離開你姊姊了。

愛蜜麗目瞪口呆，無法決定應該要奮力跑走，還是跳入他的懷中。

背景開始播放一首性感挑逗的流行歌曲，搭配幾個快速切換、拼貼的蒙太奇畫面：一對情侶在床上，以近距離特寫呈現一個男人的雙手在女人的背上游移；高速公路上的車流擁擠，車前大燈使畫面模糊不清、影像粒子粗大；夜店裡某個女孩的大腿白皙動人；眾人圍繞著營火，後方是聖塔摩尼卡碼頭的燈光；一棟建築的一側牆壁上畫著吉姆・莫里森[4]，陽光使畫中的臉龐顯得模糊朦朧；修剪整齊的手指握著馬丁尼酒杯；最後，三個女人出現，分別是金髮、深色、紅髮，三人笑得開心不已，紅髮女子甚至笑到跌坐在人行道上。歌曲結束時，《蜜糖女孩》（*Candy Girls*）的片名在螢幕上閃閃發亮。

丹尼爾瞪著電視，這部影集不是《費麗西蒂》[5]或《新飛躍情海》[6]那種熱門影集。這部電視劇是描寫三姊妹在好萊塢尋求她們的未來，看起來主旨是關於成長與愛情，但真正的內容卻總是與「爭鬥」、「性」有關。不過抓住丹尼爾目光的並非扎實的內容、成熟的製作；也不是美國左岸幻想的「永恆青春」或風格獨特的編導，更不是引人注意的配樂。

---

3 ceviche，中南美洲名菜，源自祕魯，是用檸檬汁將生魚悶熟的一道開胃菜。

4 Jim Morriso（1943-1971），美國著名歌手、搖滾樂團「門」（The Doors）的主唱，也是一位著名的詩人。

5 *Felicity*，美國影集，敘述一個一個女高中生從高中到大學的人生過程。

6 *Melrose Place*，美國影集。故事敘述住在加州「梅若絲區」（Melrose Place）的一群年輕人，克服種種衝突困難，完成夢想的過程。

抓住他視線的是愛蜜麗。

位居中間的那個女孩，深色頭髮的那個，有著奶油般的膚色、明亮的雙眼，是一般保養品電視廣告會採用的那種模特兒，光是想像這女人的模樣，就彷佛能看到她在微笑。

情節的主軸是愛蜜麗與傑克之間的狂暴關係，由此發展出整個影集的內容。傑克是個製作人，一面與愛蜜麗的姊姊塔拉約會，一面又渴望擁有愛蜜麗。塔拉是那名金髮女子，可以預見塔拉因為被甩而不高興。在那集的尾聲，愛蜜麗原本將在傑克製作的某個節目裡客串一角，但塔拉不僅打算破壞愛蜜麗與傑克，也準備靠著色誘導演搶走愛蜜麗的角色。塔拉的詭計是讓愛蜜麗認為傑克一直在玩弄她。

在這一集最後幾分鐘，愛蜜麗離開傑克，走到她的藍色福斯金龜車旁，車子讓她有安全感。愛蜜麗關上車門，握緊方向盤。這一幕沒有狂野的戲劇表演，鏡頭含蓄的帶過眼睛、手，然後她發動車子，驅車離去，後車燈與數百個新進小演員混在一起。片尾的工作人員表出現，同時出現一排字幕預告下一個節目，是和整型外科有關的劇。丹尼爾關上電視。

該死，這是什麼？這有什麼意義？

誰是愛蜜麗．史威特？

笨蛋，她是一個虛構的角色。你看呆了，現在只要有任何事能讓你分神，不用去面對現實，你都會緊抓不放。

他站起身，走到浴室，將毛巾掛到架子上，穿上衣物。無論如何，他需要吃點東西，先就此打住，不礙事的。

□

他在國道一號不遠處發現了一間藥局。招牌的螢光燈在緬因州的黑夜裡看來有些刺眼，但櫃檯後帶著微笑賣雜誌給他的中年女人，卻看來很溫和。

「這附近有什麼地方可以找到東西吃呢？」

「『巨型魚之家』的漢堡做得還不錯！」

「太好了。」他得知那家店的位置之後，立刻跳進車子裡。結果，「巨型魚之家」竟是一間簡餐店，是民房改裝的餐廳，距離藥局約五公里遠。他走進去時，店裡的談話聲雖未停止，但依舊感覺得到那些偵測他的眼神。他走到窗邊的座位，滑進包著瑙加海德人造皮革的沙發座椅上，從蕃茄醬後面抽出菜單。廉價的喇叭傳出格林・佛萊[7]的歌聲，聲音好似在建議丹尼爾放輕鬆，別讓晃動不穩的聲音弄瘋了。

「想要吃點什麼？」

「請給我來一杯超大可樂，還要兩個雙層漢堡。」

「雙層漢堡要幾分熟？」

「嗯……」好問題。「一個要五分熟，另一個要全熟。」

「一個稍微烤過，一個要烤焦。懂了。」女服務生記在帳單上，「還需要其他的嗎？」

「我有個問題。我現在在哪兒？這裡確切的地名是？」

她給了他一個很困惑的表情。「這裡是櫻桃田鎮的近郊。」

車上那份地圖被黏貼過、撕過，而且相當破舊，但是他無法想像緬因州變化這麼大，花了好幾分鐘他才找到櫻桃田鎮，位於地圖的小角落。其實這兒已經不在緬因州，他是到了加拿大，難怪那

7 Glenn Frey（1948-）美國歌手，老鷹合唱團（The Eagles）的前主唱。

個海灘看來已經棄置很久的樣子。

女服務生重重的放下一大杯可樂，糖漿般的甜味嚐起來真是美妙。丹尼爾打開在藥房買的東西，是最新一期的《電視指南》。找到了！《蜜糖女孩》，FX聯播網，東岸時間六點播出。他翻到下一頁，一樣的時間，是每天連續播出的電視影集。快速瀏覽一下，他發現這個影集一週播出五天。翻回今天那頁，開始讀簡介，今天顯然是十一月四日。「愛蜜麗（藍妮．薩爾飾演），與傑克（羅伯特．卡麥龍飾演）更親近了，可是塔拉（珍妮．威爾森飾演）想出了一些計畫。」

「這是您點的晚餐，先生。」女服務生將晚餐盤放上桌。漢堡聞起來又重、又濃、又油，他的胃並沒有咕嚕咕嚕響如雷鳴。咬了一口漢堡，真是好吃到讓人驚豔！這是使用丹尼爾身分後所吃的第一餐。他狼吞虎嚥，拚命將漢堡吞下肚，感覺像是在填一個洞。

「你為什麼有兩個漢堡呢？」

一個約莫八歲的小女孩站在桌邊，她的頭髮梳成馬尾，用一個粉紅色的絨毛髮飾固定，她穿著一件T恤，衣服上的圖案是一個比她大一點的小女孩，正對著麥克風唱歌。

他對她露出微笑：「你說什麼？我只有一個漢堡。」

「不，你有兩個。」她指了指漢堡。「一個、兩……」

她還沒來得及說完話，丹尼爾就將手上正在吃的漢堡全塞進嘴裡，兩頰全都鼓了起來。「三個嗎？」他塞了滿嘴肉，口齒不清的問：「對吧？」

小女孩大笑，用手拍了拍嘴巴。丹尼爾咀嚼了一下，吞下肉，再咀嚼一下，再吞。他咳了一下，然後擦了擦嘴巴。

「你好呆喔！」小女孩說。

「謝謝你。」他指了指她。「我喜歡你的T恤。上面那個是誰啊？」

「那是孟漢娜[8]，是個歌手，嗯，她小時候還不是。她非常有名，每個人都喜歡她，但是沒人知道她就是麥莉・史都華。這是她當孟漢娜的樣子。有一天，我也要成為歌星，我要開音樂會，唱歌給總統和其他人聽。」

「哇！我能遇見你實在是太幸運了。」

小女孩慧黠的點點頭。「沒錯。我變得有名以後就會很忙，我還會有間大房子，裡面有游泳池，也有海。很多名人都會來我家，他們全都會喜歡我，因為我也很有名。」

「聽起來很棒嘛！」丹尼爾說。他伸手拿了汽水，大口的喝了一口。

「娜汀！」不知從哪裡突然冒出一個女人，抓住小女孩的手肘，完全忽視丹尼爾。「我是怎麼跟你說的？回去。」

「我們只是聊聊天，」丹尼爾說，「沒關係。」

那女人給了他一個「少管閒事」的眼神，然後將小女孩拉到餐廳另外一頭的座位。「我不是叫你坐著別動。現在，你給我坐著別動，當個小淑女。」

丹尼爾搖搖頭。如果只想有個乖乖坐著不動的洋娃娃，幹嘛要生孩子？跟娜汀聊天的時候真好，嗯，等等。剛剛聊天的感覺很普通，完全沒有「他是誰」、「那些事情有什麼意義」等等問題。那麼小的孩子對每件事情都很肯定，例如，她希望成為一個名歌手，就確信能心想事成。

丹尼爾拿起漢堡，他可以感受到注視的目光——慢慢吃、乾乾淨淨的用餐很重要。這時候晚餐已經剩下麵包和油脂，餐廳內的交談恢復正常。他往後靠向椅背時，肚子已經把牛仔褲撐緊了，一

8 Hannah Montana，美國華特迪士尼公司製作的青少年電視劇《孟漢娜》的女主角，內容敘述外表看似普通的麥莉・史都華（Miley Stewart），其實是偶像明星孟漢娜的故事。

股舒適的疲憊感湧上心頭，頭一回他感覺一切都還好。他的一天起於努力求生，然後找到衣服、避難所、食物；接著他知道自己身在何處。對了，他還有個名字，而且那個名字有可能本來就是他的。

這是「一切都還好」的必要條件嗎？或許，知道自己名字才是必要條件？

想到這裡，他突然擔心自己會從座椅上跌落，伸手抓緊桌子邊緣穩住身體。

□

他在一個水泥峽谷，峽谷內淌著細細的水流，血紅太陽將每件東西都染成火紅。前面有個隧道，又高又寬，隧道口有個黑得徹底的陰影，他知道黑暗中有東西在等著他。等著他、窺視他。有著什麼可怕的東西。

「快點。」

聲音從身後傳來，他猛然轉身。

愛蜜麗・史威特蒼白的皮膚與深色的頭髮混亂糾結。她穿著和電視影集中一模一樣的衣服：緊緊包裹軀體的T恤與引人注目的牛仔褲。她坐在地上，長長的雙腿十分有女人味的交錯在身下，雙足赤裸，腳指甲上擦的指甲油是西沉太陽的顏色。

她對他展露微笑。「快點。」

「什麼？」

「你得快點。」

「為什麼？」

「他們來抓你了。」她說。

「誰……」話還沒說完話，他就聽到一聲十分巨大的碰碰聲響。忽然間，他是透過望遠鏡的相反端看世界，貧瘠的沙土、鬧鬼的隧道，愛蜜麗、景物與人全都縮小，往後跑至遠方。丹尼爾猛然驚醒，猛烈的敲打聲再度出現，有人在敲門。

他們來抓你了。他和被單糾纏了一會兒，體內腎上腺素激增。「誰啊？」

「旅館經理。」

「有什麼事情？」

「收今天的費用，還是您想要退房呢？」

「喔，對喔！」丹尼爾吐出一口氣，剛剛只是個夢。清醒的腦袋聽到了碰碰聲，跟夢境混在一起，就是這樣子。《蜜糖女孩》不是他的守護天使。「等一下。」

他拉上牛仔褲、穿上髒污的汗衫，然後打開門。經理從頭到腳打量了他一番，看到亂糟糟的頭髮和枕頭印。「你沒事吧？」

「我剛睡醒。」

「超過一點了。」對方的語調半是輕蔑、半是迷惘。

「是嗎？」丹尼爾揉揉眼睛，「是？」他瞄了一眼房間，看到押金的信封帶。「四十元，對吧？」

經理伸手拿走了兩張二十元，此時丹尼爾注意到經理的指甲縫裡有彩色污點，有褐色、淡黃綠色、常青綠。「嗨，你是那個丈夫，那個畫家。」

「嗨！」經理說話的語調很像承認自己剛剛偷了教堂捐獻箱裡的錢。

「我很喜歡你的作品。辦公室裡的油畫，還有這幅。」他用手比了一下那個孤獨的海角、砂石四射、令人震驚的天空。「這些畫實在是太了不起了。」

經理連耳朵都紅了，點點頭，什麼都沒有說。

丹尼爾想，這是你能夠給緬因州人唯一的東西，沒人會指控這些是胡言亂語。「秀過嗎？」

「在電視？」

「不是，我是說秀過你的作品嗎？在美術館。」

「我？」經理好像不知道該如何回話。「沒有。」

「你應該辦場展覽，這些畫很有機會賣掉的。你知道嗎？這些畫栩栩如生，能喚起情緒。這些畫展現出孤獨、悲傷，是用很獨特的方式展現情緒。」他意識到自己在瞎說，但是可以跟人、跟任何人說說話，都能令他好過一些。「我打賭，成果會讓你非常訝異的。」

這男人看向他處，喃喃自語的說了些什麼，可能是說謝謝。然後他說：「中午退房。」一說定就快步走開。

丹尼爾看著他離開。這個笨拙、安靜的男人，住在這樣的小鎮，畫出荒蕪的哭泣聲，卻從沒有打算賣畫。這麼害羞，甚至一句讚美都使他侷促不安。他和他老婆在床上能玩的，大概只有例行公事的體位吧！

但是，至少他知道自己是誰。

在浴室裡，丹尼爾將水潑到臉上，頭埋在水龍頭底下。「所以……」他抬起頭對著鏡中的自己說，「我們倆可是一對帥哥，你有什麼計畫呢？」

鏡子沒有提供任何建議。

嗯，既然如此，好吧！腦中浮現兩個選項，他可以去找警察，尋求幫助；或者他可以回到車子裡，開回洛杉磯。警察的選項可能是最安全的路，可是，一切會那麼簡單嗎？

丹尼爾抓起鑰匙，走向停車場。槍還放在之前的地方，他看了一會兒，然後掃視四周，似乎沒有人望向他，可是還是得小心。

車底有個揉成一團的溫蒂漢堡袋子，他倒了一下，掉出一張漢堡的包裝紙和一張面紙。他遲疑了一會兒，拿出手槍，塞進袋子裡，然後鎖好車子，回到房間。

他打開桌旁的燈，好看清楚槍。這是一把格洛克一七，槍身打著標籤，採用瞬間三連發、無擊槌、以及防止墜地走火的安全系統。手把是經過不鏽鋼特殊處理的聚合塑膠材質，可以防刮、防鏽。他退出彈匣，看到彈匣內填滿了九釐米的子彈。

拿槍這種事情，我顯然是完全不覺得緊張。

這沒什麼意義，真的，很多人都是這樣。不管怎麼樣，在這種情形下還是有些不吉利。醒過來時發現自己有……嗯，那叫什麼，失憶症，神遊狀態？而在他那台昂貴轎車的置物櫃中，有一把高品質的半自動手槍。

他將手槍舉到鼻子旁邊，嗅了一下，聞起來有碳的味道。開過槍，開槍之後還沒有清理。多久前開的槍？無法判斷。有可能什麼事都沒有發生過，只是一次射擊訓練；也可能是在某次跨州犯罪行動中開過槍。但如果他有槍是因為有危險呢？或者，他自己就是個危險人物？

我沒感覺到任何危險的訊號。

但警方應該不會認同。在他知道這一切是怎麼回事、他是誰、他做過什麼事情之前，和警方談這些的風險太大。

他做過什麼事情，而必須離開加州，加州那裡應該會有答案等著他。但是回加州的念頭同時喚起各種情緒：罪惡感、羞愧感、恐懼感。為什麼會產生這些感覺，他也說不出個理由，但是感覺很確定、無法撼動。就像是宿醉醒來，很確定自己在失去意識的那幾個小時裡一定做了傻事。不知怎麼的，家——竟讓他非常害怕。

那又怎麼樣，難道你只想躲著？

他將手槍放在床頭櫃上，再三思考後，拉開抽屜，將手槍放在基甸版《聖經》[9]上。他揉了揉眼睛。

計畫是這樣：今天你已經付了房錢，就留下來，休息一下。壓力與疲憊應該都是產生問題的部分原因，所以今天就好好放鬆。

明天，像個男子漢一樣行動。

9 Gideon bible，基督教團體「基甸」印製發送的聖經版本。該團體於一九〇八年首次將聖經放置在旅館中，因而廣受注意。

副警官克里斯・當迪基是看《紐約重案組》[1]長大的。

每個人都說他父親是個討人喜歡的傢伙，在等棒球選手迪威爾下一輪上場時，總有辦法迅速丟出好幾個笑話。老爸失蹤時，正是小克里斯開始打樂樂棒球[2]的階段，所以他對父親的記憶只存留在照片中。父子兩人坐在一個船塢旁，碼頭邊的海浪有白色的、綠色的；空氣中混合著菸草的味道、Aqua Velva古龍水的味道。爸爸喜歡將他拋高高，再讓他跌落在爸爸的啤酒肚上，那美好的感覺讓他暈頭轉向。不曾有過爭吵，也沒有尖叫、痛毆，爸爸只是將他的頭髮弄亂後，坐上一艘捕漁船，就再也沒有回家了。沒有意外、沒有暴風雨，也沒有信件，他只是從緬因州的克萊德港離開，前往不知名的他方。

爸爸離開後，媽媽找了第二份工作，小克里斯開始看很多電視影集，都是一些聯播網的老影集，像是《邁阿密風雲》[3]、《龍虎少年隊》[4]，甚至還有《瑕疵》[5]。中學畢業後，他到了緬因州犯罪司法學院去看警匪片。他喜歡《盾牌》[6]、《火線重案組》[7]，甚至還看了狗屁不通的《CSI

---

1 *NYPD Blue*，劇情背景設定在紐約的警匪影集。

2 tee ball，是六歲以上的孩童參與的球類團體遊戲，類似棒球。

3 *Miami Vice*，是在敘述邁阿密刑警與黑幫之間對戰的故事。

4 *21 Jump Street*，主角為一名外表貌似青少年的臥底警察，描述在高中、大學等校園臥底辦案的故事。

5 *CHiPs*，敘述兩名摩托車警察，在加州高速公路上巡邏時發生的一系列故事。

6 *The Shield*，敘述一群洛杉磯市內警察，為保持市區內街道安全，同時維持警方自身的利益不受損害，有時候會有違法的行徑，甚至會違反同儕合作的原則。

犯罪現場》。克里斯打算成為腰間配戴武器、冷眼看世界的法律人；他希望抓到壞蛋、破大案子，他要眼睛眨都不眨的直視邪惡的臉龐。

問題是他住在緬因州的華盛頓郡，沒有人會在華盛頓郡這種地方拍警匪片，除非《安迪．葛瑞菲斯秀》[8]也算警匪片。

他單手駕駛著警察巡邏車，另一隻手將最後一口煙燻香腸三明治塞進嘴裡，然後在制服上抹去麵包屑。經過「櫻桃田鎮五金行」時，五金行的老闆停下關門的動作，舉起手跟他致意，克里斯開玩笑的回敬他一個舉手禮。

他的勢力範圍可說是遍及整個國家，但個人卻處在無法脫身的狀態：他從未在一級犯罪案件的區域工作過，所以就不會有資格調去那裡，那麼，他還能去哪兒呢？

「幹！」克里斯喃喃自語。「幹！幹！幹！」

「再說一次？」他的無線電發出抗議聲。

慘了。他抓起無線電，看見無線電下面的按鈕又卡住了。「朵琳，非常抱歉，我的無線電按鈕卡住了。」

「要是我再一次聽見『那種話』，我會把你的嘴巴好好洗乾淨。」

克里斯不禁露出大大的微笑：「什麼話啊？我說的是『乾』。」

「對，乾！乾！乾！」

「有沒有什麼事？」

「我們的這個天堂小角落非常平靜。」

「棒呆了！」他說。

或許他需要搞出些名堂，來一趟軍隊之旅，畢竟他有辦法拿到許可證，只不過他就有好幾年得奮力的閃躲前蘇聯研製的火箭推進榴彈，但這樣至少比開酒醉罰單開到老眼昏花還好，也好過在酒吧裡喝醉鬧事，看著同一批女孩變得越來越老。追捕宗教狂熱份子和追捕罪犯可不一樣，但他就只有這兩種該死的選擇。

當然囉！他們可能會把他派到阿富汗或是伊拉克，出去見見這個該死的世界，聽聽有趣的電話，發射一發口徑五十公尺的飛彈，學阿拉伯文，他甚至有機會變成國會議員，或是一個與軍事科技為伍的警察。喔喔喔！軍事警察？他並不想追捕美國士兵，但是他得要追捕一個已經發瘋的美國士兵，那種士兵常出現在新聞裡面，強暴女人、殺死無辜的店員……

克里斯・當迪基看到停在松樹汽車旅館的銀色BMW時，夜間勤務想像之旅才剛剛完成一半。

□

戶外場景：金尼修道院街

時間：晚間

流行音樂大聲播放著，《建築文摘》「家庭特刊」安放在一堆拆開的小物件旁，濕透的套裝垂掛在陽台欄杆上。

一輛敞篷車飛馳過街，在街角處轉彎。

---

7 *The Wire*，描述巴爾的摩警方緝毒專案小組的影集，多線並進的敘事，深入社會問題的主題，極富戲劇張力。

8 *Andy Griffith Show*，由美國演員、導演、製片安迪・葛利菲（1926-）擔綱演出一個虛擬社區內的鰥夫刑警。

室內場景：曼蒂的敞篷車，承接上一景

音樂從曼蒂．史威特的收音機傳出。曼蒂駛進停車位時，播放到一半的音樂驟然停止，曼蒂跳下車，一頭紅髮甩呀甩的。

戶外場景：蜜糖女孩的房子

時間：晚間，承接上一景

愛蜜麗．史威特站在門廊最內側，面朝外。

曼蒂（配音）：咦？

愛蜜麗挺了挺身體，但是沒有轉身。曼蒂慢慢走上來，腳步停了一下，然後走到姊姊後面，將一隻手放在她的手臂上。

曼蒂：（接續說）跟我說說話。

愛蜜麗：你想要我跟你說什麼？

曼蒂：你可以用個有「ㄐ」開頭的名詞稱呼塔拉。

愛蜜麗冷哼的笑了一笑，轉身面對她的妹妹。

愛蜜麗：你聽到傳聞了，嗯？

曼蒂：親愛的，每個人都聽到了。（即時住口）那並不是說……我的意思只是……

愛蜜麗：沒事啦！（但顯然她很介意。）

曼蒂：塔拉從不在意她造了什麼孽。

愛蜜麗：跟塔拉沒關係，是傑克。為什麼傑克要剔除我的試演。

曼蒂：不是傑克，是導演，是導演和塔拉……

愛蜜麗目瞪口呆，明白似的皺了皺眉頭。

愛蜜麗：哇！我還以為是有間房子掉到西方壞女巫[9]的領土上，才會引起這麼大的殺傷力。

（停頓一下）等等，你怎麼會……

曼蒂：傑克打過電話，他很心煩。

愛蜜麗：他心煩到打給你。

曼蒂：對某些人來說，人生是很可怕的。

愛蜜麗：很可能就是這些人應得的。（搖搖頭）人生對我來說也挺可怕的，但這並不表示我就得躲開可怕的事情。

曼蒂：傑克很愛你。

愛蜜麗：他如果愛我，為什麼還需要叫你來告訴我？（愛蜜麗昂首闊步走出門廊。）

曼蒂：等一下……（愛蜜麗沒有停下來）

□

愛蜜麗走開，緊接著片尾工作人員表出現，丹尼爾往後靠。頭部隱隱作痛，討厭的頭痛又來了。

這個影集一定有什麼涵義，一定有。愛蜜麗說到人生很可怕，說到必須要面對某些事情，這些正是他糾纏了一整天的念頭，愛蜜麗好像能夠讀出他的心思。

---

9 The Wicked Witch of the West，《綠野仙蹤》（*The Wonderful Wizard of Oz*）裡的一個角色。

當然。你一向是從電視裡面得到訊息的，你的腦子已經被控制了?!

這只是他的潛意識，潛意識太渴望安全感了，所以才會將注意力定格在看到的第一個女人身上。這就是母親—妓女的那種議題，甜蜜的愛蜜麗承諾會拯救他、指引他。丹尼爾搖搖頭，但搖頭讓頭痛似冰鑽般敲擊他。真後悔搖了頭。他放鬆自己，揉了揉脖子。

老兄，如果你打算以這些訊息為基礎展開行動，你會失去一切。

丹尼爾閉上雙眼，想像愛蜜麗就在旁邊，將冰毛巾放在他的額頭上，在他的耳邊細語，告訴他，一切都會過去，他是個好人，他的罪惡並沒有比其他人更深，他沒什麼好怕的。

□

一輛掛著加州車牌銀色BMW的M5型車子。

可能嗎？會是同一輛車？

克里斯死瞪著擋風玻璃，希望自己能夠記起來。他只記得是出現在某一封傳真上，只知道是幾天前送來的傳真。朵琳印出整份文件，放在休息室裡的金屬籃裡，就在咖啡機旁邊。傳真會放在休息室，是希望警察在休息時間可以順道看看。除了他之外，當然沒有人會看，有多少逃犯會在華盛頓郡被逮呢？

傳真來自全國各地，往往細節都不夠詳細，但他特別注意到傳真好像是洛杉磯警署發來的。殺人嫌犯，如果他記得沒錯，雖然他比較注意車子，那是一個非常討人喜愛的車型：BMW的M5，銀色。就跟停這裡的這輛一樣，還掛著加州車牌。

那個傢伙叫什麼名字？他記得那名字有個更高級的光環，聽起來有點像是德國或比利時的名字，好像是這樣子，只要他一聽到就會知道的。

那，打電話給朵琳吧，請她挖出傳真，把資料唸來聽聽。

太好了，如果他錯了，得忍受被嘲笑一星期，其他人會喊他「薩皮可」[10]，惡作劇會充斥在無線電對話裡，夠了，敬謝不敏。他可以開回警局去看，但那就得花半小時的車程開到馬柴厄斯。如果他一路飆車，可能只要二十分鐘，不過，到那時這傢伙應該已經跑了。

一聽到那名字你就會知道……

克里斯抓起無線電，爬出巡邏車，北邊的黑暗遮蔽了世界。一路走向大門時，他可以看到自己呼出的氣息。不太像個旅館大廳，但是松樹汽車旅館也不太像是一間汽車旅館。桌子前無人，他輕敲桌子，出聲喊：「有人嗎？」

珠簾後方有移動聲響，一個女人走出來，表情有些小心翼翼，他注意到，那是很多人看到警察時都會露出的表情。「是的？您需要什麼？」

「我是副警長克里斯・當迪基，」，他說，「華盛頓郡警署。」

女人點點頭。

「停在停車場裡的BMW，你知道是誰的嗎？」

「你問這做什麼？」

「警察例行性檢查。」

「你難道不需要搜捕令嗎？」

---

10 Serpico，電影《衝突》男主角「Frank Serpico」的名字，電影改編自真人實事，敘述一位年輕、有理想的警察，不願意同流合污，因此一再陷入危險的故事。

「你應該不希望有個危險份子住在這裡，是吧？」他停頓了一下，露出微笑，然後開口說：「而且，不會有人知道你跟我說了什麼。」

女人有點猶豫，然後說：「他是昨天住進來的，用現金付款。」

「他叫什麼名字？」

敲鍵盤的聲音：「海斯。丹尼爾・海斯。」

就是這個名字，克里斯非常確定。他的血液在歡唱，這正是他等待已久的幸運大獎，只要能夠為洛杉磯警署抓到這一號通緝犯，他的履歷就會送到高層。他努力壓抑以免喜形於色，只點點頭，說：「哪一間房？」

「七號房。可是，聽著，我不想……」

克里斯沒理會這女人，走出大廳，一邊走一邊解開武器，他的手指頭刺痛，門上的號碼一個個往後：一、二、三。地板上鋪的亞麻地毯，已經被成千雙狩獵靴磨損了。他應該敲門嗎？四、五、六。緝捕嫌疑犯的規矩定得很清楚，但是他不想要其他人來搶功勞。到了，幸運的七號。門縫底下透出燈光，他還能聽到微弱的電視聲。

這個男人在房間裡面，用不著支援。

□

製冰機發出喀擦喀擦的聲音，聽起來像是用湯匙刮碗盤裡的剩菜。丹尼爾壓在按鈕上，看著冰塊一次只掉下一顆，喀擦喀擦的喧囂聲更加重他的頭痛。看來應該拿條冰毛巾敷在眼球上半小時，然後吃一頓「宵夜」大餐，轉移一下注意力。其他的事，明天再做決定。

製冰機終於勉強一次吐出一堆冰塊。夠了，他猛然拉開沉重的鐵門，走回走廊，抱著冰盒，轉過轉角。距離房門還有二十英尺處，他看見有個人站在他的門口。是個警察，肩膀很寬，看起來很強悍。

丹尼爾僵住了。警察在這裡幹嘛？

他還沒來得及想到答案，那個警察就深深吸了一口氣，然後拉出槍——老天，他拉出槍，另外一個拳頭敲在門上，力氣大到足以讓門框晃動，一邊大喊：「警察！開門。」

丹尼爾兩腳開開、嘴巴開開的站著，頭部的血管劇烈跳動。

「華盛頓郡警署。開門！」

他的腦中出現愛蜜麗的聲音，細語著：他們來抓你了。

「該死。」那個警察大叫，「開門，丹尼爾！」

一聽到他的名字，他的膝蓋開始抖個不停，冰盒從雙手滑落，翻倒在地，冰塊滾出來，砰砰砰的掉在亞麻地毯上，彈起又滾落到白色大理石地板上。

副警長聽到聲音了。他還只是個孩子，可能才二十四歲，臉色變得煞白，瞳孔放大。就在心跳停止的瞬間，兩人的視線對上，然後槍聲尾隨而至。

要戰或要逃的念頭掌控一切。丹尼爾轉身，心怦怦跳，跳到都要著火了。他的一隻手還放在牆角上，用力一推，開始跑。

「不許動！」

照他說的做！你在幹嘛？快停下來！

但他沒有停下來，還跑得更快，雙腳啪拉啪拉的全力衝刺，頭痛在腎上腺素刺激下完全消失。不知怎麼的，他發現自己想起了大廳裡的畫。跑到走廊盡頭，雙手敲擊大門的鎖，腳再來一個迴旋踢，一腳踢開大門。寒冷夜晚的空氣裡有一種腐敗的味道，他可以聽到在身後傳來沉重的腳步聲，又傳來尖叫聲，然後是咒罵聲。他冒險轉頭，看到有個警察雙腳絆絆跌跌的走在冰塊上，兩隻腳像是卡通影片裡的人物那樣亂踢、轉圈。

丹尼爾奔跑。

磚牆旁種著一排松樹，針葉掃過他的手、他的臉。他慌亂的往前跑，黑影幢幢，地面更黑。奔跑到建築物的盡頭，他滿心以為會看到整組武裝警察、一排攻擊網、一支支指著他的槍，但是，那兒只有一輛巡邏車。他奮力奔往ＢＭＷ，同時把車子旁的廢棄物一一推倒在地。發抖的手卡在前面的口袋裡，猛然拉出鑰匙，卻拉得太快，抓在手上的鑰匙一瞬間就不見了。他可以聽到警察又再度吼叫，不是對他吼，而是在請求支援，說出電視影集裡面會說的話：**警官需要支援，還有，整個單位，還有，嫌疑犯在逃。**丹尼爾並沒有全都聽清楚了，因為他的手指正忙著在瓦礫裡找鑰匙，*快點，快點，鑰匙一定要在……那裡。*他把鑰匙弄乾淨，解除汽車警報器，塞進鑰匙孔，然後啪的一聲急速倒車，此時警察正跑到建築物的轉角。丹尼爾縮在椅子上，用力轉動方向盤，不踩煞車，直接切一檔，車子猛然頓了一下後，立刻飛速往前奔馳，十個汽缸同時在怒吼。後面傳來一聲槍響的爆破聲。*可惡。*然後又是一聲槍聲。前面有一根帶著兩、三片松樹葉的細樹幹落下，針葉紛紛掉落，然後倒楣的汽車旅館路邊指示招牌也跟著掉落。他甩開樹枝，撞開招牌、電線、塑膠看板、一塊塊的字母碎片飛向夜空。一串摩擦聲，有一瞬間感覺車子要被擋在那裡了，輪胎摩擦柏油路，車子傾斜，發出尖銳的聲音。國道一號只是一條破爛的兩線道路，他就要在這裡被逮了。他跟所有嚇得逃命的動物一樣，緊張到心臟都要著火了；但同時間，他鎮靜、平和的那一部分也在叫囂，要求他停下來，問問他自己：**老天啊，我到底為什麼要跑？**

因為有人在追啊。

ＢＭＷ快到要撕裂高速公路了，用瞬間加速到八十英里的速度行駛，道路看來就像是一條黑色彩帶。手指上和腳上的神經似乎透過車子和道路連結在一起，他感覺自己在柏油路上滑行，飛駛過柏油路，現在加速到一百一十。而後面，從後照鏡看去，身後很遠的地方有紅藍相間的燈光閃著。他搶先起步，但是警察也來得很快，其他人無疑會從各個方向陸續趕來阻擋他。

好好思考，可惡，好好思考一下。

他轉了一個圈，房子、車庫、橋樑、樹木，全都模糊不清，變成深夜中永難抹滅的一個污點。前面半英里處有一條狹窄的小路可以逃脫。

動物和人都會逃，但人既會逃，又會思考。

丹尼爾咬了咬嘴唇，握緊拳頭，關掉前照燈。手從排檔桿上移開，就能碰觸到儀表板上電腦系統按鈕。扭、按、選項、扭、按，燈光、扭、按，關掉。夜航燈和前照燈啪啪啪全都熄滅，夜色迎面襲來。他用一隻手抓緊方向盤，開始操作離合器，切到低速檔行駛。引擎發出尖銳的聲音，奮力反抗，事實上車子開始跳動，後面的輪胎打滑。他靠著本能抓到煞車器，剛剛好煞住車。車子瘋狂的轉向，但是他迫使車子聽從，終於車子停在路上，就在他快要撞到路邊的時候，車速指針降到二十。他用力右轉，輪子離開地面，整輛車滑到人行道上。

他眼前的黑暗影像是各種不同形狀的幾何圖形，有樹木形成的三角形，也有長方形，可能是個穀倉。他極度想要打開前照燈，但是不能，只能用第一檔慢速前進，然後等待機會，目標是前方那個可能是穀倉的地方。他猛拉停車桿時，車子距離建築物約有十五英尺遠。BMW跳了一下，悶哼了一聲，然後開始震動，震動減緩，直到靜止下來。

沉靜忽然降臨，一時間他的心跳聲變得非常大聲。他的雙手抖得沒那麼厲害了，只微微顫抖。他將雙手移開方向盤，十指交錯，好似在祈禱。可惡！可惡！可……

一整排藍紅相間的警車燈和警笛聲瘋狂暴怒，叫囂飛馳在國道上，規模大到宛若占滿整個世界，然後，一整排警車駛離了。

丹尼爾的呼吸斷斷續續，並不順暢。他雙掌緊握，緊到連關節都發出聲響。老天爺！為什麼他要跑呢？

更重要的問題是，為什麼那個警察要追捕你？

你是誰？在那個沙灘上醒來以前，你又是誰？

他坐了一會兒，久到能夠控制自己，才打開前照燈，將車檔調好，倒車開回到公路上。車窗外松樹的輪廓隱隱約約，毛茸茸的針葉交錯，從交錯的樹影間看去，可看到一小片星星。儘管前面遭受到那麼可怕的對待，BMW似乎沒有任何問題。

那個警察沒有再回來檢查，但是他會。該離開這條路了，丹尼爾在下一個交叉路口轉向，這交叉路口看起來似乎通往某處。離開這裡，這兒的警察似乎沒有太多資源，既沒有直昇機，也沒有路障。重點是與警察保持距離，不能撞上警察。

他按了面板上的導引系統，縮小了地圖。*我為什麼知道該如何縮小地圖、關掉夜行燈，卻不記*得……等一下，他看了看地圖，眼睛在地圖和道路之間來回轉動。如果他走北邊、而不是走西邊，他可以走國道九號，然後再接州際九十五號公路，只要夠幸運，四、五個小時以後他就可以通過州境。

那把槍。他把格洛克手槍留在旅館了。

想要回去拿槍嗎？

他踩下油門。一個半小時以後，緬因州的班格爾已經是地平線上的小白點。路標歡迎他的到來，告知這裡的人口數是三萬一千四百七十三人；另外一處路標指著前往班格爾國際機場的方向。跟著那個指示箭頭，他發現自己身處在一連串低矮的旅館之間，有愛康諾小屋旅館、哈佛．強森旅館、齋戒月旅館等等，這些旅館看起來都像是人們來鬼混的地方。他隨機選了一間荷約旅館，倒轉停車。停車場只有三分滿。

他吐氣，吐出一片霧氣。半英里遠的地方，一架飛機起飛，發出轟隆巨響。飛機上的紅綠燈閃過丹尼爾的頭頂時，丹尼爾恰好蹲在一輛小房車後面。房車上有一張大標籤，炫耀車主的小孩是荷曼高中的優等學生。他散開鑰匙圈上的鑰匙，選了最細的那根鑰匙，剛好可以插入螺絲孔。

寒冷使他的手指頭變得僵硬，他不禁咒罵了幾聲。那把鑰匙拔完螺絲以後，他不確定還能不能當鑰匙用，但是至少還能把緬因州的車牌換到他的ＢＭＷ上。

湧出的罪惡感帶來了痛苦，但是他得將痛苦的感覺壓下。**只不過是偷個車牌，以後你還可能需要做出更壞的事情，最好快點習慣做壞事的念頭。**

離波士頓差不多還有二百五十英里遠。到了波士頓，他可以往西走。現在沒有選擇了。無法解釋他的狀況，就只能依賴警察的寬容。剩下唯一要做的事情，就是去一個會嚇死他的地方。

家。

鬧鐘響起時，蘇菲．齊格勒夢見自己在廚房裡一邊喝咖啡，一邊和米克．傑格[1]像老友般閒話家常。她與米克私下並不認識，但當她還住在舊金山[2]時，看過傑格和他的樂團演出不下數十次。她唯一一次同性戀的經驗，還是在他們樂團演奏的《乞討的人生》[3]下完成的，所以用「老」朋友形容，似乎還頗為恰當。夢中，蘇菲傾身為自己的馬克杯添咖啡，轉身一看，傑格正拉開皮褲的拉鍊，在她的水槽上撒尿。傑格知道自己幹了蠢事很尷尬，卻沒有停下來。她不禁想：這個小矮人是怎麼從歌手變成搖滾巨星，要維持名聲應該很累人吧。二十五歲的他將電視機丟到蒙馬特堡飯店[4]窗外，還能說很酷，但等到陰毛都變成捲曲的灰毛時，這類行為就該叫停了。

然後，傑格滴滴答答落在乾淨鐵製水槽上的尿聲就變成嗡嗡的低沉鬧鈴聲，夢上升了，咖啡香氣似乎飄散在夢的浪潮中。她關掉鬧鐘。這樣子開始一天的生活，還真是奇怪。她處理過不少事，這件事是潛意識要給她的特別訊息嗎？一個與傑格下垂的睪丸有關的夢，以及一個笨拙女生自慰的回憶。那幾乎是四十年前的事情了吧？

她晃動雙腳下床，將雙眼上的睡意抹去。沿著窗戶慢慢踱步，同時伸手拉開窗簾。她花園裡的草坪綠地沐浴在清晨陽光中。有人抱怨洛杉磯沒有四季，只有兩季：「燦爛的一季」與「燦爛到反常的一季」。

床腳旁放了一張草席，她在草席上迅速做了一輪瑜珈練習。幾次拜日式、下犬式，而後轉做眼鏡蛇式，這些瑜珈姿勢只是活動筋骨和熱熱身。伸展身體時，她也在鏡中看到自己。她不禁露出微笑。很多人說六十歲是一次新的五十歲，可她覺得自己的狀態並不輸四十五歲的人。在浴室裡，她一邊等水溫變熱，一邊刷牙，然後脫下內褲，踢到洗衣籃裡，開始淋浴。

老天，這感覺真棒。她轉身，目標放在頭上，開始洗頭髮。好了，就這樣，漫長的一日。她還在處理警署的事情，試著修補一座日益傾頹的石牆；還有一些例行工作，今天得和一位客戶吃午餐。這個客戶本名圖弟，卻以圖・基為名發行唱片，然後又從饒舌歌手轉戰影壇變成動作明星，但他還是需要女僕幫他打蜘蛛。有個劇本已承諾會讓圖弟擔綱演出，卻不知何故，這個劇本竟然引起唐奇鐸（Don Cheadle）極大的興趣，今日的主要活動就是要在環球公司來個「友誼對談」，和圖弟的午餐約會安排在主要活動之後。棘手的是，環球公司尚未與她的客戶簽約，一切都得怪環球的律師，這個合約都快成了好萊塢第五一四號拖延案了！所以，從技術層面來說，她還沒有太多工作要做。當然啦，唐奇鐸是個真正卓越的演員，至於圖弟就……嗯，不過是個饒舌歌星。但這是環球公司的副主席欠她人情。她一邊關水、一邊拉開浴簾，同時在想，如果能不用太誇張的提醒他……

有個陌生人靠在洗臉台邊。

她吃驚的退後，笨拙的扶著牆，念頭紛至沓來，腦子消化著各種細節：她不認識這個男人，他一定是闖進來的；她渾身赤裸、身上還在滴著水；這男人的褲子前面插著一個發亮的金屬物品。她的手啪的拍了一下浴室的瓷磚，身體慢慢滑落，好不容易穩住身體。

「幫我一個忙。」那男人說，「大姊，別尖叫好嗎？」

1 Mick Jagger（1943-），英國搖滾樂團「滾石」（The Rolling Stones）的主唱。

2 原文是「flowers-in-your-hair」出自史考特・麥肯錫（Scott McKenzie）於一九六七年出版的歌曲〈San Francisco〉中的歌詞：「如果你要來舊金山，記得在頭上戴一些花」（If you're going to San Francisco, Be sure to wear some flowers in your hair），故作者原意應是指該角色住在舊金山的時期。

3 Beggar Banquet，滾石合唱團在一九六八年發行的專輯。

4 Chateau Marmont，滾石合唱團曾在此錄製專輯。

□

蘇菲用力靠著牆面以維持身體平衡時，班尼特對眼前的女人露出微笑，看著這女人睜大眼睛，開始喘氣。「蘇菲，真的，別尖叫。」

蘇菲張大嘴，無法合起來。班尼特看得出來，蘇菲無論如何都想要尖叫。蘇菲也知道，在班尼特下手阻止前她還有機會大叫。但是蘇菲的理智回來了，意識到眼前這男人既然知道她的名字，就表示他不是隨意闖空門的傢伙。這男人是為了特定目的而來的。

這才真的是被恐懼緊緊攫獲的時刻。

「這樣說好了，」班尼特以話家常的方式說，「我在芝加哥涉入某件事，進行得很不順利。」他的眼睛與蘇菲的目光持續對視，不讓蘇菲的視線有機會轉移任何一秒。「誰在乎，對吧？我知道。我來這的理由非常簡單，我別無選擇了。既然你是個花很多時間溝通的人，我想，我得先確定你了解情況。你知道一個人別無選擇是什麼意思吧？」

一小時前，班尼特就已經破門而入，站在那裡看著蘇菲睡覺，睡覺時胸部上下起伏，雙唇輕輕的開合。他想過坐在床邊，等待蘇菲起床，但是他希望和蘇菲談話時，對方能夠腦筋清楚同時又十分脆弱，所以他轉向廚房，煮了一杯咖啡，坐在早餐桌的一角喝咖啡，等待蘇菲淋浴。這一連串的行動都是為了最後的戲劇效果。

「蘇菲？你知道那個意思嗎？」

蘇菲的下巴顫抖，花了一點時間才找回聲音。「那表示所有的選項都已經攤在桌上。」

「很接近了。」他摩擦雙手，如此一來，蘇菲就能看到他戴著白色的手術用手套。鮮血與不鏽鋼刀閃著森冷寒光的影像浮現，令蘇菲不禁瞇起了眼睛。「那表示已經沒什麼能約束這個人了。你看出差別了嗎？」

蘇菲吞了一口口水，慢慢的點了點頭。蘇菲將雙臂放置在身體兩側，他喜歡這個姿勢。慾望來的時候，只有非常笨的人才會擔心羞恥的問題。「我懂。」

「很好！」他從欄杆上扯下一條毛巾，遞給蘇菲。這是建立互動關係的基本技巧：先打一巴掌、再賞顆糖吃；先控制α波，β波會慢慢的接受被給予的事物。

蘇菲有些遲疑。如果有人在會議室裡這樣對待她，毫無疑問，她會回報甜言蜜語。**但是，大姊，你現在可不是在會議室。**

蘇菲拿了毛巾，包裹住自己。

「現在，我要問你幾個問題，夠聰明的話就回答我。你回答我，我就不會傷害你，我保證。」他給蘇菲一個小學生般的完美微笑。

「丹尼爾・海斯在哪裡？」

蘇菲的嘴巴又打開了。「這，這個……我不知道。」

「丹尼爾・海斯。你的客戶，也是你朋友，住在洛杉磯拉布瑞亞公園區的大樓時，被你半領養似照顧的那個傢伙。五呎十一吋，一百八十磅，喜歡喝椰島之戀[5]和雨中漫步？」

「他沒事吧？你對他做了什麼？」

他停頓了一下，目瞪口呆了好一會兒，然後平靜的說：「蘇菲，你知道嗎，你現在還算是個美麗的女人。」

---

[5] piña coladas，一種雞尾酒。

蘇菲的膝蓋幾乎要撐不住了，一個嗚咽聲從她的喉嚨深處傳出來。「我不知道丹尼爾在哪兒，從他離開以後，我就沒跟他說過話。」

「你最後一次和他說話是什麼時候？」

「差不多一週前。」

「你們談了什麼？」

「我不能談論內容。」

他大笑，覺得很開心。「真的嗎？」

「那是保密內容。」

「律師與客戶之間的保密義務嗎？」

「嗯，技術上來說……」

「讓我們再來試一次。」柯爾特手槍從他的腰帶上滑下。「海斯打電話給你時，說了什麼？」

蘇菲遲疑了一下，然後說：「他喝醉了，他在哭，他聽起來很慘。」

「我可以想像，他說了什麼？」

「沒說什麼有意義的話。」蘇菲第一次打破了兩人的視線交集。「他說，他很抱歉。」

「他有說為什麼嗎？」

「沒有。他只是說，一切都是他的錯，他很抱歉。他實在是說得太含糊了，完全沒有意義。」

「他在緬因州有認識的人嗎？」

「什麼？」

「丹尼爾，緬因州，他有認識什麼人嗎？」

「我，我不知道。沒有。沒有認識的人啊。」

「他躲在哪？」

「我不知道。你到底想要找他做什麼？」

「蘇菲，你看很多電影嗎？」

「什麼？」

「我知道你是很多演員、導演的律師代表，所以應該看過很多電影。主角努力不說出壞蛋想要的訊息，這類場景你應該看過吧？像梅爾．吉勃遜主演的那一類電影？每個人都會想：如果是我，就一定會撐住不說，頭一埋、拳頭一握，怎麼樣都不吐露一個字。但真正的情況是……」班尼特身體往前傾。「痛死了。那種痛，遠比你能想像的還要糟糕。那種痛，會吞噬你整個人。」他用手槍輕拍自己的大腿。「那種痛我一點都無法享受。但是，相信我，牽扯到疼痛時，沒有人可以撐住不說。」

從蘇菲的反應來判斷，剛剛那一段表演真是極具效果，他可以看出蘇菲正暗自揣測可能會受到怎樣的傷害。是強暴？或者更糟？蘇菲也在想，如果還有「以後」，受傷害之後的她會變成怎樣。這些年來的獨立自主全都會一掃而空，自由被囚禁了，愛被玷污了，勝利變成灰燼了。她好不容易到了六十一歲，卻一切都破滅了。只能當個受害者。

大姊，記住，這裡不是會議室。

「我，我在緬因州沒有認識人。」

「用力想。」

「我想了。我不認識什麼人，我想丹尼爾也不認識什麼人。」

「家人呢？朋友呢？」

「都沒有。」

「那麼，為什麼他在那裡？」

「他……在那裡？」

換個問題好了。「那項鍊呢？」

「什麼項鍊？」

「我知道你有那條項鍊。在哪裡？」當然啦，得要她有這條項鍊，但是她不需要知道更多。

「什麼啊？」驚恐回來了，「我不……我發誓……你說什麼項鍊，我完全沒有印象。」

該死。蘇菲說的是實話。人在說謊時，某些部位會抽搐，但蘇菲的眼神完全受到控制，眼睛裡的情緒和嘴巴吐出的話語吻合，蘇菲話說得非常簡潔，他敢說：蘇菲真的不知道他的錢在哪裡，也不知道丹尼爾．海斯在哪裡。

可惡。

他可以採取更有攻擊性的問話方式，但歷經過芝加哥的混亂後，這樣做會有風險。芝加哥的遊戲從一開始就很危險，只是沒人料到遊戲是以那種方式瓦解。起初處理得還算乾淨俐落，誰知四個天殺的外行中途闖了進來。更糟的是，他發現自己快要被氣死了，前半輩子躲過搜捕的成果，卻在一週內完全被抹去。現在不只要躲警察，還要躲國土保衛廳。這兩方人馬手上有他的指紋和DNA資料，是從他的老舊史密斯維森手槍的銅製槍管上採到的——天知道對方還握有什麼。

這些都是破綻，任何一個破綻都會讓他玩完的。安全係數沒有達到最大值，就玩完了；被關進非聯邦監獄，他就玩完了；若是被關進二十三小時的單獨監禁，他也玩完了；更別說是被關進科羅拉多州的超級馬可斯監獄，他更是玩完了。見鬼了，搞不好他會被關進古巴的關塔那摩灣軍事監獄。總之，要是那樣的話，他肯定是玩完了。

蘇菲知道什麼值得他冒險的事情嗎？

他的直覺告訴他：蘇菲不知道。但是，稍微懲罰一下並不會造成任何傷害。「你還是沒有給我什麼幫助。」他以輕柔、低沉的聲音說。

蘇菲的手在身體兩側嚇得發抖：「我沒辦法告訴你我不知道的事。」

「那你能告訴我什麼？」

「同樣的事情我也跟警署說過了。我告訴他們：我愛丹尼爾，可是我不知道他為什麼離開，也不知道他在哪裡。他打電話給我的時候，我告訴他我會馬上過去，但是我到的時候，他已經離開了。從那時起，我已經打他的手機幾百萬次了，我也發e-mail給他，我還打電話給我們所有的朋友。我跟警察談過了，沒有人知道他在哪裡。你說他在緬因州？這對我來說倒是個新聞。還有，你說你會傷害我的時候，我就真的相信你會這麼做。」她的聲音只停了一秒鐘，「但就算如此你也不會得到別的答案。因為，我是真不曉得他這個該死的傢伙在哪裡！」

他真的快要喜歡上蘇菲了。身處這種情況，沒多少人有膽量這樣說話。「你告訴過警方電話的事情嗎？」

「我告訴警方，丹尼爾打過電話來。」

「但是沒有告訴警方，他說了什麼。」

「對。」

「為什麼不告訴警方？」

蘇菲張開嘴，又閉上嘴，「因為他是我的朋友。」

「大律師，最後一個問題。」他故意正對著蘇菲的眼睛，「如果你知道他在哪裡，你會告訴我嗎？」

蘇菲停了好一會兒才回答。「會。」蘇菲的肩膀往後縮，「但是，會等到我不得不說的時候。」

喲，喲，我們這裡有個誠實到近乎是神的人類。蘇菲什麼都不知道，這一點使他幾乎有了高興的感覺，打破某個美好的事物總是會讓人遺憾的。「倔強的女人，」他直起身，把槍塞回褲子裡。「也是一個聰明的女人。既然你這麼聰明，我也不需要白費唇舌告訴你『不准報警』，對吧，大姊？」

「不會的，我不會的，我發誓。」

「很好。」他開始走向門，然後停下來，無法克制自己的說：「蘇菲，還有一件事！」

蘇菲的呼吸卡在喉嚨，頭髮濕淋淋，曲線畢露的身體包裹在毛巾裡不停的顫抖著。他看得出來，蘇菲正在揣測他是不是改變了心意、是不是打算開槍，還是會做出更糟糕的事。

「我喜歡你的風格。我向來不需要律師，不過，萬一我有需要，能打電話給你嗎？」

蘇菲目瞪口呆，惹得他大笑。他走出去，背對大門走出去，走進明亮的清晨陽光中。距離大門約十步遠時，他聽到微弱的啪啦聲響，是蘇菲扣上門拴的聲音。

五十元賭蘇菲現在正在撥一一九。

這樣做對蘇菲才好，他真的很喜歡能被他料中心思和行動的人。

丹尼爾身在一個水泥峽谷中。

峽谷中淌著細細的水流，血紅的太陽將每件東西染成火紅。前面有個隧道，又高又寬。隧道口有個黑得徹底的陰影，他知道黑暗中有東西在等著他。等著他、窺視著他。

真可怕。

他轉身，但這次是獨自一人了，沒有愛蜜麗慵懶的身影。少了愛蜜麗，整個世界更顯荒涼。

隧道的幽暗處響起一個令人昏眩的刺耳聲音。是移動的聲響，但太微弱模糊了，有點像是蛇群在坑中蠕動纏繞，爬過彼此的身體，又像是某個巨獸緩緩吸入獵物。孩提時的恐懼全然攫住他，他想要逃走。他告訴自己快逃。轉身逃跑，踩過窪坑、濺起水花。

但他沒有跑，取而代之的是，他踩著猶豫的步伐往前行。

我不想去。拜託，別進去那裡，別去，停下來……

他又往前走了一步，雙手沉重。

細微聲又響起，繃得過緊的皮膚黏在骨頭上，他的呼吸頻率加快。

快跑！別進去，別進去，別進去……

隧道中的黑暗處有東西正在移動。他的眼睛無法定焦在那個形影上，一陣暈眩，是神經錯亂引起的身體反應。

跑呀……

黑暗撲向他。他整個人往後倒，兩手兩腳不受控制一陣亂揮，雙腳砰的往ＢＭＷ的車窗一蹬，力道大到足以讓車子警報器鈴聲大作。一陣尖銳的警報鈴聲，嚇得他猛然起身。他眼睛張大，心臟緊挨著肋骨怦怦跳著，手、拳頭、胳肢窩都全濕了。他開始四處張望，坐好，拉直椅背，他試著關掉車子警報器。這噪音真是太歇斯底里了，那尖銳的聲音好似在狂叫：看看我、看看我、看看我。一直到他找出鑰匙，把鑰匙插入鑰匙孔，警報聲才戛然停止。

「可惡！」他喘著氣說，「可惡！」大片陽光灑落在窗戶上，他的皮膚黏黏的。他猛然往後一靠，靠在椅背上。

現在，睡覺造成的問題已經大過睡眠的價值了。這些是什麼夢，這種可怕、步步逼近的危險感覺又是什麼？是他的潛意識勾勒出現況，變成夢中的景象嗎？還是腦內混亂跳動的電子訊號？抑或有其他的意義？

這一切的背後肯定有某個成因，某些事情導致他經歷這一連串的事件。不論他經歷過什麼，他都很難相信自己會在某個早晨醒來，決定開車繞過大半個國家，然後淹死自己。

他閉上雙眼，試著將注意力放在剛剛離開的夢中世界。他記得有個隧道，一個無人之地，陰森逼近的黑暗。但是記憶慢慢消融，就在試圖抓住細節時，一切消融殆盡。他可以編造原因說明他為什麼在那裡，但那終究是編出來的，他根本無法確定任何事。

或許我做過什麼可怕的事，或許這就是我不想回去的原因。

丹尼爾揉揉眼睛，聽到心跳聲慢慢恢復平穩。昨天晚上他又行駛了一段距離，一路從緬因州郊區開到紐約郊區，一大片荒蕪人跡的夜間鄉村，中間穿插泛著微亮燈光的城市。在水牛城以東地帶，他睏得下巴第二次點到了胸膛，於是只好將車子停在連鎖的「美國露營區」停車場，在噪音四起的停車場裡休息。一輛輛車蓋滿布泥水痕跡的旅行拖車，拉出一條條電線連上發電箱，這個地方真是醜得嚇人。

我們有最寬廣的世界，我們能提供最棒的東西卻是麥當勞和微小的高爾夫球。

他坐起身，打開車門，出去找尋浴室。

回到公路上，丹尼爾遵守車速限制。他估計，自從他避免引起注意開始，就已經很安全了。昨天晚上他又換了一次車牌，將偷來的緬因州車牌換成剛偷來的紐約州車牌，警察也不可能在路上攔下每一輛BMW，他應該安全了。

那麼簡單，嗯？那麼，讓我來問問你這個天才。醒來卻沒有任何記憶的經歷，你已經有過一次，如果又再發生一次，那該怎麼辦？

可惡！

可惡！

還有一件事情。錢！他剩下的錢能買到的汽油，根本不夠開回洛杉磯，更何況他還得吃，日子還要繼續過下去。

好吧，嗯，沒人說過事情很容易的，他最好放聰明點。

他花了一天的時間蜿蜒行駛在愛瑞湖山脊，然後穿越平坦、無趣的俄亥俄州平原，進入印第安那州。行經南岸的郊外某處，天空開始變得陰暗，此時他駛離高速公路，開往一處有零售店、汽車買賣、加油站的骯髒小地方。美式料理連鎖餐廳「蘋果蜜蜂」旁有間藥房，丹尼爾在裡面替自己買了一本學生用的筆記本，還有一盒筆，然後走進餐廳，經過活潑的少女服務生身旁，在吧台上找了個位置坐下。吧台內有一串俗氣的聖誕節燈飾，電視正在播放體育節目，一個看起來開胃菜吃多了的男人幫他點菜。

「二個……」很快的掃了一眼菜單，「招牌排肉漢堡，配菜全都要。五分熟。」這次可是帶著信心點菜了。

「要喝點什麼嗎？」

丹尼爾瞪著啤酒桶。天啊！配一杯啤酒會很棒。但是，錢！他應該省下這筆花費。「好，給我一杯大杯的山姆亞當斯啤酒。」

他拔開筆蓋，要如何開始呢？

簡單！從想說的地方開始，這是書寫的祕訣。丹尼爾俯身於紙上。

嗨，

你的名字是丹尼爾·海斯，至少你認為這是你的名字。那個名字是你在一輛BMW的保險卡上找到的，而這輛BMW又救了你的命。而且，假設你還沒猜到，那我告訴你，我就是你。

讓我來替記憶備份。一切源自於你在緬因州的沙灘上醒來，赤裸裸，而且非常、非常冷……

漢堡送來了，他用單手吃漢堡，沒怎麼注意漢堡的味道，純然迷失在自己敘述的故事中。原本只是打算寫流水帳，以免記憶再次冰凍，但是隨著文字流洩，他卻發現自己樂在其中。將句子串在一起，試著盡可能用最少的文字詳細重現每個場景。這過程使他產生莫名的喜悅，這樣的書寫宛如催眠，也有治療的作用……

「你看起來很面熟。」

丹尼爾眨眨眼，抬頭一看，坐在旁邊的女人穿著白色短上衣，留著房地產仲介員的髮型，他沒有注意到這女人何時靠過來的，不禁揣測這女人在旁邊坐了多久。「是嗎？」

「是的。雖然我不太確定。」

「我也不確定。」

「或許你是大眾臉吧！」她伸手探入皮包內，拿出一包百樂門香菸。「介意我抽菸嗎？」

「不介意。」

「想要來根菸嗎？」她將那包菸遞給他。

噢，我抽菸嗎？「謝謝。」那根菸停駐在指尖，感覺非常自然。她點了一根火柴，丹尼爾傾身點了菸，然後深深吸了一口。

他的喉嚨著火了，嘴巴湧出一股厚厚的波浪。他努力壓抑劇烈的咳嗽和忍住不嘔吐，反而導致淚水湧上了雙眼。

很顯然，他不抽菸。

□

巨大的鋼鐵廠將大火排放到夜空中，一如電影《銀翼殺手》中的情景。印第安那州的蓋瑞城[1]是芝加哥最負臭名的養子，放眼盡是盤根錯節像是炸開了的水管和煙囪管，其中一個煙囪管頂端居然還有聖誕樹。

沒有什麼能比有毒工業廢料更歡樂的了。

更往西一點，在芝加哥南方近郊有一排購物中心和巨大的箱型招牌。星空消失了，神祉與女神已被取代，「家庭補給站」與「最該買」等字樣布滿天空。雖然他的時間感已經混淆了，但時鐘告知他已經過了午夜。從警察搥旅館房門、舉著上膛的武器喊他名字起，至今還沒有經過二十四小時嗎？

說點什麼吧？不如說說你不再躲避的主題？

---

1 Gary，全美第七大城，以鋼鐵工廠聞名。該城市位於芝加哥地鐵的東南部，離芝加哥市中心有十五英里左右，因此被認為是芝加哥的一部分，故該城市被形容為「芝加哥的養子」。

安全的白日裡，他盡量避免思考。每當各種問題湧上心頭，他都得靠著專注於眼前事物，才能將這些問題驅離腦子。但現在，遊移在黑暗邊緣，他無處可躲。

例如，格洛克手槍。關於手槍，他告訴自己：很多人都有手槍，所以他知道怎麼拿槍、怎麼使用槍並沒有什麼好奇怪的；手槍聞起來有煙硝味，是因為他曾帶著槍上靶場。但有個制服警察敲過他的房門之後，上述種種假設就很難相信了。

失憶症也是。或者神遊，或者神智失常，隨便怎麼說，高興的話還可以叫他羅伊，反正怎麼稱呼都不會改變現狀。失憶症不知道從何而來，或許他是對的，有自殺意圖的游泳使羅伊誕生。但也可能不是這樣子。或許羅伊是他腦子理的一顆炸彈，例如，是一個腦瘤。

如果這是真的，那每件事情都會受到影響，包括影響他的性格，影響那個可能是「他的」的性格。丹尼爾搖下窗戶，讓冷空氣衝進車內，深呼吸幾次。

真的，所有的問題最終都回歸到一個問題上。

你不記得你是誰的時候，你究竟是誰呢？

他不覺得自己是個壞人。他的心中沒有謀殺案，不想要逃離警察、不想要擦撞超他車的車。即使他沒把格洛克手槍留在緬因州，若要他持槍指著店員，要求對方把收銀機內的現金拿出來，這種念頭光想都會使他反胃。

但警察因為某件事在追捕他，旅館那一次絕不是失誤。警察知道他的名字、他的車子，來的時候連子彈都上膛了。

如果你是個壞人呢？一個罪犯、一個殺人犯？那現在你還算是那個人嗎？

這個想法縈繞於心。生活中的某個時刻，你必須環顧四周、做出抉擇，且抉擇還會帶來後果，即便是糟糕的後果也無從抱怨，因為是你做出的抉擇帶你走到那個境地。拋棄孩子的人，就不要抱怨聖誕節早晨從骨子裡透出的孤寂；說主管的壞話，就不要哀嚎升遷的機會落到別人頭上；犯下謀殺罪，就活該被燒死。他不是特別相信宗教的人，或許死後不會有地獄，但他在此刻就要下地獄了。是監獄，對！還有監禁會讓你與人世隔離，監獄內的黑暗陰影，將迫使你捨棄每天都會出現的白晝。

但現在，他只想要醒來。砰！眼睛一睜開，就發現所有事情都不對了。他自殺，警察想要抓他，可能連夢中那個野獸也想要抓他，在這些事情上他毫無選擇的餘地。

倘若過去的我做了什麼錯事，現在的我要付出代價嗎？

但是，這個代價會有多高？

□

丹尼爾在德摩因市西邊的某家當舖典當了那支勞力士手表，他並不想這樣做，卻又找不到更好的方式。或許他搶過酒店，可惡！搞不好還殺過總統，但最好他全都記得啦！他不是個壞人，他也不想要當個壞人。

或許，「當你不記得你是誰時該怎麼辦」的問題，要回答很簡單，答案就是：你可以選擇做任何人。

櫃檯後面的人出價三百二十五美元，丹尼爾想要賣七千五百美元，這已經是店面價的一半了。最後，雙方達到共識的價錢並非中間值，但是那個男人付現金，付了一疊厚厚的、破破的鈔票。他在一間餐車店吃早餐慶祝，發現炸雞排比之前吃過的都好吃。

愛荷華州沐浴在晨光中，天空像個淺藍色的碗，寒冷的空氣非常清新。行駛於各州間的車速限制依舊是八十英里，道路依舊平坦，依舊筆直，依舊令人心煩意亂。農地散亂在道路的兩側，是玉米，他想；也或許是小麥、大麥。見鬼了！他怎麼會知道？

老兄，這個國家很大，每件事越來越模糊。線索來自各方向，卻沒有脈絡可循。沒有家人可想，沒有家庭可憶，沒有事情可做，只能算著電線桿的陰影，而那些陰影宛如腦中的野獸，是畫家達利[2]的野獸降世吧！收音機裡全是牧師布道、鄉村音樂，僅有一個電台談論青少年流行裝扮等議題，談話沒有什麼內容，只是談論了大腿、年輕人的夢想等，他記不得了。

他想像愛蜜麗就坐在他旁邊的位子，窗戶開著，愛蜜麗的髮絲在風中亂飛，詭譎扭曲的笑容在她的臉上。兩人誰也沒說話，只是舒服的行駛了數英里。

內布拉斯加，玉米更多了。

他靠著替其他車子裡的人編故事打發時間，褪色的瑞典車種ＳＡＡＢ的駕駛是一位中年的社會學博士，雖然他和擔任教授的太太之間已經沒有愛情，卻還是為了孩子勉強留在婚姻中，一路上歷經大大小小的事情，兩個人的相處模式宛若默契十足的袍澤，關係十分愉快。但今天早上她卻冷酷的不顧先生眼中的傷心，打了一通長途電話，說了一個很容易戳破的藉口，狂野又自由的往西飛，腦子裡全是那一位浪漫的語言學博士，他在北普雷特的最佳西部客旅館等她，這男人有細細的髮絲，不太好看的下巴，溫和親切，咕噥著聽不懂、卻完全能了解意思的法文音節時，細長的手指會緊緊掐入她的肌膚。

不停編纂三人的三角情事，伴著他一路開到了科羅拉多州。這時已經是下午了。沒想到教授的先生並非如她所想的那樣缺乏熱情，他在晚上偷溜出去時，盡力避免吵醒孩子。他要在外面啜飲蘇格蘭威士忌，思考贏回太太的策略。只是法國情人對太太過於迷戀，希望兩人之間不要只是一段情，於是他跟隨女教授回到東岸，這種情況將三人帶回到郊區的家，三人聚集在草坪上，進入一個精心安排的衝突中。

該檢查檢查你的腦子了。

昨天晚上他也想過，是不是生理狀態出了問題。即便他處於當下這種極度不安的狀態，但一想到生理上可能有問題還是讓人很緊張。每當想到腦子裡可能長了什麼東西，生理上的突然轉變可能是造成現有麻煩的根源，而這種狀況還有可能會再發生一次……嗯，光想就無法使神經安定下來。但他沒辦法真的跑去醫院，沒有身分證明、沒有保險、沒有足夠的錢，警察還在找他，他不能去！

他開到距離丹佛約四小時處的郊區，落磯山脈好似幽靈般矗立在地平線上，低垂的太陽打上了朦朧的強光。他停在一個加油站，加了油，買了一些肉乾和一罐健怡可樂，他將車子停在連鎖的水上摩托車場。前往浴室的路上，他找到放在公用電話亭裡的《大黃頁》，翻找他想要的資訊。釘在塑膠背板上的立體地圖展示了整個城市，他啜飲著汽水，找到地址，手指頭在地圖遊移，考察了路線。

這裡的購物中心跟其他大多數城市的購物中心一樣，又長又矮的立在天空下。這裡有個有機食物市場，一間壽司店，一間Aveda沙龍。最末端，一個淺藍色的招牌寫著「清楚的影像，開放式核磁共振」。

電話簿上的廣告列出上班時間是上午八點到下六點，丹尼爾停了車，熄了火，塞了幾塊肉乾在嘴裡。

眾人陸續開始走出診所時，剛入夜的黑暗天色正慢慢籠罩大地，病患約在五點三十分離去，醫生緊跟著也離開了，一群穿著高尚的男女走向昂貴的車子。六點一到，兩個身著藍色工作服的接待員緩緩踱步走出，一邊聊天。丹尼爾看得非常仔細，以免他弄錯，但這兩個人走出來時，都沒有停

---

2 Salvador Dali（1904-1989），西班牙超現實主義派畫家。

下來鎖門。

他拉開沉重的玻璃門時，某處傳來一聲叮咚的鈴聲，告知他的到來。丹尼爾一步接著一步慢慢走，掃視了接待室，有舒服的座椅，抽象畫，還有各種雜誌：《君子》、《*In Style*》、《浮華世界》，同時間他也再次回顧他為自己寫的劇本。

「對不起，我們打烊了。」桌子後面的人不知道從哪冒出來，穿著白色的袍子，正如丹尼爾所希望的。

可別說：「對不起，先生。」得記住這點，他必須表現得像是跟哥兒們說話一樣。「我知道。」

那人看了一眼自己的手表。「如果你想要預約……」

「或許有點冒昧，」他停頓了一下，最近幾天已使他有了病容，眼睛深深的凹陷，還有一絲枯槁的疲倦氣息。「如果你不介意，我想請問，你的父親還在世嗎？」

頭頂上的燈光發出嗡嗡聲響，聲音似乎很大。「不在了。」那男人終於開口說，「他三年前去世了。」

「我父親上週去世了。」

「我很遺憾。」

「謝謝。」他移往櫃檯邊，傾身靠在上面。「是腦瘤，有個拉丁文的學名，但無論結果如何，我永遠都不想要知道，因為那個名詞讓一切變得如此寫實、殘酷。」通往接待桌的玄關很黑。「我爸爸，他是……他是我見過最勇敢的男人。但是腦瘤卻讓他著魔了，還奪走了他的記憶，使他五感錯亂，喪失語言能力。」傷痛無法言喻，他只好忍住哽咽，而就在忍住哽咽時，他居然真的感受到自己口中敘述的情感。他是在為自己消失的記憶哀悼嗎？還是消失的記憶裡真的存在這樣的悲痛呢？

「這實在是太可怕了。」

「我可以想像。」

「醫生說，腦瘤是不會遺傳的。」

「大部分不會，不會。」這男人終於可以插話了，「你應該跟你的醫生談，但是……」

「我談過了，醫生要我不用擔心，我爸爸有腦瘤不代表我也會有。問題是，我無法停止擔心。我的意思是：這已經變成我最大的恐懼，我擔心自己會像爸爸那樣失去控制。該死的恐懼占據了我！」

技術人員掃了一眼他的手表。「聽著，我真的很抱歉……」

「聽我說完，好嗎？我請我的醫生幫我做一次腦部掃瞄，但是他拒絕我。他說，在沒醫療需求的前提下，不會幫我開處方。然後，我得到的是這個回應……」他張開雙手做「無能為力」狀。「我真的投降了。我明白我絕不可能發生一樣的狀況，但我就是沒辦法停止不去想，你知道嗎？我已經好幾天沒睡了，我害怕現在我的腦子裡有什麼東西，這種恐懼會折騰死我。」

「你可以請其他醫生……」

「那又會花我一星期的時間預約，而那個醫生可能也會說不。聽我說，我只需要一個平靜的心靈。你也失去過父親，你會了解我現在在說什麼。」

那個人遲疑著，「我不知道……」

「我會付你五百元。」丹尼爾從牛仔褲裡面拉出錢。「拜託，我會在這裡發瘋的。」

那男人咬著嘴唇，看著大廳，再次看了他的手表。

「求你？」

「如果有人發現了……」

「怎麼會？我不會說，而且我也不需要片子，或是任何東西。我只是想要人幫我檢查一下，然後告訴我：我沒事。」

「我不是醫生。」

「醫生只不過是在銀行開戶、掛上名字的傢伙，但這種事你可能一天做了不下數十次，對吧？」

「不止。」

「拜託，你可以幫我這個忙的。」他把錢放在櫃檯上。

那個技術人員看著錢，深呼吸，然後往前踏出一步。「你從那裡的那扇門繞過來這裡。」

十分鐘後，他穿著醫院的白袍，拿下身所有金屬製的物品，躺在一張桌子上，被送進一個儀器中。這儀器看起來就像是電影《星際大戰》裡的東西，技術人員說這東西基本上就是一個巨大的磁鐵。後來他知道了對方的名字叫做麥克。他曾想像這是一根魚雷棒，但是這東西溫和太多了。他被夾在兩個巨大的圓筒中間，開放式的視野讓人非常安心。閉上雙眼，專注的躺著，盡可能靜止不動，試著不將注意力放在大聲的金屬撞擊聲與砰砰聲上，更重要的是，不去想麥克會發現什麼。

從另一個角度想，如果他發現什麼了，你就有答案了。如果他沒有發現什麼，你就是個瘋子。

這是非常漫長的半小時。

終於，麥克的聲音從對講機中傳來。「好了，我要把你移出來了。」丹尼爾躺著的托盤平滑的移動，最後他盯著天花板，再次意識到空氣在儀器底下流動。

他慢慢坐起身，眨眨眼。「一句話，怎麼樣？」

麥克站在通往房間的門邊，一手撐著門。「我很遺憾得告訴你……」

喔，可惡……

「……其實，你好得不得了。」

丹尼爾鬆了一口氣。「老兄，這一點都不好玩。」

「對不起。不過你早知道了，對吧？」

「確定？」

「過來看看。」

丹尼爾跳下桌子，跟著麥克來到另外一個房間，房間裡燈光微暗，被一個巨大的監視器占據。螢幕上切割成四塊，每一塊都顯示了一個黑白影像。

「如果你不介意，我就不列出片子了。」

「當然。」

那男人敲了一個按鍵，監視器轉換成一個單一影像，是一個黑白的阿米巴原蟲。形狀改變、變大，最後變成一個人類頭蓋骨的簡單樣貌，大腦像花椰菜似的以高度對比顯現。麥克按鍵盤的時候，畫面跳動。丹尼爾假定是一個個區域切割。

「我不是很清楚我該看些什麼。」

「看異常狀況。」

「除非這是一個小炸彈和一根保險絲的圖稿，不然我真不知從何看起。」

「那裡什麼都沒有，掃瞄結果顯示正常。」

「你確定？」

「老兄，你想要去看醫生的話，隨便你。但這是你的腦子，裡面什麼問題都沒有。」技術人員轉身，抬頭看著他，「至少，生理上沒問題。」

「是。」

「現在，我非常抱歉，但是我得……」

「好。」丹尼爾抽出錢，遞過去。「謝謝。」

回到更衣室，他脫下白袍，穿上他的牛仔褲與汗衫。試著不去想。

麥克走向他，到了門邊。「你還好吧？」

「沒事，我只是……」他聳聳肩。「開始相信了。」

「嗯，老兄，快樂點。一切都會沒事的。」

丹尼爾點點頭，走出去。

「喔，還有一件事。你爸爸的事情，我很難過。」

「謝謝。」他說。之後他走過黑暗的停車場，走向車子。說謊的感覺很糟，但知道了真相的感覺更糟糕。他沒事，生理上沒事，應該要覺得鬆了一口氣才對。

因為某件事，他從國家的另一端開始了一趟旅程。從空空、皺皺的大麻包裝袋以及其他物品研判，他應該是用嘴巴咬開大麻包裝袋苦苦的拉繩，好快點打開袋子，然後同時用傑克．丹尼爾牌威士忌和加油站的咖啡沖刷腦子，才能用這個嘎嘎作響的腦子奔馳完旅程。馬路上的車道分隔線模糊卻固定，樹木形成一整片翠綠色的牆，在非常疲憊的時刻，現實並沒有那麼可靠。一股瘋狂的挫折感衝進東邊的天空。

只能假定問題是：如果並非病理因素造成，那會是什麼原因？

什麼事可以讓一個人逃得那麼努力、那麼快？

班尼特夾住的那塊閃亮、粉紅色的肉落下，將黑色的液體濺得滿桌都是。

他搖搖頭，放棄筷子，真是愚蠢的發明。他用大拇指和食指抓起鮭魚，又沾了一次醬油，丟進嘴巴裡，閉上雙眼，品嚐肥美的魚肉融化在口中的感覺。接著啜飲了一口清酒，現在酒已經變得微溫。他擦拭手指，亞麻餐巾弄得痕跡斑斑。

儘管空氣中已經飄著秋天的味道，午後依舊溫暖得可以坐在高見壽司店的露台上，這是在洛杉磯市中心的二十一層高樓上。小小的室外空間塞得滿滿的，大多是穿著俐落套裝與帶著高價手表的男女，嗡嗡的對話聲四處響起。

「……市場已經過度擴張了。我告訴你，我們已經快要領雙薪了，而且，如果我們夠幸運……」

「……那是瑜珈，但是你得在華氏一百零五度的高溫下做瑜珈。也就是說，你會流很多汗，然後一邊彎腰、劈腿，然後呢……」

「……上了一次試鏡，現在她就認為自己是畸形版的珍妮佛・安妮斯頓了……」

「……你找眼鏡會出狀況，那是因為你在找眼鏡的時候沒有戴上眼鏡……」

「……你知道他們早睡在一起了！真笨。那怎麼可能行得通？我的意思是說，她擁有一切，但……」

如果仔細聆聽，就會發現這個吵雜的世界有多麼滑稽，人類的大腦要裝這麼多噪音。對話猶如游泳般，持續不斷、困難重重，而且光是聆聽，就可以學習到許多的事。

每個人都擁有多重身分。同樣一個人，在與家人、朋友在一起時，會呈現出不同面相。每個人身上都有某部分是帶著罪惡的，會做出使自己深感羞恥的事；但別人有了相同行徑時，卻又會評斷他人的行為，即便自己也幹過一樣的事。發生外遇的愛妻也分裂成兩個人：其中一個謹慎的編造謊言，另外一個則會發出動物般的呻吟嘶吼；其中一個擔心晚上的混亂狀況，另外一個亟欲相信世界是她的，燃燒著火紅灼烈的激情。

人就是這樣周旋在眾角色之間，女子可以誠實的為丈夫與孩子奉獻一切，因為扮演妻子的她，和在汽車旅館發洩熱情的女人，是截然不同的兩種身分。

人們喜歡假裝這一切都不是真的，這就是人賴以維生的方式。

「先生，您還需要吃點什麼嗎？要不要試試看綠茶冰淇淋？」

班尼特搖搖頭。「結帳就好。」他從口袋中掏出手機，憑著記憶撥了洛杉磯警署的電話，然後按了分機。

那個男人接起電話時，班尼特說：「知道我是誰嗎？」

電話那頭靜默許久，然後，回答道：「我知道。」

「聽到我的聲音，你似乎沒有很高興。」

「去死吧！」

班尼特露出微笑說：「嗯，老兄，你那頭話說得倒是很簡潔嘛！我需要你幫我查點東西。」

「我還需要你幫我口交……」

「你真的想要改變性向了嗎？」

「計時器已經設定好了。」

「那只是制式的設定。」

又是一陣靜默，然後，電話那端說：「你想要知道什麼？」

「我想要知道犯罪現場的財產清單。」

「哪一個犯罪現場？」

班尼特告訴了他，然後在腦子裡倒數：五、四、三、二……

「你有涉案嗎？」

「我個人沒有，這只是幫一個朋友的忙。」

「班尼特，你沒有朋友，你是隻鱷魚，在每個人的黑暗面爬進爬出。」

「真有詩意啊！我還在等答案。」女服務生送上帳單，他對女服務生點點頭。他留下的現金除了夠付用餐點、百分之十八的服務費，還多給了百分之十或百分之三十的小費，這樣就會被牢牢記住。然後他把腳蹺到對面的椅子上，開始享受周遭的景致。

「給了你這個，我們就再也沒瓜葛了。」

「沒問題。」

「我是認真的。不要再打給我了。」

「我保證不會。」

「使用者手冊、帆布購物袋、戶外用纜線、汽車導航器、《米其林指南》、洛杉磯二〇〇七年版。還有太陽眼鏡、防身噴霧器、口紅、睫毛膏、護手霜。」

「就這樣？」

「對。」

「沒有其他東西了。」

「沒有。」

「沒有女用單肩皮包？」

「靠，我有說到女用單肩皮包嗎？沒有吧？所以就是他媽的沒有……」

班尼特掛斷電話。他把手機收起來，站起，收好椅子，走進飯店室內，音樂聲取代了眾人的談話聲，有些歌詞還真是沒營養。

一位漂亮的女侍謝謝他來用餐。

他按了電梯樓層鍵，開始抖腿。

還在那裡。

我得去那裡找找。

□

這裡並不是馬利布市房地產最貴的街區，最貴的街區是離此地還要半小時車程的西洛杉磯，那裡才是有錢人的天堂。從這點考量，這裡的房價甚至都還跟「貴」沾不邊。但人都是用比較的觀點看事情，眼前這棟房子摩登又明亮，隱藏在保全護欄後面。同樣大小的房子在蓓琳妲．尼可斯生長的國家也有，但眼前這間房子的價錢可是貴了十倍。

她將前天買來的客貨兩用箱形車停在街尾，呆坐在裡面。分類廣告上很精準的描述了這輛房車：「一九九五年克萊斯勒車廠的道奇Caravan箱形車，堅固卻不美觀，一千二百元／可議價」。她出價一千五百美金，不是因為在乎錢，而是因為不討價還價就會讓她更容易被記住。最後雙方以一千八百元成交。蓓琳妲將鈔票放在賣方手上，賣方遞給她鑰匙和瞧不起的眼神，她是那個爛東西的驕傲車主了。用「不美觀」來形容這輛車，還只是保守的說法。這輛車早就快報銷了，外觀是無聊的白色，除此之外，在閃亮、裸露的不鏽鋼板金上，還留有一條長長的刮痕。

她買這輛車是要有個可丟棄的家，方便用來解決事情。實用性是最主要的考量，可以把睡袋放在這裡，就不會留下旅館紀錄了。但萬萬沒想到，這輛破車竟然還是個絕佳的掩護工具。往窗外觀看馬利布市，這些漂亮、昂貴房屋除了需要有人清理、照顧花園景觀和維護游泳池外，也需要保全措施。從她將車停在此處開始，保全公司兩度開車經過，但都沒有停下車來盤問一下。

她的胃緊縮，神經隱隱作痛，但還是靜坐不動，瞪著外面的窗戶陰影，花時間逐一檢查所有狀況，以確保沒有忘記任何細節，事前準備的重要性是班尼特教給她的其中一項規矩。班尼特是頭野獸，卻很專精於他從事的工作，她從此人身上還是能學到很多事情。

草坪整理人員帶著一個被打扁的東西經過，西班牙裔的帥哥清潔人員在後院工作，努力在割草機和落葉風箱之間保持身體平衡。四分鐘後，某一家的保全連線大門打開了，一輛瑞典車ＳＡＡＢ開出來，女駕駛一邊開車一邊講手機。又過了一會兒，一個保母推著嬰兒車走向街區。每個人都很安靜，沒有警察的痕跡。

拉下遮陽板上的鏡子，她最後一次自我檢視。臉上的酒紅色胎記從額頭穿越眼睛，分布在臉頰的一側。胎記太亮了，看起來像是生氣的紅色。她的五觀特徵很平均，眼睛大大，鼻子小小，沒有一點曬斑，應該算得上是個美人。除了這個胎記，火焰斑，每個人都看過，回想一下戈巴契夫的長相吧！

她蓄著一頭加州女子會有的金髮，紮成馬尾，用一個白色的大髮圈綁好。衣服過大，是二手店買來的工作服，可以遮住身上的肌肉線條。她慢慢的吸了一口氣，眼睛與鏡中自己的眼神相遇。

你再也不是蓓琳妲・尼可斯，你現在是麗拉・巴尼斯特。你是一個富有魅力的金髮女子，也有讓人稱羨的工作，但真實的情況無法欺騙他人，欺騙家裡的兩個孩子。與其要清理這裡的房子，你寧願住在其中一間；與其要當清潔人員，你寧願當個電影明星，但是任由願望如野馬奔馳，就需要找個人打掃馬廄了。你的前夫早就離開，但是你的男朋友是個正派的人，在一間電話公司工作。週六晚上你們兩個人在你家的門廊喝著瑪格麗特。收入好的月份，你會未雨綢繆存點錢，但是額外的花費似乎太常上門，像是：牙醫帳單、這台道奇箱形車的整修費，媽媽住養老院的花費。但至少你和男友還擁有彼此，還有工作，這些日子以來，那份工作是個恩賜。生活都還好。

麗拉轉動點火裝置，轉動時得持續握著旋轉扭，不停轉動、轉動、轉動，直到發動。她駛過房子，駛過街區，最後一次檢查環境，四周很安靜。然後轉回萬德米爾路，駛過稍早看到的草坪清理大隊，開往丹尼爾．海斯的房子。

前面有一個與保全連線的大門擋著，一根縱立的柱子上掛著一個對講機按鈕和一個數字鍵盤。麗拉搖下車窗，馬利布市的溫暖空氣吹進車內。她傾身用力敲打密碼，然後聽到鍊子拉緊的聲音，門往兩側滑開。她駛入門內，跟著地上的方向指示線開往房子。兩隻手掌都濕透了，她在褲子上擦擦手，然後熄滅引擎。

麗拉跳下車，將門推開，門發出又尖又長的聲音。十一月了，儘管百花凋零，空氣中依舊有一股甜味。她打開後門，拿出一個水桶和一個粗呢袋子。輕輕的對自己悶哼幾聲，走上門廊的階梯，來到前門。她知道沒人在家，但是房子的清潔人員進門前都會先按門鈴，所以她也照著做。站在門廊上，她可以感覺到太陽照射在後背，感覺到小腿的緊繃。十五到二十秒鐘以後，她翻著粗呢袋子，拿出一個鑰匙圈，將其中一把鑰匙插進去。門開了，麗拉走進去，門在她身後關上。

門關上的瞬間，恢復身分的蓓琳妲．尼可斯丟下裝滿清潔產品的粗呢袋，丟下水桶，為求謹慎起見，她快速的將一樓繞過一圈，做一次班尼特會做的事。有人在這裡喝過酒，廚房的櫃檯上有幾瓶威士忌，每一瓶剩下的量不一樣。垃圾桶，水槽裡有盤子，蓓琳妲全看到了，然後她走向後面的門廳，爬上樓梯，來到二樓。

陽光流洩在主臥室各處，床鋪非常整齊，但室內逗留著一股不肯離去的悲傷氣氛。蓓琳妲搖搖頭，走向床頭櫃，打開抽屜。

應該在那裡的手槍並不在那裡。

她瞪著抽屜裡面好一會兒，將所有看到的東西分類。護唇膏，天然材質保險套，一碟零錢，一本葛瑞格・賀爾維茲[1]的小說。她舉起書，確認手槍不在書本底下。槍不在書本底下，但是其他東西在，一只閃亮的不鏽鋼戒指。她拿起戒指，握持在拇指與食指之間。不鏽鋼很輕，內側已經輕微磨損。

搞什麼鬼！為什麼丹尼爾・海斯的抽屜裡放的是婚戒，而不是她要找的手槍。

丹尼爾・海斯在玩什麼把戲？

蓓琳妲將戒指放進工作褲的褲前口袋，關上抽屜，走向辦公室。海斯的桌子既不乾淨也不雜亂，一台筆記電腦置於桌子中央。她打開一個抽屜：筆、剪刀、印章、橡皮擦、一疊空白DVD光碟片，然後在抽屜後面找到她在尋找的東西。

她看著抽屜裡的東西，矮胖的小左輪手槍比較容易藏，但是左輪手槍看起來不如另一把手槍有威力，另一把手槍是黑色的，有鍍鉻的底，把柄附近印著「西格紹爾」字樣。看起來有種運動風，如果詹姆斯・龐德決定換一把不一樣的槍，應該會想要帶這一種。蓓琳妲伸手拿槍，卻驟然停住動作，她的手在發抖，皮膚起雞皮疙瘩。她討厭槍。

班尼特的聲音在她心中響起：「大姊，每個人都會犯罪。要掌控這些罪人，你所要做的就只是看著。」班尼特並不是優雅的對她說說這個觀點而已，乃是親身向她證實，而且證實了兩次。

你真的別無選擇。

蓓琳妲拿起槍，感覺槍的重量、槍的觸感都很合手。胃裡有東西在蠕動，她壓下這種感覺。將

1 Gregg Hurwitz，美國著名的犯罪小說作家。

手槍放進褲子的另外一個口袋。丹尼爾．海斯的結婚戒指和手槍，分放在不同的口袋裡，兩個口袋創造出一種奇異、邪惡的不對稱感。

該走了。

在樓下，蓓琳妲挺起肩膀，提起所有的清潔工具，打開門。麗拉．巴尼斯特走進燦爛的午後光線中。她停下來關前門，將清潔用具胡亂丟進箱形車後面，想著該如何度過今天剩下的時光。為家人做晚餐前她還有兩個小時以上的時間，她有最新一期的《烹飪觀點》食譜，可以做墨西哥鮮魚塔可餅，她期盼嘗試這個食譜。她要和孩子們談談學校生活，看一、兩個小時的電視，或許再泡澡，然後休息上床。

保全連線大門的自動感應裝置啟動了，搖搖擺擺的開了門，一側車身有刮痕的白色客貨兩用箱形車駛出大門，蜿蜒開上太平洋海岸公路，然後消失在往東的車流中。

一切始於沙漠。

丹尼爾衣衫藍縷，寂寞的旅程使他形容消瘦。連著幾天的景象與陽光糊成了一團，過多的速食與咖啡因也使他的胃酸過多。昨晚約莫夜半的時刻，他將車子停在猶他州某條街的馬路邊。說是馬路，實際上只是一條塵土飛揚、雜草叢生的小徑。快要入睡前，他關上車前大燈，步下車，往上看。讓人頭昏眼花的星星散落在夜空中，大量的星星在沙漠空氣中閃爍著白光。星星多到超出他所能感受，近到過於他所能承受。過了一會兒，他全部的恐懼都卸下。他只是瞪著上方，迷失在廣大的星海裡，神遊其中。

然後他挪開後座的垃圾，癱倒在上面。夢中，愛蜜麗為他跳舞，裸著雙足的她唱著他聽不懂的歌。

稍後，清晨時分，他飛車穿過拉斯維加斯的同溫層高塔、凱薩宮、利維酒店，從紀念碑到火紅的神祉，全都隱約出現。旅行團的照片總是展現夜晚的拉斯維加斯，是因為夜晚的拉斯維加斯如煙火鮮豔奪目。清晨日光下的拉斯維加斯，看來超現實卻又廉價。彷彿是一整晚都做出了差勁的決定，導致今晨的宿醉。

而且煙火般的拉斯維加斯在清晨消失的速度，比宿醉退去還快。車開到了拉斯維加斯近郊的某處沙漠時，感覺來了。

興奮感。

隨著他擊敗無聊的里程數越來越多，胸中冒出的感覺越來越清楚，一個喜悅的泡泡散發著溫暖。他幾乎要到家了，只差幾個小時，就能知道每一個問題的答案。他不知道會找到什麼答案，但至少會有個結果。

快接近正午時，他從州際十五號公路轉向往州際十號公路。在機械般冰藍的天空下，平滑、寬敞的水泥線道看來更為寬敞。與他過去幾天跑過的一堆鄉村相比，這裡沒有什麼不同，同樣有汽車代理商、沿公路開設的商店區、連鎖旅館。但這裡的感覺對了！道路、小鎮都有名字，這些名字他唸起來像是冰淇淋的牌子：康維納、波蒙納、阿罕布拉，一個比一個更有熟悉感。

半小時以後，洛杉磯的地平線在遠方升起時，鏡面外觀的高樓大廈上掛著銀行、保險公司的名字，河水與淺塘處水光淋漓，他覺得自己的心在膨脹，大到隔著肋骨都可以感覺到跳動。車流緩慢，他的右側是一個金髮女子駕駛的敞篷車，女子的鬈髮浪漫得像是一場夏之夢；他的左側是個男子，一面駕著通用汽車的悍馬，一面對著手機大吼。透過黃色的污濁煙霧看去，好萊塢的標誌依舊清楚可見。廣播電台頻道的接收有時清楚、有時模糊，宛如從月亮傳送過來的廣播節目；廣告看板宣稱：減肥太爛了，建議他應該買個膝蓋綳帶。十一月了，現在溫度只有七度。

洛杉磯，到家了。

他強迫自己將注意力拉回眼前。恰當的說，保險卡上的地址是馬利布市，不是洛杉磯。但是《蜜糖女孩》的家在威尼斯海岸區。

不，蠢蛋，不是這樣子的。《蜜糖女孩》的家是在某個攝影棚裡，牆壁只有屋子的正面，天空是輕鋼架搭成的。愛蜜麗不存在，她只是你混亂腦袋製造出來的一個形象，好讓你回到洛杉磯。

嗯，好極了，潛意識產生的兩個觀點。但是，沒必要搞得很可笑。

他眼前閃過一個影像，一個夢境，可能喔？愛蜜麗站在窗戶前，裹在宛如薄紗的陽光裡，深色頭髮閃閃發光，粉色嘴唇一張一合，好像正要說些什麼。愛蜜麗穿著合身牛仔褲、黑色內衣，他可以看到腹部隨著呼吸起伏的柔軟皮膚、肩膀的曲線、透過蕾絲隱約可見的乳頭。

當然啦，前往馬利布的路上，應該會經過威尼斯。大約距離一、兩個小時吧？

在他心中，彷彿看見了愛蜜麗的嘴唇抿出一個甜死人的微笑，並承諾會在馬利布市與他相見。電視影集不會特別在房子的所在地取景，但影集中或多或少會出現當地的地標。萬德米爾大道上方有一排褪色的字母：「威尼斯」。壁畫中的莫里森由上俯視。木板路、直排輪、雜耍表演、無家可歸的流浪漢，他在電視上看到時，一眼就能認出，儘管沒有上下脈絡，他也能認出，就像他能用同樣的方式在心中勾勒出自由女神像，卻不知道他是否真的親眼看過。

但現在他已經在這裡了，真的有種確定感，感覺自己曾待過這裡，曾開車經過這些街道，曾在這些飯店裡用餐。這裡刺耳又美妙的噪音，有種似曾相識之感，令人感到愉快，而且他發現這些興奮感一再增長。他每轉過一個角落，對這地方的熟悉感就增長一分，而每轉過一個角落，他就期待會看到……

看到什麼？看到愛蜜麗靠在一個門廊的圍欄上，對你揮手嗎？

嗯，是的，類似那樣子。所以，他緩慢的行駛，行經每間時尚精品店、瑜珈教室、刺青小舖。BMW駛過有草坪的大道和小巷，尋找掛有「蜜糖女孩」標示的房子，假使找不到愛蜜麗，那至少會找到一些答案。

三小時以後，他頭痛了，湧上噁心的感覺，也沒有把握已經駛過威尼斯所有的街區。

房子不在那裡。

房子當然不在那裡，你打從一開始就知道了。

但還是心痛。事實上，會如此心痛實在讓人驚訝。或許只是一廂情願的想法，但在旅程中，愛蜜麗之於他已經是個指標，是指出這一切背後有更大意義的符號。愛蜜麗是「家」，是「母親」，是「愛人」的混合體，是兼具扭曲的微笑和一切答案的妖婦。

把這一切趕出你的腦子。並沒有什麼愛蜜麗．史威特。

此外，也沒有韓．蘇洛[1]，沒有聖誕老人。抱歉啦，小子。

丹尼爾找到一個地方停車，腳步沉重的走進一間餐廳，點了古巴三明治和兩瓶啤酒。他坐在路邊的搖晃餐桌旁，麻木的咀嚼食物，看著人群持續進行他們的人生。

沒關係，他不是為了那個才來這裡的。他沒有發瘋，沒錯，他是很困惑，也很害怕，但他沒有發瘋。愛蜜麗的夢使他疲憊，愛蜜麗的夢跟著他穿越整個國家，但是他是在握有確切證據的情況下，完成這趟旅程。證據就是保險卡上的地址，所以他到了這裡。

當然，有這麼一個怪異、輝煌的指標引導他，感覺很好。這個指標使他做過的一切都有種得到赦免的感覺，使他有了信念，相信一切都有規律，凡事都有目的。只是慾望阻礙了目的的達成。

或許，僅憑著保險卡上的一個地址來斷言你的人生，是種糟糕又無聊的方式，但這是你手上僅有的。好好把握這個地址。

他抹去手上的油，喝下最後一口啤酒，走回車子。該開往太平洋海岸公路，去看看馬利布市能提供什麼答案或線索。

二十英里、四十分鐘後，丹尼爾發現他錯了。

結果證明，他瘋了。

1 Han Solo，是一九七七年推出的電影《星際大戰》的角色，由影星哈里遜．福特（Harrison Ford）擔綱演出。

第二幕（上）

在洛杉磯，你認為是你在塑造某件事，其實是某件事在塑造你。

——《失憶的眼界》，史帝夫・艾瑞克森[1]

1 Steve Erickson（1950-），美國小說作家、散文作家、電影評論家，一九九六年出版的《失憶的眼界》（*Amnesiascope*）為其最著名的作品。

一週前，丹尼爾模模糊糊的在一處海灘上醒來，那是一處又寒冷、又灰暗、又孤單的海灘，有種杳無人煙的美。他當時幾乎是置於死地，但也可能他是想自殺。

然後，那些夢，那個警察的追捕。

燈光模糊的午夜駛過那些城市。

中西部的美國是地形平坦，燈光黯淡的一大片土地。

無邊無際的田野。

拉斯維加斯是華麗俗氣的人間樂土。

沙漠的熱氣發亮刺眼。

洛杉磯忙亂喧囂。

太平洋海岸公路是一條絲帶，環繞在岩石山脊的凹陷處與藍色太平洋突出之處。

終於抵達馬利布市了！馬利布市宛若停駐在海岸中央的一粒寶石，它比任何一個地方都還美麗。金色的陽光，空氣中的鹹味，一幢幢濱海小屋在樹蔭與海灣間隱現，屋旁是價值百萬的玻璃與石頭打造出的奇景。衝浪者在海灘上享受冗長緩慢的休息時間。這段共二十七英里長的路包含了海灘、峽谷、棕櫚樹、晴空——是從未有過烏雲的晴空，會遮天的只有營火造成的濃煙，或是可能造成山崩的大雨。名人躲在設有保全系統的大門後面，街頭哲學家則在有機咖啡店外面分送智慧。丹尼爾不需要看前面那輛車的車牌，就知道上面寫的是「**馬利布市：一種生活方式**」；也不需要地圖，他熟知附近的道路。

不是因為記得佩柏戴恩大學洛杉磯分校前面那一條條驚人的綠色細長草坪；不是因為記得攀附

在懸崖邊的白色房屋；不是因為看到Pavilions超市就想起曾來過這裡購物；不是因為看到一大片寬廣的丁角海岸[1]就能想起曾在那裡游泳。這是本能，是身體的記憶。記憶驅使下，他的身體本能知道自己身處何處，該在哪個轉角轉彎。

所以他任由身體擺動，隨著本能引導，直到他重返萬德米爾路，重返汽車保險卡上的地址。

現在，他注視著一棟房子，一棟兩層樓的房子，是加州當代風格，有很多玻璃，有兩側延伸出來的門廊。他意識到，沿著這條線索往下走的他，不知怎麼的已經瘋了。發瘋是遲早的事，不用等到他看見咧嘴貓與紅心皇后[2]才能證明他瘋了。只有發瘋了，才能解釋他怎麼會找來這裡。

他找到的是《蜜糖女孩》的房子。

「房子在兔子洞[3]裡面。」他說，試著大笑，但聲音聽起來像是快死了一般。

有一道從未出現在電視上的牆，私人車道前還有一扇更高大的柵門。但他可以看到一模一樣的房子：褪了色的蜜桃色牆壁像是夕陽的顏色，愛蜜麗與妹妹並立談話的門廊、木頭的欄杆，這些細節他在電視上全看過。住在這屋裡的女人，就是數次在夢中與他交談的那位，只是一部通俗肥皂劇裡的角色，**一個不存在的女子**。除此之外，女子應該住在威尼斯海岸區，不是住在這裡。但房子就在這裡，矗立在一間平房和一間希臘式房子中間，就正好位在他該死的車窗外……

一陣喇叭聲將他從恍惚狀態中驚醒，他看了一眼後照鏡，後面是一輛福斯金龜車。腦子還沒想到愛蜜麗開的就是一輛金龜車，身體就先有動作了。

1 Point Dume，加州馬利布市著名的海角，位於聖塔摩尼卡海岸的北邊終點。

2 talking cats與mad queens都是《愛麗斯夢遊仙境》（*Alice's Adventures in Wonderland*）中的角色。

3 《愛麗斯夢遊仙境》中，主角愛麗斯就是因為掉到兔子洞，而進入「仙境」。

不會吧！

日落照在玻璃車窗上的角度使他無法看清楚，但是車中人的側影，有可能是……他拉了停車桿，跳出車外。每往前移動一步，車中人的模樣就更清晰一分：對方的臉部側影，臉上細緻的特徵，放置在方向盤上的手指，然後他走到車子邊……駕駛是一位印度婦女，露出一雙大又驚恐的眼睛。他也僵住了，不是愛蜜麗！印度女人胡亂摸索著換檔桿，向後一拉，福斯金龜車一瞬間往後倒退了十碼。

「等一下！」他說，雙手舉起、放下。「對不起，我不是有意……」

隨後那名印度女人飛車經過時，他正失落的靠在BMW上。印度女子留給他的最後一眼，是車子轉過街角時比起的中指。而後，他獨自一人，站在一棟不該存在的房子前面。

對！對！

現實與電視劇情混在一起了。

丹尼爾急急忙忙爬上自己的車，剛剛沒有注意到車子停在路中央。應該要放聰明點，最好先將BMW停在沒人看得到的地方，然後再走回這裡，按門鈴。

接著，急速駛離。

□

他從海灘停車場走回來時，期待剛剛見過的房子形貌改變。他希望這一切都只是因為壓力而虛構出來的。他缺乏睡眠，又深感孤單，心裡很緊張，至少是非常困惑。他反覆唸著一句話，像是在唸經文一般，他配合著腳步不斷唸著：「我只是很困惑，我只是很困惑……」

但就在他抵達那個地址時，看到的卻是一棟真實的房子、比真實的房子還要大的房子，是一棟加州現代建築，有很多面玻璃，還有往兩側延伸的門廊。

好吧！嗯，就沿著這條線索走吧！

金屬柵門約有八英尺高，門會往兩側滑開，以便進出。大門上約車子高度的附近，有個小小的控制面板，上面是一組數字鍵盤和一個對講機按鈕。他按了按鈕，發出一陣嗡嗡聲，他猜，聲音應該來自房子裡面。他等了很久，又按了一次。沒有人回應。

我猜，我不在家。

丹尼爾以前應該知道打開大門的密碼，但密碼隨著其他記憶消失了。他又前後掃視一次這個街區，這一區和馬布利市其他的地區相比，並不是最富有的，但這區很漂亮，十分舒適宜人。大多數的房子都有籬笆保護，有墨西哥工人從事修剪草皮的工作，或許還有私人警衛四處巡邏。但他覺得最棒的是沒有人看著他，只是，誰知道呢？

丹尼爾踮起腳尖走路，拉長身體想要搆到大門邊緣。他又跳又拉，試著讓下巴可以搆到大門邊緣，身體吊在那裡，底下有什麼東西戳到他。他雙手像是要爬出泳池那樣，腳蹬了鐵門一下，發出「砰」的一聲，就這一下給了他足夠的彈力能抬高一邊膝蓋，讓一隻鞋掉過去。下一瞬間，他的尾椎撞到被太陽曬熱的金屬，另外一條腿跟著跨過鐵門，然後整個人笨拙的跌落在車道上，撞擊力透過膝蓋、腳踝傳導到全身。

這比看起來難多了，他站起身，拍去手上和牛仔褲上的灰塵。

現在他的視線毫無障礙，可以看出眼前這棟房子與影集中的那棟有許多相異之處。花床位於人行道兩側，但花已經被雜草和青草掩蓋。有一處的門廊有點晃動，雖然跟電視影集裡的那個門廊不完全一樣，可是他覺得這個門廊的感覺很對。

這個想法使他一陣膽寒，這整個地方都使他發顫。他出了一身汗，傍晚近天黑的太陽光不可能使他出那麼多汗。頭一陣暈眩，一股強烈的感覺告訴他，立即轉身，照著來時路，跳上籬笆，跳上車，然後……

什麼？

丹尼爾挺直背，擦擦雙手，走向房子，爬上台階，迎向門廊，然後停下來。最上層的木板使他膽怯了幾分，他有種強烈的感覺是，下一個台階踩上去會嘎吱嘎吱響。如果真的響了，這代表什麼？如果沒有呢？嘎吱嘎吱響表示他腦筋正常，沒有響表示他發瘋了。

台階嘎吱嘎吱響了。

我知道這個地方。但我不知道這背後可能的意義，我知道怎麼進來這裡，我知道樹在風中沙沙作響的聲音，我還知道那一處的走廊會晃動，我知道我曾經坐在上面。而且，老天爺！救救我吧！我甚至覺得那時候旁邊坐著……

愛蜜麗．史威特。

他的運動鞋發出嘶嘶聲，他用手指撫過欄杆，木頭平滑，有鹹味，上過漆，很好摸。在第一扇窗戶外，他將手掌圈成杯狀放在窗上，他瞇起眼想要看看屋內。

燈已經關掉，但是陽光照亮屋內。屋內看起來一點都不像影集內的場景屋。低矮的家具是北歐風格，有清淡的顏色與幽雅的曲線，放置在看起來很昂貴的地板上。這個房間散發著空曠感，第六感告訴他沒人在家，但這裡有人住過。第六感爬過他，告訴他：**他住過這裡**。

他走向前門，透過門上的刻花玻璃縫隙，可以看到一張桌子的尾端、大理石地板、牆上的相框。他的手伸向門把，門上鎖了。

他將手探進口袋，拉出那串鑰匙。那串鑰匙上有BMW的車子警報鎖，也有用來轉開車牌的小鑰匙，還有另外三把鑰匙。其中第二把鑰匙可以插入門鎖，啪答一聲，上過油的門鎖打開了。他將手放在門把上，手指全濕了。

我是丹尼爾・海斯。這是我的房子。

那為什麼我這麼害怕？

他扭轉門把，不到一秒鐘，門就滑開。他再一次掃視身後，然後踏進屋內。

□

什麼事都沒有發生。沒有喇叭聲、沒有爆炸、沒有在地下裂出一個大洞。他走了一步又一步，運動鞋摩擦大理石地板，發出吱吱吱的聲響，空氣裡有一股霉味。

玄關明亮且寬敞，一道拱門通往客廳，另外一道拱門位於玄關的盡頭。優美的木頭樓梯用金屬骨架支撐著，感覺像是每個階梯都懸吊在空中。門邊的桌角有一塊模糊的銅鏽綠灰塵，桌上還有一個銅碗、一張收據、一副太陽眼鏡。他有一種衝動，想要將身上的鑰匙、錢全都掏出來丟在那裡。

「有人在家嗎？」

他咔答一聲關上門後，走向掛著相片的牆。牆上總共有三張相片，黑白相片，裝在相框裡。

三張都是愛蜜麗・史威特。

看起來三張相片是同一個時期拍攝的。三張相片中的她，都穿著白T恤，靠在一面白色牆上，襯衫與牆壁融成一體，更加凸顯她的臉部特徵、頭髮、手臂肌膚，就像是在召喚前面的燈光。第一張相片中，愛蜜麗身體轉向一側，黑髮掩蓋了臉，手臂往前抓住了小腿，這個姿勢恰好可以展現胸部曲線；另外一張相片裡，愛蜜麗臉面對前方，但眼神卻看向他處，雙唇露出隱約微笑。第三張相片是最性感的一張，是愛蜜麗的臉靠在牆上，一隻手舉起，頭稍稍往後仰，好似在做白日夢。這三張照片都很漂亮，但都不夠專業，對比不夠，打光也不太夠，雖然看來好像是某個熟練的攝影師拍的，但其實是靠臉上的表情、姿勢中的信賴感，賦予影像力量。這三張相片應該是某個愛著愛蜜麗的人拍的。

快要發瘋的感覺，是不是就像現在這樣呢？

但是他不信自己要發瘋了。不知怎麼的，他清楚知道還有其他照片，是消失的記憶告訴他的。他穿過拱門，走進混亂的客廳，他就知道還有其他的相片！

相片在這。而且，不只有愛蜜麗的相片。

壁爐架上放置了一組相片。愛蜜麗和一個穿著滑雪衣的男人斜眼看著鏡頭，這張背光的相片是在一個光線強烈的高山斜坡上拍的。愛蜜麗和一個男人跳舞的照片，是在愛蜜麗大笑到一半時拍下來的，男人的大手放在愛蜜麗窄小的背上。另外一張是大約一個手臂遠的距離拍攝，愛蜜麗和一個男人在飯店沙發座椅上，兩個人身體倚靠，臉頰相碰，笑得閃亮、無憂無慮。還有一張是愛蜜麗和男人趴在一輛灰色BMW的車蓋，高舉著車子的所有權狀。

一輛灰色的BMW，很像是他開到這裡來的那輛。

相片中的男人看起來像是他。

丹尼爾的身體晃了晃。他就像是一個氣球飄著，頭離地有三呎那麼高，他彷彿可以看到自己在這間客廳中移動。這是他的客廳。他傾身更靠近相片看自己，愛蜜麗的手臂探進一個南瓜中，報紙散落各處，等著接南瓜子和澄色的南瓜果肉。其中一張相片裡的男人看起來很像是比較年輕的他，一手拿著菸，另一隻手對著鏡頭比起大拇指。有一張相片是愛蜜麗坐在化妝椅上，美麗的雙肩裸露，某個人正打理著她的頭髮。有張相片裡看起來像他的男人，穿著燕尾服，和愛蜜麗站在沙灘上，海水淹上他的膝蓋，但還沒有淹到愛蜜麗的白色禮服。

丹尼爾拿起這張相片，雙手顫抖，他拍了拍相框背面，試圖在打破相框前先拿出相片。他將相片拿得更靠近，無法穩定的雙手抖動著兩人的結婚照片。

老天爺啊！

他們的結婚照片。

他可以聽到自己的心跳聲，真實的聽到心跳聲，耳朵都聽得到頸上脈搏重重跳動發出的聲音。相片裡的女人是他的妻子。是愛蜜麗・史威特。

不！你這個愚蠢的混蛋，你怎麼敢這麼想，你這是踩在薄冰上，是玩火啊！

不對，不是愛蜜麗・史威特，是女演員藍妮・薩爾。而那個海灘，他知道那個海灘，就是那個孤獨、杳無人煙的岩灘。才幾天前，他在那裡醒來，赤裸裸、半死不活的。

所以說……

他對電視影集的偏執，對愛蜜麗的偏執，是出於他對這個女人的愛。一個活生生的女人，不是影集裡面的角色。他和藍妮・薩爾結婚了。為什麼他知道愛蜜麗的影集幾點開始、為什麼他這麼急於觀看影集、為什麼他急於想見愛蜜麗，現在全都有了答案。畢竟他的腦子試著領他回家，一切比他想的都還簡單。

好吧！他想。深呼吸，只要深呼吸。然後，集中精神。

他拿著相片走到沙發邊，坐下來時還將一個抱枕撞到一旁。現在他回到家了，現在他知道真相了，每件事情都有答案了。

相片的一角顯示拍照日期：「**05/23/03**」，相片中的夫妻看起來就像是美國夢成真了。年輕、美麗、成功、相愛，是那種會在海灘上結婚，然後跑去衝浪、戲水，把正式禮服搞得一團亂的人。每個人想要的人生必備條件，全都在相片裡。

那為什麼……

他吸了一口氣，閉上雙眼，然後又張開雙眼。

為什麼我不能……

放輕鬆，他得放輕鬆。記憶會回來的，記憶會回來的，記憶會回來的。

記得嗎？

他猛然閉上雙眼，用最大的力量閉緊雙眼，將雙拳放在雙眼上，直到他眼冒金星、眼冒慧星、視線在指關節壓迫下都變得扭曲了。他想大叫、想要將相片丟到房間的另外一頭，想要抓一把椅子，猛然一丟、丟到窗外、砸出一地的碎玻璃。他感覺……感覺非常……非常……無助。

放鬆，放鬆，記憶會回來的。你能感覺得到，所有記憶慢慢靠近你。只要放開一切，要冷靜。喝一杯吧！

丹尼爾張開眼睛，站起來，將相片放回壁爐架上。走過客廳，走進餐廳，餐廳裡有一張展示桌，桌旁環繞著古董椅，每一樣看起來都很貴。然後他走進廚房，一進廚房，空氣就改變了，有一種甜甜的腐敗味。

這間廚房是廚師的夢想。六個爐嘴的維京牌瓦斯爐、食材處理專用料理台，後面牆上有一扇窗戶正對著院子那棵酪梨樹。水槽裡有盤子，盤子上面有腐敗的食物。不鏽鋼垃圾桶的蓋子開著，垃圾是腐敗味道的源頭。櫥櫃上有酒，大多是波本威士忌，還有幾瓶愛爾蘭威士忌。從這幾瓶酒的排列方式、酒精成分看來，他可以推斷某人有嚴重酗酒狂飲的毛病，不時迷失在一片琥珀色的酒海中。而且他有種感覺，酗酒的人就是他。

那瓶布蘭登波本威士忌裡面的酒只剩下幾吋高。他打開櫥櫃，拿出一個威士忌杯，他居然知道該打開哪一個櫥櫃。酒聞起來是融化的焦糖味，嚐起來是融了的黃金。他閉上雙眼，這感覺很熟悉，令人愉快的灼熱感。好一點了，好一點了。

好。現在你知道什麼？

嗯，首先，這是他的房子，而他是丹尼爾・海斯，這兩個事實現在已經確定。這也意味著BMW是他的車，但不知為何他開著BMW穿越了整個國家，到了那個孤獨的緬因州海灘。顯然他就是在同樣的海灘上與藍妮・薩爾結婚的。

那藍妮現在在哪裡

沒辦法看出他離開多久，但至少有一週。還有，四天前醒來時他失去記憶。藍妮一定快瘋了，一定報警了，至少打電話問遍醫院，說不定她現在正追著警察跑。這樣就能夠解釋水槽裡沒洗的餐盤，還有整個家的狀況。

倘若真是這樣，藍妮或許已經打過電話確認他是否回到家了。你應該檢查一下……

他在長桌的另一頭找到電話答錄機。答錄機邊緣都磨損了，塑膠殼會晃動，像是被某個人狠狠摔過一樣。

好。沒有留言。

丹尼爾又在酒杯裡添了酒，然後回到前廳。感覺屋子裡每件物品都還在，樓梯依舊惹人注目，雖不華麗，卻不俗氣，從精緻大理石地板往上延伸的木頭台階風格很優雅。不論他們夫妻在擔憂什麼，金錢絕對不是其中一項。來到樓梯的頂端，他武斷的選擇往左轉。

是主臥室，又是一整面玻璃，簡直像是在膜拜鏡子。他踏入主臥室。

主臥室占據了二樓的一半空間。三面窗戶，可以看見陽光燦爛的戶外遠景、後院與樹木。房間裡還有更多相片，但他不覺得自己現在能夠承受更多的相片。雙人床，比他預期的小。選擇這種尺寸的夫妻，是希望睡覺時能夠相互擁抱。床罩乾乾淨淨，他這頭的床頭櫃上有個鬧鐘，一個檯燈。

他打開抽屜，裡面有：護唇膏、天然材質保險套、一碟零錢、一本葛瑞格．賀爾維茲的小說。感覺像是少了什麼，卻又說不出來是什麼。

藍妮那頭的床頭櫃上有一疊劇本，約有一英寸高。藍妮一直在找尋下一個演出計畫，希望能靠著《蜜糖女孩》累積起來的人氣，換來在某部電影裡擔綱要角的機會。每當藍妮靠在床頭板上，雙手拿著劇本，就會全然忘記外在世界。藍妮的雙唇移動，臉龐露出試著融入角色的感情。那種情況下不管他正在看什麼，都會放下手中的一切，轉頭觀察藍妮，捕捉她的一舉一動，進一步審視她。記憶引導他的雙腳離開，他將玻璃杯舉到嘴邊時，注意到自己雙手正在發抖。他久久才嚥下一口水，然後開始咳嗽。

還有些什麼，主臥室裡還有些什麼。

丹尼爾強迫自己起身，步履蹣跚的走進浴室，裡面有泡澡浴缸、緊閉的淋浴間，加上一個女演員需要的燈光照明。一扇窗戶，看出去恰好是後院的酪梨樹，樹葉綠到看起來濕濕潤潤的。他走到櫃子前，拿出一小瓶潤膚乳。打開瓶蓋時，一股甜甜的檸檬香味飄出來，像是全世界最好吃的甜點，像是躺在加勒比海吊床上的一夜，像是躺在藍妮旁邊。這一小瓶東西的味道與藍妮的味道混合，讓他想起藍妮的方式：從她躺臥的那一側轉身來到他身後，發出輕柔的聲音，笨拙的抓住他一隻手臂，環繞住自己，讓他掛在她的身上，就像是將她喜愛的毛毯披在身上一般。老天！他們如此契合，兩人的身體就是為此而生，即便這麼多年過去，藍妮的皮膚靠著他的感覺依舊使他激動臉紅。好似蓋著最昂貴的棉被，或是熱呼呼的淋浴。

浴室已經變得朦朧潮濕，丹尼爾用手背揩了揩眼睛，將乳液放回櫃子裡，走下樓回到大廳。

另外一間房門大開的臥室應該是客房，雅致但感覺像是旅館套房。他沒放在心上，只是關上門，走向他的辦公室。

這是他們改建第三間臥室得來的空間，去掉地毯，放上書櫃。三面牆，從地板到天花板，全都是書本和一本本裝訂成冊的劇本。一張白木書桌位於窗前，面對窗外的樹木與街道。書桌上有一張藍妮的相片，穿著一件超級吸睛的晚禮服，還有一疊未開的信件，一個水晶雕像，一台戴爾的筆記電腦。

水晶雕像和樓下某張相片裡的一樣，相片中他握著水晶雕像，站在講台上。雕像是線條彎彎曲曲的抽象形狀，下方有一個小小的銘牌，寫著：

新戲劇最佳編劇

《蜜糖女孩》之「斷翼」　丹尼爾・海斯

哈！

哈！

再一想，這不是一部以青少女為主要收視族群的熱門肥皂劇嗎？

嗯，這樣就能夠解釋一些事情：為什麼他會一直跳進故事裡、為什麼他老愛替高速公路上從他身旁行駛過的車內乘客編故事，以及他寫日記時的愉快感受，和他在核磁共振診所裡編的「劇本」。他將獎座放回桌上，拉開椅子坐下。

這裡讓人覺得……像是回到家了。

從他有記憶以來，現在終於有種在家的感覺了。不，他還沒有找到所有的答案，但是答案會冒出來，一個牽引一個，只要坐在這裡，答案會自己上門。看著牆上一個個書櫃，他記得是自己親手做的，而且是一個個親手放上去。他想起年少時光，憶起多年前揮汗如雨的炎熱夏季，貨車司機邊駕車邊唱「老爹在林子裡玩撲克」。那鋸木屑的味道，圓鋸發出的嗚咽聲。他們搬進這裡的時候，已經有錢可以請專業木工，但是他想親手做。在他能坐辦公桌從事較高報酬的工作之前，他當過建造工人，也曾在木匠手下工作過一段時間，當時不但能領薪水，還包住宿。

這裡是他身心靈的歸宿，這張椅子、這張桌子、這台電腦，這些有天堂般景色的窗戶，搖曳的樹影間還能望見海洋，這寬闊、安靜的街道，園丁的小卡車，還有警署的巡邏車……

可惡！

巡邏車停在距離兩間房子遠的地方，車頭面對這個方向。車燈已經關掉，但是他可以辨識出裡面有個警察的身影。

丹尼爾迅速跳了起來，奔向另外一扇窗，一輛天藍色的轎車停在大門，叫囂著「我是便衣警車」。就在他看著車的時候，車窗搖下，一隻手伸到對講機。電鈴響了。

一定是有人看見他爬過籬笆。有關係嗎？現在他已經知道自己是誰。他是電視劇編劇，這裡是他的房子，藍妮是他的妻子，他應該能面對事情、面對警察了。要是現在從警察面前跑了，毫無疑問就會有一連串後果要面對，但他能夠解釋……

什麼！你還不知道為什麼警察要追你。

或許是藍妮，憂心忡忡的藍妮嚇得無法動彈，打過電話給警察，所以警察開始追蹤他……不對，緬因州的警察都掏出槍來了。**見鬼了，那個警察拿槍指著我，**這可不是什麼失蹤人口的案件。這些警察在追他，這些警察認為他做過什麼可怕的事。

電鈴再度響起，這一次比較久，這個警察失去耐性了。**做決定的時間到了。審慎的思考。**

嗯，他已經在警察面前逃過一次，如果逃了兩次，情況會有多糟呢？此外，他還有很多事需要調查，在監獄的鐵窗裡是沒法弄清楚什麼事的。

此外，請求原諒比請求允許簡單多了。

丹尼爾打開抽屜。筆、筆記本、一台計算機、一台數位相機、橡皮擦、印章、一疊空白DVD光碟片。最下層的抽屜是一個個檔案夾，整整齊齊的標示著：「重複出現的想法」、「對話」、「廢棄」、「會員證」、「短篇故事」。真是個金礦，但是藏量還不夠多。他翻到後面，標籤更普通：「公司股票」、「醫生」、「車子相關事務」、「收據」、「銀行存款證明」。

你在找什麼？在找貼著「如果遭逢失憶」標籤的檔案夾？一個檔案櫃能裝得下多少你的人生？

「海斯先生，我是華特斯警探。我們知道你在裡面，請開門。」某處的對講機響起。外面的對講機上一定有個按鈕，可以讓訪客按下說話。這裡是馬利布市，是有錢人和自由主義者的家，華特斯警探會避免當眾鬧事，卻不表示他的耐心永無止盡，警察很快就會爬進籬笆。

筆記電腦！裡面有電子郵件、劇本、行事曆、聯絡人，筆記電腦裡的線索可能比家裡任何一處都多，丹尼爾從牆上拉起電源線，纏在電腦上。

該離開了。警察在屋子前面，所以屋子後面應該是最佳選擇。就在他走下樓，走到一半時，忽然想起還有一件東西。他僵住，咒罵了幾句，時間一分一秒過去，房子被包圍的機率持續增加。要是聰明的話，下一步應該是立刻離開，衝到後門去……

「海斯先生。」警探的聲音產生回聲，現在聽得更清楚，對講機應該就在樓下。「我知道你很害怕，但是逃跑是不對的，請打開大門。」

丹尼爾轉身，跑上樓梯，跌跌撞撞進入主臥室。他繞過床邊，進入浴室，抓了檸檬香味的潤膚霜。這一瓶潤膚霜，能將藍妮的感覺完整帶回到他身邊。

現在，他能離開了。

臥室的窗戶朝向屋後，面對酪梨樹。他可以看到外面的街道，那裡沒有警車的痕跡。就在他將窗戶打開到一半時，聽到前門傳來砰砰聲響。

「我們是警察！開門！」

他很高興自己沒有陷入恐慌、沒有僵住，反倒是努力推開窗戶。他打開紗窗上的栓子，用力將紗窗推到一邊，雙手伸出窗外。陽光穿過樹影，製造出的光影灑在他手上。酪梨樹枝幹濃密，但大多數的枝幹都很細小，不容易抓。成串果實搖曳，他還記得一個個果實落在後院時，聞起來就像是進入一間墨西哥餐館。

丹尼爾猛然從掛勾上拉來一條浴巾，包住電腦，然後身體探出窗外，將電腦丟到草坪上。電腦落地時發出撞擊聲讓他的臉扭曲了，半是因為電腦擊地，半是因為自己也即將要落地。隨後他扔下護膚霜，再將腳放到窗台上，身體迅速穿過窗架。他聽見後面傳來喊叫聲，喊叫聲隨即變得更大，然後是重重的腳步聲，聽起來是一個穿著馬蹄的男人在跑步。嗯，那副德性應該有趣。

他跳到樹上，暈眩了一下，任由樹葉拍打他，細細的樹幹拍在臉和雙手上。他盡可能瞇著眼，雙臂往外伸，身體不免搖搖晃晃。周遭的空氣又冷又甜，他可以聞到海洋的味道，嘗到樹葉的苦味。然後某個東西打到他的手，他伸手一抓就握住，靠著那東西讓身體的動作慢下來。然後丟開那東西，身體往後傾斜，手臂搖晃。大膽的一躍，把自己交給地心引力，身體穿過綠色樹葉漩渦、穿過藍天、穿過眩目的陽光，最後與大地狠狠的相遇，恰好是他屁股的位置，痛感猛然襲來。

面對突然的疼痛，身體最直接的反應是眼淚湧上雙眼。小孩子的眼淚是為了小小的傷而流，但是他現在連流淚的時間都沒有。他抓起電腦、護膚霜，一拐一拐的沿著屋子的牆邊走，彎著身子經過窗戶。

就在他的身體穿越籬笆時，還能聽到警察在屋內喊叫，大聲回報檢查過哪個房間了。他的呼吸短淺，心跳加速，脊椎傳來的頭痛在脈搏裡上上下下鑽動。他像個賊一樣偷偷摸摸跑出自己的家。

因為這樣，他想要大笑，想要大喊，想要跳舞。穿過了鏡子？掉進了兔子洞？

喔，見鬼了，是的。

「今天想要做什麼造型呢？」一層層濃妝掩蓋著這女人糟糕的皮膚，這位一頭精心燙過的鬈髮女人說她的名字叫雪麗。

「我想要改變髮型。」丹尼爾與鏡中的眼神交會。

「大大的改變，還是小修一下呢？」

「瘋狂的改變。」

髮型設計師露出微笑，帶他去洗頭髮。

剛剛回到車子後，他衝動的想立刻查看筆記電腦，甚至可以說是迫不及待了。但警察應該還在追他，得先把這事解決。

你顯然是個作家，雖是寫的是電視劇，終究仍算是作家。你擅於解決錯綜複雜的情節，為筆下角色下指導棋。那麼，如果你正在編故事，你為自己編的下一步會是什麼？

下一步是在聖塔摩尼卡一間美髮沙龍裡呆坐兩小時。好好想一想：我已經結婚了，我的名字是丹尼爾·海斯，我是個成功的作家，和一位美麗的女明星結婚，我們兩人深深相愛，在馬利布市還有一棟房子，有完美的生活。

還有：倘若上述一切都是真的，為什麼警察要從這個國家的另一端開始追捕你，一路追到了這一端？為什麼你要在緬因州試圖殺死自己？為什麼你想要殺死自己的沙灘竟然是你結婚的沙灘？你的婚戒在哪？可惡，你妻子又在哪裡？

同一時間，雪麗在他頭髮上忙碌的速度，活像是她的停車位被偷了，得趕去處理一樣。她用了剪刀、剃刀，捲上了錫箔紙，上了顏色。經過雪麗的服務，他原本那頭友善、中等長度的棕髮消失了，取而代之的是輕快、老鷹般的棕黃色頭髮，還有金色挑染，上過髮膠的卷曲髮束，往不同方向翹起。他看起來不像電影明星，但他的頭髮卻是明星的髮型。

「你覺得如何？」

「我都認不出自己了。」

「這就是我們要的，對吧？」

街區尾端的飯店傳來濃濃蕃茄醬的味道，他的胃一緊，好餓！但是他還是走進對街的室內日曬沙龍。他一踏進店裡，門上的鈴聲就響起。「請問，你們有噴霧之類的東西嗎？」

他們有。

再來就是衣服了。一個有著小松鼠腮幫子的女孩告訴他，再過十五分鐘商店就要關門了。他很快的瀏覽整間店，找到更衣室，拉上簾子。無論如何，該是試穿新衣的時候。自從在某個休息站的水槽裡刷過襯衫後，他就沒再洗過了，他就著麼穿著那件衣服穿越了七個州。他的雙腿滑進一條帆布長褲，套上一件黑色T恤，穿上一件有藍色和綠色鸚鵡圖案的夏威夷衫。大鏡片的太陽眼鏡，還有一個帆布的郵差包，如此便完成了整體裝扮。

丹尼爾看著鏡子，*嗯，非常典型，你現在徹頭徹尾是個小痞子了。*

鏡中回瞪他的男人曬得黑黑的，有一頭過硬的頭髮，太陽眼鏡遮住半張臉。這個造型尚未誇張到會引起注意，卻足以確保他看起來完全不一樣了。

當然囉，再多花個四美金，你就成了咖啡色了。

「你看起來很面熟。」店員叫他出來時，這麼對他說。

「很多人這樣跟我說。」他轉身離開，好讓店員認為他只是個想要維持隱私的二線明星。走回街上，他把銀行存款證明、電腦、藍妮的護膚霜全都放到背包裡，然後綁好自己的舊衣服，將舊衣服扔進往普羅門納德第三街路口的一個垃圾桶內。

天色已黑，太陽眼鏡讓天色看起來更黑，但他不想要冒險摘下眼鏡。幸運的是他現在身處洛杉磯，這兒就算有人的肚子冒出一個頭，也不算稀奇。

好了。**我們已經進行了「步驟一」，現在是「步驟二」**。

有著高大書櫃和各色客人的咖啡廳，只有少數人在聊天，大多數人都埋首在自己的筆記電腦裡。這裡有好喝的果汁，數十種茶類，還有複雜的咖啡儀器。更重要的，這裡提供免費的無線上網。他點了一杯咖啡，一塊馬芬蛋糕，找了一間店，選擇坐在中間的位置，遠離窗邊。

關於一個人的人生，電腦能透露的比他媽還多，特別是一個作家的電腦。電腦裡面有電子郵件、一年的收入、地址和電話、劇本和故事、圖片和財物證明，甚至還有流水帳等日誌。此外，他還可以上網，重新登入這個世界。Google自己，也Google妻子。研究一下失憶症，看看他現在因失憶而遭受的痛苦到底從何而來，還有，可以怎麼處理失憶……

電腦螢幕出現Windows XP的歡迎畫面和他的名字，然後要求鍵入密碼。

丹尼爾用雙手抓了抓臉，密碼是？生日、女朋友的名字、小狗的名字。密碼幾乎都是人們容易忘記的事，也是人們指望在醉死後、一年前最後一次輸入後，也還能想起的事。而這些情況恰好都是他現在缺少的。

他打了「藍妮」，敲了「輸入」鍵。

忘了密碼嗎？可以按「？」鍵，查詢密碼提示。

他按了「？」鍵，一個對話框出現了一排字：「生命的起點」。嗄！生命的起點——或許這個提示能刺激他想起密碼，但是，他遺忘的是所有事情，而現在這個狀況中，提示就顯得很隱晦。他再次嘗試。

「生命的起點。」

忘了密碼嗎？可以按「？」鍵，查詢密碼提示。

「藍妮．薩爾」

忘了密碼嗎？可以按「？」鍵，查詢密碼提示。

「蜜糖女孩」

忘了密碼嗎？可以按「？」鍵，查詢密碼提示。

「愛蜜麗．史威特」

忘了密碼嗎？可以按「？」鍵，查詢密碼提示。

「馬利布市」

忘了密碼嗎？可以按「？」鍵，查詢密碼提示。

「BMW」

忘了密碼嗎？可以按「？」鍵，查詢密碼提示。

「靠！你這可惡的爛貨！」

忘了密碼嗎？可以按「？」鍵，查詢密碼提示。

這真的很蠢。他可以一輩子都花在亂打密碼上面，但卻永遠找不出真正的答案。若不是身處這種悲劇情境下，現在的情形其實還滿滑稽的。從嘗試自殺的情況下存活，開了三千英里的車，闖入自己的家，逃過警察追捕，最後終結在「生命的難題」上，而原因竟是他無法想起最喜歡的電影片名。還真是棒透了！

丹尼爾收起筆記電腦。這電腦依舊是個藏寶庫，只是現在沒鑰匙可以開啟。一定有方法可以突破安全防護的，他可能會想起密碼，過去將會以同樣的方式，一點一滴流進他的意識。他可能會做一個夢，夢中《蜜糖女孩》的要角破解了一組音樂數字，而那恰是他的密碼。

就在他吞下最後一口馬芬蛋糕時，他發現房間後面的小桌子上有台電腦。他站起來，拍拍T恤上的蛋糕屑。「租這台電腦要多少錢？」

「十分鐘一元；一小時五元；三小時十元。」

丹尼爾遞給那個男人十元，得到了一張紙片，上面寫著臨時登入用的帳號與密碼。一坐上去，椅子就咯吱咯吱響，而在他好不容易開機時，電腦也一副快報銷的樣子。

他打開瀏覽軟體「火狐狸」，等著畫面開啟，然後連到Google開始打字。他只打了「藍妮」，就跳出建議關鍵字：「藍妮．薩爾」、「藍妮．薩爾，蜜糖女孩」、「藍妮．薩爾，赤裸」、「藍妮．薩爾，意外」、「藍妮．薩爾，謀殺」。

這些關鍵字使他的心陣陣抽痛。

畫面上的內容變得模糊，除了「意外」，以及更糟的字眼「謀殺」之外，其他的字沒有任何意義。邪惡的「謀」字與複雜扭動的「殺」，讓他的胃裡面像是有石頭滾動，多刺與碎裂的邊緣不停刺戳割傷他。

「藍妮．薩爾，謀殺」。

天啊！

他在這組關鍵字上猶疑著。愚蠢的男人掉入的不是兔子洞，他掉入的是黑洞。

□

女演員死於致命意外

CNN.com 2009/11/02

美國有線電視新聞網洛杉磯報導：今日午後發生的一起車禍導致女演員藍妮・薩爾死亡，針對此樁車禍事件，洛杉磯警署做出以下回應。

三十歲的薩爾駕車經過太平洋海岸公路一處髮夾彎時，方向盤失控，她所駕駛的二〇〇七年福斯金龜車因此車身傾斜，衝過護欄，翻出路邊，掉落到一百英尺深的懸崖底下，最後車身上下顛倒的滑入水中。根據初步證據顯示，薩爾的車速約七十五英里，遠超過公告的車速限制。

警署迅速處理，包圍道路，並且請求海岸警衛隊支援協助。潮汐的狀況與嚴重的斜坡，阻礙警方救援活動，警方費時一小時才能靠近車子。

「至今為止，薩爾小姐的屍體尚未尋獲。」警署發言人帕爾托・巴爾克多里表示：「不過，從車子的狀況以及這個季節海流的速度研判，沒有尋獲屍體也不意外。」

記者詢問薩爾有無生還的可能，巴爾克多里說：「我們會盡最大的努力找尋，但我看不出她有離開峭壁、存活下來的可能。」

女演員薩爾在廣受歡迎的電視劇《蜜糖女孩》擔綱演出，她的丈夫，電視劇作家丹尼爾・海斯，至今尚未發表任何評論。

太平洋海岸公路是加州景色最美，卻也是最危險的路段。

《蜜糖女孩》車禍意外，問題大條了

E! Online 2009/11/03

藍妮・薩爾的故事才正要開始……藍妮悲劇性的死於一場汽車意外後，可能使她主演的電視劇一炮而紅。

不過現在發現，意外的背後還有更多讓人費解的謎團。

洛杉磯警署已經將本起車禍結案，調查偵辦的方向從車禍致死轉向更可怕的致死原因。

謀殺！

根據洛杉磯警署內部的可靠消息來源表示，從太平洋海岸公路上發現的煞車痕跡研判，藍妮可能是被迫開出道路的。

她的丈夫丹尼爾．海斯尚未發表任何聲明，甚至也沒有出現在公眾面前。

太平洋海岸公路與名人間有什麼關連呢？讓我們來算算過去曾在此地發生車禍的名人，包括有：梅爾．吉勃遜、尼克．諾特、小勞勃．道尼、布莉姬．方達、香儂．道荷堤……

好萊塢群星：藍妮．薩爾遭謀殺

星聞、新聞、八卦消息 2009/11/04

週一悲劇性的意外發生至今，各方不斷湧來慰問。

「藍妮是個擁有美麗靈魂的美麗女子。」同劇合作的演員羅伯特．卡麥龍說。「每個人都愛慕她，而我呢？我愛她。」

「這真是悲劇。」同台演出的女演員珍妮．威爾森說：「藍妮就像是我的姊妹。」

薩爾最近發出聲明，表示決定離開FX聯播網的影集《蜜糖女孩》，她現正處於合約糾紛中。這個影集收視率驚人，至今已經播出有四年之久……

丹尼爾．海斯在哪裡？

PerezHtiton.com 2009/11/04

如今所有人都知道了藍妮．薩爾的謀殺意外。

飛車追逐、與合作演員婚外情的傳聞、警署的調查，喔！老天！但是整個過程中，她的丈夫丹尼爾・海斯人在哪裡？為什麼沒有人在找他？或許是因為他忙於哀悼失去搖錢樹妻子？也或許他和這件意外有關？

搜尋藍妮・薩爾的丈夫

CNN.com 2009/11/05

美國有線電視新聞網洛杉磯報導：洛杉磯警署發言人帕爾托・巴爾克多里今天承認，警方開始搜尋女演員藍妮・薩爾的丈夫丹尼爾・海斯。藍妮・薩爾於十一月二日因意外死亡，海斯可能與這起意外事件有關。

整起案件最初被認為是意外事件，但在出事現場採集到的證據，以及「財務狀況不尋常」的諸多疑點下，偵察方向已經轉而認為這有可能是一起謀殺事件。

負責偵察的主要警探羅傑・華特斯，已經不再稱海斯為「嫌犯」。但他特別指出，從案件的本質來看，家庭成員會是「警方最先約談的一批人」。

調查者已經證實，汽車安全氣囊上發現的血跡，證實與藍妮・薩爾的血液樣本吻合。在案發現場高速公路上採集到的證據顯示，曾有一輛高速駕駛的車子追逐發生意外的車輛。

華特斯警探與警署發言人帕爾托・巴爾克多里兩人都表示，財務狀況有可能構成殺人動機，但兩人都沒有根據財務證據作出詳細說明……

幸福佳偶？

People.com／影視新聞 2009/11/06

從一張在《蜜糖女孩》現場拍攝的相片看來，藍妮．薩爾與丈夫丹尼爾．海斯在鏡頭前看起來十分愜意。但有消息指出，兩人的關係「沒那麼簡單」。

點選觀賞藍妮的相片：從模特兒時期到走巨星紅毯，以及與同劇合作演員羅伯特．卡麥龍嬉戲的相片。

丹尼爾．海斯＝史考特．彼得森

TMZ.com 2009/11/07

一個遭到謀殺的妻子，一具在沙灘上的屍體，一個消失的丈夫，一對應該幸福的佳偶，一連串更多後續發展的細節。

有人注意到《蜜糖女孩》的藍妮．薩爾的丈夫丹尼爾．海斯，看起來很像是可怕的史考特．彼得森[1]嗎？

是的，藍妮沒有懷孕，據我們所知藍妮沒有懷孕；除此之外，周遭的事情對這位電視劇作家而言，似乎非常殘酷。

特別是他消失以後，情況更是不利於他。據洛杉磯警署的內部消息來源告知，海斯不是因情緒消沉才消失的，海斯顯然是逃跑了。

洛杉磯警署的人表示：「我們已經找到信用卡資料，透過信用卡資料，我們將展開跨國搜捕行動。」

丹尼爾，不論你在何處，請記得，史考特也嘗試過要逃……

贊助廣告連結：性感小腹的祕訣／兼差月入五千二百美金／牙齒美白的妙方

讀者回應：

1. 叫你第一名！ newsjunx回應於2009/11/07 3:50PM
2. 她有錢「又」性感，可是他卻殺死了她？真是謀殺王妃的戲碼[2]。 hisameis robertpaulson回應於2009/11/07 3:52 PM
3. 第一名！ K回應於2009/11/07 3:52 PM
4. 我不會因為她死了，就停止關注她的消息…… PinkLVR 回應於2009/11/07 3:54 PM

□

夠了！老天爺，夠了！

丹尼爾關上瀏覽視窗，最後一篇新聞的日期是十一月七日。就是今天。

顯然在他開車回來西部的路上，這些事情一直圍繞在他的身邊。只要有一份小報，他一半以上的問題就有了答案。他一直納悶是哪裡出錯了，他一直感受到的巨大、毀滅性的罪惡感……

不！報紙上的報導都不是真的！

他的胃裡面有東西在爬動，他抖了抖腳。突然，身後有個聲音說：「嘿，老兄，你已經用了九十分鐘……」「砰！」的摔門聲切斷了店員的話。

---

1 Scott Peterson（1972-），美國殺人犯。二〇〇二年謀殺妻子，二〇〇五年被捕。

2 原文是「a d-bag play」。D-bag是英國黛安娜王妃喜歡的皮包品牌。黛安娜王妃在法國巴黎因車禍意外死亡，本書女主角也是死於車禍，故作者以「d-bag」為隱喻。

可惡，到底發生了什麼事情？

我究竟是誰？

他隨性的往左走，昂首闊步走到街尾。一對連在一起的幸福情侶分開，騰出空間，讓他穿越。一個無家可歸的婦人對著提款機大吼大叫，咖啡廳、服裝精品店、咖啡廳、房子、飯店、咖啡廳。聖塔摩尼卡，幹！一年有三百四十天陽光燦爛的日子，該死！咖啡，該死！他最不需要的，就是陽光與咖啡。

這些事情怎麼可能都發生在一個人身上？事情來得太快了：記憶喪失；過去一週的孤獨驚慌；好不容易回到家；發現自己有個美麗的妻子；幾個小時後，赫然發現自己的人生已經徹底粉碎，而所有人都認為這一切的災難要歸咎於他。

報上說的都不是真的。你不可能做出他們說的那些事。

拜託，別讓我成為新聞裡的那個男人。

拜託！喔，老天，拜託。

蓓琳妲・尼可斯開著破舊的白色客貨兩用箱形車穿過沙漠，她得在洛杉磯旁的小鎮買需要的東西。城裡的規定嚴格，但只要多開個幾英里，事情就簡單多了。出示駕照，用現金付錢，就能帶著貨滿意離開。

她並不想要出示駕照，儘管被逮的機會微乎其微，但是任何痕跡都可能引發後續麻煩。她從沒殺過人，殺人也不會讓她感到興奮，再想到有可能會被逮捕，更是讓她提不起勁。

她得走一條更安全的路。花了五小時開車，其中兩小時是在跟洛杉磯的交通搏鬥。等到市內限速再也不是問題了，她就轉北走州際十五號公路，路上的事物越來越少，只有她、爬滿沙漠的礫石，以及廣闊的白色天空。

蓓琳妲抵達拉斯維加斯近郊的一個小鎮，她總覺得城外一片赤裸，車道廣闊、停車場空曠，還有那些洗車機和雜亂的指示標誌。沃爾瑪超市坐落的街道叫做東方寂靜街，讓她聯想到東方式的寂靜，有點像是班尼特再度出現在她人生中所帶來的感覺。

停車時，明亮的午後已經過去一半。當引擎聲慢慢靜止後，她拉下遮陽板，看看鏡中的自己：酒紅色的胎記在眼睛和臉頰上烙上陰影。

你不再是蓓琳妲・尼可斯，你是芭爾伯・史洛德爾。你魅力十足，笑聲悅耳。你出生在南部，儘管這輩子大部分時間都在中西部的威斯康辛州度過，南方口音卻無法完全抹去。兩年前你說：「好吧，冬天，你贏了。」然後打包好，來到這個國家發展最快的城市——拉斯維加斯。沒什麼行業比得上不動產仲介，至少在你搬來這裡的時候不動產的價值最高。但這裡太溫暖，天空太藍，明天還有漫漫長路。

她檢查了自己的造型，牛仔褲是幾年前買的舊款式，但是舒適、好看，搭配她的Target運動型白色、有鈕釦的合身襯衫，還不賴。她解開最上頭的鈕釦，又再解開一顆，如此一來，就看得見胸罩上的蕾絲邊。這樣更好。

這間商店位在一個飛機倉庫裡，地平線上放眼所及都是鐵絲網上的電燈，無聊的店員不停的打著內線。芭爾伯撥了一個分機後，走進運動用品部門。

店裡面有各色各樣的東西，多到超乎人們所需，但她看了卻開心。雜貨、衣服、玩具、電器、居家用品……太有趣了。

「女士，需要為您服務嗎？」身後傳來一個聲音。

芭爾伯轉身，微笑，直視那個男人的臉，看見那人盯著她臉上的酒紅色胎記，這個定義她一生的紅色污點，男人的眼睛出現她很熟悉的跳動，從胎記、跳到地板，又跳回她的臉頰，但是沒有回到胎記上。

「希望有我要的東西。」她說，聲音中拋出極微小的暗示性鼻音，肯塔基腔調的鼻音，不是阿拉巴馬腔調的。「我需要買子彈。」

「圓的。」他說。他是個好看的男人，牛仔那一型，年紀可能已經四十好幾了。完美。「我們叫那個是圓的。」

「對不起。」她的雙唇發出咯咯的公雞式笑聲，「我男友幫我買了一把槍，是一把西格紹爾之類的手槍，還說如果我不肯搬去跟他住，我就會需要這把槍了。他是個警察，他說在警察將壞蛋清光之前，每個人都需要槍。」

「你知道型號嗎？」

「很漂亮的一把槍。銀色和黑色。」

「嗯……」

「帥哥，我開玩笑的啦。我需要點四五柯爾特自動手槍子彈。」

他露出大大的微笑，從腰帶上拿出一把鑰匙圈，打開一個玻璃展示櫃。「有偏好的廠牌嗎？」

「有影響嗎？」

「沒有實質的影響。溫徹斯特牌的品質很好，布萊澤牌比較便宜。」

「溫徹斯特的好了。」

「一盒三百發。」

「那我買……三盒，我想想？我需要練習一下。」

店員點點頭，拿出三盒。「還需要什麼嗎？」

「標靶呢？」

店員展示了一堆標靶，供她選擇，有鬥牛眼的、鹿、人的剪影等紙標靶，她選了一個人形的。

「我們到那頭結帳。」店員帶她來到一個收銀機旁的走道，機器掃了彈藥。收銀機發出嗶嗶聲，店員給了她一個狡詐的表情：「你超過二十一歲了嗎？」

她大笑。「小親親，如果我不是已經遇見一個帶著槍的男人，可能會因為剛剛那句話嫁給你。」

店員露出微笑，將她的東西放進袋子裡，「八十七元四十分。」

「很容易弄到嘛，嗯？」她算好了鈔票，確定將錢遞出去時，會碰觸到店員的手指，「謝謝你。」

「不客氣。」

芭爾伯拿起袋子，袋子的重量令她有些吃驚，然後她往前走。

現在快要四點了，蓓琳妲・尼可斯又回到州際第十五號公路，經過沙漠，往來時路開回去，到了巴爾斯托外約十英里處。一個指示牌告訴她，一九四號出口就要到了。她駛向該處，發現自己身處在一個布滿灰塵的兩線道上，是當代西部片會看到的那種兩線道，筆直的兩線道通往地平線。幾分鐘後，一條髒兮兮的岔路出現，她駛向那條路。十五分鐘以後，她看到一個低矮的隧道，布滿了棕色泥土和矮樹叢的野草。停好車，她坐在路旁。什麼都沒有發生，沒有車子，沒有卡車，沒有任何東西。

蓓琳妲拿出裝著彈藥的袋子，拿出紙標靶，拿出她從丹尼爾．海斯房子裡拿來的西格紹爾手槍，走向山坡。

她發現一棵扭曲的樹，將紙標靶用根樹枝插在樹上固定，然後往回走了十英尺。太陽光強到讓人連頭都抬不起來。她拿起手槍，找到彈匣的開關，打開一盒彈藥，小心翼翼裝上子彈。她討厭這個感覺，那種乾淨、平滑與吸引人的感覺，就連槍枝機器般的精準，以及彈膛完滿的圓弧，全都令她生厭。她討厭這個病態的玩意兒，槍的這頭是完美無瑕的外觀，槍的那一頭則是混亂與邪惡。她恨這種事。

接受吧！你別無選擇。在你開槍之前，班尼特都會一直操控你。等到一切結束，你就自由了。

她屏息，雙手握住槍。槍很重，她的目光緊盯槍管，槍管前端對著標靶時，槍管變得搖搖晃晃的。她的雙手都汗濕了。

蓓琳妲扣了扳機，爆裂聲之大，好像全世界都跟著嗡嗡作響。

標靶上出現一個乾淨的小孔。雖不是正中紅心，卻已經是在內圈了。還不壞。

還不夠好。你不能搞砸這件事，你真正要射的不是標靶，你要射的是個活生生的人，絕不能失手。

她將手在牛仔褲上擦了擦，另一隻手也擦了擦，然後再次舉起槍。

然後，再射一次。

然後，再射一次。

□

工作室之城是一棟兩層樓高的樓房，本來是間老舊的舞廳，後來改建成一間間小辦公室分租。很不錯的地方，正面沒有改建，保留原本的樓層，木板老舊寬鬆。班尼特用望遠鏡察看後，一手拿著一盒披薩，走進大廳。天花板上架著保全用攝影機，沒什麼特別的，標準的閉路式攝影機，應該是數位錄影系統，用一碟DVD-RW燒錄影像。一整面牆上有承租人名單，他檢視時算了算兩側的名單，大部分都是小製作公司，在這個城市裡有誰不是製作人呢？還有一堆作家，一、兩個收費低廉的經紀公司，以及一間牙醫診所。他看到自己要找的名字：一〇六室，然後快速掃過一〇五室的住戶。他等了二十二秒鐘，穿著藍色猴子套裝的老兄才走出沒有標示牌的辦公室，問他要做什麼？

「是的。我有快遞要送到……」假裝看了手上的紙條，「……哥倫比亞進口貿易委員會？」他帶著微笑說：「這是在開玩笑，對吧？」

保全警衛露出大大的微笑後說：「一〇五室。走到大廳最後面，右轉，過了洗手間就是。」

「謝了，老兄。」

「不客氣。」

他吹著口哨從容的走到大廳最裡面，右轉，走過洗手間。角落有一台錄影機，不過整個大廳就只有一台。門上有個眼洞，底下有個木框架著一片毛玻璃，上面用金色字體刻著住戶的名字。一〇五室：「哥倫比亞進口貿易委員會」；一〇六室：「丹尼爾・海斯」。班尼特敲了一〇五室。一分鐘以後，有個嬌小可愛的女孩開了門，約五呎高，滿頭鬈髮，黑色的眼眸。「你要找誰？」

「女士，午安。我是『吉姆義式香腸』公司的工作人員，我們剛開幕，想要介紹公司，所以分送免費披薩給鄰居享用。」他將盒子用力推給她，她也拿了盒子，果然如他所料。人的行動、思想完全可以預測。

「我……謝謝。」

「希望您會喜歡。請記住，『吉姆義式香腸』是您會狼吞虎嚥的香腸。」他慢慢離開。

「等一下。」

班尼特剛要轉身，可愛的女孩說：「可以給你小費嗎？」

女孩掏了兩塊錢給他，他露出微笑收下。為什麼女人拿錢的樣子，活像是拿著筆記本經過教室一樣。錢是需要很快放下的東西嗎？

那都是稍早的事情了，現在已經過了晚上十點，他將休旅車停在對街。兩小時前，「哥倫比亞貿易進口委員會」的燈已經完全黑了。丹尼爾．海斯那一間的燈從沒亮過，但這完全不令人意外。班尼特戴上一雙駕駛用手套，把柯爾特手槍插在背後，他的皮外套剛好可以蓋住手槍，然後他走出貨車。

辦公大樓有停車場，他坐在對街的時候，看到一個保全警衛出入，但不是剛剛來巡邏的那個，而是一個長得胖胖的，還蓄了撮小鬍子的警衛。班尼特保持步伐輕鬆，穿過凡士拉街，走進停車場。這個時間還有一半的車停在這裡，各色車種，不過最吸引人的是一輛福特野馬，保險桿上有紅色的LED閃光燈。他走過大型垃圾裝卸卡車，來到雜草覆蓋、位在建築物這一邊的屋脊。算著窗戶，用西班牙文算數：「一」（uno）、「二」（dos）……「四」（cuatro），「哥倫比亞進口貿易委員會」的窗戶，然後就是「丹尼爾．海斯」的窗戶。這是雙層窗戶，固定的，窗角沒有感應器，主要功用是阻隔街上的噪音而非保全。太棒了。

黑暗中，班尼特花了五分鐘才找到數顆大小適中的石頭。他丟出一顆，石頭飛過野馬，飛到幾英尺以外，差太多了！真令人傷心。下顆石頭擲中的是野馬旁邊的那輛喜美，還在喜美車身留下凹痕。老天保佑啊！他吸了一口氣，晃了晃手臂，再試了一次。

這顆石頭砸到了野馬的擋風玻璃。汽車警報器啟動，前燈閃個不停，警鈴大作，聲響、車燈掩護了滾到一邊的石頭。

□

偉恩．雷諾茲兩腳蹺在桌上，斜坐在電腦旁，電腦瀏覽器上的頁面正停在公寓網。網頁上有城市的彩色地圖，地圖上覆蓋著灰色、橘色、紫色的小點。

應該只要標示綠色。

東邊，或是山谷區，這裡有些地方是他負擔得起的。但是瑪塔想要搬到海邊，他們倆現在的兩房公寓位於可藍蕭，空間只有餅乾盒那麼大。瑪塔說，可以住到聖塔摩尼卡去，說得一副好似他們真有機會搬過去一樣，說得一副好似只要具有欣賞海景的品味，就住得起一樣。

他按了「搜尋」，鍵入能夠負擔的最高房租金額，也就是他們現在支付的房租。搜尋結果是……沒有他感興趣的。

所謂的「花園公寓」，根據上面的附註解釋是指「地下室」。

「功能佳」的真正意思是，「拉屎和煮飯都在同一間房間」？

那「格局方正」在物件應該解讀為「沒有窗戶的煤倉」。

雷諾茲嘆了一口氣，伸手拿起三明治，三明治更無趣，是鮪魚配無脂美奶滋與球芽甘藍，瑪塔在幫他減肥。有間房子，位於塔扎納的一房公寓，看起來不壞。

汽車警報器響起，一次、兩次、三次、恢復正常。他掃了一眼監視器螢幕，看到警報器啟動的車子是他管理的。是傑瑞．羅格的福特野馬。可惡！他沒到停車場裡面有人。可能只是一輛路過的卡車觸動了警報器。

偉恩，親愛的，這就是你的問題，你從來就不主動出擊。如果你想要往前進……這話是上週兩人吵架時，瑪塔說的話。

他嘆了一口氣，聳聳肩，站起來。檢查了腰帶上的泰瑟手槍，抓起手電筒，走出辦公室。大廳很安靜，軌道式照明燈很低，燈光照出具有戲劇效果的光影。雷諾茲用肩膀頂開門，腰帶上的鑰匙叮噹作響。晚上很冷，夜空中有一片紫色的雲朵。

野馬汽車發出嘟嘟的刺耳聲響，車燈閃個不停。他將一隻手放進口袋裡取暖，掃視野馬汽車周圍和附近的車子。沒有開過車門的痕跡。他走向車子，在那裡站了一秒鐘。現在是怎樣？尋找灰塵的痕跡嗎？

他沒看到人，凡士拉街上上沒什麼車，隔壁的藥房前，有個人站在一輛福特運動休旅車Explorer旁邊，正在找什麼，顯然是掉了東西。那人看到他的時候，對他點點頭，然後又轉回車旁繼續找。

雷諾茲俯身，用手電筒的燈光照了照野馬車的車底。沒有人跳到車底。他聳聳肩，踢了踢輪胎，就在他的腳碰到輪胎的時候，警報器又響了。

擁有魔力的超凡偉恩來拯救你了。他關上手電筒，往回走向室內，想著塔爾山納的公寓。不一定要聖塔摩尼卡，但至少要改變，這可能就是瑪塔真正想要的。而且配合現在的整體經濟情勢，他或許還能將價格再殺低一點。

踏進溫暖的大廳感覺真好，他掃了一眼自己的手表，下一輪巡邏還要再等二十分鐘。儘管還要再等二十分鐘，但現在就去巡一巡好了，反正晚餐不怎麼誘人。

雷諾茲往下看看大廳，決定先從二樓開始巡起。從電梯開始，此時耳邊響起瑪塔的聲音，提醒他利用任何機會運動，所以他決定以爬樓梯取代電梯。

□

從隔壁的大型連鎖藥妝店的停車場看去，班尼特看到胖警衛接近那輛野馬汽車。警衛看到他了，班尼特點頭致意，然後轉身，開始在口袋裡掏東西，裝得像是在找鑰匙。過了一會兒，警報器停止，警衛回到室內。真是嚴密的保全措施。

班尼特露出微笑，又等待了幾秒鐘，然後離開停車場，走向海斯辦公室的窗戶。剛剛野馬車的警鈴大作時，他就向窗戶丟過石頭。不過，就算站在窗邊，汽車警報聲還是會蓋過玻璃破碎聲。他拉下窗戶底部幾片大塊的玻璃碎片，丟在野草堆中，從窗戶進入室內，同時小心不要割傷自己。

辦公室內部簡單卻很吸引人，一張桌子與一組沙發相對排列、一張小小的會議桌、一個小冰箱，冰箱上有三瓶威士忌。他為自己選了最好的威士忌，倒了幾英寸高的酒，啜飲了一口。讚啊！

好了，該工作了。

他拉上百葉窗，以掩蓋小手電筒發出的微弱燈光，接著開始搜桌子，一次倒出一個抽屜找。要不了太久，因為沒有太多抽屜。他暗自猜想，丹尼爾為什麼要保留這間辦公室呢？班尼特在丹尼爾位於馬利布市的家中挖到這個地方。這個可愛小空間裡面有什麼呢？保留這個空間的理由，顯然與寫作沒有太大的關連，或許是為了開會。雖然班尼特沒開過幾次會，但這個地方看起來是開會的好地方。

為求保險，放在相框面的幾張電影海報後面他也檢查了，《記憶拼圖》、《索拉力星》、《真愛永恆》（*The Fountain*）的後面一無所有。他拿下書架上的書，兩本書的書名是《搶救小貓》

（*Save the Cat*）和《作家的日記》（*The Write's Journey*），打開書一看，一樣還是什麼也沒有。

班尼特站在房間中央，環顧四周。他摸著二頭肌上隆起的刀疤，在底特律時一把刀留下這個深刻傷痕。

接下來呢？

他並沒有真的期待會在這裡找到什麼，這不是一個重要的地方，丹尼爾也不重視這裡。但是丹尼爾將他該拿的錢藏在某個地方，那混蛋再出現之前，值得花點力氣搜尋這個地方。五十萬美金值得花很多力氣。

那麼，得要有策略的搜尋。他又啜飲了一口威士忌，放下玻璃杯，然後將書桌當作起點，開始用他的方法搜尋整個房間。如果要找什麼東西，他一定會找出來。

□

雷諾茲將二樓巡過一圈，鑰匙叮叮噹噹的聲音搭配著他不諧調的哼唱。傑瑞．羅格的辦公室燈亮著，他敲了門，心裡盤算著此舉或許能夠獲頒考績點數。門打開了，羅格先生的鳥嘴探出來。

「什麼事？」

「羅格先生，我是偉恩，保全部門的。」他故意這麼說，好似這男人無法從他的制服看出他的身分，好似這痞子不曾數百次與他擦身而過。

「幹嘛？」

「只是想要讓您知道，您的車子警報器響了。」

那個傢伙揚起一邊的眉毛。

「我檢查過了，一切似乎都沒問題。」

「很好。」

「我想我需要向您通報這件事。」

「很好。」男人當他的面摔上了門。

不客氣，混蛋。

二樓其他區域很安靜，他走下樓梯，每一階樓梯都走，其他人說這樣子做運動量最大。回到大廳，他往右轉，走向大廳最裡面。大部分的租戶都會在夜晚離開，很安靜。他在轉角轉彎，走過哥倫比亞進口貿易委員會，這個組織真是個笑話。忽然意識到他得撒泡尿。打開門，一走進去燈就亮了。他走近小便斗，拉下拉鍊，往後擺動一下，膝蓋抬高。公司的廁所總讓他覺得毛骨悚然，這些東西有一種近乎無人性的乾淨，像是感應式水龍頭和手部烘乾機。除了讓汽車警報器停止之外，他有另一項巨大的力量：感應器無法感應他，他花了二十秒鐘才讓水槽感應到他的存在。**現在，該決定要將我的力量用於正義還是用於邪惡了。**他懶得用烘乾機烘手，只是在褲子上抹了抹就跨出廁所。

一〇六室有燈光。

雷諾茲僵住了。瞪著門上的房客名字。他站著，一動也不動，讓注意力集中。房內傳來某種尖銳的刮擦聲嗎？

所以，辦公室裡面有人。產生的聲響是某種判斷的指標。

當然囉！一〇六室的房客是海斯先生。那個傢伙總是對他很親切，似乎是個好人，但是他們說那傢伙變成殺人犯了。「喔，那個西奧多．邦迪[1]，以前是多好的一個孩子啊！」

---

1 Theodore Bundy（1946-1989），美國有名的連續殺人犯、強姦犯、綁架犯，曾經在一九七〇年代連續殺害許多年輕婦女，犯案高達三十起，地點廣及六個州。

偉恩，親愛的，這就是你的問題，你從不採取主動。如果你想要前進……

他往前踏了一步，身上的鑰匙叮噹作響，讓他僵住。他慢慢從皮帶上取下鑰匙，握在潮濕的手掌中；他踮起腳尖走路，感覺很可笑，他已經大到不會踮腳尖了，但見鬼了，現在是工作，而且也不會有人看到他踮腳尖。

房裡傳來像是抽屜開關的聲音，還又閃過一次微弱的燈光。

他的心臟像齒輪一樣的絞動。*神奇的偉恩，現在該怎麼辦？*

他盡可能不發出聲響，從鑰匙圈裡找到萬能鑰匙，輕輕插入門鎖。他緊握泰瑟手槍，槍把在手中的感覺很奇怪，兩年前訓練課程結束後，他就沒開過火。使用這東西所需要的技巧就跟使用電視遙控器一樣，他想，如果他會轉頻道器，應該也能用泰瑟槍命中一個電視劇作家。

*好了，盡量小心行事，*他幾乎能看到報紙頭條了：「**英雄保全擒住殺妻凶手**」，他轉動鑰匙，推開門，然後舉起手電筒，踏進去時用手電筒一指。看見有個人跪在一個檔案櫃前，離櫃子約十幾英寸遠。偉恩將槍口猛然對著他大喊：「海斯先生，不要動。」

那男人僵住。不是丹尼爾．海斯。

這個長相普通、穿著黑色皮夾克的男人口中咬著手電筒，以便空出雙手來找檔案，偉恩認不出這男人是誰。十幾種念頭蜂擁而至，在腦中相撞，卻沒有哪一個獲勝。

「哇！」那人說，一邊站起來，瞇著眼睛。「天啊，你嚇死我了。」

他只能說出閃進腦子裡的話：「你不是海斯先生。」

「答對了。」

「我以為……」

「讓我猜猜。」那男人一派輕鬆樣。「你以為我是我的合作伙伴。」

「你的合作伙伴？」

「丹尼爾。他是我的寫作伙伴。」

也就是說，他剛剛在沒有得到允許的情況下，闖進一間上鎖的辦公室。靠！靠！靠！可是，等等，他的思緒快速轉動，這不合邏輯呀。如果這兩個人是事業伙伴，他怎麼可能從未見過這傢伙？而且拿著個手電筒要做什麼？「你在這裡做什麼？」

「我老婆和我吵架了。丹尼爾讓我闖進這裡，待到那女人氣消為止。」這個痞子微笑望著他，雙手放下，其中一隻手放在心臟上。「靠！你嚇死我了。」他斜瞧著偉恩說：「老哥，你介不介意將那東西移開我的眼睛？」

「你是怎麼進來的？」

「我打破一扇窗。」那傢伙指了指肩膀後面。「你想呢？這是一樓。」

「我沒見過你。」

「我已經在這裡一整天了。現在，說真的，將燈光移開我的眼睛。」

有點不對勁，但這傢伙表現得這麼冷靜。雖然這真的也不關雷諾茲的事，沒有證據證明對方是非法入侵。他將燈光往下移，照了照那人的雙腳，反光亮到什麼都可以看個一清二楚。「你有身分證明文件嗎？」

「在家。」那傢伙看起來有點害羞，抓了抓頭。「我離開家的時候有點匆忙，你知道的？我太太對我丟盤子，她有一隻缺德的手臂。」

瑪塔不是個會丟盤子的人，不過只要他們一開始爭吵，他也會立刻湧出快速離開的念頭。他從不喜歡衝突。瑪塔建議他應該換一份工作，換個有點未來性的工作時，就會用手指著他。

然後，他的腦子很快轉過了一些他看到，卻沒有真的注意到的事情。「等等。」

「什麼？」

「你為什麼要帶著手套？」

□

嗯，幹！

班尼特大笑，羞怯的低了低頭，他的左手再一次上移到太陽穴附近，抓了抓，真希望他說第一個謊的時候，這個警衛就相信。他說：「這整件事都很搞笑。」然後，就在警衛看著他的左手時，右手悄悄移到背後，猛拉住柯爾特手槍，拿在手上。「一定得戴著手套，這樣我才不會留下指紋。」

警衛瞪著他，雙唇稍微分開。小鬍子上還有麵包屑之類的東西，前額冒著汗。

「老哥，事情是這樣的。」班尼特維持著親切的聲調。「你手上有一把保全用的泰瑟槍，那一把是什麼型號，C2嗎？即便是那些笨警察，現在也不會用這種手槍了。而我，我有一把柯爾特手槍。我們此刻的狀況，只有三種結果：第一，我先開槍。點四五中空子彈擴大撞擊力道的威力會讓內臟碎裂得像是用攪拌器攪過一樣，這對你是一點好處也沒有。第二，有可能我們兩人同時開槍。這個距離你不可能失手，我也不可能失手。所以，三十秒之內我會受傷，這個不好玩，但你也會受傷，而且相同狀況再次上演，你還是比較不利。」他暫停了一下，這是劇場表演的方式。「第三，這個非常有趣，你出手的速度可能不像你看來那麼笨拙。你會在我扣扳機前先打中我。但重點是，你知道接下來會發生什麼嗎？我身上所有的控制系統都會斷掉，然後我的肌肉收縮，手指彎曲，接著轟一聲。對，你猜到了，你又中槍了。」

這個警衛遲疑了，伸出舌頭，舔了舔雙唇。班尼特可以看到有一條血管在胖男人的眼睛旁跳動。「親愛的朋友，基本上你缺乏火力的優勢，運氣也不太好，但這就是人生。」

「把你的武器放下，走到書桌前面。」警衛的聲音短促尖銳。

「我有個更好的想法，我真的不想開槍殺你。所以，我有個提議。你放下你的槍，我放下我的槍。然後，我們兩人都往回走。在我離開五分鐘後，你可以進來這裡，找到破掉的窗戶，這樣子你還可能會變成英雄。」

在一陣沉默中，警衛考慮過所有的情況以後說：「我要怎麼確定你不會對我開槍？」

「我為什麼要射殺你呢？變成殺人犯讓警探找我嗎？不用了，敬謝不敏。我只是想要走出去。」他停了片刻，然後說：「聽著，要當英雄還是要當屍體都隨你便。但只要你將手上的玩具放在那裡，我保證不會傷害你。」

房間中的空氣很冷，破掉的窗戶灌進十一月的風。班尼特讓手臂保持平穩，手槍在腰部的位置，但是和警衛的胖胸膛成直角。他可以看穿警衛腦子裡所想的，實際上他能讀出胖警衛的想法：一個小時賺十二美金，晚餐在桌上等著，而且現在還有點尿急。一個簡單的抉擇，他看到警衛臉上顯現出決定，然後放下武器。

班尼特立刻用柯爾特手槍比較粗的那一端敲擊警衛的臉。

警衛發出一聲尖叫，反射動作讓他用手去保護臉，同時間泰瑟槍從指尖落下，關節間湧出鮮血，雙眼搖擺不定。他吃驚的往後退，雙足交絆，整個人跌倒。

班尼特撿起泰瑟手槍，丟到一旁。警衛氣喘吁吁，痛苦哀嚎。

「真好笑！」班尼特說，「我永遠都搞不懂為什麼人總會相信承諾？即便對方用槍指著自己，還是會相信他的承諾。」他伸手拿起了他的威士忌，往後一仰全喝下。之前的行動提升了感受力，口中所有味蕾都在叫好。

警衛在地板上亂摸，用雙肘往前爬。班尼特將威士忌玻璃杯邊緣擦拭乾淨，放下酒杯，走到書桌前。發現他稍早投擲的石頭。

這胖子掉了個名牌，偉恩．雷諾茲。班尼特嘆了一口氣，然後兩腿張開蹲下，將名牌別回警衛的手臂上。

「卜！」雷諾茲說，從碎裂的鼻子發出的聲音像是「卜」。他的眼神狂野，「不要。」

「對不起，我別無選擇。」

「等等，不。我不知道你是，你不需要……」

「不幸的是我離開以後，你的勇氣會再度回來。你會打電話叫警察，警察會看過所有的保全錄影，而你想要變英雄，就會指證我。然後警察會看到我稍早進來的時候並沒有戴手套，就會找到指紋。而指紋，我親愛的朋友，是我不能留下的證據。」

「我『卜』會，我不會告訴他們任何事情的。」

「我不能冒險。」

「拜託……」

「要用這種方式處理你，我很抱歉。這麼做無關私人恩怨，但是我得把一切做的很像是外行人做的。」班尼特舉起手臂。

隨著班尼特砸下石頭，雷諾茲尖叫：「瑪塔！」

警衛立刻停止喊叫。但班尼特還是花了比預期更多的時間，才讓警衛停止呼吸。

室內場景：審判室

時間：午後

沉重大石砌出的正方形房間。火把在牆上搖曳閃爍，火焰冒出的煙上升至天花板。

一個微弱、莊嚴的聲音，宛若從遠方傳來的海浪聲。

丹尼爾・海斯坐在一張椅子上，雙肘靠在膝蓋上，雙手上有黑色的東西。他的雙手開始相互碰觸，像是在遲疑著什麼。

法官一（配音）：血。

丹尼爾抬頭一看，受到驚嚇。

他的面前有一張桌子。桌子後面坐著三個戴著兜帽的人。是法官，高且骨瘦如柴，但他無法辨識三位法官的特徵。

丹尼爾：我在哪？

法官二與法官三（同時說）：你有罪。

法官一：你的雙手沾染上鮮血。

法官的話語深沉、宏亮，是從一面牆的底部傳來的聲音。

丹尼爾低頭一看，看到深色的液體布滿手指。他的十指猛然翻轉，一滴鮮血落在地上，然後一滴接著一滴的血落下。

丹尼爾：我什麼都沒有做。

法官二與法官三（同時說）：你有罪。

法官一：倘若你什麼都沒有做，為何會在此處呢？

丹尼爾：我……我不知道。

法官一：那麼，你又如何知曉你不屬於此處呢？

丹尼爾：我在作夢。這是一場夢。

法官一：其他一切皆是夢。唯有現在是真實。

丹尼爾：不！不！不會的……

法官二與法官三：你有罪。

法官一：你的雙手沾染上鮮血，你的靈魂沾染上鮮血。

丹尼爾：我不相信你。我不相信這一切。（抓緊了拳頭）我不是怪物。

法官二與法官三：你有罪。

丹尼爾：不！

他突然搖搖晃晃的從椅子上站了起來。法官穩如泰山的端坐不動，他們戴的兜帽底下是一片純黑色。

丹尼爾轉身，開始奔跑。椅子絆倒他，使他停下來。

他前面的牆壁上有一扇沉重的木門。他抓住門把，一拉，門嘎嘎作響，一次打開了數英寸。

法官二與法官三：你有罪。

室內場景：丹尼爾與藍妮位於馬利布市的家，承接上一景

中世紀房間、穿著長袍的法官、火把等等，全都消失了。

丹尼爾站在自家廚房。穿過窗戶進入屋內的陰影印在地板上、牆壁上、櫥櫃上。海浪的聲音

更大了。

女聲（配音）：你**做**過什麼？

聲音來自另外一間房間。丹尼爾開始往那個方向移動。

門摔上。

丹尼爾開始奔跑。

他離開客廳，闖入客廳。

女聲（配音）：你**做**過什麼？

丹尼爾跑得更快，衝出客廳的一側。

他回到廚房。

丹尼爾：藍妮？

他跑往另外一個方向，進入大廳，跑向前門，狠狠的拉開門，踏過去。

他回到廚房。

丹尼爾再次奔跑。整間房子有如惡夢中的迷宮，從未存在的門通往不可能存在的走廊。

一個聲音開始吟唱。是女性的聲音，但聽起來很陌生，不知為何聲音蔓延開來。

女聲（配音）：一群鷹飛來，天使在歡唱。（聲音停止，變成大笑的音調）你知道，他們俯首臣服、張嘴歡唱……（再次歌唱）榮耀這新的波恩國王。（說話聲）記得嗎？

丹尼爾繼續奔跑，越跑越快。每件事物被他的雙手碰觸過後，全都留下血污。

女聲（配音）：記得嗎？

丹尼爾：藍妮，我什麼都沒有做，我沒有，我知道我沒有！幫我，拜託，幫……

靠近熟悉的門時，丹尼爾慢了下來。

女聲（配音）：（沒有跡象顯示她聽到丹尼爾話。）然後，他們跳舞。（女聲吟唱著）答—啦—啦啦—啦—啦，答—啦—啦—啦……答—啦—啦啦啦—啦—啦、答……答答、答……

丹尼爾打開門，踏過去……

女聲（配音）：巴—答—答—答！多因克—伊低、多因克—伊低、多因克—伊低、巴—答—答—答！多因克—伊低、多因克—伊低……

他回到廚房。

丹尼爾：我在努力，幫幫我。

女人的聲音消失，變成情緒高昂的美麗笑聲。

丹尼爾沉入地板內。

丹尼爾：你得幫幫我。（人逐步消失）我需要幫忙。（瞪著染血的雙手）拜託。

□

有東西拍他的腳，丹尼爾猛然醒來，心如雷鳴，胃一陣緊縮，好似吞了一顆硬球，一陣令人目眩的白光閃過他的眼睛。他舉起手遮掩，透過指縫瞇著眼睛一看。「幹嘛……」

「起來。」聲音很強硬，習慣要人聽命行事的口氣。一陣碎浪拍打在沙灘上，使他的背部一陣顫抖。他努力拼湊著想法、前後脈絡：他在哪裡？怎麼一回事？

昨天晚上他讀了那些文章，那些可惡、卑鄙的文章。他深愛的女人離開了，永遠離開了，全世界都認定是他做的，相信他是殺妻的混蛋。離開咖啡廳後，他在街上昂首闊步。他討厭所有的事、所有的人。他最討厭洛杉磯，卻在抵達洛杉磯後才意識到自己不想來這裡；洛杉磯的繁華與活力耀眼奪目，但當一切全都走樣，徒留下來的是難以想像的深深遺憾。一個允許開車的城市，卻有糟糕的停車設備；白天充斥著瑜珈，晚上充斥著古柯鹼；可以與夢中情人過著夢一般的生活，卻記不住美夢；等到收到帳單時，一切都會變成可惡的笑話。

最後他終於找到一間賣酒的店，一個印度錫克教徒賣給他波本威士忌。太棒了。

一路走，一路喝，走了很久，最後走到威尼斯海灘，一整瓶酒幾乎都喝光了。衝浪者穩穩的衝浪，好像世界一直都維持這樣，好像沒有其他事情值得注意。他躺下來，世界在他身下打轉，宇宙在他頭上旋轉，睡著前他記得，知覺使他記得，他沒有往上看，而是往下看，看到他依戀的土地上，有一個可怕、無止盡的夜……

「給我起來。」那人踢了他一腳，最後吐出的詞還加重了聲調。

「嗨，老兄，放輕鬆。」丹尼爾坐起身。「我只是睡著了而已。」冷靜思考：一個警察、一個警察、一個警察。他垂下臉，新外型足以偽裝，但還是希望警察不會細看他。警察的手電筒讓整個世界縮小到只有一英寸大小。

「海灘上不能睡覺。」手電筒的燈光掃到了裝著波本威士忌的棕色紙袋。「海灘上也不能喝酒。」

他身上的某部分想要驚慌失措，想要抓狂大叫，但讓他感到驚訝的是，他的腦子竟十分鎮靜、快速的做出分析：他沒有被逼到死角，也沒有被抓；這個警察不是來逮捕人，只是想叫醒一個醉鬼。但問題依舊存在，如果這警察要查身分文件，或是想開給他一張罰單的話……

「警察先生，對不起，我不是流浪漢或是可疑人士之類的。我只是……我和女朋友……」他遲疑了一下，找到容易宣洩而出的情緒。「我失去她了。」幾乎是用咬牙切齒的方式說出：「我失去她了。」

手電筒在身上來回盤旋了好久，丹尼爾幾乎可以聽到警察在思考，檢視他的服裝、髮型。他到底是一個傷心欲絕的正常市民，還是一個流浪漢呢？這兩者在警察腦子盤旋、拉扯，正常市民的念頭在哀鳴、在哭泣，甚至可能在嘔吐。

「到別處去，好嗎？你不能待在這裡。」

丹尼爾點點頭。「當然、當然。對不起。」他拍拍了信差包上的沙子，也和雙足上的沙土奮鬥。

「還有，把這個也帶走。」手電筒的燈光在酒瓶上晃了晃。丹尼爾彎身拾起酒瓶，在警察改變心意以前離開。手電筒從身後照過來，他的身影往前延伸，沙土從腳下濺起。天色初亮的天空是勃根地葡萄酒色。又是幾乎無眠的一夜，而且還在宿醉。他渾身打顫。那個夢，他手上的鮮血，還有怪異的吟唱聲音。

無怪乎你的夢中會出現法官。你殺了自己的妻子，逼得她開車墜入懸崖，自己幹的好事又無能收拾，就逃之夭夭。你跳上車，想要像逃離怪物一樣逃離自己。你開了整整兩天的車，靠著酒精和藥物支撐，整個世界只剩下朦朧的加油站與高速公路的印象。你抵達和藍妮結婚的海灘，這樣還不夠遠，所以你嘗試了最後一程。一趟寒冷、殘忍的游泳之旅，游到失去知覺。

不！

不？因為你不相信這一切？還是因為你不想要相信？

他的胃翻滾著，感覺沉重又酸楚，嘴乾得快裂開，頭緊得像被鉗子緊緊夾住。他蹣跚向前，走向人行道，每走一步，天空就亮一點。一扇又一扇上鎖的大門，是沉睡的威尼斯。藍妮最喜歡這裡，喜歡這種對比性。木板的人行道旁矗立一間間百萬豪宅，彷彿是繡在海灘上。他記起某個午後，兩人躺在八月天的炙熱裡，藍妮全身都是防曬乳和汗水的味道。兩人懶洋洋的躺著，談著未來、談著有一天要放下工作、談著要生孩子、去看足球比賽、去戶外野炊。之後兩人回家，微風吹過的窗簾下，兩人進行了一次緩慢、炙熱的性愛。

以前……回到藍妮還活著的時候，當時他還沒有……

等等！

他把酒瓶丟進垃圾桶，坐在旁邊的長椅上。拍拍自己的雙頰，雙手耙梳過頭髮，因著髮膠的緣故，他滿頭都是沙粒。一輛畫著舞動的墨西哥玉米餅的小型貨運車，從他眼前駛過。他吸了一口氣，深深的吸氣，然後屏息。

這說不通。

這是他頭一次懷疑自己的記憶，雖然記憶已經陸續回返，而且是快速的回返。不論他的心智出了什麼問題，記憶的狀況似乎是暫時的，現在疲勞、食物、驚嚇、生理緊張等因素都過去了。雖然記憶回返的速度還不夠快，但記憶卻很真切。例如，海灘的記憶就是真的，他可以想起藍妮爬到他的身上，頭髮垂下在他的臉上形成陰影。藍妮微笑著對他說，她很喜歡這樣子，好像全世界只有他們兩個人。他卻指出，他們正位在一處人群擁擠的沙灘上，但藍妮回答：「我眼中只有你。」

那個記憶是真的，那個記憶真的發生過

還有，他們房子裡的相片。他們兩個人相愛、結婚、在萬聖節和聖誕節時一起出遊、一起滑雪。沒有其他人的相片，只有他們倆。

他從包包裡面拿出檸檬香味的乳液，將瓶蓋轉開，深深吸了一口。

見鬼了，在他完全迷失的時候、完全無法想起自己名字的時候，藍妮在電視上對他微笑，引領他回家。他們曾經那麼幸福、那麼成功。他們的愛受到上天的祝福，這種愛是浪漫喜劇賣座的祕訣。

八卦小報全是錯的。他一直很恨八卦小報，恨這些報紙不只能把黑的說成白的，還會告訴你白的其實是黑的。什麼火熱的爭吵、外遇的跡象，半數以上都是用「據說」的字眼來暗示。面對這些八卦小報，藍妮總是比他有耐性，而且，感謝老天，藍妮才是八卦小報追逐的目標。比起作家，八卦小報偏愛用性感女星當封面人物。他看過上千份雜誌談論安潔莉娜・裘莉，卻還沒看過喬斯・溫登[1]在《星聞》（*Star*）的封面上出現過。

可是你不只是在八卦小報上看到這些新聞，美國有線電視新聞網和其他無數媒體也報導了。

此外，還有罪惡感。從清醒過來的那一刻起，他一直有強烈的罪惡感。夢境結束、醒來時，也會有罪惡感。跟在他背後一路追回到西岸的罪惡感，在每個獨處時刻，啃食他的靈魂。

罪惡感可能沒什麼。或許罪惡感只是迷失、悲傷、無力保護藍妮而產生的感覺。但也許不是這樣子。

丹尼爾嘆了一口氣，揉一揉眼睛。每件事情都處於變動狀態，每一件事情都有可能。

他需要更多答案。而能夠得到答案的唯一方式，就是得進行一次該死的冒險。

1-Joss Whedon（1964-），美國知名作家、電視影集編劇、監製、導演。

「我打算寫一本書。」彼得．麥克蕭恩一邊說著，一邊還拿著半個貝果做手勢：「啟發壞蛋的有用提示。」

華特斯警探揚起一邊的眉毛，快速翻閱檔案夾，「書名是《犯罪者的心靈雞湯》嗎？」

「第一章，想要犯罪時，記得要規畫脫逃方式。噴氣式滑雪板與懸吊式滑翔機提供某些樂趣，但眼光敏銳的壞蛋會選擇一輛車。選擇汽車當『逃脫工具』時……」麥克蕭恩一邊說，兩手一邊在空氣中比著引號。「建議不要使用同伴的奧迪汽車，若疏於奉行此類基本的謹慎原則，當警方在你家出現時，你也就放棄了露出驚訝表情的權利。」

華特斯大笑。「你是當真的？」

「是的。不是有一群白人男孩抓著女孩離開陶仁斯，帶她到一處廢燃料廠，用鎖鍊拴在管線上嗎？他們用的是媽咪的車。噗，兩名策畫者就這麼被抓了。」貝果碎屑掉在他的襯衫上。「你呢？甜美的藍妮有什麼新進展嗎？還愛她丈夫嗎？」

「沒錯。」華特斯將檔案夾隨意扔在桌上，往後一靠，手指交纏置於頭上。「你知道我們在他家搜出的T恤吧？」

「染血的那件？」

「檢驗室的初步報告已經回來了。A型陽性，和被害人一樣。丈夫是B型陰性，不是丈夫的。至於DNA檢測，我看得等到下個世紀，實驗室才會給我們。現在，除了逃亡者有五十萬美金的動機外，我還拿到一件男性襯衫，和嫌犯所穿的尺寸相同，也是在他衣櫥裡找到的，上面沾染的血跡血型，和被害人血型相同。」

「所以，你模擬的情節是？夫妻爭吵，丈夫刺了妻子……」

「應該是對妻子開了槍。先生有三把槍，但是妻子設法離開，上了她那輛福斯金龜車……」

「然後，先生在後面追趕妻子，將妻子追到翻落太平洋海岸公路。」

「你知道最棒的是什麼嗎？先生回來了。」

「你在開玩笑。」

「不蓋你。信用卡紀錄顯示，海斯在緬因州用了信用卡，所以我發了一封傳真，並不期待會獲得任何訊息。但是華盛頓郡警署的一個小子認出了車子，試著逮捕他。不過整個過程亂七八糟，那個混蛋還對我的嫌犯開槍！你能相信嗎？」

大廳盡頭，一名警官帶領一個穿著華麗的婦女進入辦公室。婦女試著微笑，但不太成功，臉上露出過多的擔憂。可能是孩子走失的父母，他們經常會有那種驚慌的神色。「海斯逃了。昨天一個鄰居認出海斯翻牆進入他在馬利布市的家。」

「不會吧？」

「是真的。我們趕過去，到那裡的時候他已經跑了。」

「他為什麼要翻牆呢？」

「我怎麼會知道？」華特斯拿起一枝筆，在兩隻手指間轉著。電話響起，他聽到有人接起電話說：「洛杉磯警署重大犯罪事件中心。」

「更詭異的是有一天，洛杉磯警局接到一位蘇菲．齊格勒女士的報案電話。有人闖進她家，在她淋浴時，用槍指著她。你知道那個闖入的歹徒要幹什麼？他想知道我的嫌犯人在哪裡。而蘇菲．齊格勒是海斯的律師。」

「他雇用律師。」

「不是。蘇菲是好萊塢的玩家、談判專家，反正就是處理那一類的事。但是闖進她家的人是誰？」

麥克蕭恩吃完了貝果，擦擦手，說：「共犯。」

「我也是這樣想。丈夫雇用這個傢伙幫忙，卻在事後逃跑不肯付錢。」

「哈，人性。」麥克蕭恩站起來。「好傢伙，還真有他的原則，用在……不曉得什麼狗屁地方。」

「你的書稿最後一次修訂時，剛剛講的那段話，一定要好好再潤飾一下。」

麥克蕭恩對他比了中指，華特斯露出大大的微笑，回到桌前打開檔案夾，飛快的翻閱藍妮駕駛的汽車相片。他已經很熟悉這些相片了，但還是想看。老天！真是爛成一團。整輛福斯金龜車上下翻覆，一半沉入海裡，海浪拍打在車上，濺起層層浪花，車子頂端像是打開的高湯罐頭。所有的玻璃全都破損，車子有一邊壓毀。另外一張相片是護欄，金屬護欄傷痕累累。有一處撞擊點特別畫上油漆，是被金龜車撞上的地方，彎曲的部分往外延伸，好似在指向落海的地方。然後是懸崖本身，有一百英尺高吧！即便只有十英尺高，加上陡坡，也是非常危險。地表有一道撕裂的痕跡，地表覆蓋的植物都被刮起，標示出車子翻落的路徑……

「警探？」

華特斯抬頭，是一個女巡邏員警，穿著警署卡其色制服，衣服塞得整整齊齊。「什麼事情？」

「有你的電話，又一個丹尼爾・海斯打來的。」

華特斯嘆了口氣。他一天要接四、五個海斯的電話，全都是打來自首的。其中幾個還滿有娛樂效果的，精心編織了一些隱晦的情色想像，應該是花了心思編撰故事。但其中沒一個能通過他的胡說八道測試，他掃了手表一眼才說：「好吧！」

女員警點點頭，轉過小房間的角落。他聽到女員警說：「請稍等一下。」然後他的電話響了。他收起整疊相片，在桌邊敲一敲弄整齊後，拿起話筒夾在肩膀和下巴間：「我是華特斯。」

「嗨，嗯，我是……」對方短暫沉默，然後說：「我是丹尼爾．海斯。」

華特斯將相片插入檔案夾中。「嗯，嗯？」

「是你負責……藍妮的案子？處理她的案件？」

「沒錯。」他將檔案放入他的檔案盒，打開抽屜，揮筆寫了寫，再將標籤貼在裡面。

「昨天在我家的是你嗎？」

整個世界瞬間聚焦了。華特斯坐直身子，看看四周。有員警在胡鬧嗎？

「昨天是你吧，是不是？用對講機說話的人？」

華特斯將話筒放到另一隻耳朵邊。「是的，是我，海斯先生。你為什麼跑掉呢？」

「我和這件事情一點關係也沒有。」話筒中傳來短促的吸氣聲，一個試圖說服的聲音，他的下一句話是：「我沒有殺死我的妻子。」

華特斯真希望這是電影，這樣他就能對其他人發出訊號：快追蹤電話來源。「我相信你，丹尼爾。」

「你相信我嗎？」

「是的，我相信你。」華特斯將真誠的感情注入聲音中。「我跟許多人談過，你的朋友、同事等等。丹尼爾，他們全都說你和藍妮非常相愛。」

傳來一個咬牙切齒的聲音。「如果你相信我，為什麼還要追捕我？」

「丹尼爾，你得要了解我的立場。我相信你，但是我的上司呢？他們有權支配我。像這樣的案子，我們第一個調查的人是丈夫。所以，你在我們眼前消失，就讓我們沒有選擇的餘地。」

「你們怎麼知道別人是……」

「拜託，別侮辱我的智商。我們在路障前發現了打滑的痕跡，有數英里長。」

「或許是她開得太快……」

「丹尼爾，打滑的痕跡不只有金龜車，藍妮想要逃脫某個人的追趕。但你說追趕藍妮的不是你，這個我相信。」他釋放出平靜的感覺，努力讓音調緩慢、說話速度平穩。「我知道你一定能夠解釋，但我需要你的協助，才能找到答案。為了我們兩人著想……」他開始敲邊鼓。「丹尼爾，來和我談一談，我們一起解決這件事情。」

話筒中靜默許久，然後響起咯咯的笑聲。「我的名字你叫了四、五次，那是想要建立關係的一種技巧嗎？讓我相信我們是朋友？」

怒氣衝上華特斯的前額，他用食指和中指轉著筆，讓筆的兩端輪流碰觸桌子。「你答對了。這就是我剛剛做的目的，不過你真的需要來一趟。」

「為什麼？」

「因為你惹了麻煩，有一大堆問題要你回答。你離開的時刻正是你妻子被謀殺以後。在緬因州，你從副警長面前跑走，然後讓一隊員警飛車追捕你。還有，你從你家溜走。」

「那些打滑的痕跡，你能看得出是什麼車子造成的打滑痕跡，對嗎？」

「我們可以從打滑的痕跡看出很多事情。」

「那麼，是什麼車子呢？」

華特斯往後靠，心中暗自猜想：這個傢伙在玩什麼把戲？「從輪胎的痕跡，我們無法得知車子的品牌和型號。」

「你說過……」

「但那是一輛休旅車，一輛運動休旅車。」

「我開的是一輛BMW，型號是M5，不是運動休旅車。」

那麼，我猜你是清白的。「你看吧！這正是我說可以洗刷你嫌疑的線索。」話筒中又是一陣很長的靜默。華特斯強迫自己不要說話，只是坐在那裡想著：拜託，上鉤吧！魚兒。

「如果我去了，你們會逮捕我。」

「我不會騙你，你來了之後，我們有可能會逮捕你，但如果你不來，我保證一定會逮捕你。你不懂嗎？你現在是個壞人，即便你和藍妮的死一點關係也沒有。」他轉換切入的方向。「此外，如果你沒有殺她，那就是其他人做的。」

「或許，她只是失去控制。」語氣中有一點絕望。

「完全沒這個可能性。有人在追她，有人想要殺死她。你想要看看車子打滑痕跡的相片嗎？想要看看路邊護欄扭曲變形的相片嗎？想要碰碰我們剪下來的安全氣囊樣本嗎？上面還有她的血跡。」他讓語調往下降，然後繼續以更輕柔的語氣說：「現在，如果有人對我妻子做出這種事，我會不計一切代價、不擇手段，逮到他們。為她伸張正義，討回公道。不管是誰，你都想要抓到他，是吧？」

「你們……你們仔細找尋過其他嫌犯了嗎？」

「我們正在查證一切，丹尼爾。」他注意到這傢伙自稱是「嫌犯」了。「名人的案件，有潛藏覬覦者的可能性很高。但是我得要誠實的說：提到殺妻案，十件案子中有九件是對丈夫不利的。所以，這個案子有……」他故意把話說一半，等著這男人催促他說。

「什麼？」

「十一月二日，星期一中午前，在海瑞溫斯頓珠寶店。哇！我不知道一條項鍊竟然有如此高的價值，但就是那麼的貴，因為藍妮買了一條。靠！幾乎花光你銀行帳戶裡所有的錢。現在，丹尼爾，你告訴我，藍妮為什麼要這麼做呢？」

「我不知道。」

「她以前從來沒有做過類似的事情？」

「我……」

「你看，這件事可以從很多方面詮釋，但沒有一個是好的。或許她害怕，想要那一大筆財富。或許你們兩個正在談離婚，她認為這種方法是保護現有財富的最佳方法。也或許你因為某種原因逼迫她這樣做。」

「我為什麼要……」

「我不知道。」嚇一嚇他，別讓他思考。「我不知道，但這是我百思不得其解的問題之一。另外一個問題，你知道有人闖進你律師的家嗎？」

又是一段靜默，然後丹尼爾問：「什麼意思？」他的聲音裡透出一種怪異的口吻，似乎很小心的在選擇字眼。

「是真的。槍口對著她。」

「那……那她還好嗎？」

「她沒事。我的問題是：那傢伙是誰？」

「我怎麼會知道？」

「那傢伙問了你的事情。」

沉默。

「拜託，丹尼爾，幫幫我。也幫幫你自己。這傢伙是誰？」

「我不知道。」

嗯哼。華特斯克制住本能反應，如果他們是按正確的方式處理，地點是在一間審訊室內，手銬銬在海斯的手腕上，他就會有主場優勢，且現在就會是最佳時機。看到縫隙，就該狠狠的見縫插針。快！送他進審訊室吧！「丹尼爾，我需要你還有另一個原因。」他嘆了一口氣。「我很抱歉，要請你做這件事情。但是，我們需要你來認屍。」

一個哽咽的聲音：「我以為……」

「昨天我們發現藍妮的屍體，海流將屍體帶往南邊……」他停頓了一下，繼續說，「你想要聽下去嗎？」

「我……想要聽。」

「你的妻子並沒有繫上安全帶。從安全氣囊和擋風玻璃碎裂的程度來看，我們猜測她是被玻璃刺穿而死。非常快，她應該是立刻死亡。」他打開檔案夾，輕輕翻閱一份詳載該區域海流速度與方向的地圖。「根據墜落高度研判，屍體掉落的地點或許離岩岸邊有三十到五十英尺遠，比車子還要遠。從海流方向來看，我們預估應該是往南流……往西南方流。昨天我們接到一艘剛到岸的漁船電話。她的屍體纏在漁網內……」

「停！」這男人聽起來很虛弱。「停！」

「丹尼爾，我很遺憾，我真的很遺憾。」

「喔，老天。我有過……我以為……或許……」

「我了解。」他停止說話，聽著海斯的喘息。背景傳來許多聲音，音樂。這傢伙在一個公共場所，可能是用公用電話。「我很抱歉，但我得請你做這件事，我知道這件事對你有多麼難。但是，別讓她在停屍間等。不論你們之間發生過什麼，她都不應該受到那種待遇。」

「我沒有殺她。」他的聲音輕柔、搖擺，好像他自己也不確定，期待有人來說服他。「我做不到，我們如此深愛著對方。」

「我知道。」

「一定是其他人幹的，有人強迫她買了那條項鍊。」

華特斯順水推舟：「有道理。」

「有道理嗎？」他懷疑的問。

「當然。像她那樣子的名人很容易變成目標，很多人跟蹤她，那些人甚至可能會威脅你。或許，她覺得必須那樣做。」

「對。等等……」像是敲到什麼重點了。「那個傢伙！那個威脅我律師的傢伙。」

「我也在想同樣的事。」華特斯說，「就在我聽到的當下。」

「那麼，你們為什麼不去找他？」

「找誰？」

「你說『找誰』是什麼意思？當然就是那個傢伙……」

「我知道你指的是誰，但那個人是誰呢？我們沒有取得任何指紋，沒有取得任何遺留下來的證據。我們有當事人蘇菲所描述的嫌犯特徵，但這還不夠。我甚至不知道該從何開始。」

「可是……我的意思是……」

「儘管如此，你的猜測可能有幫助。幫幫我，也幫幫藍妮。因為，我得老實跟你說，只要你在逃一日，我就不可能花時間去找其他的人事物。」

「你在開玩笑吧？」

「海斯先生……」

「我妻子死了，殺死我妻子的人闖進房子，用槍指著我的朋友，而你跟我說，你不要搜尋這條線索？」

靠！「我才沒有那樣說。我是說……」

「對，我懂你的意思。你想要說，你希望把事情弄得簡單一點。提到殺妻案，十件案子中有九件是對丈夫不利的，對吧？那麼，為什麼不看看第十件。」

「不只是這樣子……」

「我沒有殺死我的妻子，我必須相信這一點。」

你必須相信這點？見鬼了，那是什麼意思？「所以，來和我談談，丹尼爾。讓你的妻子得到平靜，還有正義。我們一起合作，逮到殺人的那個傢伙。」

電話線上的靜默延長了，將會一拍兩散還是放下成見，他們兩人都心知肚明。

終於，海斯說話了：「羅傑，你知道嗎？我不這麼認為。」

話筒中傳來滴滴滴的聲音，電話掛斷了。

華特斯用力掛上電話，力氣大到足以讓話筒從話座上彈起。可惡！他一度認為自己可以成功勸服海斯。海斯是好萊塢人、是作家，習慣活在自己的想像中，想像周遭的世界都是故事。聽起來海斯已經徹底進入他自己編造的版本，他的方式就是：對購買珠寶的訊息表示困惑，他的措詞、他的猶豫。不過，海斯肯定沒法通過胡說八道測試。

所以，現在呢？

他隨時都能利用媒體，將海斯的狀態從「嫌犯」改成「通緝犯」，將海斯的相片張貼在各處，甚至可以宣稱此人攜帶武器，非常危險，一個有三把槍的男人確實會貼上「危險」標籤。這方法雖然粗暴，但是至少會讓海斯難以躲藏。

他的電話響了，他接起電話：「重大犯罪科，我是華特斯。」

「我是洛杉磯警局的警探南西・帕米索諾。請問是華特斯警探嗎？」

「是的。嗯？」

「電視女演員的案件是由你負責的嗎？丈夫涉案的那一件？」

「藍妮・薩爾與丹尼爾・海斯。是的，警探，我能幫什麼忙嗎？」

「等一下。」有另外一個聲音，有個人在詢問指紋的事，然後帕米索諾回應：「對，窗戶外面也要檢查。」接著，她又回到電話線上。「抱歉，是我負責的一個案件。有個傢伙闖進了工作室之城，殺死了大樓保全人員。」

「好的，所以……」

「我打電話給你，是要你猜猜陳屍的辦公室是誰的？」

他又有了活下去的動力。

丹尼爾又舀了一湯匙的蛋，機械化的咀嚼著。他瞪著丹尼早餐店窗外的塞普維達飯店。一個巨大廣告看板上，一個貨真價實的黑人拿著一把槍指著他，這是一部即將上映的電影，片名叫《今日將死》（*Die Today*）。那個黑人叫做圖．基，他的爸媽應該十分以他為傲。

「還要來點咖啡嗎？」

他點點頭，將手邊的馬克杯往前推。

「離開這裡的時候，你會全身發抖。」

「啊？」

「因為這些咖啡。」拉丁裔的女服務生帶著美麗的微笑，丹尼爾對她點點頭，女服務生就離開了。

那個警探一開始令他非常生氣，那個混蛋竟然設局引誘他上鉤，以為他是個低能兒，以為他不知道只要一踏進警局，他就身不由己了。但他得讓那個警探以為自己已經掌控了全局，藉此問到些資訊。

可是，他萬萬沒想到會聽見藍妮的消息。他心愛的美麗女孩，漂流在寒冷的太平洋流中。黑髮如海藻飄動，身體隨浪翻滾……夠了，**停！**

但現在他有活下去的理由，有人殺死他的妻子。

他還有很多事至今仍無法理解，唯一可確定的是，警方沒有進行調查。可惡！那個警探幾乎全都告訴他了。警方非常確定該鎖定的對象，因此讓其他細節嘩啦啦的全溜走了。那麼，他可以做點什麼呢？

女服務生將帳單塞在桌邊，留下一句「隨時可結帳」後，就如一陣風般離開。丹尼爾唏哩呼嚕喝下咖啡，吃完培根，把在加油站新買的預付卡手機收好，走到洗手間，在臉上潑些冷水，用手指梳了梳頭髮，拿擦手紙當成毛巾刷了刷腋下。然後走出去，走進湛藍的清晨，洛杉磯如同往常一樣犯了陽光過多症。他打開BMW，上車。

提到殺妻案，十件案子中會有九件是對丈夫不利的。

好吧！那第十件呢？第十件案子會怎麼樣？

以作家的立場思考，人為什麼要殺人？

為了愛情與金錢，相同的主題不斷重複。根據藍妮所買的珠寶來看，金錢似乎是某種因素。但這點對他沒什麼幫助，或者說，至少在他的記憶恢復前，這一點是沒有什麼幫助的。

另外就剩下愛情了。關於愛情，他的確有個想法。

他發動車子，往北開，使用自動導航系統，儀器自會告知道路間的連結，知道哪條路最快。他經過的某些地方似乎很熟悉：有一間酒吧，他可能曾在那裡胡鬧過；有一間有露台的咖啡館，他幾乎完全記得從露台看出去的景致。他可以感覺到記憶在施予壓力，他的無意識豎起了一道保護的防波堤，但記憶在防波堤外奔騰跳動。或許防波堤有些孤立無援，或許他需要更多資訊，或許得要找有過相同經歷的人。

太多的「或許」了，但這就是現在事情進行的方式，而且他已經厭倦當事後諸葛了。事先採取行動的時刻到了。

然後，他一轉彎，就看到藍妮在看著他。

攝影棚的牆壁有三十英尺高，但還沒有高到足以蓋住後面巨大的攝影棚。三十公尺高的牆壁，是絕佳的看板，展示所有福斯公司的節目：《美國偶像》、《辛普森家庭》等等，當然也有《蜜糖女孩》。《蜜糖女孩》上的相片是藍妮和劇中的「姊妹」：紅髮女孩天真無邪的微笑，金髮女孩有著詭計多端的魅惑外表，藍妮的微笑旁有著斜斜的標題：「愛蜜麗．史威特紀念專輯」。

丹尼爾瞪著他死去的妻子，有什麼地方能夠讓生命看起來不那麼超現實？顯然沒有那種地方。就在他看著看板時，一個穿著太空飛行服的男人，開著一輛被撞過的豐田Tercel，到了警衛室前。他搖下窗戶，通過了某種感應。過了一會兒，柵門打開，太空人駕車經過。警衛抹了抹額頭，拉一拉皮帶，轉身走回警衛室。

丹尼爾咬緊牙根，透過牙縫吸了一口空氣，死瞪著對街。車子來來往往，經過警衛室都必須暫停。他想到昨晚在八卦小報上看到的那行字，腦中不斷重複那串骯髒的字眼。

「藍妮是一個美麗的女子，有著美麗的靈魂，每個人都愛慕她。而我呢？我愛她。」

羅伯特．卡麥龍，藍妮的「優秀合作對象」。那個可惡的八卦部落格版主巴利斯．希爾頓宣稱，羅伯特．卡麥龍曾和藍妮有過一腿。《人物》雜誌刊登過他和藍妮的相片，兩人同在夜店跳了一首性感的拉丁舞曲。

他不願意相信藍妮會有外遇。但是，如果十次殺妻案中，有九次應歸罪於先生，或許第十次應該歸罪於情人。這個觀點多麼明顯，這才是警方應該要追查的重點，但顯然警方沒有，因為警方認為一切都要怪丹尼爾。

「藍妮是一個美麗的女子，有著美麗的靈魂，每個人都愛慕她。而我呢？我愛她。」

「我賭你愛她。」丹尼爾說。綠燈亮了，車子駛離，但他妻子的眼睛還懸在後視鏡中。

要如何才能接近卡麥龍？電話簿上是不會列出這個男人的電話與住址。丹尼爾無法監視攝影棚看卡麥龍何時離開，因為警衛會注意到；而且停車場太大了，誰知道停車場有多少個出入口、卡麥龍會用哪個出入口、他開的是什麼車。該怎麼辦呢？使用追星地圖（Star Maps）嗎？

就只能靠自己冒險了。好吧！他得變身成另一個人。他可以出現在臨時工人聚集處，試著找一份臨時演員的工作，攝影棚裡總是需要人。但這可能要花很長的時間。此外，他可以想像得到臨時演員的行蹤是隨時隨地被掌握的，沒有人會希望冒出一個新銳作家，將劇本塞到艾爾・帕西諾手裡。

不！他需要一個可以自由進出的理由。誰能進出停車場？誰不在那裡工作，但也不會引起注意？誰能獲准進入卻不受注意？

有了！

丹尼爾加快車速。

□

制服銷售賣場位於市中心南端，外觀看起來像一個倉庫，空白的外牆，還有裝卸貨區。這個地方看來很陰暗，車子總是呼嘯而過，空氣污濁。

展示間只占整個空間的一部分，即便如此，還是很令人吃驚。一大排一大排的衣服，有許多想都想不到的樣式。他猜警察得在某處才能領取制服，但還有消防隊員、主廚、女僕等等的制服。

他的手指掃過一件警察的制服，心想或許該改變計畫。這件警察制服的配備並不完整，沒有閃閃發亮的東西或是階級動章。可是，有多少市民能分辨出這些配件呢？

不行！一般人都會看著警察。他想要的是隱形。

他在後面一區發現一件閃亮的灰色寬鬆長褲。聚酯材質，免燙；剪裁是完全不流行的風格，腿上還有亮藍色的直條紋。非常難看的褲子。他隨即抓起了這一件。

接下來是一件短袖POLO衫，菱形編織，毛巾材質，亮黃色，衣領和袖子有藍色條紋。完美！他付了錢，然後去找影印店。

□

時間是關鍵。

十一點以前丹尼爾就將所需的一切準備好，所以有整整一小時的時間，他都待在咖啡小館和一個演員及一位女士共用桌子，演員正在檢查大頭照，盛裝打扮的女士則是啜飲拿鐵、邊讀著羅伯特・勒德倫[1]的小說。丹尼爾繼續努力測試筆記電腦的密碼，但是沒有一個行得通。

接近中午時分，他驅車前往攝影棚的安檢柵門。中午尖峰時間車子來回穿越警衛亭兩側，花了好幾分鐘才輪到他來到警衛亭。

他戴著太陽眼鏡，搖下車窗：「老兄，送快遞給……」他暫停了一下，拿起置於鄰座的拍板。「……給羅伯特・卡麥龍。」

「名字是？」

「卡麥龍，卡……」

「不是，我是說你的名字。」

「喔，我的名字是傑・多伯瑞，我是火箭快遞公司的快遞員。」他指了指黃色ＰＯＬＯ衫上的公司標誌，這個標誌做得很漂亮，公司名稱印成斜體字，後面還有小小的火箭尾巴的標誌。

警衛舉起他的拍板，掃視一次，搖搖頭說：「我沒看到……」

「是啊，是超急件，上面要求的。」

「讓我問問看。」他走回警衛亭。丹尼爾盲目的轉著收音機，試著讓自己看起來好像很無聊的樣子。過了一會兒，警衛回來：「沒有，沒有火箭快遞公司的標誌。你需要先……」

「老大，聽著，我老闆打電話給我，說我送的這一件快遞，是超急件……」他舉起一個塑膠袋，上面有一間維他命商店的標誌。「……一定要趕在午餐前送到。卡麥龍先生的經紀人威脅我老闆，如果沒有辦到就要把我老闆丟出去。」

「那是什麼？」

丹尼爾大笑，從袋子裡面拉出一個罐子，大聲念出來：「來自哥倫比亞安第斯山脈的木瓜與大蒜的天然易生菌，可促進蛋白質新陳代謝，排毒、減少腫脹。」他遞過罐子，警衛讀著罐子上的解說。

「這東西為什麼那麼急？」

「老兄，我只負責開車。」

警衛有些猶豫，丹尼爾聳聳肩。「你想要打電話給我老闆嗎？他可以再打電話給經紀人，你們這些人自行解決，但是我需要你簽名證明我是準時抵達。卡麥龍的經紀人付了超急件包裹的錢，也就是說一小時內要送達，要在……」他看了汽車儀表板上的時鐘。「……現在已經過了五十七分鐘了，老兄，如果你想要扣留那個東西，隨便你。但是我不能在中途出包，你懂嗎？」

有人按喇叭，警衛抬頭看了看，對一輛保時捷做出安撫的手勢，然後嘆了一口氣，將那一罐減肥藥丸還給丹尼爾，說：「十六號棚，你知道怎麼走嗎？」

「老兄，我常來這裡。」

「好吧！下一次一定要讓上頭先打電話，好嗎？」他將手伸到警衛亭內，抽出一張紫色的停車證。丹尼爾將停車證隨手一扔，然後駛過打開的柵門，對自己微微一笑。開BMW的快遞員急著送一罐減肥藥丸，真夠好萊塢了！

---

1 Robert Ludlum（1927-2001），美國著名的驚悚小說作家。

製片廠內是一條條寬廣的大街，乳白色的攝影棚有著藝術感的外牆裝飾，到處都充滿了生氣勃勃的氣息。工作人員穿著時髦別緻的法藍絨服裝，全身髒兮兮的抬著燈光設備與電纜線，穿套裝的人則坐在高爾夫球車裡。一排排的白色拖吊車並列著，宛如一隻隻賽馬排在一起，前面是一張一百英尺高的瑪麗·蓮夢露壁畫，懶洋洋的靠在某些人身上。他穿過一排有廣闊綠色草皮的美國郊區、一間教堂、一座裡面有小演奏台的小公園。他往某個方向看，心中有些期待會看到孩子們玩捉迷藏；往另外一個方向看，巨大的無窗倉庫像是電腦遊戲「曼哈頓計畫」的背景。

身體的記憶再度指引他開往要去的方向，只花了一會兒就找到正確的攝影棚。除了攝影棚上方的數字外，攝影棚看起來都一樣。一組巨大的滑輪從空中落下。他開進一個停車庫，關掉引擎。陰涼的午後，減輕了他的頭痛。

做得好。你是一流的。現在呢？

引擎聲漸漸變小，他用拇指與中指揉了揉眼睛。

嗯，現在你給我下車，去問問卡麥龍有沒有睡過你老婆，是不是他殺了你老婆。

或者，卡麥龍睡過你老婆，你發現了，然後你殺了你老婆。

藍妮是演員，身邊自然不乏魅力無窮的男子環繞，不是迷人的男士，就是身價百萬的演員。藍妮還得要親吻他們。可惡！他看過藍妮親吻卡麥龍，就在《蜜糖女孩》裡飾演愛蜜麗·史威特時。長時間拍攝的行程、媒體餐會、接藍妮參加活動的路上……外遇很難不發生。好萊塢的婚姻是一連串的笑話。

一股深沉的絕望沖刷過全身，絕望的感覺有一大半並非因為被背叛，或者說，絕望的感覺並不只來自背叛，還有目前整個狀況。不論藍妮是否欺騙過他，都不會改變他的現狀，也不會讓藍妮死而復生。如果藍妮和卡麥龍真的睡過，或許能證明凶手有殺人動機，或許可以一腳將警察從他的屁股後面踢開，讓他回到……回到什麼？

回到一間他不記得的房子嗎？

回到一份編劇的工作，而他的妻子曾經參與那齣戲的演出？

他現在的生活是什麼？他要依靠什麼繼續他的人生？

穿越美國內陸的長途旅行中，他常常玩一個遊戲：創造各種可能的身分，他是個消防隊員，耽溺於賭博；他是個同性戀保險業務員，是個狂熱的足球迷；他是個流行歌曲創作者，「瑪卡蓮娜」[2]遭禁讓他抽不到版稅。嘗試不同的身分就如同穿衣服，如果這件衣服不合適，如果這件衣服磨損了或是剪裁出錯，就丟置一旁，轉而拿起下一件。但現在被困在艱難的現實中，選擇有限。他過去曾經是某個人，在某段人生中做出種種選擇，雖然有的好有的壞，但那個人就是那一段人生的結果。不論是否喜歡那個結局，他現在更靠近那個身分了。沒有多樣的無限自由，因為暴君已經做出決定，他已經走在某條路上，開始過某一個人生。

假使他不喜歡那個人生的風景呢？

那你就只好去解決。你得要做出改變，做個該死的瑜珈，隨便做什麼都好。現在，你得照計畫走。警察不做的，你要做。

他爬出車外，走向樓梯。*找出誰殺了你的妻子。*

來攝影棚是件冒險的事。但很快的他就發現，沒人會注意一個拿著拍板、穿著奇怪長褲和亮黃色襯衫的人。他的新髮型與曬出來的黝黑膚色十分有幫助，大多數人一看到他，立刻將他歸類為與自己不同等級的人，連一絲絲匆忙的眼神也不分給他。他戴上一張忙碌的表情，彷彿正在找尋某個

2Macarena，輕快的西班牙舞曲，歌曲內容是關於一個同名的花蝴蝶女郎的故事。

地點。倘若無意間撞上一個認識已久的人也別跑，盡可能隱身於人群中。

這區的攝影棚全是水泥之類的建築物，這些假造的美國街景內，全無小心維護的綠色植物。第十六號攝影棚有個特別的出入口，但他認為這兒應該會有另外一組保全看守。他沿著一棟巨大建築走到一半時，發現一個高大的貨門往上捲起，一輛平台車正在卸貨。丹尼爾對一個抽菸的黑衣女士點頭致意，閃過一排服裝架，穿過貨門，踏出街道……

……走進他前面的院子。

他停住了。

眼前的布景是一間房子的縮影。不是任何一棟房子，而是他的房子，他在馬利布的房子。

這個造景在廣場上延伸十二英尺，造景上方懸掛著一排黑色的燈管，門廊處浮著兩打灼熱的燈泡，是較為柔和的夕陽顏色，一種高度清晰的效果讓幻想之屋的真實感大過周遭的東西，好比，如洞穴般的攝影棚、地上的攝影車軌道、工作人員的餐桌與放在上頭的三明治、蛋白質營養棒、維他命汽水，以及四周人群聲嗡嗡作響……

那天午後，他和藍妮付清馬利布市房子的款項，從律師辦公室直接驅車前往新屋，兩人一邊咯咯傻笑，一邊在新房子周遭漫步。這是他們的第一間房子。早期電視劇拍攝B捲底片[3]影帶時，就是用這間房子！多好啊！當時藝術總監辛蒂堅稱這個地方具有絕佳的《蜜糖女孩》能量。所以拍攝時就以馬利布市取代威尼斯市；但有志氣、剛嶄露頭角的小女明星竟能住馬利布市？這可不符合現實。所以他得改寫現實，因為別人付他錢嘛。手指在鍵盤上敲幾下，他就能舉起房子，將房子往南搬到威尼斯，讓幾個甜姊兒住進去。現在，兩年後，因為這齣影集而賺進來的存款可以買像樣的東西了。十年河東，十年河西，風水輪流轉，一個作家和當時剛出道的女演員靠影集賺來的錢買了他們的家，買來的房子就是影集中那個小明星用來背劇本的家，而劇本是作家寫的……

他搖搖頭。記憶伴隨清晰的影像來得強烈，他真希望現在是獨自一人，這樣就可以坐下來，凝視造景屋的正面，並且試著觀看造景屋的後面。但他並非一個人，攝影棚另外一端的工作人員隨時都可能認出他。

丹尼爾舉起手上的拍板，舉到可以遮住臉的角度，同時裝出正在瞇眼辨識手寫的字跡。從拍板的邊緣處，他掃到有人在他家的布景外面繞。雖然他可能認識所有人，但眼前這些人全都不是演員，只是工作人員正忙著準備下一場戲的布景。

他轉身走回來時路，沿著攝影棚的邊緣走，走到盡頭，那裡停了很多輛拖車。第三輛拖車門上印著「羅伯特・卡麥龍」。他深呼吸，舉手敲門。「火箭快遞，有一件您的快遞。」

「門開著。」

丹尼爾回頭左右掃視一下，確定四周無人後，開門踏進去。拖車內部裝潢極好：皮革沙發，搭配一個邊側的小吧台，上面有一瓶蘇格蘭威士忌和幾個杯子，角落還安裝著收納盒。卡麥龍坐在桌子邊，劇本在他的前面。他有著堅硬的下顎、深黑的頭髮，穿著昂貴的牛仔褲和一件喀什米爾毛衣。「需要我簽名……」跟著兩人眼神交會。「丹尼爾？」

丹尼爾關上身後的門，進入拖車內部。這個傢伙真是帥得很不合理，他的五官特徵平均，有髮鬢，眼睛是會吸引人的顏色。丹尼爾想像這傢伙親吻藍妮，藍妮踮起腳尖，靠向這個肌肉男的身軀……再往下想，滿是令人感到苦澀的念頭。

「我的天啊！」這個男人的臉上閃過異樣的神情，是一種難以解讀的強烈情緒。驚訝？罪惡？恐懼？很難說。每個人學習扮演的第一個角色就是自己。異樣的臉部表情很快的就被大大的微笑取

3 B-roll，電影、電視拍攝會分A、B捲底片，以便在後置剪片時，可以交叉使用。

代。「我真高興看到你。你去哪了?每個人都在找你。」

「過程很複雜。」丹尼爾說。

「我想也是。」卡麥龍起身，對他上下打量一番。「你穿這一身是?」

「喔，我……」他用手比畫了一下快遞公司的服裝，丹尼爾試著擠出微笑說話：「對不起，我得穿成這樣。我需要和你談談，可是我不希望任何人知道。」

「你可以打電話給我。我的天，自從意外發生後，每個人都認為，我的意思是……」

「我沒有你的聯絡方式。」

「你當然沒有。」

丹尼爾的身體放鬆了，聽到有人這樣跟他對談，感覺很好。

「我正要訂午餐。」帥哥演員走向了桌子。「我們一起吃點東西，你可以告訴我經過。吃壽司可以嗎?」

「嗯。好。」他環顧四周，不確定下一步該做什麼。看著演員拿起電話，開始撥電話，手指卻在發抖。丹尼爾原來的想像是這個男人會對他報以老拳，或露出膽怯的神情，眼神帶著罪惡感。親切的談話、一頓免費的午餐，是他完全沒有預料到的……

他趕緊撲向前，撞倒了椅子，按住了電話鍵，掛上話筒。卡麥龍抬頭看他，和善友愛的面具消失了。

「打電話給保全嗎?」

「我……當然不是。」話語軟弱無力。「我只是訂……」

「你以為你扮演得很親切，讓我很忙，他們就會有時間進來抓我了。」

帥哥演員慢慢放下電話。「你想怎麼樣?」

「我想要聽聽你和藍妮的事情。」

「你想要……」

「你跟八卦小報說，你愛她。告訴我……」他知道這個演員不會坦白的，不會承認他殺了藍妮。但是丹尼爾不是警察，不需要認罪等過程，只需要這男人在不經意之間說點什麼，在不經意的疏忽間承認他有過失德的行為、暗示他們有過外遇的行徑。虛張聲勢是現在最佳的選擇。「我想要聽聽你有多愛我的妻子。」

卡麥龍神情茫然、不知所措。「她是我最好的朋友。」

嗯哼。「也是和你一起演出的女明星。」

「對。」

「那麼長的時間，那麼討厭的拍攝行程，所有時段都待在一起，這必須得有位好朋友才能幫你打發時間。」

「你到底在暗示什麼？」

「我知道你們兩個人的事。」眨眼睛、逃避最細微的事件。我正在看著你：「藍妮死前已經告訴我所有的事情。」

「告訴你什麼事？」

「你們兩個人的事。」

「哪件事？」

「你和她的外遇。」他瞪著卡麥龍的眼睛，找尋蛛絲馬跡，任何遲疑的暗示，任何眼神閃躲的痕跡。

但他沒料到卡麥龍竟然爆出笑聲。「你今天是喝了多少酒？」

「你別想騙我，可惡……」

「這是個笑話嗎？」卡麥龍搖搖頭。「我知道你是個混蛋，但我從沒有想到你是那種混蛋。」

「哪種混蛋啊，羅伯特？」

「那種觀念保守的混蛋，認為性愛對象一定得是異性的混蛋。我的意思是：我知道你來自牛仔村莊，但是沒想到你竟是這樣的人。」

「你是……什麼啊?!」

卡麥龍嘆了一口氣，伸手拿起桌上的相框，遞給他：「記得艾倫嗎？」相片中是卡麥龍和一個梳著衝浪頭的金髮男子，金髮男子的手臂環住卡麥龍的腰部下方，指尖停留在卡麥龍的臀部曲線上。

丹尼爾感覺一股熱氣湧上他的臉。「你是說……」

「喔，看在老天的面子上，這可不是什麼週末夜狂熱而已，我也不是那種在私人時間拿男男春宮秀來加料的人，更不是那種背著老婆玩同志性愛的人。」卡麥龍拿回相片，放回桌上前還看了一眼。「對，我愛你的妻子。藍妮既風趣又聰明，和你不一樣。可是，我當然沒有睡過你老婆，你這個有恐同症的白痴！」

他應該感覺鬆了一口氣，某個程度的確如此。實情當然舒緩了他受傷的自尊，更重要的是，他不想聽到藍妮曾經不快樂，也不想聽到他曾讓藍妮感到厭煩、曾傷害過藍妮、甚至趕藍妮出去。如果他做過那些傷害藍妮的事情，就表示他在房子裡看到的美滿生活只是一個謊言。現在他稍微能相信他看到的美滿生活了，要是不能相信他在房子裡看到的一切，他會完蛋的。

所以他很高興藍妮沒跟卡麥龍有一腿，但問題是，下一步呢？現在的他，又再次毫無頭緒了。自從認定卡麥龍可能要為藍妮的死負責後，他就有了人生的目標，有了相信自己是無辜的理由。現在，一切都消失了。

「我很抱歉，並不是你想的那樣，我保證，我只是……」他不知道該如何說完這句話。

「你知道我是同性戀，你老愛逗藍妮，說她是個愛跟同性戀鬼混的醜女。你打算忘記我是同性戀這件事，然後在腦子裡寫下簡單一點的結局嗎？藍妮死了，所以她就應該要做過背叛你的事，這樣你才比較容易接受失去她的事實嗎？」卡麥龍搖搖頭。「我很遺憾，丹尼爾，我真的很遺憾，但你並不是唯一一個傷心的人，我也愛她。我不准你只是為了讓自己好過一點，就抹黑汙衊她。」

「聽著，不是那樣，我真的不記得了。我得了……我知道這很難理解，不過我……我……」丹尼爾發現自己說不出口，他不想告訴卡麥龍自己得了失憶症。其實告訴卡麥龍也沒關係，但這是他的祕密，他不願意放棄這個祕密。再加上他還有一絲羞愧，因為不知道自己是誰而感到羞愧，對自己的表現感到羞愧，而且說出來就好像是一個心胸狹窄的恐同人士急於為說錯話找藉口一樣。「算了。」

卡麥龍輕蔑的從鼻子裡吐出：「好。」

「什麼？」

「你打算告訴我什麼，對吧？然後你又決定吞回去不說，你老是這樣。」

羞愧和困惑在他的肚子裡燃燒，但是演員的話卻是火上添油。添上的油是一團初生的怒氣，加在未燒完的餘燼上。不過，即便是怒氣，也好過羞愧。「抱歉，你指的是什麼？」

「你聽到我說的了。」

「你了解我多少？」好好給我用腦子想一想：**混蛋，你根本沒有我要找的第一手線索。**

卡麥龍悶悶不樂的苦笑。「很多。」

「真的？考考我。」

「丹尼爾，我不想。我真不懂這樣做到底有什麼意義。」他加強語氣，揮揮手說：「我現在有工作，請離開我的視線。」

「不，我想要聽聽你會怎麼形容我。」

卡麥龍嘆了一口氣。「你真的想要聽？」

「是的。」

「好。藍妮已經過世了，所以我們也不需要保持友善的態度了，是嗎？你想要聽事實，這就是事實：我從來都不懂藍妮看上你哪一點。」

丹尼爾讓自己掛著微笑，但是感覺有點假假的。「繼續。」

「你人是不壞，但說實話，你算是哪根蔥呢？真的。在這個擠滿作家的城市，你不過是個二流作家。不算特別有天分，不算特別聰明，不算特別勇敢，資質在智商測驗的鐘型曲線圖裡，只能算中上而已。」

丹尼爾瞪著他：「嗯，我當然不是《蜜糖女孩》裡的明星。」

「你用各種方式傷害藍妮。」卡麥龍繼續說，「甚至還在全國電視上重現你們兩人的關係，你讓藍妮扮演愛蜜麗也扮演藍妮，你則成了操縱木偶的大師。沒有人會在乎電視上演出的是不是你們的私事，但是藍妮不想要公開這些私事，演戲是藝術。還有，你的酗酒問題、你的刻意冷漠，全都傷害了她。」

他肚子裡面悶燒的餘燼變成大火。「胡說八道。」

「喔，我知道你們兩人曾經相愛，很久以前相愛過。藍妮告訴我，你們舉行婚禮的那一天，算是她人生真正的開始。但你知道我是怎麼想的嗎？我覺得藍妮已經長大成熟，不再適合你了。」

丹尼爾的手指緊握成拳頭，指甲刺進掌心。他沒有回應，他不相信卡麥龍說的。**這不是真的，全都不是真的。你愛她，她也愛你。她死的時候，你還試著要自殺。**

「我想，一直以來，我在你身上看到的那些事情，都讓藍妮厭倦了。我想，你雖然早知道了，但事實還是嚇壞了你。我想，那就是你們發生那些爭吵的真正原因。」

「哪些爭吵？」

「是啊，現在又想不起來了。就在她開車翻落太平洋海岸公路的前一週，你忘了，你們一整週都在對吼。」

他從沒喜歡過你，他承認了。所以你不能相信他的話。你和藍妮深愛對方。

「我的天啊！你殺了她，是你幹的嗎？」卡麥龍用低沉的聲音問。「我不相信，我之前不相信，但是，你殺了她，是你做的嗎？」

「不是。」**我沒有殺她。藍妮愛我。如果我不能相信這一點，我就不會試圖在那個海灘上自我了斷。她愛我。**

「你殺了她。她不再愛你了，所以你……」

丹尼爾搖搖晃晃的往前衝，一拳猛擊在演員完美的鼻子上。他的手和手腕爆炸了，但不知道為什麼他覺得沒關係，手和手腕可以等一下再處理，他再一次揮拳，一拳揮掉這個男人的膽量。卡麥龍的眼睛張大，眼神裡有驚嚇也有傷痛，然後他吃驚的倒向拖車的牆壁。丹尼爾隨之往前跨，手臂舉起又收回，直視那雙可惡的眼睛……

……他看到了眼中的驚駭。

丹尼爾的怒氣在一瞬間爆發，同時，一種可怕的病態感也蔓延開來。他做了什麼？他再次往後退，房間在旋轉。那股怒氣從何而來？他做了……他幾乎做了……他碰到桌子，撞倒了鏡框。

「我……羅伯特……我……」，他摩擦前額，感覺到脈搏跳動。思考，他得思考：「對不起，我非常抱歉。」

卡麥龍用顫抖的手抹了抹流血的鼻子。「你打斷了我的鼻子。」無法置信的顫抖聲取代了之前權威的語調，讓丹尼爾感到羞愧。

離開這裡。這不是你。你得要離開。

他看看門。如果他現在離開，卡麥龍會通知所有警衛封鎖片場，警衛會監看各處，警察會呼嘯而來。

他環顧房間四周，身上那股病態感又冒出來。他的眼睛停留在電話上，衝過去拔下電話線，然後猛拉出牆上的電線，電話線約有八英尺長。往回走，他一步步的靠近讓卡麥龍變得僵硬，對方舉起拳頭，卻又放下。

「丹尼爾，給我滾出這裡。」

「我得綁住你。」

「滾！」

「對不起，我只是……我忍不住……你說的那些事情讓我忍不住。」他嘆了一口氣。「老實說，我還是第一次有這麼糟糕的感覺，因為打了你。即便如此，我還是得把你綁起來。」

「不……」

丹尼爾捉住演員的一隻手臂，不怎麼用力的猛然一拉。演員比他還強壯，丹尼爾懷疑在公平打鬥中自己是否有獲勝的機會。「聽著！」他說，「除非必要，否則我不會再打你。我只需要把你綁起來，所以，把手伸出來。」

一瞬間卡麥龍像是要反抗，然後他往前伸出手臂，手腕靠在一起。丹尼爾將電線用力纏繞手臂，一圈圈用力捆住，剩下的部分則一圈圈捆在桌腳上，最後打上一個笨拙的繩結。這樣子應該可以支撐一會兒，卻又不會造成太大傷害。

「我……」他嘆了一口氣。「我真的很抱歉，羅伯特，我……」解釋的重點何在呢？傷害無法消除。丹尼爾走向門，打開門，然後轉身再說一次：「對不起。」

門外是完美的一天，熙來攘往的停車場、美麗的人群、晴朗的天空，丹尼爾還依稀彷彿能看到卡麥龍的雙眼。閉上眼睛時也能見到卡麥龍瞪他的樣子，眼神中有懦弱的傷痛，動物般的恐懼。丹尼爾不敢快走，卻盡可能以他最快的速度走向停車庫。

仔細想清楚：卡麥龍害怕的不是拳頭，卡麥龍怕我不是因為我打他。

卡麥龍怕我是因為他認為我是個凶手。

還有，他想到那股控制他的莫名怒氣，心中不禁暗自猜想：或許我真的是凶手。

與其他律師相比，蘇菲．齊格勒與警察打交道的經驗，實在是少得驚人。她是個協商專家，擅長訂立合約；一個擋在客戶前說「無可奉告」的女律師；一個充其量是被雇來當原子筆的角色。每當她遇到客戶因著酒醉駕車、夜店口角鬥毆、吸毒等行為而遭到逮捕時，她會抓著客戶的手，聆聽客戶哭訴，然後轉介給專門負責刑事案件的律師。

最近兩週，她終於見識到警察最可怕的一面，特別是羅傑．華特斯警探的恐怖嘴臉。「我知道。」警探會一邊聳肩一邊說，「如果你高興，可以借用大衛．吉爾摩[1]的一個笑話往下發展。」華特斯警探幾乎每天都打電話給她，問同樣的問題：「丹尼爾在哪裡？」「丹尼爾為什麼逃走？」「丹尼爾了解這種起訴有多嚴重嗎？」那她自己知道嗎？

她建造起一座石牆，但越來越難忽視牆外的各種盜賊。丹尼爾做過最糟糕的事，就是消失。那一通電話，就是丹尼爾跑路前的那通電話，電話中說著怪異、充滿罪惡感的道歉言語，卻沒有解釋犯了什麼罪。她左思右想，卻只知道丹尼爾很困惑，丹尼爾喝醉了，受傷了，很迷惑。

最糟糕的是，竟然有個男人闖進她家，臉上一直帶著微笑詢問有關丹尼爾的事。那個男人有一張溫和、平庸的臉，像個超市經理，但一直面帶微笑，甚至在談論如何折磨她的時候，仍在微笑。

事情變得有點棘手。或許華特斯警探也感受到了，所以一大清晨就跑到辦公室來給她一個驚喜。華特斯警探個子不高，看起來很緊繃，留著長度剛好的短髮，穿著短版的西裝，又因為肩膀上的手槍皮套讓西裝更緊繃。看到槍枝讓她想起那個闖入者從皮帶上拿下手槍，還問她有沒有看過電影的那一幕。她努力維持臉部線條。「警探早。」

「齊格勒女士早。」警探的握手毫無感情，卻很專業。「我聽到你發生的事情，想確認你是否一切都好。」

「我很好。」

「你一定嚇壞了。」

哇，你想呢？那時候負責受理報案的警察非常有禮貌，聆聽她的陳述、做筆錄，還帶著超亮的手電筒在街區四處閒逛。但是那些員警的表情很容易解讀——他們不會去抓闖入者。整個過程持續約一小時警察才離開，離開前承諾會多派一點巡邏員警到她居住的帕利薩德斯區[2]。如果她還是很緊張，警察建議她養條狗。「我很好。謝謝你的關心。」

「關於那個闖入者，你能提供什麼資訊呢？」

「我已經告訴過……」

「那是洛杉磯警局，我則是在警署部門工作，有時部門間的溝通並不如你想的那麼好。我們相互競爭，這你知道的。」警探露出微笑。「說實話，兩個單位各有各的頂頭上司。」

警探試圖解除她的武裝，而她故意忽略對方的企圖。「我的案件並不屬於你的司法管轄範圍，對吧？」

「是的，女士。但那個闖入者問到了丹尼爾・海斯。」

蘇菲往後靠在椅背上，開始研究眼前的男人。走進她辦公室的人只要是不屬於這個行業的，多半都會鬼鬼祟祟的偷看四周，而且他們還會選擇坐皮革沙發。牆上的相框裡掛著的是《催化劑》

1David Gilmour（1946-），是英國搖滾音樂家、著名的吉他手、唱片製作人，二〇〇三年因其對音樂的貢獻與積極從事慈善事業而獲得英國授勳的CBE勳章。

2Palisades，洛杉磯的一區，西有馬里布市，東是聖塔摩尼卡，每年美國國慶都會在此舉行盛大的花車遊行。

（*Accelerant*）的海報，上面有影星菲爾・霍夫曼（Phil Hoffman）與帕克・普西（Parker Posey）的簽名；還有一張巴比・狄尼洛[3]親吻她臉頰的相片。她可以看到那些人疑惑的神情，好似在某處看到了前往奧茲國的入口。只要是這個產業裡的人，沒有人不了解製作電影和看電影是不一樣的，沒有人不了解一百分鐘的幻想，得花上三年的時間從事無聊的製作工作。

華特斯好像不在乎這個產業。從他不顧一切的走進辦公室，掃視四周一圈後，視線就沒離開過她的眼睛。或許華特斯是個看書的傢伙。

「如同我之前說過的，關於丹尼爾・海斯的行蹤，目前我沒有任何資訊，我也沒有直接和丹尼爾聯繫過，自從……」

「我知道。」警探維持雙手的姿勢。「但我猜想，或許這傢伙有涉入藍妮的事件。」

蘇菲與警探兩人眼神交會，但是她無法解讀警探眼中想要傳遞的訊息。她伸手按了對講機的按鈕：「馬克，請你幫我送一杯咖啡進來。」她特意不提供華特斯一杯。華特斯雙眼四周的細紋透露出他明白她的意思，但卻不打算要離開。「那個人是中等身材，體型很好。穿著寬鬆的長褲，一件黑色的……」

「我讀過報告了。我的意思是，他像是什麼樣子？」

她遲疑著。「鎮定。」

「鎮定？」

「很像是，這沒什麼不大了。很像是，這對他來說只是一般事件。」

「他是在浴室突然襲擊你的？」

她抱起雙臂。「就在我要走出淋浴間的時候，他就站在那裡。」

「其他人有你房子的鑰匙嗎？或是警報器的密碼？」

「我的管家，少數幾個朋友，跟我約會的男人。」

「他們之中有人……」

「沒有。」

「你能想起闖入者對你說了什麼嗎？特別記住的是……？」

大姊，幫個忙，不要尖叫，好嗎？

蘇菲說：「他問了我一些丹尼爾的事、丹尼爾在哪裡等等。他恐嚇我，說可能會傷害我，雖然他並不想傷害我。」她的聲音非常機械化。

「他有提到任何緬因州的事嗎？」

蘇菲完全無法掩飾自己的反應，神情立刻變得僵硬。她抬頭看著華特斯，判斷對方已經察覺到她的緊張。太疏忽了，甜心，你太疏忽了。唉，現在也沒必要虛張聲勢了。「他問我丹尼爾為什麼去緬因州，是不是在那裡有熟人。」

「那你說？」

「我說我不知道他在緬因州。」

華特斯點點頭。「我知道他去了那裡。」

這一次她能夠控制住自己的反應：「啊？」

「在一個叫做櫻桃田的小鎮，往北的一個小地方。」

「知道了。」她的心思飛快轉動，有太多資訊需要理出頭緒。丹尼爾可能需要一個能夠處理一級刑事案件的律師。丹尼爾在人前缺席這麼久，已經夠有理由讓媒體將他釘到十字架上，現在又被逮

---

3 Bobbie De Niro，巴比是羅伯特（Robert）的暱稱，這裡是指美國演員勞勃‧狄尼洛（Robert De Niro, 1943-）。

捕，整個狀況會更糟。老天，這件事肯定會變成今年度的頭條新聞，裡面具備了媒體需要的所有元素：性、暴力、金錢、名人。「丹尼爾何時會被押解回來？」

「他不會被押解回來這裡。」

「可是他有權……」

「齊格勒女士，丹尼爾並未被拘留。」

「對不起，什麼？」

「當地看到傳真資料的警員認出丹尼爾開的車，試圖逮捕他。」

試圖？這是什麼意思？

「你的客戶，你知道他幹了什麼好事嗎？」華特斯撐著指關節斜靠著她的桌子，由上往下看著她。「你的客戶攻擊警員，然後開著他的BMW衝過一間旅館的招牌。副警長飛車追捕他，並作證說他的時速超過一百英里。」華特斯暫停了一下，讓語調下沉。「那名警官對他開槍了。」

門上傳來試探性的敲門聲，她的助理馬克探頭進來，手上端著咖啡杯。「這是你的……」

「現在不要！」她打斷，馬克看來很受傷，但是她顧不了馬克的感受，繼續跟華特斯說話：「那他……丹尼爾沒事吧？」

華特斯中斷了一下，挺起身，拍拍袖口。「我們不知道。」

蘇菲往後靠，指尖放在太陽穴的位置。腦中閃過幾年前的感恩節，她在一個好萊塢孤兒院，為一些不能、或是再也無法回家過節的孤兒舉行晚餐派對。派對上有人說了一個笑話，惹得丹尼爾大笑。丹尼爾有一種獨特的笑法，聽到笑點時會先拍手，像是在為這個笑點下註記一般。丹尼爾的那種笑法從兩人認識起就有了，那種方式一直維持至今，直到丹尼爾變老了還在，直到兩人的生活都改變了也還在，直到這一切變得很沉重了都還在。她想起丹尼爾拍手的方式，想起丹尼爾的笑聲，讓她的胸口一陣熱，那股熱流並非因為性，也不是出於母性，而是介於兩者之間，一種想要幫助丹尼爾、保護丹尼爾、期盼丹尼爾更進一步的情感。

「還有一件事。」警探繼續說，語調無情。「丹尼爾有一間辦公室，對嗎？」

「在工作室之城大樓，他很少使用。」

「昨天晚上有人破門而入……」

她的眼睛轉呀轉。「你在開玩笑吧！等等！讓我猜猜。你認為是丹尼爾做的，對嗎？」

「……警衛嚇了那人一跳，結果，他就用石頭將那名警衛毆打致死。」

蘇菲的嘴巴張開，反駁的話語消失在舌間。

「現在你開始重視我的話了？我了解他是你的客戶、你的朋友。我了解。但這已經是丹尼爾捲入的第二樁謀殺案了。所以，拜託，幫幫我。」

「等等。」她發出的聲音有點沙啞。「你為什麼認為……」

「警衛死在丹尼爾的辦公室，殺死他的石頭就是打破窗戶的石頭，丹尼爾的指紋到處都是。」

「那是他的辦公室。」

「我知道，即便這樣也無法讓他擺脫嫌疑。」警探嘆了一口氣。「聽著，我不確定丹尼爾是否想要殺死警衛，或許他是失手殺死警衛。但是你知道丹尼爾的壞脾氣，每個和他工作過的人都這樣說。說他是世界上最可愛的人，但卻會突然間變成另外一個人。」

這不是真的，丹尼爾不會，他不會，喔，他是那麼可愛的孩子，告訴我，這不是真的。「他會吼叫，但他從不傷人。」

「他以前從不傷害人。但是他現在很害怕，很絕望。」

「等等。我跟洛杉磯警局的警官說過，闖入我家的那個男人問起了項鍊。你知道藍妮買了一條項鍊，一條很貴的項鍊，在藍妮死掉那天買的，闖入我家的男人才是你們應該找的人。」

警探點點頭。「我同意。」

「真的？」

「當然囉！我們全都同意。但是你得了解，丹尼爾行動的方式讓警方毫無選擇的餘地。即便那個闖入你家的人有涉案，但現在看起來像是丹尼爾和那個人一起合作。在丹尼爾出面接受警方問話前，看起來都是有罪的。」

警探的話語觸及了一個記憶，是她試圖忽略一百次以上的記憶。深夜一通傷痛至極的電話，丹尼爾的話語全都連在一起，因酒醉而含混的發音。遠遠傳來的哭泣、啜泣，懦弱、令人窒息的聲音中，存在的只有悲慘。一個人被撕裂成兩半，顫抖的喘氣聲中，勉強可聽到他在說：對不起、對不起，是我的錯。

她讓面具持續留在臉上。丹尼爾喝醉了，但這個警察不一定會好好思索喝醉背後的意義。她看著警探，他很鎮靜，眼神銳利且剛硬，心意已定的樣子。警探所說的每件事情都很有道理，她無法辯駁。

「蘇菲，拜託。還有沒有什麼事是你能告訴我的？」

丹尼爾依舊是她的朋友。

「你應該稱呼我齊格勒女士。還有，我沒有丹尼爾．海斯本人的行蹤，也沒有……」

「好吧！」他說，口氣變得很嚴厲。「隨便你。但是，齊格勒女士，你應該記得這一點，你知道人們在何時最容易被警方傷害吧？」他中斷話語，然後一字一句吐出：「當他們想要從警察眼前逃跑時。」

她張開嘴，又閉上。

「我自己會出去。但是，如果你真想要保護丹尼爾・海斯，就會知道要跟我合作。」

□

蓓琳妲・尼可斯已經厭倦酒吧。

她正在日落大道進行她的任務，注意力放在低級夜總會、以提基像裝飾的小酒館、在牆上投射電影的藝術酒吧，以及角落會有人玩桌遊的酒吧。左側的銀湖區是很多西班牙人、同性戀，以及時髦人士出入的地方，是個融合各種夜生活的好地方。但是她的頭刺痛不已，還聞到身上有一股污濁的菸臭味。睡在箱形車的後座對身體健康真不好，再加上塞在後腰的那把槍，真是要把她搞瘋了，往後靠的時候，槍會塞得更深，不往後靠的時候，又覺得槍快要滑落。有兩個念頭超越其他想法，在腦中旋轉、撞擊、完全消失，然後又開始旋轉。

你將會用一把槍指著一個活生生、會呼吸的人，然後扣扳機。

另一個是，丹尼爾・海斯在哪裡？

現在是週一晚上，才七點，所以她很輕易就找到停車位。走過車旁時，她敲了敲車旁那個刮痕，感受掉漆邊緣透過手指傳來刺刺的感覺。

你不再是蓓琳妲・尼可斯。你現在是妮姬・波溫。你在找人。你想要做一個會功夫的私人保鏢兼看護，就像是十七歲以上才能看的功夫片中的那種角色，但事實上，你是為律師和債權人工作。這意味著大多數的時間你都是坐在電腦後面打電話，但有時得用老派的方式工作，這時就是你最喜歡的夜晚了。白天你最幸福的時光是和你的狗在晨霧中慢跑，你的小狗是隻雜種狗，往上追溯可以發現有牛頭犬和德國種的達克斯獵狗的血緣，能得到這些基因的方式包括了強暴。

在白天大半的時間裡，她都扮演著妮姬・波溫，這個身分像一條舊牛仔褲一樣穿在她身上。

一座灰色的倉庫盤踞在一家汽車修理店旁，招牌只有一塊小小的布幕。空間之地酒吧看起來不像是加州最夯音樂的集中地，反倒像是南方高速公路旁專播傷心歌曲的酒館。波溫踏進去，眼睛一瞇。銀藍色的簾子圍起的舞台沐浴在燈光下，但是樂團還沒開始演唱。她往前推進，跟一個漂亮的emo女孩[4]點一杯她不想要的啤酒，女孩有著一頭染色的頭髮和悲傷的神情。啤酒送來時，她拿出二十元，叫女孩留著零錢。

妮姬往後靠，雙肘撐在吧台上。酒吧內還不太擁擠，只有五十個人左右，可能都是樂團團員的朋友。週一是為了即將來臨的活動暖身，希望能與舞台上一起表演的人分享成功。就在她四處張望時，一個瘦得皮包骨的孩子，戴著土裡土氣的眼鏡走進來，拿起一把貝斯開始調音，音符低沉、緩慢。

丹尼爾．海斯不在這裡。

妮姬嘆了一口氣，痛飲了一大口啤酒。頭痛加劇，可能在不經意中，低音的旋律撥動了她發炎的神經。女酒保回來時，她用一根手指對她晃了晃。

「需要什麼？」

「事實上，我在找個人。」

「在這裡工作的人嗎？」

「不是。」她從口袋裡抽出海斯的相片，列印的相片有一點皺。「是這個傢伙。」

「哇！這傢伙真像電影明星。」女酒保傾身瞪著相片。女酒保擦了柑橘調的香水，乾淨的笑容，比妮姬預期得還要友善。「等等，我知道該說什麼台詞。」她直起身，歪著頭，眼神冷酷，說：「你是警察。」

妮姬大笑。這個女孩還不壞：「不是。」

「拿賞金的獵人？」

如果她想玩，就來玩吧。「類似那樣的。」

「你想要找他做什麼？」

「你想要知道這個做什麼？」

「如果你找到他，你會對他做什麼？」

「嗯……」妮姬停在猶豫中。「我可能會一槍射中他的頭。」

貝斯手即興彈奏樂曲，突然一串音符中斷，貝斯手停下來上緊弦。

「我不想要惹麻煩。」

「你不想要惹麻煩的話，最好告訴我，我要找的東西在哪裡。」

emo女孩露出微笑，說：「真有趣，不過我有客人上門了。」

「那麼……」

「我當然有看過他。在新聞上，就是殺了她老婆的那個傢伙。」

「在這裡呢？」

「我想，他以前來過。可是已經有一陣子沒看過他了。」

「好吧，謝謝。」妮姬摺起相片，啜飲了一口啤酒，然後準備離開。

「等等。」

「怎麼了？」

4 emo，一種搖滾樂形式，緣起於龐克與獨立搖滾，崛起於八〇年代，在二〇〇〇年左右成為重要的流行文化浪潮。emo女孩，是指穿著打扮隨性，喜歡聽emo音樂的女孩。

「你忘了一件事。你應該要抽出一張名片，然後說……」女孩將聲音降低八度。「……如果你想起任何事情，什麼事情都可以，記得打電話給我。」

妮姬真是無語。槍卡到她的背，她瞪著女孩，解讀出對方的一生：出生在中西部，可能是密西根州或俄亥俄州，一週上兩次表演課。兩、三年來，她「幾乎完成」了一本劇本。曾經在一堆電影裡面演過配角，在一部情境喜劇中軋過一個角色，但隨著劇情發展，死了。可能在倉庫裡和一、兩個搖滾明星搞過，有過色情片的邀約，但是至今都拒絕了。二十四歲，在洛杉磯的日子很辛苦，所以沒什麼積蓄。

「我告訴過你。」她說，然後轉身。「我不是警察。」

□

臉又到了該打更多肉毒桿菌的時候了。

傑瑞．迪亞哥斯提諾斜眼看著鏡中的自己，頭左右轉。魚尾紋，沒關係。但是額頭上的那些皺紋呢？皺紋？老天，不可能！得計畫下次的肉毒桿菌療程了。週二拍攝一結束，或許該給自己一點獎勵。

他打開醫藥箱，拿出一罐臉部乳液，一盎司就要五十美金的乳液，就該好好的挖出一坨，好好的聞一聞，然後將一顆豆子大小的量，沾在兩隻手指上，輕拍臉部幫助吸收，要盡量避免用搓揉的方式。

走下樓時，他經過一些畫，畫框裡的畫有《最後的圖騰》、《A是……》、《母親的骯髒祕密》。來到廚房，他從袋子裡面倒出紅蘿蔔，開始用穩定的手法削皮，乾淨的長條落在水槽內；削完皮，將紅蘿蔔切塊，丟入果汁機中。一碗厚重的橘色汁液裝滿一品脫的玻璃瓶，再混進魚油、綠茶精、一包維他命，攪一攪有點鹹味的液體，喝了一小口。

咳！

他咳嗽，又喝了一口，然後勒緊浴袍上的帶子，穿過房子來到辦公室。站在窗前，看著眼前的聖斐南多谷地[5]的燈光忽隱忽現，宛如十萬根燭火。州際四〇五號公路，彷彿一條灼熱的緞帶。飛機在柏班克爬升或降落，信號燈閃爍如星火。山丘上的光點更少，像是暗夜的寶石。暈眩中看著難以辨識的洛杉磯，洛杉磯在黑暗中顯得奢華。

真的已經三十年了嗎？

他是在瓦茲暴亂事件[6]之後、羅德尼・金抗爭事件[7]之前來到這裡的，是情況極度糟糕的八〇年代，當時阿諾・史瓦辛格剛進入動作片一線明星的行列，不像現在總在新聞上演講，而且曾是個笑話的矽谷那時才剛改寫歷史。當時的他認為自己可以改變這個城市，讓這個城市臣服在他腳下。關於洛杉磯，雖然沒有什麼事物維持原樣，但這地方也不曾真的改變。就像不管多少財富金錢轉手，比佛利山就是不會出現貧民窟。所以，要是他不能改變世界，那他至少在落腳地點上證明了自己的改變。

他移向沙發，拉出自己的筆記電腦，螢幕上閃著戴哥製作公司的標誌。花體設計的「哥」字是一個男性陽具，驕傲的男性器官直挺挺的往上翹。很奇怪的標誌，現在看來很怪，他覺得這個世界是

---

5 San Fernando Valley，位於加州南部，洛杉磯都會區地帶。

6 Watts Riots，六〇年代中期，美國洛杉磯瓦茲區警察以車速過快的罪名逮捕一名黑人青年，點爆當時已逐漸白熱化的黑人抗爭行動，引發黑人搶劫商店、焚毀建築物一連串的騷亂事件。

7 Rodney Glen King，一九九一年因超速拒捕襲警，而遭到警方暴力對待的非裔美人。由於後續法院判決四名毆打他的警員無罪，引發九二年的洛杉磯暴動。

衝突的，他擁有一切可以直挺上翹的東西，但還是……已經入行三十年了，有四百多部影片了，壁爐架上排列著十幾座木頭獎盃，但這些有什麼意義呢？

停止！他修正想法。有烏雲不見得一定會下大雨。你是太陽，感受那日光的力量，然後讓這些力量改變你。

他打開劇本，轉動螢幕來到最後一頁。

室內背景：好萊塢公寓

時間：夜晚

一間小房間。珍娜．聖約翰．西蒙是個美麗的女人，有著純潔的心靈；她懷抱作明星的美夢來到洛杉磯。現在她坐在床上，身穿一件美麗的白色洋裝，服裝象徵她的「純潔」。

珍娜：我知道你在哪裡。

珍娜咬著自己的嘴唇，非常悲傷。

不，不只是悲傷。他要強調那個字，於是開始查詢同義字。

珍娜咬著自己的嘴唇，非常愁悶。

珍娜：你在哪？可以看出我不只是個美麗女人的男人在哪？誰能夠因為我的心而愛我。

傑瑞嘆了一口氣，揉揉眼睛。這些還不賴，但現在呢？書上說，一部電視劇的劇本差不多有一百一十頁，他才寫到第六十八頁，而且珍娜．聖約翰．西蒙還不可能變成明星，遇到等候她的男人的好運也尚未出現。

不要失去信心。你有太陽……

有人在他的陽台上走動。

傑瑞起身太急，筆記電腦從膝蓋上掉落，砸在地毯上。他關上燈，一步步靠近窗戶，斜望出去。一個男人的身影靠在欄杆上，游泳池波光閃爍下，很難看清楚那個男人的模樣。

某人的男友。這種事每年都會鬧上一次，從坎薩斯州跑來一些傷心的鄉下人，懷抱著拯救女友的雄心壯志，將「戴哥製作公司」視為某種神話故事裡的怪物，要奴役他們的女朋友。事實上，他是個一眼就能看出女人天分的生意人。總之，目前還沒有任何一個男朋友蠢到膽敢溜進他家。

好吧！這個男朋友得在這行好好學一課。他拉開桌子的抽屜，拿出手槍，準備好，然後緊緊繫好浴袍上的帶子，踮腳走過房子，挺起肩膀，將通往陽台的門猛然拉開。

「混蛋，你非法闖入民宅了。」

那個傢伙沒有移動，也沒有轉身。搞什麼鬼？

傑瑞往前站一步：「喂！我看到你了！可惡，給我轉過來。」

□

班尼特轉身，身體往後傾，雙肘支撐在欄杆上。傑瑞的游泳池畔燈光搖曳，在他曬黑的皮膚上，潑灑出慘淡的黃色斑點，也使他自己右手上的槍枝閃閃發亮。「傑瑞，現在你看到你要看的了。」

「班尼特？老天爺。」製作人傑瑞用力的嘆了一口氣，放下手槍。傑瑞有種勵志專家的調調，皮膚過於緊繃，牙齒太白，助曬噴霧噴得太多，老是要求早餐放在鏡子上送來，現階段他的狀況，看起來還是好到不行。「我不知道你回來了，你在這裡幹嘛？」

「被招來做墓碑的。」

「誰的？」

「你的。」

「喂喂喂，你說我們兩不相欠了，就在我做完那件事以後。」

「我撒謊了。」

「你承諾過的。」

「我撒謊了。」他對著傑瑞手上的槍點點頭。「而且，如果你不把那個東西放到一邊去，我會認為你很不好客。」

這個製作人臉色發白，很快的將手槍塞到浴袍的口袋。「對不起。」

班尼特什麼都沒說，只是讓靜默持續。對那個男人來說，每一秒鐘都是壓力，他看得出這一點。可憐的傑瑞，永遠都是一個緊張兮兮的小男孩。

「那麼，你要……」

「我要在這裡待一陣子。」

「太棒了。我們來計畫晚餐，要不要喝點東西。我可以叫幾個女孩來加入我們……」

「你沒聽懂。我要待在這裡。」

「這裡？我家嗎？我的意思是……」製作人差點絆倒。「我們已經認識很久了，你知道我很高興見到你，可是，拜託，我不能……」

「傑瑞。」

叫他的名字就好。這個祕訣要用在初次見面破冰的時候，之後人們就不會忘記你了。當然也會使人們容易接受你，不論是面對一個難搞的人、一個剛起步的電視明星，或是一個色情片導演，都一樣。

八一年時，傑瑞・迪亞哥斯提諾說服女友讓他拍一部影片，承諾這部影片只是為了彼此而拍攝。某種幻想片之類，關於一個女祕書為公司奉獻一切，或是一個啦啦隊隊員為了振奮團隊士氣。那時是色情片的黃金年代，家家戶戶忽然都有了錄影機，每間錄影帶出租店的後面都有一間用珠簾遮掩的小房間。最後女朋友沒有留下來，但是戴哥製作公司的第一部影片成績很不錯，接著又發行了上百部影片。

班尼特聽到一個傳聞，再靠著殷勤的探查，發現了戴哥製作公司有兩本帳冊。危險來了，因為這個查帳的人，是個與拉斯維加斯、紐約都有關係的危險人物，此人還有將屍體留在沙漠的習慣。他來到傑瑞身邊，提供一個生意計畫足以彌補虧空，就當作是副業——利用迪亞哥斯提諾旗下的「明星」，進行仙人跳的騙局。

迪亞哥斯提諾試著瞞過去，但最後還是採用了班尼特的想法。

「所以，嗯，你只是需要一個免費睡覺的地方？」

「類似那樣子。」

「好吧！當然，沒問題。我會，哈，我會整理好客房。」

「傑瑞，對不起，我沒說清楚。我需要平靜、安靜的地方。」他的臉上放上了溫和的笑容。

「我不……」

「你要去度假。」

「什麼？」

「今天晚上出發。」

「不，我不行，我這週就有電影要拍。新來的女生是個不定時炸彈，十八歲，胸部像是木蘭飛彈，外加她願意『做』很低級的事，完全不介意又啃、又吐口水。她還會表演深喉嚨，又很會唉唉叫，搞得像是她的高潮日。屎尿現在很夯，直逼強暴幻想片，他們在中西部還會吃毒品呢。」

班尼特什麼都沒有說。只是在那裡聞著夜晚的空氣，聽著遠方的交通聲音，還有游泳池過濾器傳來的氣泡聲。寒冷使他的大腿些微疼痛，疼痛處的骨頭是十幾年前斷過的舊傷。引起斷腿混亂風波的工作是發生在……達拉斯，是在那兒嗎？

「班，真的，我不能去度假。」傑瑞話越說越快，語帶威脅利誘，也有甜言蜜語。「我看，這樣子吧！要不我去飯店租個房間？你可以用這間房子，你知道，我很樂意、也希望你能使用這間房子。」

游泳池表面的漣漪投射在製作人的臉上，形成一條條的紋路。遠方傳來一輛汽車的警報器聲響，又吵又長。其實沒必要將迪亞哥斯提諾趕出城，但因為班尼特不想要這個男人靠近他，這個男人說太多、想太少；同時他也不想讓傑瑞以為有商量的餘地，所以他漸漸收起自己臉上的笑容。

「我……」迪亞哥斯提諾瞪著自己的赤足。「我去打包。」

班尼特點點頭，轉身觀看眼前的風景。一架警用直昇機在凡努斯上空打轉，前後盤旋，探照燈閃耀著。他聽到迪亞哥斯提諾的腳步聲，等到那個男人幾乎走到門口才說：「傑瑞？」

「幹嘛？」

「那把槍。」

一陣無語，然後聽到那傢伙走回來的聲音。傑瑞走到班尼特身邊，手伸進口袋，拿出手槍。班尼特拿了手槍，鬆鬆的握住，不正眼看那男人，說：「還有你的車鑰匙。」

「什麼？那我怎麼去機場？」

「叫計程車。」

稍後班尼特開始徹底勘查他的新房子。這裡真是個好地方，裝潢有點低俗，但是景色十分壯觀。他在傑瑞的辦公室設定好自己的筆記電腦，電腦放在桌上，面對窗戶，如此一來，底下的城市景觀就能一覽無遺。

藍妮死後不久，班尼特闖進藍妮和丹尼爾的房子，留了幾件東西在裡面。一切都要感謝網路，讓日子越來越好過囉！以前要弄到監視工具有多麼困難，現在好了，一切就靠線上串流影片、無限寬頻、檔案傳輸通訊軟體。

他放置了三台攝影機。第一台看起來像是一台一氧化碳偵測機，放在入口處的牆壁上，可以清楚看見門口的景象；第二台夾在一本書裡面，位於海斯家辦公室的某個書櫃上；最後一台攝影機是他最喜歡的一台，放置在一個面紙盒裡。面紙盒是有錢人喜歡的一種裝飾，用了這個，連面紙都能和家裡的色調吻合。那台攝影機他放在臥房裡，就在藍妮的床頭櫃上。這三台都是高解析度，在黑暗中也能拍攝，更棒的是還具有傳輸裝置。三台攝影機透過海斯的無限網路傳輸，將錄下的畫面傳送到一個匿名的網路檔案伺服器。

幾年前他還得靠自己的屁股，坐在房子外面監視，現在只要上網登錄就好了。

這三台攝影機各自都錄下了好幾個檔案。忙碌、忙碌啊！他先打開最近錄製的，畫面從前廊開始。影片從前門飛快打開，許多人衝進來，警察掏出槍。跑得飛快，口沫橫飛的喊著：*不在這裡*。

有趣啊！

辦公室和浴室的錄影機也錄到警察，同一批賣力工作的警察。不管警察在找誰，那個人顯然不在那裡。警察鬆了一口氣，到處走動，打開抽屜，掃視衣櫥，聲音並不清楚，但是可以聽到他們在談論一個闖入者，喊著海斯的名字。

所以，他的小男孩回來城裡了。

就在班尼特準備轉到更早一點錄下的檔案時，他看到了一個副警探到處看，然後很快的打開其中一個衣櫥抽屜，拉出一件白色蕾絲內褲，塞進口袋。他咯咯大笑，打開Photoshop，放大影像尺寸，調整軟體工具中的遮罩銳利度設定，直到可以讀出警察的名牌：「副警探華瑟曼，你這個噁心的名人內褲嗅聞犬。」班尼特存下檔案，做了筆記寫下警探的資訊。總是得做好準備，因為你不知道何時能派上用場。

下一段影片就是那個消失的男人。丹尼爾．海斯活生生的走進自家前廳。

抓到你了！

這男人看起來非常疲倦。不意外，從他開車駛過的距離就知道。班尼特有個女人在美國運通工作，她非常希望老闆不要知道她有吸食古柯鹼這項「休閒娛樂」。也多虧這女人班尼特得以看到海斯的信用卡帳單，也能看出丹尼爾全力往東衝刺的速度就像是屁股著火了一樣。然後，一度消失的他，抵達了緬因州。

小丹丹，什麼原因讓你回來了呢？

螢幕上的男人瞪著相片，臉上露出炮彈休克症的表情。在樓上的臥室裡，丹尼爾緩慢移動，手上拿著一杯威士忌，翻看每個抽屜，像是在找線索。他仔細檢查了藍妮那邊的床位，就正好對著該死的攝影機，在一瞬間，班尼特懷疑丹尼爾曬傷了。但不是，應該是其他東西造成皮膚曬黑。而後，丹尼爾的身體滑落到地，環抱雙膝，顫抖、哭泣。

下一幕，大作家走進辦公室，一副從沒來過這裡的樣子，看著閃亮的獎座，咯咯的笑著。然後坐在書桌前，凝視窗外，發現自己被監視了。他站著，在書櫃裡翻找著，抓起筆記電腦。錄音系統錄到了什麼，是個聲音，但聲音太遠、斷斷續續。根據前一段影片時間來看，應該是警署的人來了。丹尼爾奮力跑出他的辦公室，跑進臥室，然後就失去蹤影，應該是從一扇窗戶跳出去了。

班尼特往後靠，一根手指敲著牙齒。*你剛剛看到了什麼？*

丹尼爾的行為裡少了些什麼？悲痛？有部分是，當然有悲痛，但是還有些別的情緒。筋疲力盡？這傢伙剛剛開車回來，幾乎是以創紀錄的速度開車繞過了整個國家。他看起來的確狼狽得像是從地獄回來的。

你知道狼狽不堪是什麼樣子。但還有些其他什麼情緒。他無法確切的指出答案，但這個傢伙似乎……嗯，情況很不好。

班尼特又看了一次錄影。就是這裡，在辦公室裡，丹尼爾拿起獎座時在微笑。那是一件小事，但這種行徑不太有意義，露出疲倦和悲傷才有意義。他失去了人生的至愛，而且看得出來，自那時候起他就沒睡過。

所以，一個寫作獎可以鼓勵他？甚至是短暫的鼓舞？

班尼特讓錄影一直倒轉，看到他確認完全掌握狀況為止。某些事發生了，他不知道什麼事，但就是不對勁了。

不管怎麼樣，他拿到真正重要的資訊：丹尼爾．海斯回到城裡了。班尼特正要關上錄影時，注意到還有一個更久以前錄下的檔案。還有其他人進過屋子，又是警察嗎？

他打開在走廊拍下的錄影機檔案。前門打開了，一個女人走進來，肩膀上有一個袋子。

班尼特暫停畫面，瞪著畫面。

這一定是在開玩笑。

出現在大眾面前是件冒險的事，但是丹尼爾顧不了那麼多了。他已經待在車裡、躲在低級旅館的房間、埋在自己的頭裡太久了。他需要空間，需要戶外景色，需要一個地方好好思考。所以他將BMW停在富勒的最北端，戴上可笑的遮陽帽，然後出發前往健行聖地朗陽峽谷。

西沉的太陽將天空畫上一片髒髒的橘色。許多人在小道上健行，小狗在主人身旁跑著，但在他改變方向，走上更難走的小路之後，身旁的事物越來越少，嚴峻的上坡路泥土砂石多過鋪設的地面。他的四肢、小腿、肺部，每分鐘都在燃燒。能感覺疼痛很好，所以他讓自己更辛苦一點，開始在能跑的地方慢跑。逼迫自己。半小時運動所承受的痛苦，應該夠彌補他對卡麥龍所施加的暴行。

你並不殘忍，你不需要這麼做。

但是他想起肚子裡那團沒燒完的餘燼，想起突然燒起來的怒火，以及怒氣發作時自己的行為，和卡麥龍被綁住時，眼中出現的恐懼。不論卡麥龍之前怎麼想的，但在那瞬間，他真的認為丹尼爾犯下殺妻罪。

但是我沒有，我沒有……對，沒有殺人。

接近頂端時他做了一個困難的伸展運動，一個勉強、急劇的彎腰，使他氣喘吁吁，汗水濕透了絲質襯衫的腋下，但是運動趕跑了所有想法。

由峽谷頂端觀看下方，景色讓人驚豔，主要小徑旁有一塊平地，他重回主要小徑前在此駐足觀看。現在太陽已經落到地平線以下，但天空依舊明亮；一個穿著運動型內衣的女人從他身旁慢跑經過；走在另外一條路上的兩個男人中斷對談，看著女人經過，然後相顧一望、搖搖頭、露出微笑。丹尼爾被一股嫉妒刺痛了，多麼簡單的朋友情誼啊！

眾人的足跡全消失在一個瞭望點，此處設有長條椅，搭配洛杉磯盆地令人目瞪口呆的景致：好萊塢、比佛利山、西木村全在遠方。數百萬的聖誕節燈飾綻放出微光，天知道有多少人住在那裡，在那裡生活。丹尼爾抹了抹額頭，走向邊緣。山坡兩側延伸開來，寬廣的水泥平台上，座落了天價豪宅搭配藍綠色游泳池的建築奇觀。有一瞬間，他只能屏息瞪視，難以呼吸，並再次被所有的美景觸動。

在卡麥龍拖車裡發生的事……老實說，丹尼爾從未意識到自己竟然脾氣那麼壞，像是他體內有種東西，爆發時不只會變成暴力，還讓他很享受。就在他移向卡麥龍時，傷害對方、粉碎對方完美明星外表的念頭，使他感到興奮。

對。但你也想過你的妻子為了那個演員而背叛你，想過那個演員或許和妻子的謀殺案有關係。任何人都可能會有你這種反應。

丹尼爾讓手指一屈一張，用左手按摩了右手腕，右手腕酸死了，原來揍一個人會這麼痛。

還有，那個演員說了一些事。他說：你沒有好到足以匹配她。那個傢伙知道些什麼？

卡麥龍說的話跟八卦小報的報導一樣，全都是描繪著一個骯髒、可鄙的印象。但是他在他與藍妮的生命中看到的一切，卻是描繪出另一種景象。

還有那個罪惡感。夢中那些血腥法官的影像宛如高塔，有沒有可能他和藍妮曾有過類似的爭吵？他對藍妮是否也曾發過脾氣？

所以，然後呢？你追著她跑出你們的房子，借了一輛運動休旅車追她，害她衝出馬路？質疑一切倒是無所謂，雖然很殘忍，但不要停止思考。

不，儘管他對卡麥龍的行為沒什麼好驕傲的，卻無法抹去一個事實：有太多事情不對勁了。例如，那條鑽石項鍊。如果藍妮真的想要離開他，不需要清空銀行帳戶裡的錢。他只是個作家，而藍妮是明星，兩人的錢應該是來自於藍妮。有種怪異的感覺，搞什麼！他不像是個坐在沙發上吃軟飯的傢伙啊！而且，這個行業對演員的評價高過作家，又不是他的錯。

但是你是哪根蔥，真的？在這個擠滿作家的城市，你不過是個二流作家。不算特別有天分，不算特別聰明，不算特別勇敢，資質在智商測驗的鐘型曲線圖裡，只能算中上而已。卡麥龍的話在耳邊響起。

這樣再一想，打了這個傢伙也不是多罪大惡極的事。這個混蛋自稱是藍妮最好的朋友，卻對藍妮說她丈夫的壞話？在任何一齣劇本裡，這都算不上是友善的舉動。特別是卡麥龍竟然直接說藍妮是曾經愛過他。卡麥龍說：「藍妮告訴我，你們舉行婚禮的那一天，算是她人生真正的開始。」

這話有意義。他感覺到一種確定性，沒錯，藍妮愛過他，他也愛過藍妮，他和藍妮的死沒有關係……

喔，笨到可以去吃屎了！

丹尼爾僵住，想起了什麼，嘴巴張大，然後轉身，奮力衝下山。

□

丹尼爾不敢直接將車開到房子那一區。如果警方安排了監視，警車會停在那裡。他將ＢＭＷ留在海邊，然後往回走。他故意走得很慢，像是個出來散步的街坊鄰居。一部灰色保全巡邏車慢下來時，他對車上的人點點頭，然後繼續走，司機對他揮揮手後就離開。

生命的開始。那是他筆記電腦密碼的線索。卡麥龍說，藍妮曾提過，他們舉行婚禮的那天就是生命開始的日子。

丹尼爾知道了，他知道他們的結婚日期就是密碼。那台筆記電腦裡面有多少祕密，全都藏在那個簡單的密碼後面呢？他和藍妮站在緬因州的海水裡的相片上，印著那個日期，他看過。相片中的藍妮拉高裙擺，兩個人都在大笑。

那真是太棒了。除了他不記得那個日期以外，一切都太棒了。*真可笑，但又不能為了這一點責怪失憶症。你只是想不起來。*

對，可笑。有時候就是這麼可笑，可笑到讓你想要爆掉自己的頭。

丹尼爾花了十分鐘才走回居住的街區。從街上望去，他挑選的房子看起來真是保守；柵門上纏繞著聖誕燈飾，看起來節慶味道十足。他無法判斷是不是有人看著窗外，但至少街道上很安靜。

他深呼吸，擺動一下手臂，開始跑，以自己能力所及的最快速度奮力奔跑，最後一秒鐘，一隻腳跳到牆上，衝力帶著他翻過牆，跌落牆後面的草坪上。

可惡，但感覺真好。

院子寬敞、明亮，樹下安置著照明燈，燈光流洩一地。他蹲低身體，保持低姿勢，慢慢移動到邊緣。炫耀財富只有一件好事，就是能夠得到足夠的空間，如此便能不引人注目。在馬利布市有房子的人都不希望認識住在附近的人，在房子與最近的鄰居之間，有一排濃密的樹木。丹尼爾挨著這排樹木走，一隻狗從屋子裡面對他吠，令他緊張得心臟都快要跳出來，但他還是繼續移動，來到另外一個籬笆，當初建置這道籬笆是為了保護隱私權，而非為了保障安全。

十秒鐘以後，他進入自家後院。

一陣強風拉動了酪梨樹，片片樹葉相互低語。上次他飛落時拉扯的樹枝，現在斷落散布在草坪上。他露出悲傷的微笑，然後走往後面的門，鑰匙圈上的第三把鑰匙可以打開後門。

他摸索著電燈開關，然後即時阻止自己。笨蛋。他花了一會兒平復呼吸，讓眼睛適應黑暗，然後緩緩走過廚房，進入客廳。

黑暗中的房子熟悉又陌生，像是一個失聯已久的老友，臉隨著時間已經逐漸老化、改變。他緩慢移動，透過窗戶射入的微弱燈光，每一項物品都鍍上銀色的光芒。壁爐架上的相框是黑邊的，他非常確定自己想要哪一張相片。他拿起那張相片，走到前面的窗戶旁，傾斜相片，抓住光線。

一對璧人，在浪花裡嬉戲的兩人，再一次抓住永恆。相片下方的角落印著日期：「**05/23/03**」。對。應該要記住的好事。

散落在窗戶上的燦爛白光。

丹尼爾立刻倒下，像是被槍擊中了。

這可不是隨意經過的車子的前照燈，這是聚光燈，跟警察架設在警車上的一樣。

不，不，不！不要現在！跑，你得跑，如果你快一點還能……

他深深吸了一口氣，再慢慢吐出這一口氣。好好思考，不要驚慌。他慢慢蠕動一邊的手肘和膝蓋，從窗台上移回手肘和膝蓋。燈光搖擺、移動，宛如指責的手指晃動著，白色、強烈、絲毫不放鬆的光線消失在這一扇窗戶，又從另一扇窗戶投射進來。暫停了一下，然後又晃回這扇窗。

這是一輛巡邏車。華特斯警探可能要求巡邏車在屋子附近轉轉，以防萬一。就只是這樣。如果警察真的是來抓你，就不會只是這樣子而已。那會是一堆人帶著手電筒、槍枝，前後包抄，一起衝進來的陣仗。

先好好思考，再決定怎麼行動。但是得讓自己保持穩定，好好躺在地板上，結婚照握在手上。

十次心跳後，燈光熄滅，他聽到汽車引擎發動的聲音。

丹尼爾這時才讓自己恢復呼吸。

□

回到街上，最困難的事竟然是慢慢的走，奔跑可能會招來注意，但是奔跑是他最想要做的。不能奔跑是因為擔心警察會回來察看，不用奔跑是因為他已經有了肯定的答案。

花了很長、很長的時間，他才回到車子上。

在車子裡很安全，他從袋子裡拿出筆記電腦。等待，手指輕輕敲著，等待電腦開機。電腦螢幕的歡迎畫面出現後，他鍵入「052303」。

密碼錯誤。

可惡，這一定是在開玩笑吧！

他瞪著電腦，想了想，然後鍵入「05232003」，按下「輸入」鍵。眼前畫面轉變了，然後是開機的聲音，接在電腦喇叭傳出一組鋼琴音樂之後，桌面出現。桌布是一個修女用手指指著他的相片。左邊是程式的符號：「**Word**」、「**Final Draft**」、「**Outlook**」、「**iTunes**」、「**Firefox**」、「**Quicken**」、「**Steam**」、「**Mine Sweeper**」。右邊是檔案夾：「**我的文件**」、「**劇本**」、「**相片**」、「**我的影片**」。

丹尼爾瞪著桌面，手指在滑鼠控制板上快速移動，像是在觸碰一件神聖的手工藝品一樣。滑鼠回應時，他點了兩下「**Outlook**」。暫停了一下，電子郵件的程式打開，一個視窗內列出十幾個檔案夾，「**收件匣**」裡面有一千一百二十八封郵件。主旨的標題從「第九十七集的注意要點」到「天然陽具增大術！」都有。名字、名字、名字。

有藍妮名字的郵件，他隨機打開其中一封：

寄件人：藍妮・薩爾（malibubarbi27@gmail.com）

收件人：丹尼爾．海斯（DHayes@comcast.net）
時間：10/29/08 11:18AM
主旨：緊急消息
噓！他們要帶杯子蛋糕來慶祝凱麗的生日！那種很高級的杯子蛋糕，上面還有酸奶糖霜。計畫如下：
你去拿兩個，告訴其他人，一個是要給我的。然後我也去拿兩個，說其中一個是要給你的。
在我的拖車後面見面，我會穿一件灰色的軍用外套，密碼是：「好吃！」
這封訊息將在五秒後自動引爆：五、四、三……

丹尼爾又看了一次訊息，然後關上筆記電腦，拉開車子的排檔桿。

□

櫃檯邊的女子有著酒紅色胎記，口香糖吹出的泡泡「啪」一聲破掉了，她用「蓓琳妲．尼可斯」這個名字登記了一台電腦。

蓓琳妲已經尋找丹尼爾．海斯很多天了。她到過丹尼爾經常流連的酒吧，也曾尾隨丹尼爾的朋友和舊識，但至今依舊線索全無，該試試其他尋人途徑了。她走進一間過度明亮的網路咖啡店，登入她的電腦。丹尼爾的生命有大半時間都是在電腦螢幕前度過，或許現在也一樣。她從「臉書」開始，在「臉書」上搜尋丹尼爾的名字，找到了丹尼爾的粉絲頁，有二千三百一十四名粉絲。塗鴉牆上貼滿了各地粉絲的留言。

丹尼爾的花癡迷

我知道你沒幹那件事！

三小時前

酥脆布藍笛

丹尼爾，你在哪裡？如果你有需要，可以來我家躲一躲。我會幫你忘記藍妮的。

八小時前

凱麗・海格

對於你所失去的，我感到非常、非常遺憾。這一切終將過去。

十一月八日星期日9:08PM

臉書的「關係」連結上寫著「藍妮・薩爾」。蓓琳妲按了名字，有十五萬三千二百八十九名粉絲。有趣的世界。藍妮的粉絲頁也有留言：

基斯・漢納曼

好人不長命，願藍妮的靈魂安息。

二分鐘前

史帝夫．曼達林
你是許多人的一盞明燈。寶貝，願你的靈魂安息。為你的先生感到難過。
約五分鐘前

莎拉．瓦麗斯
你們這麼多人因為她死了才加入粉絲，真噁心！我從粉絲人數還只有六千的時候就加入了。藍妮，我們想你。
約一小時前

巴伯．伊更
這麼醜陋的事情竟然發生在這麼美麗的人身上。對你的丈夫、家人、朋友致上我最深的弔唁。
二小時前

殺人焚屍廳
嗨？你們都知道是她的先生殺死她的，對吧？
二小時前

一堆要求加入友情連結的邀請，以童稚的語氣寫下的訊息取代了傳小紙條。數位世界裡的人物比真人更有活力，也更有敵意。名人出名就只是因為成了有名的人。給被謀殺者的網頁、悲劇事件後重拾力量的粉絲團、來自陌生人的弔唁——全都很真實，但這些虛擬的主機卻從沒人知道它們在哪。竟然還有「給死者的臉書」。我們這個世界做出來的東西，還真是奇怪啊！

蓓琳姐搖搖頭，回到丹尼爾的粉絲頁，快速轉動螢幕畫面。全無丹尼爾發出訊息，丹尼爾沒有回應粉絲的留言、沒有回應警察的留言，沒有更新狀態說明他很好。網路雖然值得一試，但這樣的結果她並不訝異。

那就再多試一點。

她鍵入網路伺服器的地址，在網路郵件登入處按了按，出現了需要輸入帳號與密碼的欄位。她知道帳號。密碼就……

密碼是什麼？所有的生日，妻子或是寵物的名字，每個人永遠不會忘記的事。

嗯。她先從最明顯的開始嘗試：「蜜糖女孩」，他的生日、結婚週年紀念日。鍵入最後一個答案後，網路電子郵件信箱立刻打開。班尼特是對的，人的思想與行動真的是可以預測的。

總共有一千多封的郵件。尼可斯從最上面開始看起。

□

丹尼爾在第六街盡頭、灰狗巴士站附近找到一間旅館，以前這裡是貧民區。狹窄的店面上貼著有缺口的瓷磚，死氣沉沉的旅館招牌寫著「大使館」，丹尼爾非常確定這裡不會是外交使團樂於下榻的地方。旅館大廳的拼花地板瀰漫著尿騷味，一英寸厚的樹脂玻璃封住了櫃檯。旅館女服務員看起來像上了髮捲，但事實上沒有，她的眼睛此刻正盯著一台十二吋的電視。

「我需要一間房間。」

那個女人只是伸出一根手指，比畫著叫他安靜。電視螢幕上有個穿著醫生外套、下顎方正的男子，正站在螢幕裡頭中央，此時背景音樂變得更大聲。

「嗨！」丹尼爾敲著樹脂玻璃。「蜜蜂阿姨[1]。」

櫃檯內的女子仔細看著他。「你說什麼？」

他將一疊二十元壓在玻璃上：「我需要一間房間。」

房間裡面的牆壁應該是白色，但現在只有一塊又一塊髒污被重複刮去的痕跡，以致他完全不願意靠近。至於鄰居，一邊喜歡看比賽節目，另外一邊在漱口時，咳嗽聲大到好像快要淹死一樣。房內一角的暖氣把人蒸得都流汗了。丹尼爾打開唯一的一扇窗，然後替筆記電腦接上電源，鍵入密碼後，所有程式再一次嘲笑他對自己電腦的熟悉程度，檔案夾後面的祕密召喚著他，桌面上的修女使他變得狂熱。

他深呼吸，將手指放到鍵盤上。忽然間緊張了起來，筆記電腦裡應該會有很多答案、很多細節，記錄他人生的小細節。但正是這些小細節，會使事情變得真實。如果他不喜歡自己發現的事實呢？如果他真是個暴力男，藍妮很怕他，而他們的婚姻是一場騙局，藍妮只是假裝快樂……

老兄，到了見真章的時刻，是時候面對你一手建立的人生了。大多數的人不需要做這件事，倘若有機會可以從事不同的事情，有多少人會重新開始從事想要做的事情呢？有多少段婚姻是因為習慣而繼續？有多少人的人生是活在極度絕望中呢？

如果你也是其中一人？

他看著窗外，紫色雲朵移動的樣子像是藝術家馬克・羅斯科[2]會用的漸層色。一輛塞滿乘客的公車轟隆隆經過，沒有白種人在公車上，遠方傳來警車的警笛聲。

從另一方面來想，警笛聲的確能打敗一段吵雜驚恐的人生。

丹尼爾露出微笑，潛心研究筆記電腦的內容。

□

有非常非常多的細節，已經歸檔的電子郵件有數千封，還未歸檔分類的電子郵件又有一千封。論及影集中某個角色的狀況就有一長串的相關討論。顯然他還會用電子郵件與交情頗深的人短暫交換意見、計畫午餐約會、小酌、派對等。給他的經紀人、製片、執行企畫、律師的注意事項，和數年來未曾見面的人漫談。還有藍妮。和藍妮之間的電子郵件非常多，時間從……

寄件人：藍妮・薩爾（malibubarbi27@gmail.com）
收件人：丹尼爾・海斯（DHayes@comcast.net）
時間：07/23/08 7:54PM
主旨：閣樓雜貨店
已經買了衛生紙，在回家的路上了嗎？

……到……

寄件人：藍妮・薩爾（malibubarbi27@gmail.com）
收件人：丹尼爾・海斯（DHayes@comcast.net）

---

1 Aunt Bee，一九六〇年代著名的《安迪・葛瑞菲斯秀》中的一角，是劇中警長的阿姨。

2 Mark Rothko（1903-1970），猶太裔、俄國出生的美國抽象表現主義畫家。

時間：9/10/08 9:23AM
主旨：週六……
我們可以關上門、拔掉電話線，一整天都躺在被窩裡看《星際大爭霸》嗎？

寄件人：丹尼爾．海斯（DHayes@comcast.net）
收件人：藍妮．薩爾（malibubarbi27@gmail.com）
時間：9/10/08 9:25AM
主旨：RE：週六……
我可以假裝我拿著一杯星巴克咖啡躺在床上嗎？;)

寄件人：藍妮．薩爾（malibubarbi27@gmail.com）
收件人：丹尼爾．海斯（DHayes@comcast.net）
時間：9/10/08 9:27AM
主旨：RE：RE：週六……
有何不可？我正打算這麼做。

情書、帳單提醒函、笑話，還有轉寄的寶寶相片、政治議題的文章連結、同事的惡毒叫囂。他看了幾個小時，看到眼睛又酸又乾，眼前的字開始晃動，很像是努力在一個森林裡面開車，每到達一處空地，就只能隨機轉一個方向，資訊太多，有用的內容卻不足。

他移到「我的相片」檔案夾。裡面有非常多相片：他和藍妮去度假、在攝影棚、在車子裡、在家裡。有一張相片拍到某個清晨他有個古怪的髮型，髮絲呈現各種怪異的角度。有一張是藍妮抱著某人的小寶寶，讓那個小女娃對著相機揮手。還有晚宴、聖誕樹、朋友的相片。但總的來說，多半是他們兩人的相片，個別的相片或是兩人合照。

兩人世界。

這種感覺真是超真實，他有一種「偷看了」自己的人生的古怪感覺。然後，他發現了那些錄影。

□

室內場景：丹尼爾與藍妮的廚房

時間：傍晚

這間廚房是廚師的夢想，六個爐嘴的維京牌瓦斯爐，食材處理專用料理台，後面牆上有扇窗戶，正對著小小、封閉院子裡的那棵酪梨樹。兩瓶酒，一瓶已經空了，另外一瓶只剩下一半。還有兩個玻璃杯。

藍妮．薩爾穿著日常的牛仔褲和一件粉紅色T恤，外面罩著一件已經磨破的黑色長袖襯衫，站在料理台旁邊。髮帶從馬尾上落下，正好拍到她咯咯笑到一半。

丹尼爾（配音）：好了。

他的聲音夾雜陣陣笑聲，這讓藍妮又笑了起來。錄影的畫質顆粒很大，模模糊糊，顯然是用功能非常簡單的數位相機拍的。

丹尼爾（配音）：好了。好了。好了。（整理好自己，然後裝出表演的聲音）。現在，藍妮．薩爾，熱門電視影集《蜜糖女孩》的女星，將為您表演她所詮釋的《查理布朗聖誕節電影》[3]。

藍妮放下手上的紅酒杯，將臉轉向相機，她的微笑可以為整個城市充電，有什麼可比擬她在《蜜糖女孩》中的招牌嘟嘴表情。

她開始投入歌曲的表演。

藍妮：一群鷹飛來，天使在歡唱。（聲音停止，變成大笑的音調）你知道，他們俯首臣服、

張嘴歡唱……

藍妮將嘴張得大大的，用雙手模仿電玩遊戲小精靈的大嘴（Pac Man）。

藍妮（繼續演唱）：榮耀這新的波恩國王。（開始說話。）記得嗎？記得嗎？

丹尼爾的回答是一長串大笑，震動了相機。

藍妮（繼續）：而後他們跳舞。（她唱著配樂。）答—那—那—那那那—那—那哈、答—那—那

—那哈……答—那—那—那那那—那—那哈、答—答答、答—答答……

她的舞蹈很無聊，單腳跳著三拍快步，一隻腳跳完換另一隻腳，兩隻手臂放在身後，唱著她專有的配樂時，頭一邊往後甩。

藍妮（繼續）：巴哈—答哈—答哈—答哈！都因克—依滴、都因克—依滴、都因克—依滴、巴哈

—答哈—答哈—答哈！都因克—依滴都因克—依滴……

香檳的氣泡冒出酒瓶，藍妮的聲音消失在香檳氣泡聲中。她維持姿勢擺了一會兒，然後做了表演結束時演出者會做的敬禮動作。

藍妮（繼續說）：好了，就這樣子，那就是他們表演的。

影片開始搖晃，畫面轉到一旁，然後上下顛倒。有一個清楚的鏡頭是拍到藍妮的肩膀，然後是模糊的硬木地板，然後是某個毛毛的、深色的東西，可能是一件毛衣。

為了要回應一個擁抱，該名攝影師顯然只能忽略他的職責。

丹尼爾（旁白）：（用動人的語調。）你，喔，你。（一陣敲擊聲。）你真是一隻小狐狸。

藍妮再次咯咯笑，然後錄影停止。

□

丹尼爾的嘴巴咧出一個微笑，嘴巴笑得大到足以受傷，但是他的身體緊繃、僵硬，感覺像是一個男人聽笑話聽到一半時卻被槍殺了。

這就是全部？這怎麼可能就是全部？他戳了按鈕，再播一次。

他親眼看過他們的廚房，是一間憂鬱醉鬼的洞穴，但錄影中的廚房湧出生命力，是一個溫暖家庭的心臟。紅酒發熱燃燒，藍妮，他的藍妮在大笑、歌唱、為他跳舞，踮著腳尖跳那呆傻的大河之舞，馬尾快速的從一邊擺動到另外一邊，臀部輕盈優雅的擺動著。傻氣十足的私人時間，無法為盪氣迴腸的情詩提供內容，就只是他們兩人應該被記錄下來事情；沒有驚天動地的愛情和連綿不絕的熱情，也沒有交纏的手臂與波濤洶湧的大海，是真實的愛，那種去拿乾洗衣物的愛，那種工作到太晚的愛，那種可以在瞬間大笑中徜徉的愛。一輩子可以適用的愛。

他將影片設定為重複播放。

一遍又一遍，一遍又一遍，藍妮為他跳舞，愉快的、下意識的、自由的舞動著。丹尼爾沒意識到自己在哭泣，直到感覺淚水在臉頰上滑落。他無法停止哭泣，只能坐著觀看藍妮跳舞，看著藍妮像個孩子大叫。

---

3 *The Peanuts Christmas Movie*，一九六九年聖誕節全美首次播出的主題式電視特集。《史努比》的作者舒茲（Charles M. Schulz）在一九五〇年創造「花生漫畫」（*Peanuts*），因此這個電視特集也被稱為「花生系列」。

喔，寶貝，我的寶貝，你去哪裡了？你怎麼能留我孤伶伶的一個人在這裡。

他按了暫停鍵，檢查這則影片的錄影日期：是十月十八日，藍妮是在十一月三日被謀殺的。僅僅兩週，這個穿著毛襪跳舞的女子就被撕裂成破碎的屍體，在寒冷的海洋裡打轉。

噁心的感覺像是一條繩子，扭曲纏繞他的膽。他搖搖晃晃站起身，步履蹣跚的進入浴室，在馬桶前癱軟倒下，剛好來得及讓胃裡面所有的東西都爆炸嘔出，噁心、灼熱的感覺。他的手指抓著骯髒的瓷磚，雙肩顫抖宛如發燒，疼痛撕裂全身，宛如被電擊，突如其來的疼痛使他眼盲虛弱。

一切都離開了，但他還得讓自己的生命繼續。他們兩個人分享過的數萬次親密瞬間，那些勝利、奮鬥、平庸的時刻，煮晚餐、看電視，或是他的雙足擺在她腿上的時刻，全都永遠失去了。

難怪，難怪我跳上車離開。最讓人吃驚的是，我竟然成功的一路開到那裡去。

而他現在所期待的，只剩下再次回想起一切；就像是一滴滴酸液，每個回憶都只留下傷痕；每個回憶都在提醒他，一切都不會再有了。

世上有什麼事情會比這個還糟呢！

丹尼爾縮在這間極度廉價旅社的浴室破地板上，全身濕透。

他說不出來在那裡躺了多久，但最終還是強迫自己站起身。沖了馬桶，然後開了冷水，將自己的頭塞在水龍頭底下，陣陣水柱在他的頭髮上散開來，小水流滑落他的頸，流進他的耳。進入滿是暖氣的房間後，寒冷使人戰慄。水槽的瓷磚上是一團頭髮，纏繞在一起好似一個蜘蛛網。沒有毛巾，只能脫下身上的襯衫來擦乾身體。

之前他曾在心中暗暗思量，外界對他的一切敘述是否屬實；他的壞脾氣、金錢問題、外遇傳聞，還有他可能跟藍妮的死有關，雖然這個可能性讓他無法容忍。

不論外界告知過他什麼訊息，他永遠都不應該懷疑他和藍妮曾經彼此相愛；不應該懷疑為了藍妮他什麼都願意做；不應該懷疑在他因為生氣而對藍妮動手前，會先將這個旋轉的大千世界撕裂成碎片。

過去像摺紙謎題，平面與邊緣在這裡碰觸後，會延展到哪裡？這一切是怎麼發生的、誰做了這些事情，肯定都會有答案。但現在，甚至連思忖答案會是什麼的念頭，都變得毫無意義。老天為證，他一定要找出是誰幹的，沒錯，那些人會為此付出代價。

但真的，誰在乎呢？甚至連他都不在乎。重要的問題不是：**誰殺了我的妻子？**

重要的問題是：**這一切怎麼會發生在我們身上？**

還有，**老天，拜託，拜託，你能讓時光倒流嗎？**

丹尼爾猛然驚醒，乍醒之時的沉重鼻息，像是一個溺水的人瘋狂踢水，掙扎出水面的呼吸聲。夢裡他在一個水泥峽谷中，醒來卻身在一間旅館裡，全身汗如雨下，頭痛如打鼓。清新的陽光穿過骯髒的窗戶，枕頭上的筆記電腦裡，藍妮還在為他跳舞。聲音關了，他是盯著藍妮的影像入睡的，他期盼能有這麼一瞬間在意識的邊緣看到藍妮，而不用一直想著藍妮已經離開了。可能，甚至只要一秒鐘也好，他想要再次看見那失去的一切。

他靜靜躺了一下子，胸膛裡的空洞感覺足以摧毀他。接著，他嘆了一口氣，強迫自己起身，步履蹣跚的走向浴室。

清晨陽光穿過帕利薩德斯區，他的眼神毫無目的巡遊在陽光中，頭痛如節奏穩定的鼓聲，得靠咬牙切齒才能降低疼痛。

你不能讓悲傷打敗你，你才剛剛開始。

你的休息時間到了，假裝沒什麼要緊事的時刻結束了。向天怒吼，哭求改變吧！

現在，你得要製造一個改變的契機。

昨晚最糟糕的痛哭過後，他暫停影片，回去搜索電子郵件。這次不是回顧藍妮寄給他的電子郵件，而是其他人的，尤其是最近收到的。有朋友的提醒，詢問他是否沒事；有記者的訊息，希望他可以說點話讓新聞引用；還有幾十封GOOGLE系統發出的提醒信，告知一些報導有提及他的名字。

另外還有七封，算了算，還有七封電子郵件，是一個名叫蘇菲．齊格勒的女子寄來的。

七封信件的長度、語調不同，但基本上都變成請求他打電話聯絡、不要再逃了，強烈的提醒他，他的哀痛不會讓世界停止，消失只會讓自己變成媒體和警方眼中的罪犯。他在通訊錄中檢查這個女子的姓名，發現她是一名律師，也找到在比佛利山的辦公室地址，以及在帕利薩德斯的住家地址。

對任何人透露自己的訊息都是冒險，但是他需要幫助，而他的律師應該是他所能找到最安全的幫助。所以他將自己清理到最乾淨的狀況，發動了BMW，他最忠實的交通工具。

他曾暗自猜想，律師的房子是不是安置在某一處懸崖邊上，結果那裡竟是一個滿容易進出的住宅區，位於日落大道北邊的鄰近區域，在某個維持得很漂亮的寬廣街區後面，有著一棟又一棟樹葉茂密好似薑餅屋的房子。她的屋子是仿法蘭克．洛伊．萊特[1]設計的古怪房子，有精心製作的花床和鵝卵石的私人車道，鋪路石板和精確擺設的禪式風格庭園通往門廊；門旁放著上過漆的長椅，是那種會放在博物館的室內長椅。他按了門鈴，聽到模糊的音樂聲。丹尼爾晃動腳趾，掃視身後，接著，再按了一次門鈴。

好。做好心理準備。華特斯警探說，曾有人闖進她的屋子，用槍指著她，這可會把事情搞得很緊張。外加你消失了，這可不是會讓一個律師高興的事。她可能會緊張，甚至還會有點冷漠。

門開到門鍊卡住為止，三吋寬左右的門縫內出現一張女人的臉。一個很有魅力的女子，近五十歲，他猜，甚至可能要再老一點。一看到他，女子的眼睛張大。

「齊格勒女士。」他說，「我知道……」

砰然一聲，門被摔上。

好吧！或許該同意冷漠是個有點保守的說法。他再一次看看身後，最好還是……

1 Frank Lloyd Wright（1867-1959），美國知名的建築師。

門後傳來門鍊喀拉喀拉的聲響，門猛然一開，那女人跑向他，雙臂大開，猛然將他拉入一個擁抱中。他直楞楞的站著，任由女子搓揉擠壓，感覺到女子身上的溫度、手臂上用力傳遞過來友善又美好的力量、觸碰到他臉頰的髮絲，所有這一切是如此突然、驚訝、陌生。打從他在海邊醒來，第一次有人碰觸他。

驚訝的感覺。

「丹尼爾，喔，親愛的。」蘇菲用力擠壓他。「我無法相信，真的是你嗎？」

「我……」

蘇菲放開他，往後走一步，眼睛閃爍著：「天殺的，你去哪裡了？」

「我……」

「你沒事吧？」

「嗯，我……」

「如果不是因為看到你讓我這麼高興，我真想要殺了你。」女子的微笑帶出笑紋、魚尾紋。然後女子看向他的身後，看向街道，臉上閃過陰影。「你……警察……」

「我是一個人。」

「進來裡面。」

「你確定？」

「不確定，但是，丹尼爾，我可不想在我家前門跟美國頭號通緝犯說話。」

他大笑，腦子還在旋轉，身體依舊感受得到女子的擁抱，人類身體的接觸讓人醉了。女子推開門，他走進去。

優美的楓木地板與牆上的彩色藝術品。蘇菲關上門，拴上了門鍊，開始往大廳走，邊往後看邊說：「我真不敢相信，你在這裡！你到底去了哪裡？」

「那個……很複雜，但我不想要嚇到你。」

「嗯，你的確嚇到我了。而且，不只是我被嚇到，整個世界都在找你。那個警探一天打兩次電話。」

「是啊！他有說過。」他踏進一間非常通風的廚房。一扇透進陽光的窗戶，一個早餐桌，上面散落著《紐約時報》，一個咖啡壺正在冒著煙。

「什麼？」她飛快轉身。「你說誰說過什麼？」

「我……」

「拜託，你可別告訴我……你**還沒**跟他們談過吧？」她的聲調變得很尖銳。「告訴我，你沒有在少了律師的陪伴下跟警察談過吧？」

「沒有，我的意思是，嗯，有，我跟一個警探談過。但是，是用電話談的。」

「你在開玩笑嗎？」

「不，聽著，我只是……」

「你為什麼要那麼做呢？你了解這有多麼嚴重嗎？」

「是啊，可是……」

「永遠不要、不要、**不要**在沒有律師的陪伴下跟警方談話。特別是類似現在這樣的事件。你為什麼不先打給我呢？」

「我……」

「你是什麼時候跟他們談的？」

「昨天。」

「用電話？」

「對。」柔和的回答，就像是一個被責備的孩子，但怪的是，這感覺真是好得不得了。

「華特斯警探？」

「是的。他說……」

「那你去哪裡了？」

「我……」

「我的意思是，你就這樣子人間蒸發了！那天晚上很晚的時候你打電話給我，喝醉了，然後你就消失了。你覺得這看起來像什麼情況？」她乒乒乒乒開了櫥櫃，拿出兩個馬克杯，拿著馬克杯的手狂野的比畫著說：「你知道因為你這些事製造出什麼樣的傳聞吧？」

「蘇菲，我……」

「**你去了哪裡？**」

丹尼爾往前跨了一步，將蘇菲的兩隻前臂握在自己的手中。「說來複雜。我需要解釋……」

「那就給我好好解釋……」

「也就是說……」他說，「我需要你閉嘴幾分鐘。」他歪著頭看著蘇菲說：「求求你緊緊閉上嘴巴。」

蘇菲用鼻子發出笑聲。「丹尼爾還是老樣子。」蘇菲將自己的手臂從他的手中抽出，倒了咖啡，給他一個馬克杯。「好吧，開始解釋。」

□

「這是在開玩笑吧？」

丹尼爾啜飲了一小口咖啡。他已經花了半小時將事情的經過說給蘇菲聽，從海灘開始，也說了一路逃跑的經過，一直講到昨天晚上。蘇菲非常安靜的聆聽，注意力集中。過程中有種告解的淨化作用，他毫無保留全說了。「不是開玩笑。」

「你得了失憶症？」

「或是類似那樣的病。你知道那些奇聞軼事吧？有個傢伙在一列火車上醒來，不記得自己是誰；一個女孩子出門慢跑，人間蒸發了幾個星期，完全想不起任何事情。神遊的狀態，我想應該像是那種狀況。」

「和失憶症有什麼不同？」

「最好我知道啦！我只能告訴你這種感覺。我記得怎麼開車，我能說話、書寫，但私人的記憶全都不見了。」

「完全不見了？」

他搖搖頭。「正在回來中。記憶有時候是一小塊一小塊回來；有時候一次想起很多；有時我甚至沒有察覺，要等到過後才知道。我回家的那次，很多記憶一起回來；還有我做了很多夢。我不認為這是真的失憶，比較像是某種……暫時性昏迷，短暫的驚慌。」

「驚慌不會持續這麼久。」

「嗯，那或許不只是驚慌，我想這是一連串事情造成的綜合結果。藍妮的……藍妮，然後開車穿過整個國家。我想我把長途跋涉當成一次短程旅行，在咖啡因和車速的刺激下，膽子大了。還有酒精也有刺激，接著，我到了那裡以後，我……」他猶豫著，意識到自己要脫口而出的話，聽起來會是怎樣：「我試圖殺死自己。」

「殺死你自己？」

「也或許我只是想要讓傷痛停止。因為當我真的做了以後，某部分的我並不想死。天啊！我真的離死亡很近了。我猜想，會喪失記憶就是我的潛意識保護我的方式，讓我不要再度嘗試。」

蘇菲拿起馬克杯，雙手握著杯子，雙肘撐在桌子上。「你也不記得我了。」

丹尼爾猶豫了。他跑來這裡，原本期待頂多是一場純工作性質的會面，沒想到竟然發現一個摯愛他的人。「對不起，這無關個人，我甚至也不記得藍妮。我的意思是……」他一邊說，一邊試圖用笑聲帶過尷尬，結果卻更尷尬。「我剛醒來時，以為藍妮是愛蜜麗・史威特。」

蘇菲的目光冷峻，有一種撲克玩家的審視目光。「從法律的基礎來說，你知道這個狀況看起來像什麼？有計畫的防衛，這個時間點太恰當了。」

「你可以這麼說。但是從我的角度來說，失憶發生在這個時機點並不恰當。」

「你這話是什麼意思？」

丹尼爾瞪著她。「我得要重頭再經歷一次失去妻子的過程。」

蘇菲卡住說不出話來：「對不起。」她的眼光看往他處，手指輪流在桌上輕敲著。

「那你怎麼想呢？」

「和二十七歲的人發生性關係（sex with twenty-seven-year olds），最棒的一點是什麼？」

「啊？」

「說個笑話，和二十七歲的人發生性關係，最棒的一點是什麼？」

「我不……知道，蘇菲，我現在沒有心情說笑話。」

蘇菲瞪著他，眼光中有種強烈的情緒使他感到不安。「你的記憶真的消失了，是嗎？你沒有開玩笑。」

「是啊！我沒有開玩笑。」

「所以你也完全不記得我了。」

「不記得。」

「有二十個人。」

「什麼？」

「最棒的一點是，有『二十』……斷句……個七歲，有二十個人。」

他驚訝的感覺到自己嘴唇露出了微笑的曲線。「那真是太噁心了。」

「我說過，這是你每次都會說的笑話，幾乎一個月會說一次。」

陽光透過蘇菲的窗戶，在牆上舞動反射出光譜上的各種顏色。經過很長的時間，丹尼爾說：

「我們是朋友，是嗎？」

「我們當然是朋友。」

「是啊！我的意思是，當然囉！我只是……」

「不記得了。」

他點點頭。「這樣非常奇怪，沒有任何的內容，每件事情都是平等的，我甚至不記得我是誰。就拿藍妮來說好了。我**知道**我愛她。我能感覺到，**實實在在的**感覺到。當我意識到藍妮已經消失的時候，那真是……我的意思是，我真的想要再死一次。隨著我想起來的事情越來越多，感覺越來越糟糕。隨著記憶回來的每件事情，讓『愛』從一種感覺變成一種行動，『愛』變成了一個動詞，是曾經發生過的某件事，我們愛著對方的那些時刻。我們在一起很多年了，對吧？」

「六年或是七年。」

「七年，有著感動、決心和許多重要的片刻。但隨著藍妮的死，隨著我的記憶消失，那些時刻還有什麼意義？沒有歷史的愛算什麼愛？就像是老年癡呆症。一個丈夫和一個妻子一輩子生活在一起，做愛、買房子、養孩子。然後其中一個人生病了，不記得另外一個人了。他們還算在婚姻關係中嗎？他們還算相愛嗎？對夫妻兩人有意義的時間、事情，難道都只是……暫時的？」

「人生是一顆小雨滴。」

「什麼？」

蘇菲面帶微笑的說：「我祖母以前常說的一句話：『人生是一顆小雨滴』。這句話在我年輕時並不具有意義，但隨著年紀增長，這句話越來越有意義。」

「人生是一顆小雨滴。哇！」這句話這麼簡單，卻又這麼美，在胸中來回激盪，就像是一句真言。真言的中心點像是禪宗的心法，可以永遠使用心法靜坐，也永遠都會在心法中體悟到新的意義。「人生是一顆小雨滴。」

一輛汽車的引擎呼嘯聲透過牆壁傳來，聲音來得又急又快的，丹尼爾變得很僵硬。汽車聲音從大到小，漸漸遠去。他環顧蘇菲，準備要解釋些什麼，卻看見蘇菲也跟他一樣緊繃。

為什麼？蘇菲在怕什麼？過了一會兒他才開口：「警探告訴我，有人闖進你的房子。」

蘇菲點點頭，燈光下，蘇菲的雙肩緊繃著。

「那人問了我的事情。」

「沒錯。」蘇菲站著，端起她的咖啡往水槽走。

「我……他有傷害你嗎？」肚子裡面的那團火回來了。

「我沒事。」她重重放下馬克杯，開始刷洗杯子。

「你可以告訴我那個人的事情嗎？」

「為什麼？反正你也不記得他。」

哎喲。丹尼爾緩緩離開早餐桌。蘇菲沒有轉身，只是繼續刷洗碗盤。「蘇蘇。」

蘇菲的動作有短暫停頓，然後聲音從她的肩膀處傳來。「真好笑，你總是那樣子叫我，你想起來了，還是自動叫出聲的？」

「蘇蘇，對不起。」

「你有什麼好對不起的？」

對不起，有個該死的混蛋闖進你的房子；對不起，那個傢伙是為了找我而闖入你家；對不起，堅強如你，卻也嚇壞了，那混蛋甚至摧毀了你身上某些堅強的特質。他嘆了一口氣：「每一件事情，我想。」

「別像個白癡。」蘇菲關上水龍頭，然後轉身。「那傢伙沒有傷害我。他嚇著我了，就只是那樣。」蘇菲拿起一條毛巾，把手擦乾，她的聲音低沉：「那傢伙好冷靜。微笑著，一直微笑著。那才是最糟糕的部分。我認為，他可以在隨意處置我之後繼續過他的日子。一點都不在意發生過什麼事情。」

他張開嘴，又合上嘴巴，不知道該如何回應。最後他說：「我希望你什麼都告訴他了。」

「我知道的並不多。」

「這個傢伙。他一定是那個……」說出來，你必須要面對這件事情。「他一定是殺死藍妮的人。」

「你這麼想？」蘇菲的語氣很平淡。

「在藍妮開車翻覆落海後，有個傢伙跑來找你，拿著一把槍威脅你，不是他，會是誰？」

「可是那個傢伙要問的不是藍妮的事，那個傢伙要問的是你。」

「是啊！可是，你該不會認為我和藍妮的死有關吧？」蘇菲沒有回答，丹尼爾嘆了一口氣說：「聽著，我懂。我自己也這麼想過。事實上，我甚至相信我做了什麼，但是我現在知道，我知道那不是真的。」

「那麼，你的意思是……」蘇菲把餐具毛巾隨意丟在桌面上，搖搖頭。

「怎麼了？」

「沒事。」

「蘇菲。」

蘇菲嘆了一口氣。「你打過電話給我，非常醉，你一直說對不起。我問你，你在對不起什麼，你不告訴我，只是一直說對不起，還有……」

「什麼？」

「全都是你的錯。」

「我的錯？」他用一隻手磨搓著桌面。「我不會……我沒有。」

「丹尼爾，你那時候在說什麼？你為什麼道歉？」

「我不知道。」他閉起雙眼，試著想起一切，讓話語飄浮到他面前，當這麼做沒有用時，他就強迫自己，但還是沒有想起任何事。「我不知道，但我知道我沒有殺藍妮。可惡！蘇蘇，昨天晚上我花了一整晚的時間看我和藍妮的錄影，電腦裡面有一些影片是兩週前錄製的，這些影片真讓我心碎，我們兩個人看起來這麼幸福，我為什麼要殺她呢？」

「我不知道。」

「不會的。」他搖搖頭。「我不要再重蹈覆轍。不管那天晚上我說了什麼，我**知道**我沒有殺藍妮。我們兩個人那麼幸福，每件事情都那麼完美。你知道的，你**記得的**，對吧？」

「完美？」蘇菲揚起了一邊的眉毛。

「嗯，好吧，我的重點是：我們相愛，沒有理由……」

「老天！丹尼爾，那可是婚姻，不是童話故事，婚姻不是完美的。別因為藍妮已經離開了，就把事情想成那樣。男女關係可不像童話故事那樣。」

他深呼吸，讓自己暫停一下。「我們吵架嗎？」

「你們當然會吵架。」

「吵什麼？」

「一般人會吵的事情，你們也會吵。錢、性、孩子、上一次是誰洗碗的等等。」

「但就像你說的，一般人都會吵這些事情。」他看著蘇菲的表情。「怎麼了？我們的關係很糟糕嗎？」

「親愛的，藍妮是一個演員，演員都是很瘋狂的。至於你嘛……」蘇菲冷哼了一下。「你是脾氣太壞了。你們兩個人撲向彼此時，都是一副要讓對方見血的樣子，你會吼到聲音沙啞。上一次你們吵架，藍妮整個週末都住在旅館，你則是把自己泡在酒精裡。」

他有一種很糟糕的感覺，羞恥心猛然升起。很像是昨天早上在拖車裡，聽到卡麥龍敘述時的感覺：「在這個擠滿作家的城市，你只是個二流作家，不算特別有天分，不算特別聰明，不算特別勇敢，資質在智商測驗的鐘型曲線圖裡，只能算中上而已。」這感覺真是折磨死他了。為什麼過去不是完美的呢？如果他終究不能擁有過去，為什麼也不能確定過去呢？「那種狀況發生過很多次嗎？」

「多少次以上算很多次？我自己的婚姻也沒有成功，所以我能評論誰呢？」蘇菲嘆了一口氣。「你們兩個人會吵架，而且每次一吵架，就吵到屋頂要翻了。但你總是會修補，每次你修補的時候，真是甜蜜到牆壁都要融化了，這就是你們兩人的相處模式，狂風暴雨般的關係。你們兩人高興的時候，就咯咯咯的笑；你們兩人吵架的時候，就吵到要掀屋頂。我的重點是，你相信你們的關係是完美的，對你並沒什麼好處。」

丹尼爾點點頭，卻沒有好過一點。他從桌子上抓起馬克杯，不想要喝咖啡，卻還是替自己倒了一杯咖啡。他心裡一陣亂，太多事情得歸位，太多細節兜不攏。「你還沒有回答我的問題。」

「什麼問題？」

「你覺得我和藍妮的死有關嗎？」

輪到蘇菲目瞪口呆了。蘇菲十指交握，他意識到自己很需要蘇菲的回答。這個女人、這個朋友了解他，以他不了解自己的方式，甚至是比他更了解自己。如果蘇菲認為他和藍妮的死有關……

「我不知道發生了什麼事情；我不知道你在電話裡面說的是什麼意思；我不知道那個傢伙是誰，或是為什麼那個傢伙要追著你不放，我也不知道那個傢伙問到的項鍊是不是跟這件事有關。」蘇菲說。

「我沒有。」

「等等，警方認為是你做的。更糟的是，你的辦公室裡面有人被殺。」

「什麼？」

「一個保全警衛，警察認為是你幹的。」

「這是什麼時候發生的？」

「前天晚上。」

「不是我。那時候的事情我還記得。」

「好，很好。但是，另一個問題，我沒有答案。你知道答案嗎？」

「不知道。但那不是我想要問的問題。」

「你要問的是：我是否認為你殺死了藍妮。或者，你想要藍妮死？」

「你覺得呢？」

「打死都不相信。」

丹尼爾挺起胸膛，眼睛濕濕的。他用一隻手摀住嘴，手後面的嘴巴深吸了一口氣。彷彿那是一隻巨人的手，要使他窒息。但蘇菲的話讓窒息的感覺消失。他深深吸了一口氣，然後慢慢吐氣。

「謝謝。」

「別謝我，你還是搞砸了。」

無論如何他還是笑了：「你就像是啦啦隊隊長。」

「你信任我嗎？」

「你是我唯一認識的人。」他說：「如果我不信任你，我大概就得把我自己丟回海裡了。」

「很好。因為我要叫你做的是：你得要去自首。」

「什麼？」

「你給我閉嘴，小鬼。」蘇菲指著他，假裝很嚴厲。「你得要找個律師。一個刑事律師。我會打電話給我朋友珍．佛爾比絲。她曾把強尼．寇克朗[2]塑造成豆豆先生（Mr. Bean）。」

「蘇蘇，我知道你試著要幫我，可是……」

「閉嘴。珍會打電話給警探，負責交涉。你得在我們說好的條件下才出面自首。不會有媒體圍觀，不會有任何關於藍妮的問題。外加我們會解釋你的狀況，確保你可以就醫，這會是你出面的條件之一。」

「我不需要醫生，我已經做過核磁共振……」

「閉嘴。我們不知道造成你喪失記憶的原因，或許是因為你嗑藥，或許是因為一種罕見疾病。我們需要知道原因。」

2 Johnnie Cochran（1937-2005），美國知名刑事律師，曾在O.J.辛普森殺妻案中擔任辯護律師。

「你要做什麼……」

「閉嘴。一個專家，也或許是一群專家，對你的答辯有決定性的影響。現在警方將你和兩件謀殺案串在一起的唯一證據就是情境。搞什麼鬼，連我都可以駁倒這一點。但是你在緬因州拒捕，然後再度回到這裡，警方會利用這點，屆時醫學診斷就能夠幫我們。」

「蘇蘇……」

「我不會對你撒謊，這一切要付出很多代價，你可能需要坐牢一陣子。但是不用擔心，肯定會是最少的時間，不需要在牢房待上一輩子。同時，就在你出面自首的時候，我可以在媒體上下工夫，讓媒體對警署施壓，看看華特斯警探能不能移駕尊臀，去找出殺死我朋友愛妻的凶手。」

丹尼爾瞪著蘇菲，從內心真誠的發出微笑。這個女人啊！不論以前的丹尼爾是怎麼樣的人，不論以前的丹尼爾個性如何，至少蘇菲．齊格勒當以前的丹尼爾是個朋友。「我現在可以說話了嗎？」

「誰說你不能說話啊？想說話，就說吧！」

□

蘇菲打電話給她的律師朋友時，丹尼爾在旁胡思亂想。一手拿著咖啡杯，在一個朋友家裡，他以一種過去未曾有過的方式感受到自己的完整性。是一個人了！現在的確面臨一些問題，是的，但是也有一個解決問題的計畫了。

蘇菲的房子有一個長廊連接入口和廚房，長廊上裝飾著相片，一幅幅整齊的裝在相框裡，完美的以直線排列著，像是一間博物館。蘇菲的人生就在這些相片裡。其中有蘇菲二十幾歲的相片，相片中的蘇菲在一個戶外音樂會中，穿著一件印花洋裝，挽著巴伯．馬利[3]的肘關節，雙眼緊閉在跳舞。蘇菲和一個英俊、黑手黨類型的男人，男人的頭髮往後梳，有著懶洋洋的微笑，宛如宣稱所有權一般的把手臂垂在蘇菲的肩膀上。還有蘇菲和一些影星、音樂家的相片。看過一半以後，他發現一張黑白相片，是一張宴會桌，十幾個面帶微笑的人環繞著桌子。桌子最後面算來倒數第二個人是他，穿著非常名貴的運動上衣，舉起一隻烤火雞腿。他注視著相片中自己的雙眼。

嗨，小子。你猜怎麼著？你完全不會知道未來有什麼事情在等你。

這個想法使他露出大大的微笑，他又啜飲了一口咖啡，聽到蘇菲赤足走在硬木地板上的聲音，轉往聲音的方向：「這張相片是什麼時候拍的？」

「啊？」

蘇菲掃了一眼相片：「一九九……六年吧？差不多是那時候，好萊塢孤兒院。」

「我老是忘記你不記得這些。每年感恩節我會為好萊塢孤兒院辦一個晚餐。不回家過節的朋友都會來參加。」

「我家在哪裡？」

「你出生在阿肯色州的小岩城，不過你家一直在這裡。」

「我沒有家人嗎？」

「這要看你對家人的定義而定。」

那點點頭。「所以，我已經在這裡住很久了。」

「你以前總是說，你喜歡洛杉磯的其中一點，是這裡沒有回憶。現在聽來真諷刺，哈？」

「是。」他往前傾。「那個髮型也很諷刺。」

---

3 Bob Marley（1945-1981），牙買加歌手、詞曲創作人，為當今最有名的雷鬼音樂歌手。

「那不是你最好看的時候，我是指時尚品味的水準。但那時候，就像你總是說：『這個笑話他們敢不買單？去他們的！』」

「我那樣說？」

「甜心，你總是那麼說。還有：『請求原諒比請求允許容易多了。』這兩句話可是丹尼爾．海斯的人生哲學。」蘇菲站直身，然後說：「我剛剛抓到珍的空檔。她正要進法庭，只有一分鐘的空檔，但還是跟我談了。她說，根據我所告知的一切，你應該沒事。」

「真的？」

「珍用的句子是：我辦好以後，那個警探一定會在心中暗暗猜想：天上真有一個上帝嗎？」

他搖搖頭。「我再怎麼謝你都不夠。」

「那是我們的工作。無論如何，珍一離開法庭就會過來，或許要等到六點以後。珍說，這段時間就只要乖乖待著。」

「不可能。」

「嗄？」

他轉向蘇菲，將手放在蘇菲的雙臂上。「你在打電話的時候，我前思後想，你是個律師。」

「這個也要想？」

「我的意思是，我不能待在這裡，我是個逃犯，你這是藏匿逃犯。我沒上過法律學校，但我也猜得出來這樣是不好的。」

「這不是……」

「你給我的已經遠遠超過我能想像的，我不能讓你惹上麻煩。該死！你可能會因此被取消律師資格。」

蘇菲猶豫了。

「對吧？」

「我懷疑。此外，沒有人需要知道這件事。」

「我還是不能讓你的事業因為這件事惹上麻煩。我就是不能。」

「那又怎樣……」

「別擔心，我不會在城市裡面亂跑。我已經在市中心的一間爛旅館租了一個房間，我會外帶泰國料理回去，鎖上門，直等到你打電話給我。」

蘇菲靜默無語，專業面具回到臉上，那意味著她正在衡量厲害關係。最後她說：「你會老實待在那裡？」

「我發誓。」他露出微笑對蘇菲說，「此外，我拿了我的筆記電腦，裡面有很多東西要看。我想我應該會找到一些可以幫助我們的東西。」

蘇菲慢慢點頭：「好吧！聽起來有道理。反正我今天還有工作。」

「要榨乾一間電影公司嗎？」

「要準備一個派對。圖・基的派對。」

「啊？」

「那個饒舌歌手，圖・基。他的電影首映會是明天晚上，要在奢華俱樂部舉辦盛大的新聞派對。真是自找麻煩！圖・基在電影裡面是個『匪徒』……」蘇菲一邊說一邊在空中比畫著「引號」。「所以整個派對得營造出緊張的氣氛。我們請了保全，在門口架設了金屬探測器，租了有防彈玻璃的加長型禮車，一切就是要維持一種幻象：圖弟・華弟斯是個危險份子。」

「哈，我真愛死了洛杉磯。」

「這整個城市就是一家公司，還能怎麼辦呢？那不重要，重要的是我要怎麼和你聯絡？」

「我昨天晚上買了一支手機。」他將手機號碼給了蘇菲。「還有一件事情，」他咬著嘴唇。

「什麼？」

「我……這聽來很奇怪，你不介意的話，我可以……你能不能……」

「小子，有話快說，有屁快放。」

「我可以再抱抱你嗎？」他聳聳肩，有些尷尬。「這只是，這……」

蘇菲沒有說什麼，他鬆了一口氣。蘇菲只是對他微笑，張開雙臂。他跨進了一個溫暖、安全的懷抱，緊緊抱住蘇菲。老天，有人愛他，這種感覺真好。

過了一會兒，他才往後退一步，他說：「你要小心點。」

「你才是逃犯。」

「對啊，可是……反正，你就是小心點，好嗎？」他開了門，走出去，又轉身。「再一次謝謝你。謝謝你所做的每一件事情。大部分的人是不會把我掛在牆壁上的。」

「嘿！」她說，「如果這個笑話他們不買單，那就：去他們的！」

丹尼爾對她微笑，踏出門，走向自己的車子。發動車子的時候，他回頭一看，看見蘇菲站在門口。很難解讀蘇菲臉上的表情，複雜、混合了各種情緒的表情，快樂與悲傷全都摻和在一起。

這是個禮物。

丹尼爾對蘇菲揮揮手，然後驅車離去。陽光灑落，他搖下車窗，打開收音機。過去幾天他很少開收音機，但現在他想要音樂，吵鬧的搖滾樂充滿著喜悅。他不停的轉台，直到發現一首歌的伴奏是強勁的吉他搭配小鼓彈奏出清脆有勁的旋律。歌手吶喊「只有十七歲」，壓抑的唱著自己與女友兩人燒毀了床單。他把音量調到「十」的時候，開始跟著旋律在方向盤上打起拍子。

從有記憶以來，他頭一次感覺到「沒事了」，甚至比「沒事了」還要棒，那些深藏在腦子裡的問題總會有答案。不用逃跑了，沒有恐懼了，他終於可以面對事情。這種鬆了一口氣的感覺，實在太棒了。所有的奮力奔跑、努力躲藏、如影隨形的驚恐，全像是一件過緊的夾克，每次身體一蠕動，夾克就會緊繃。他掃了一眼後視鏡，後面有紅綠燈、幾輛進口車、一輛白色的客貨兩用箱形車，箱形車加速緊跟在他後面。道路在他眼前展開，他還有一首好歌、一個好計畫。他隨著音樂高歌，非常驚訝自己竟然知道歌詞：「你的記憶迅速穿透我全身，燃燒一切，如同汽油，如同汽油，如同汽油。」

歌曲結束，換廣播音樂節目主持人說話。丹尼爾將音量關小，然後意識到的車速幾乎高達九十英里了。哇！他開這麼快，趕緊煞住車，讓車速穩定的維持在六十英里。

好了。就這樣子。

等回到旅館，安頓一下之後，要洗個澡，以確保自己和蘇菲的律師見面時，看起來是神智清楚的。然後花一個下午的時間瀏覽筆記電腦的內容，他幾乎都還沒看到事情的樣貌。一定會有什麼蛛絲馬跡，可能藍妮的一封電子郵件就能幫助他們了解那是一個什麼交易。不論發生過什麼，一定都是些陰謀詭計：一個持槍的黑影，一條價值一棟房子的鑽石項鍊。還有，身為說書人的他，知道這些事情背後還有故事。

收音機轉到一個老歌頻道，播放著：「女孩，和你在一起，我就非常低落，嘿，嘿，嘿，我就恍惚。」他將音量降低，這次看看他的車速，就在打信號燈的時候，他的眼睛掃到了鏡子。

就在他轉到另外一個車道時，才意識到那輛白色的客貨兩用箱形車還跟在他的後面。

那又怎麼樣？不然那輛箱形車應該在哪？

但在他用飛快的車速行駛了幾分鐘後，那輛箱形車還是跟上他的速度，他慢下來的時候，箱形車也慢了下來。丹尼爾的雙眼在前面的道路和車子的鏡子之間飛快移轉，無法辨識那輛車，那是一輛巨大的客貨兩用箱形車，是庭園設計師和清潔人員喜歡的車種，不是什麼百萬名車。車子旁邊有一道又長又醜的刮痕，是碰撞後留下的證據。這段距離讓他無法辨識駕駛的特徵，但是看得出那個駕駛戴了一頂棒球帽和一副太陽眼鏡。

走著瞧。丹尼爾又打出往右的信號，然後走了下一個出口：往北前往菲立法克斯。丹尼爾猛然關掉收音機，往右轉前往威尼斯。箱形車仍舊跟著他。

他原本愉悅的心情煙消雲散。有人在跟蹤他。不是警察！即便那台箱形車是全世界最糟糕的臥底用車，從剛剛到現在也有足夠的時間可以呼叫其他警車一起包抄他了。那麼，是誰呢？

那傢伙好冷靜。微笑著，一直微笑著，那才是最糟糕的部分。我認為，他可以在隨意處置我之後繼續過他的日子。一點都不在意發生過什麼事情。

丹尼爾的手緊抓著方向盤，雙掌都濕了。那個男人闖進蘇菲的家，用槍指著蘇菲的頭。那個男人在找他，找一條項鍊。

那個男人殺死了他的妻子。

走到豪瑟時，紅綠燈轉成紅色。他慢下來，然後開往左轉道。那台箱形車再一次跟上來。

好。這事很簡單。利用等待交通號誌變換的時間，找機會突破，等下不要左轉，要直走。超速穿過十字路口。其他車子會攔截阻斷箱形車的路。等號誌改變時，你早就跑遠了。

這傢伙是怎麼找到他的？洛杉磯那麼大，他們隨機碰上的機率微乎其微。一陣涼意沿著脊椎由上往下延伸，這個混蛋應該是在蘇菲家逮到他。也就是說，這混蛋回到蘇菲家，等待丹尼爾上門。這一次他不只是要嚇一嚇蘇菲了。

我認為，他可以在隨意處置我之後繼續過他的日子。一點都不在意發生過什麼事情。

不！沒這回事。

轉綠燈後，丹尼爾往前開，兩台車子插入他和箱形車的中間。你需要一個計畫，你不能、不能再讓蘇菲受到任何傷害。此外，這個男人殺了你的妻子，你應該要追蹤這個人，而不是逃離這個人？所以，好好想想，你是個作家。

寫出點什麼吧！

□

蓓琳姐在微笑。

在蘇菲房子外面站崗，是經過一番算計後得到的推測。這個律師寄給丹尼爾一堆訊息，叫丹尼爾去見她、快點去見她。即便如此，蓓琳姐也沒料到好運竟然會這麼快上門。見鬼了！她和丹尼爾・海斯應該是在同個時間看到相同的電子郵件。

她隔了幾輛車跟在丹尼爾的BMW後面，讓自己的車速穩定。丹尼爾走到豪瑟的盡頭時，往左轉往第三街，他幾乎是立刻打了號誌燈，然後開往舊的農夫市場的停車場。藍色天空的襯托下，白牆的鐘樓看起來極為美麗，這個鐘樓比較適合緬因州的農村地區，不適合比佛利山莊的市郊。時間還早，停車場才半滿。她讓丹尼爾開在前面，自己在入口處選擇了一個停車位。停好車，她從背後掏出槍，放在膝蓋上。透過擋風玻璃，她看到丹尼爾下了車，步態從容的走近入口處，明亮的夏威夷襯衫很容易被追蹤。丹尼爾移動的樣子，活像是個什麼都不在乎的男人。

跟在丹尼爾後頭？這個作法不夠完美。這裡人太多了，太多雙窺探的眼睛，裡面或許還有隱藏式攝影機。蓓琳姐關上引擎，往後靠。丹尼爾去哪裡都少不了車。她應該要等，然後尾隨到某處她可以單獨接近丹尼爾的地方。她注視著走進走出的人群：一個母親帶著孩子，兩個青少女；一個穿著高尚、輕盈移動的男人。蓓琳姐瞇著眼睛一看。那是……

她抓住槍，打開箱形車的門。

□

班尼特急速快走，但是還沒有快到引起人的注意。農夫市場的大門開著，大批人群在裡面，丹尼爾．海斯漫步走進，就像是他毫不在意外界，只沉浸在自己的世界。

混蛋。每一個加州警察都在找他，他卻跑來這個人群擁擠的地方。如果有人認出他，就玩完了。

喔，好吧！戰術的精髓就是要用有彈性的方式接近目標。最好的棋手在下每一步棋之前，都要綜觀全局，根據整個盤勢回應每一步。這就是為什麼他整理出一個結論：即便蘇菲沒有撒謊，依舊值得監視，而現在他得到回報了。他只需要再次改寫情勢，尾隨這個男人、引誘這個男人離開觀光區，畢竟這傢伙不知道自己看起來像什麼樣。之後，他就能抓住這個男人。

然後他們會去某一個安靜的地方，而他會說服丹尼爾交出他想要得到的。

他踏進市場內，經過一間玩具店、一間T恤店，一間巴西炭烤館，班尼特溜進人群，找尋他的獵物。

□

丹尼爾的手掌全濕了，但是他迫使自己慢慢移動，不要轉頭。只有在那傢伙沒想到自己被跟蹤的情況下，這個方法才有用。丹尼爾希望賭一賭，他不想在這一場公平的打鬥中輸太久。

那就別管什麼公平了。

他很快的轉了一圈市場。各種豐富的味道從各方湧來，讓人暈頭轉向，有墨西哥莎莎醬疊在濃郁的巧克力味道上，焦糖玉米與烤牛肉的香味較勁；太陽灑落在帆布帳棚的間隔處，那附近的一個酒吧裡，一群男人爆出笑聲。

有個地方在賣太陽眼鏡和珠寶，他停下來，從架子上拿下一個展示品，掛在鼻子上，用小小的鏡子照自己。從他肩膀的高度照過去，各種年紀的男男女女在通道中移動著。一堆人戴著棒球帽。可惡！他將太陽眼鏡放回架子上，繼續移動。他需要一個安靜的地方，一個可以遠離人群的地方。

他開始走向外圍地區，每經過一個男人，眼角就掃一下，在心中揣測哪一個才是殺妻凶手。是有紋身、穿著西裝的墨佬？是矮小、戴著玉米稈帽子的醉鬼？可能是其中任何一個。**保持冷靜。那傢伙是不會在人群中靠近你的。**

他希望這個想法是對的。

□

蓓琳妲奮力衝過停車場，衝向有一點遠的入口。直接跟在班尼特後面沒有意義，「借過！」她說，同時幾乎撞上了一個手持豬肋排、穿著圍裙的男人。她站在西邊露台一個烤肉攤的轉角處，塑膠桌椅、剩菜的甜膩味道、帳棚陰影的壓迫感。沒有丹尼爾的蹤跡。她看到班尼特往西走，鏡子反射出班尼特走的通道已經到了盡頭。槍藏在牛仔褲的皮帶上，擦痛她的肚子。

一間熟食店、一間蠟燭店、一間芳香按摩店。這裡很擁擠，她無法看到班尼特。難道她對班尼特的解讀錯了嗎？或許班尼特只是在跟蹤丹尼爾，以確認丹尼爾沒有消失。

不對。班尼特總是說，大膽行動前，每一步策略都要非常謹慎。進來此處並不算謹慎，也就意味著……

丹尼爾．海斯正穿過她位處的這一排，就在盡頭處，襯衫上明亮的印花在餐桌間遊移。蓓琳妲的眼睛掃視各處，沒有班尼特的蹤跡，她得要移動到別處。她碰觸T恤內的手槍，然後以她最快的速度，盡可能的往前衝。

□

穿過了擁擠的美食廣場，員工專用走道明顯不一樣：走道內粉刷成制式的灰色，燈光明亮，這裡擺明是只准工作人員進入的地方。丹尼爾踏進去，經過轉角。走道到轉角約有三十碼。盡頭有兩扇門，或許是衣櫥？

往盡頭走，走到一半時看到有兩個男人面對面靠在牆上，用西班牙文交談。兩人掃了丹尼爾一眼，然後繼續談話。可惡！這個地方很完美，除了這兩個人。

所以得擺脫他們。他走過去，對兩人說：「幹嘛，你們兩人沒有工作要做嗎？」

羞愧出現在其中一人臉上，但是另外一個人說：「我們在休息。你是誰？」

「對不起？」丹尼爾揚起一邊的眉毛：「你認為這個地方是不用人打掃自己就乾乾淨淨的嗎？」

「你又不是們的老……」

「相信我，我是。小朋友，這裡是工作的地方。你們在休息，很好。但是不要弄亂了我的走廊。」

有一瞬間他以為這個男人會推他，但舊有的權力模式起了作用：一個態度嚴肅的白人男子肯定比穿著圍裙的西班牙人有道理。好惡劣的人生真相啊！但人生就是這樣。晚一點再來擔心道德對錯吧。滿臉罪惡感的男人說：「好、好，沒問題。」兩人轉身離開大廳。其中一人用西班牙文喃喃抱怨：「誰相信他，自大的混蛋。」

「小心你說的話，笨蛋。」丹尼爾轉頭，也以西班牙文回應。他又說了一次。**哈，我懂西班牙文，真酷。**

集中注意力，沒有太多的時間了。走進員工走道前，他繞了市場兩圈，想要確認那個殺手真的尾隨在後。知道殺死妻子的凶手就在後面，還不能回頭去看，真是太折磨人了。不過，**很快你就能夠把那個狗娘養的賤種看清楚，可以一遍又一遍的看個夠。**

他跑到大廳盡頭，試著打開左手邊的門。是一個工具間，還有拖把、提桶、掃把。另外一邊的門通往一間小小的員工洗手間，地磚骯髒，馬桶上有一捲衛生紙。

在這裡進行抵抗，或者是在走道後面，看看這附近有些什麼？

丹尼爾再次打開工具間。一個黑暗、隱密的地方。現在他沒有時間可以浪費，在這裡他想做什麼都可以，現在他所需要的就是引誘那個男人進來。

他微笑，開始工作。

□

蓓琳妲跟丟了丹尼爾，然後，就在轉過那一排的尾端時，她看到丹尼爾消失在員工走道。她花了一點時間，掃視人群。上百個人，嘰嘰喳喳進行著各種對話，加上叉子刮盤子和椅子摩擦地板等各種聲音，但是沒有班尼特的痕跡，或許班尼特沒有看到丹尼爾走向這裡。

沒關係，你現在是蓓琳妲・尼可斯。你是一個危險的女人，帶著一把子彈已經上膛的槍。你找尋的男人剛剛走進一個無人的走廊。

她吸了一口氣，開始往前走。兩個西班牙人走出走廊，其中一人為了某事發火，另一個則是試著說笑緩和氣氛。蓓琳妲等這兩人通過後，走向走廊末端。

瓷磚的地板、明亮的燈光。數碼之外，走廊出現另外一個轉角，走出去或許就是垃圾集中處？或許這整件事只是個遊戲，或許丹尼爾已經發現自己被跟蹤，想要在人群中擺脫他們，丹尼爾應該會加速回到車子那裡。

她快速穿過走廊，運動鞋摩擦地板。幾乎快要走到盡頭時，她注意到左邊的門開了一條縫。她慢慢掃視身後，身上每一條神經都像是煙火一樣等著爆開。門內的燈是關著，她看不清楚，但是有陰影、有影子……還有藍綠色花紋，很像是丹尼爾穿在身上的那一件夏威夷衫。

丹尼爾在櫥櫃後面。

蓓琳姐快速往前，碰到門把，猛然拉開了門。

□

丹尼爾從來不知道他的心臟可以跳得這麼大聲，他很擔心那傢伙會聽到他的心跳聲，半眯著眼，深呼吸。**你就在這裡開一槍吧！**

他的手上穩穩握著拖把的把手，木頭把手很光滑，歷經上千個夜晚的打掃，把手尾端已經磨損。他仔細聆聽，聽到有人走近，心裡既想要這個人進來，又害怕這個人進來，心中滿是恐懼。

腳步聲，然後是摩擦聲，很像是網球鞋。

他屏息以待，快要窒息了。快來吧！快來吧！

腳步聲暫歇。然後忽然間腳步聲急促，他聽到門打開的聲音。

就是現在！

他用左手狠狠拉開洗手間的門，撲出去，手中的棍子斜斜豎起，準備朝那人的頭狠狠打下，一定要把這傢伙打到無力招架為止。他用力跳出去，對準了太陽穴……

是個女人。輕盈、苗條、戴著一頂棒球帽。

□

蓓琳妲猛然拉開儲藏室的門，門一拉開，燈光搖曳閃爍，她能看到掃把、拖把，以及一個慢慢滴水的水槽，水龍頭上的那一滴水還微微抖著。門內擺放了一個桶子，一支把手斷裂的拖把直直刺出來，拖把上掛著一件夏威夷衫，那衣服上印著一隻藍綠色的鸚鵡。整體看來活像是一個貧血的稻草人。這是什麼鬼……

身後傳來聲音，門上傳來刮擦聲，她立即轉身，一隻手飛快的伸向皮帶，笨拙的抽出手槍；此時丹尼爾正朝著她跑來，手中握著一支拖把。她往後退，看著那根木棍迎面揮來，力道足以將她的手臂打歪。她能夠想像出那種劇烈的疼痛，手都麻了，然後是打到頭，肯定會眼冒金星，地旋天轉。

但是這一擊並未發生。在最後一秒鐘丹尼爾收手，怪異的一轉，那一棍從她的頭頂掃過。止不住的力量讓丹尼爾的身體持續轉動，揮舞了幾下後才停下來，手臂往上維持在一種怪異的反手拍姿勢。丹尼爾僵住，十指張開，拖把噹啷一聲落在地板上。

蓓琳妲放下雙手。丹尼爾瞪著她，看起來試圖要說話，卻忘了肌肉要怎麼動。他眨眨眼，張口結舌，又眨眨眼，試圖扭動雙唇。「你？」他的聲音又乾又薄。「可是，你不是……」

「死了。我知道，我非常非常抱歉，丹尼爾。」

然後，藍妮・薩爾往前跨了一步，雙臂緊緊抱住她的丈夫。

第二幕（下）

人們總是以為某些事情是完全正確的。

——《麥田捕手》，沙林傑[1]

1 Jerome David Salinger（1919-2010），美國作家，一九五一年出版的《麥田捕手》（*The Catcher in the Rye*）為其代表作。

彷彿有人從雙耳處對丹尼爾使用電擊，猛然穿過的電流貫穿全身的骨骸，大腦被靜電和聲音干擾，嗡嗡作響的腦海裡奔騰著無數的問題，思緒上下翻騰滾落。拖把柄從指尖滑脫，跌落地板，發出一聲空洞的噹啷聲。

他的妻子還活著。

穿著簡單的T恤和牛仔褲，現在蓄著一頭金髮，拖在棒球帽後面，臉上有一個像是淤傷的污點，從一側的臉頰往上延伸到眼睛，但這一切不過像是用一張面紙矇住他的雙眼。他還是看清楚了那高聳的顴骨，親吻過上千萬次的蒼白粉唇，優雅的長頸，還有眼睛，眼睛依舊明亮鮮活。

身心之間的連結被扭曲了。他覺得自己像是一個牽線木偶，身上有一半的繩子被切斷，變成一個站立不穩、東倒西歪的東西。他發瘋了嗎？真的發瘋了嗎？這一切只是某個瘋狂的夢嗎？他的妻子怎麼可能……

他眨眨眼，吞了一口口水，讓雙唇能夠活動。「你？可是，你……」

「死了。我知道。我真的非常、非常抱歉，丹尼爾。」是愛蜜麗・史威特的聲音，他從死亡的邊界開始追尋這個聲音，一路追回家。然後，藍妮投身向他，手臂從身體兩側伸出，緊擁著他，她的身體緊貼著他的身體，藍妮的味道是家的熟悉氣味。

他的妻子還活著，還活著，而且抱在他的手裡。

失去妻子的痛苦曾驅使他自殺。他重新愛上這個女人的同時，也意識到這個女人已經消失了。不知怎麼回事，這女人竟然從地獄爬回來，回到他的懷中。

他的胸膛迴盪著一種窒息的聲音，他將這女人抱得更緊。這個女人也回應他，靠著他又哭又笑，流過身體的電流使他覺得自己像是在一大片古老海域裡游泳，像是完成了一部電視劇本、喝了含量過高的波本威士忌、抽了昂貴的香菸，或是像第一次做愛。他覺得自己能夠一揮手，就擊倒全世界。

「我以為你已經死了。我的天啊！怎麼會……你沒事嗎？」

「對不起，寶貝，我真的很抱歉。」妻子的話語在他的胸前震動。「我想要找你，但是你消失了，我不能去找警察，只得讓他以為我死了，這是唯一的方法。」

「唯一的方法……什麼意思？」

「我們得離開了。」藍妮一把推開他，眼光掃過整個大廳。「班尼特在這裡。」

「什麼班尼特？」他的手指頭感受到藍妮手臂的柔軟。

藍妮轉頭往望上看著他說：「啊？」

「我不知道這是……」

「班尼特、班尼特，那個傢伙！」她停住。「你沒事吧？」

「嗯……」

有人在公用區域大笑，回音讓藍妮跳起來。「等一下再說。我們走，你得要信任我。」藍妮的眼睛發出懇求。「你能相信我嗎？」

一切都毫無道理可言，他的妻子死而復生，飽受驚嚇。有一個叫做班尼特的人在這裡，一定是那個殺人犯，就是那個試圖設下陷阱抓他的人。但藍妮沒有死，所以沒有殺人犯。但有人在追蘇菲。而藍妮說……他眨眨眼說：「當然囉！」

「要快點。」藍妮抓住她的手，十指緊扣的方式。他還記得兩人十指交握時的感覺，但現在沒時間品味這種感覺了，因為藍妮用力拉著他跑向大廳盡頭。燈光模糊昏暗，他的心卻在歡唱。他們繞過轉角，回到市場。

就在正前方，有個持槍男子。

「嗨，兩位小朋友。」那男人說，「想念我嗎？」

他透過掌心感受到藍妮的手指變得僵硬，硬到足以使他感受到恐懼在藍妮的皮膚內低吟。

「小妞，對一個已經死掉的女人來說，你看起來還算不錯，你假扮的混蛋清潔婦也不錯。」這傢伙看起來一派輕鬆，像是巧遇老友一般。他身穿黑色襯衫，輕便長褲緊繃繃的，乾淨的頭髮、溫和的表情，這些與手槍放在一起時，創造出令人惶惑的不和諧氛圍。蘇菲是怎麼說的？那傢伙好冷靜。**微笑著，一直微笑著，那才是最糟糕的部分。我覺得，他可以在隨意處置我之後，繼續過他的日子。一點都不在意發生過什麼事情。**

「班尼特？」丹尼爾問，卻也知道了答案。

「正是，而且是獨一無二的班尼特。」那男人背對露台，槍拿得很低，恰可避開眾人的視線，背後的數百人完全看不出有人知道班尼特在做什麼。「我猜猜，我看起來和你預期的不同。比較高，老二比較大。」他微笑，轉向藍妮。「說到我下面那裡，小妞，很高興再次見到你。」

「我會大叫喔！」藍妮說。

班尼特聳聳肩。「請便。」

藍妮張開嘴，有點猶豫。

「我想還是不要。你的尖叫聲或許會招來救援，但可能是個警察。你不會想和警察打交道吧？」

丹尼爾的視線在兩人身上梭巡，覺得自己搭不上話。往往在他稍微搞懂一段對話時，另外一段對話就閃過又消失了。應該是某種敲詐勒索，但他無法組合出個大概來。從這個男人刺激藍妮的方式來說，似乎他知道藍妮的某些私事。這個傢伙是做什麼的？為什麼不能尖叫？「為什麼我們不想跟警方打交道？」

班尼特大笑。「這個有意思，小丹丹，你怎麼會這麼想呢？」

「我不知道。」

「你當然知道……」

「不，可惡，我不知道。不過，如果你繼續用槍指著我老婆，我就會……」

「會怎樣？你會怎樣？殺我嗎？」

「夠了！」藍妮說，「你不能對我們兩個人開槍。你如果開槍，就拿不到項鍊。」

「甜心，我不需要對兩個人開槍。你的下一個角色，就演一演寡婦人生，如何？」手槍移動了半度，對準丹尼爾的胸膛中央。

藍妮厲聲說：「不！」

丹尼爾想要行動，做點什麼，但又不知道該做什麼。想要直接威脅班尼特，但直接撲上去無疑是自殺行徑。這男人雖然一直保持滿臉微笑、一派輕鬆樣，但是手槍穩穩的握著，手指已經伸到扳機上。

「小妞，我想要你欠我的東西，然後我們就可以各自過活，我保證。」

「我還記得你的保證有多值錢！」

「哇，這麼嚴厲啊！」班尼特說，「唉唷，戳到我痛點了。」這人的笑容能夠讓牛奶結冰。「我們走，回走廊去。」

「我可不這麼想。」藍妮的右手在T恤一摸，拿出了她自己的手槍。

這究竟是怎麼回事?!

班尼特竊笑。「你不敢開槍的，藍妮。而且，開了槍你就得去見警察。」

「我不會對你開槍。」藍妮說，「我只是要讓你變成聚光燈下的焦點。」然後，他的妻子將手槍對準天際，拉開扳機，很快的開了三槍。

槍聲大作時發出的聲響，大聲到難以置信，使他嗡嗡耳鳴起來。一開始毫無變化，只有靜默，班尼特的臉上滑出一抹微笑。

而後驚叫聲四起，大廳一片混亂，彷彿有人輕輕按下開關，同一時間每個人開始奮力行動。所有人拔腿就跑，弄翻了桌子，弄倒了椅子，噹啷聲四起。每個人跑不同方向，但因為人人都在找出口、找槍聲來源，情況亂成一團。掉落的玻璃杯在水泥上潑灑出污點，某處某人在喊叫，高頻率的聲音像是牙齒被打上鋼釘。

藍妮的手抓住他的手，猛然一拉：「跑！」轉瞬間他看到班尼特的臉，表情混合著狂怒與計算，拿著槍的手舉起。說時遲那時快，藍妮拉他的力道冷不防使他動了起來。他跟在藍妮後面跑向男廁，人們推擠、衝撞、尖叫。藍妮纖細的身影與這場混亂不相配，他晃開被藍妮握住的手，開始掌控主導權，肩膀彎下，手臂緊繃，為兩人強行衝出一個通道，腎上腺素和驚慌提供他們逃跑的動力。

但是在奔跑的瞬間，他的思緒奔馳得更快。**見鬼了，到底出了什麼事？**

□

幹！幹！幹！班尼特腳跟不停旋轉，想看清楚四周的狀況。情況越來越糟時，各樣念頭同時一起圍攻他的腦子。大部分的人試圖逃跑，但也有人想要往他這裡跑，想要當英雄的保全警衛，甚至警察都會往他這裡跑。藍妮和丹尼爾跑了，本能使他舉起槍，對準兩人逃跑的背影。十英尺而已，小孩都打得中。

但是，只有笨蛋才會惹這種麻煩，殺死這兩個人並不會讓他得到好處，只會讓他被抓。他將手槍塞好。藍妮和丹尼爾已經消失在人群中，眼前只有快速晃動的一群人頭，一群驚恐的人。

小妹妹，你變聰明了，你已經不是我記憶中那個大眼妹了。

他轉身，奮力跑出維修中的走廊。

□

丹尼爾與藍妮努力找出一條路逃到市場的外緣，其中一處大門已在視線所及之處，人潮現在快速往同一個方向移動。丹尼爾彎腰托住一名即將跌倒的女士，在絆倒前幫助她站穩。他後面的一名男士推擠往前，起身時膝蓋恰與丹尼爾的肩膀相碰，那名男士幾乎跌倒。丹尼爾推開他，然後奮力往前。

「走這邊！」藍妮滑過去，耍魔法般的閃過群眾。他跟隨，兩個人走過大門，進入西邊的停車場，車道上滿滿的一排車，都是準備要回菲立法克斯。

藍妮轉身，確認丹尼爾也跟上了。藍妮T恤的領口已經磨損，棒球帽子也弄丟了，但一隻手上還拿著槍，好像忘了槍在那裡一樣。

「把那東西拿走。」他說。藍妮看起來像是被嚇到了，隨後將槍藏到T恤下面。

「我們走。」她往北邊的停車場走。

他抓住藍妮的手臂。「不行，走這邊。」

「什麼？為什麼？」

「相信我就對了。」

那一瞬間他以為藍妮會爭辯，但藍妮再次點點頭。他們跑向南邊，遠離兩人的車子，人群散去後，空間開闊。所有人全都奮力衝往第三街，整條街亂成一團，車子衝往錯誤的方向，主線道發生碰撞，奔跑的人群在車蓋、保險桿之間穿行，喇叭聲四起。兩個人猛衝橫越，來到另外一側的黑色熟鐵柵欄邊。「來吧！」他一邊說一邊將雙手上下交疊當踏板，幫助藍妮爬欄杆。藍妮踏上丹尼爾的手，抓住柵欄頂端，然後跳過柵欄。丹尼爾跟隨在後，在試圖平衡身體，準備往下跳時，金屬尖端刺了一下胃部。

他們處於一處龐大的集合住宅內，此處不可思議的眼熟，高聳的大樓四周環繞著鄉鎮房屋，整個社區都經過庭園美化與細心配置，好奇的孩童在遊樂場一角瞪著他們看。

藍妮再次奔跑。高樓與街道形成一個個轉角，每一個十字路口看起來都一樣，但是藍妮似乎知道怎麼走，丹尼爾追隨在後，跑得氣喘吁吁，剛剛肩膀被踢的地方隱隱作痛。兩人跑了差不多半英里後，藍妮慢下來開始小跑，然後步行，她甚至不需要用力呼吸。「我把車子留在那裡了。」她說。

「我知道。」他喘著氣說：「我也是。」

「那為什麼我們要走這邊呢？」

他停下來，手指交纏放置在頭上。「班尼特再也不是聚光燈的焦點了。」

藍妮瞇了瞇眼睛。「他會跑去我們車子那裡。」

「那是一個聰明的壞蛋會做的事。」

藍妮往前跨了一步，將手放在他的臉頰上：「我聰明的作家丈夫！」然後親吻他，周遭其他事物，如，遠方的喇叭聲、越來越靠近的警笛聲、子彈炸開的碎裂聲、上方的天空和下方的大地，全都遠離了。

過了很久以後，等到他能夠再次呼吸時，他說：「我真高興你沒有死。」

「我也是，你，我的意思是，我以為班尼特……在我找不到你的時候，我以為班尼特或許已經……」

丹尼爾搖搖頭：「不是這樣子，我人不在洛杉磯。」

「啊？那你在哪？」

「那是……一個好長的故事了。」他正要解釋的時候，一個念頭打中他。「啊，可惡！」他摸著口袋找手機。「蘇菲！」

藍妮的眼睛變大。「你認為……」

「我得警告蘇菲。」他打開手機的電源。「可惡！」

「又怎麼了？」

「她的電話號碼，我沒有蘇菲的電話號碼。」

「你沒有……」藍妮神情怪異的看著他。「你們兩個人已經是十五年的好友了。」

「說來複雜，我等下再解釋。」電話號碼在他的筆記電腦裡，而筆記電腦又在BMW裡面。問查號台，或許可以？但是蘇菲是一線娛樂名人的律師，家用電話不會列在上面。嗯，或許他們打電話叫計程車，一路飛車過去，希望可以來得及揍那個人。或者，更好的方法是打電話給警察……

「三一〇二七四六六一二」，藍妮一邊看著她手機中儲存的號碼，一邊說。

丹尼爾往上看，一陣輕盈的感受在體內流竄。藍妮有這個問題的答案，這樣的小事，不知道為什麼讓他感覺很好，跟知道藍妮還活著的感覺一樣好。他有伙伴了。

第三電話鈴響的時候，蘇菲接起電話：「你好？」

「是我，你得要……」

「你沒事吧？珍還沒回報任何最新的……」

「蘇菲，聽我說，你得要離開那裡。」

「什麼？」

「你得離開你家，他正在往你家的路上。」

「誰？」

「班尼特。那個之前闖進你家的人，他現在正在前你家的路上。」

「什麼？」

「沒時間了。你現在得馬上離開，去一個安全的地方，去找朋友，或是去旅館。不要去工作的地方，班尼特會去那裡找你。」

「你是認真的？」

「我發誓。」

電話那頭傳來的聲音幾乎是低吼。這是他從這個女人、這個堅強、有能力的女人身上最想要聽到的。「聽著，你的時間不多，但這一小段時間夠你用了。班尼特是從農夫市場過去，要花點時間才會到。但是，真的，現在，快點離開。」一陣沉默。「蘇菲！」

「什麼？」

「你現在不能僵住……」

「誰僵住了？我正在打包。」

他露出微笑：「這才是我的好女孩。別想要帶太多東西，只要拿起錢包，然後滾出那個該死的地方。」

「你還好吧？」

「沒事。」他說，瞪著藍妮的眼睛，看見藍妮也回瞪他。他甚至不想要眨眼睛。「沒事，我很好，甚至更好。」

「你在哪裡？」

「不用擔心這個。」他說：「情況改變了。而且我發現……」

藍妮搖搖頭，將手指放在嘴唇上。藍妮不想要蘇菲知道她還活著？為什麼？沒關係，他相信藍妮。「我，哈，我發現是誰幹的！這點對我們很有幫助。」

「你怎麼知道那個傢伙正來我家？」

「沒時間了，你出門了嗎？」

「我正在鎖門，等等。」聽到鑰匙的聲音，然後是蘇菲走路時發出的沉重呼吸聲。

「上車，先在附近開個幾圈，眼睛隨時注意後照鏡。如果有任何車子跟著你、任何車子，就直接開去警察局。如果附近沒有警察局，就找個安全的地方。」

「好。我怎麼……」

「我已經快要知道更多內情了，方便的時候會打給你。」

「好。」

「我愛你，蘇蘇。小心點。」

「你也要小心。但是，等到這件事情一結束，我會踢你的屁股。」

「很公平。」他掛上手機，深呼吸了一口氣。

「她沒事吧？」藍妮問。

「沒事。」

「你確定？」

「班尼特開車到那裡得要花二十、二十五分鐘的車程？不可能在十分鐘內到。」

「所以，蘇菲安全了。」藍妮說，往前靠得更近，眼睛鎖在丹尼爾的眼睛上。

「對。」

「你也沒事了。」

「我算是沒事了，但重點是你還活著。」

「算是吧。」她說，依舊慢慢的靠近他，眼光像雷射光般掃視著丹尼爾。

「你的眼睛怎麼了？」

她露出微笑，舔了舔指尖，然後指尖畫過臉上的紫色胎記，畫出的痕跡一路延伸到臉頰。「這一陣子我是個金髮女子，叫做蓓琳妲・尼可斯，這女子有一個酒紅色的胎記。別人看到我的時候，竟然沒有人轉移目光留意其他東西，真讓人驚訝。」

「但現在你是你。」

「對。」

「而且班尼特不知道我們在哪裡。」

「對。」

「所以，現在呢……」他困難的嚥下口水，然後說：「如果我吻你應該不會有事吧？」

「對。」藍妮說。她接下來說的話，每個音節幾乎是飄在呼吸中送出來的。「除非你想要在鞦韆上做愛，否則下次我吻你時，是不打算停止的。」

「永遠不停？」

「很久以後才停。」

他的身體回應了她的話、她的身體：「去哪？」

「市中心的一間旅館？那裡的便宜旅館不會需要身分證件吧？」

他想到了大使館旅館中滿是髒污的牆壁，尿騷味的大廳，不知道多少人躺過的床。不要！「我以為你死了，死亡也曾離我很近，我不希望我們的相聚是在一間便宜旅館。」

「你打算去哪？」

□

灰石砌成的建築物正面雕刻著許多複雜的圖案，還架出一個三十英尺高的拱門，散落各處的混凝土花盆中有大量的花卉。拱門上頭的小馬隨風低語，發出啪啪聲響。一個穿著制服的守門人殷勤的站立在門邊：「歡迎來到比佛利威爾榭（Beverly Wilshire）。」

「謝謝。」丹尼爾說，示意藍妮穿過打開的門，故意忽視藍妮露出「你瘋了」的表情。大廳和建築物正面相呼應，以大理石為主，處處有優雅的曲線。大廳中央掛著一個水晶吊燈，水晶散發出微微的光芒。丹尼爾深吸了一口氣：乾淨的空氣、淡淡的檸檬香氣。櫃檯後面是一個穿著制服的聰明男士，向他點頭致意。

「你在幹嘛？」藍妮用氣音問。藍妮戴著太陽眼鏡，一隻手往上遮住臉。

「首先，我得替我們弄一間房間。然後，我要跟你在房間裡面做很壞的事。」

她保持視線朝下，面帶微笑說：「真的很浪漫，但是我們不能冒險，到處都有班尼特的人，你一使用信卡他就會知道。」

「你身上有多少現金？」

「差不多五千美金。」

「五千美金？你帶這著那麼多錢要做……沒關係。那樣夠多了。」

「但是他們不會讓你……」

「放輕鬆。」他說，感覺自己比過去幾週好了很多。「我是個作家。」他眨眨眼，轉身，邁著大步走向櫃檯。櫃檯內的男人露出明亮的微笑說：「先生，早安。」

丹尼爾挺直身子，很高興那件俗氣的夏威夷衫已經留在農夫市場。洛杉磯的一個優點，就是任何一個穿著黑色T恤的人都可能是製作人。

「先生，是的。」男人的套裝從不會露出一絲縐褶。「很高興為您服務。」

「我想要一間套房。」

「我們現在有好幾間比佛利套房可以選擇。」

「房間很棒嗎？」

「先生，全是絕佳的房間。特大號的床，義大利進口的大理石澡盆，陽台往外看還有絕美的城市美景。您要待幾晚呢？」

「只要一晚。」

「是的，先生。」那個男人敲了幾個隱形、看不見的鍵盤。「我需要您……」

「事情是這樣子的……對不起，你的名字是？」

「湯瑪斯．瑞弗。」

「湯瑪斯，事情是這樣子的，我不想要這件事情引人注意。」他用頭擺出最微小的動作，指了指後面的藍妮。「我相信你能了解。」

「當然囉！先生。我們只需要用您的信用卡訂房，但是不會用信用卡請款，您可以用任何方式付款。」面對一個外遇丈夫，這男人早就親切的準備好答案。

「湯瑪斯，非常謝謝你。但是，我的信用卡帳單會郵寄到家裡。雖然我相信你會非常小心，但假設你們任何一個員工犯了錯，例如，用信用卡請款付客房服務，這種風險我可是承擔不起。我很擔心，我需要更低調一點。」

「我了解。那麼……」

「所以，如果可以，我想要直接給你現金付住房費，當然也會用現金付你需要處理的種種麻煩。」

「先生，我……」

「這樣吧……」他從口袋裡抽出錢，是一週前典當勞力士手表後，至今剩下的錢。「兩千、一百、八十七元。當然囉，這些錢我會全部留給你，由你來決定要如何使用這筆錢。」

經理以最少的臉部肌肉呈現最大的微笑，然後用完美的軍方標準方式點點頭。「先生，歡迎來到比佛利威爾榭飯店，希望您享受停留在此的時間。」

「我會的。」他拿了經理遞過來的鑰匙卡，再次點點頭，轉身回到大廳。

藍妮已經安坐在一個高大、白色的寶座上，一個巨大的柱子遮住了寶座，從入口處看不到人。藍妮兩腿側放，雙膝併攏，一隻手托著下巴。金色的頭髮取代丹尼爾記憶中的深色棕髮，讓她看起來比電視上更嬌小。過大的太陽眼鏡替藍妮增添女神的架勢，看到丹尼爾走來，她慢慢綻放出微笑，女神也因此下落凡塵。帶著計算好的倦怠表情，她將手往上伸展，穿過頭髮，雙臂框住臉龐。

丹尼爾搖搖頭：「老天！」

「你想我嗎？」

「我們上樓，我會讓你知道答案。」他伸出一隻手，藍妮勾住。他們的腳步聲迴盪在大廳。電梯似乎過了好久才來，等待時他研究著藍妮，這是他的妻子、他和這個女人結婚、他們生活在一起、以最好的方式強烈的愛著對方。他們一起煮晚餐、打掃房子，在聖誕節的清晨一起醒來。他們會吵架、生病、過度工作，壓力也很大。

但他還是想不起這一切。

忽然他覺得這像是一場騙局。帶著這女人前往套房的他是誰？還計畫要跟她做愛？剛剛逃跑時的腎上腺素用完了，要面對的現實還是很複雜。他或許是藍妮結婚證書上的先生，但是少了記憶，這感覺像是強姦，感覺他正在妄求一件得不到的事。

一個溫和的音調響起，提醒電梯來了。他們踏進電梯內，丹尼爾按了「十四」的按鈕。他說：「聽著，有些事情我應該告訴你。」

「什麼事？」

「我……事情是……」他停住。「你有沒有經歷過不知道自己是誰的感覺。不對，不是這樣子。我的意思是，我知道我是誰。但就是……」

「什麼？」藍妮溫柔的問，往前靠上來。他可以聞到藍妮身上的汗味，看到藍妮脖子上的汗毛。

「你沒有忘記所有經歷過的事情吧！沒忘記吧？」

他嘲笑著說：「沒有，但是我忘記了……嗯，沒有完全忘記，但是……」

「丹尼爾。」藍妮往前靠得更近。

「我……」

「我們才剛剛逃離一個神經病，現在兩人單獨待在一個電梯裡，你可以想一些好一點的事情嗎？」

「我只是，不想要占便宜……」

藍妮將一根手指放在他的嘴上，他能夠感覺到心窩處肌肉的跳動。是慾望，但他也能夠辨識出還有一些更原始的事情。另一方面……藍妮往前，頭抬起，雙眼看著他，雙唇微微分開……

輕柔的聲調再次響起，電梯門打開。剛剛那個眼神藍妮維持了約一秒鐘，然後看了一眼他的手，搶走鑰匙卡，跳出電梯，一邊咯咯笑。一瞬間，他瞪著藍妮逐漸後退的身體，心中陷入衝突中。

可惡！

他跑向藍妮。

就在他抓到藍妮時，藍妮剛好打開門。他抓住藍妮，拉進房內。套房非常寬敞，有一張特大尺寸的床，這是房間裡唯一同時進入兩人眼中的事物。藍妮完全環抱住他時，並沒有給予他太多觸摸，只是將整個身體靠著他的身體，用笨拙的兩拍步伐拉著他穿過房間，卻沒有中斷兩人的親吻。他拉住藍妮的襯衫，一把從頭上拉起襯衫，此時血液重擊著身體，藍妮的脖子被他圈住，使她再度咯咯笑出聲。藍妮的皮膚光滑、發亮，然後兩個人沿著床邊走，咯咯聲變成喉嚨冒出的嘶啞笑聲。他將藍妮的襯衫脫下後，摸索著脫下自己的衣服，現在兩個人滾在一起，每一吋肌肉都像是會通電，每一根神經都發出歡愉的吟唱聲。藍妮的手伸到背後解開胸罩，隨意一扔，胸部獲得自由。他的雙唇親吻著藍妮的脖子，從上而下一路往下吻，再以嘴逗弄藍妮的乳頭，陰莖繃緊了內褲，隨著藍妮靠向他而跳動。藍妮的頭往後一仰，發出呻吟。老天，他知道那個聲音，遠比自己所想的更深切了解那個聲音的意義。他一隻腳鉤住另外一隻腳，踢掉了鞋子，而藍妮在他身上直起身，雙手穿過自己的頭髮，搖晃著頭解放了頭髮，然後雙手又往後彎，環住了頭髮。這個世界縮小到只剩下嗚咽的耳語與觸碰之舞。藍妮不知道何時已經脫掉牛仔褲，開始搖擺往前，解開他長褲的扣子，此時透過薄薄的蕾絲內褲，他感覺到一股熱氣。他弓起臀部往下，一個動作將長褲與內褲一起拉下大腿，藍妮將內褲拉下置於一旁，滑向他，潮濕、溫熱、歡迎的用手引導他進入體內，現在只有感官留存，藍妮頭往後仰，就在他全力衝刺時，哭泣聲音從藍妮的雙唇傳出：對！喔！對！

回家了。

潮濕的性愛味道充滿著大地的芬芳，氣味濃郁。

肢體交纏，肉體重壓的奇異感覺。

藍妮大腿內側甜美的曲線。

一股發熱的律動，然後節制，然後再度貪婪。

藍妮的頭髮散亂在昂貴的白色床單上。

藍妮的聲音，哀求、催促、懇求、勾引、挑逗、命令。

藍妮裸露的腳趾冰冷。他記得她的腳趾永遠都很冰冷，這種感覺是一種熟悉、親密的了解，是藍妮最祕密的潮濕。

一種要抵達某個閃亮之地的感覺，就在他刺向藍妮時出現了。

藍妮達到高潮的方式是身體緊繃，每一吋肌肉緊繃。他自己的高潮則是一種解脫，一切奔放而出，一聲無聲的怒吼，一個人獲得、一個人給予。

然後，他崩潰在藍妮身上，兩個人都氣喘吁吁，皮膚光滑、黏膩。兩人肌膚相貼到他無法分辨自己的肌膚延伸至何處，藍妮的肌膚又從何處開始。他們的呼吸變成同步，藍妮的背部拱起時，恰好他在吐氣。他將頭埋入她的髮中，雙眼緊閉，鼻子裡全是藍妮的氣息。兩人一起躺著，飄浮在一個無語的世界。

最後，藍妮清清喉嚨說：「哇！你真的很想我。」

「你無法想像。」

她吐了一口氣，稍稍移動身體，丹尼爾也移動，躺在藍妮身後，緊貼著。太陽光灑落在兩人的身體上。「我不知道耶。」藍妮說，「或許我們應該經常為我捏造死亡，這樣才能替性愛加味。」

他的笑聲幾乎跟性高潮一樣棒。

當他可以再次移動、兩人不再交纏時，藍妮坐起身，打了個呵欠，手臂大大的伸直，然後雙腿盤坐，露出每一吋身體。藍妮對自身的赤裸總是毫不自覺。他很愛這樣，喜歡藍妮只為他一人赤裸，因為藍妮永遠拒絕在螢光幕前裸露，不願意將她的身體分享給陌生人飢渴的眼睛。

「我討厭破壞氣氛。」他說，「不過，我們能談談嗎？」

「你想要從哪開始談？」

「就從你活下來那部分開始，如何呢？」

藍妮伸手拿了一個枕頭，抛在膝蓋上，她雙手放在枕頭上，露出的表情很難解讀，有一種滿意的痕跡，還有些別的神情，或許是恐懼，或許是懊悔。他輕輕往後躺，手臂枕在頭下方，滿足的等待藍妮開始。

最後，藍妮終於開始說。

□

室外場景：丹尼爾與藍妮位於馬利布市的房子

時間：午後

藍妮．薩爾從單肩皮包裡掏出鑰匙，打開藍色福斯金龜車的車門，隨手將皮包扔到旁邊的乘客座椅上，轉動引擎，打開大門。

她的手指緊張的在方向盤上張張合合。

藍妮：沒事的。他不在這裡。沒事的。

她深呼吸，驅車離去。

戶外場景：馬利布市的街道，承接上一景

藍妮開得很快，眼睛在不同的鏡子間掃視。

她在沒有打號誌燈的情況下轉彎，通過停車場，轉了一圈，開往反方向，在整個街區轉了幾圈。

終於，她上了……

戶外場景：太平洋海岸公路，承接上一景

一路上藍妮經過一間間的旅館、衝浪商店，到了佩波戴恩時，一路上的房子全都蓋在岩石懸崖上，是上流階級有錢人的豪宅。

交通量不大，她可以善用時間。馬利布市已經在後面，她正往洛杉磯前進。

紅綠燈由黃轉紅。她心不甘、情不願的煞車。

一輛車從峽谷開出來的車子尾隨在後。散落在擋風玻璃上的陽光映射出司機的特徵。

那輛車轉向她的方向。

藍妮咬著雙唇。

那輛車駛近了。

藍妮：（對著紅綠燈說。）快點。（掃視鏡子一眼。）快點，快點。

那輛車更靠近了。穩定的接近中。

藍妮正想要踩油門、快速穿過紅綠燈加入轉彎的車流時，後面那台車行駛到一棵樹下。

樹影顯露出駕駛是個中年婦女，髮型有夠糟。

藍妮大笑。

藍妮：神經過敏了嗎？

傳來嗶嗶的喇叭聲。

慢慢的，她轉頭。

班尼特坐在一台日產Xterra運動休旅車的駕駛座上，對她揮手。

藍妮：不！

她猛踩油門。

她飛車經過十字路口時，喇叭聲四起。她在車陣間閃躲著。

藍妮冒險看了一眼後視鏡。她的突然加速讓班尼特無法提防，但是日產Xterra運動休旅車還是跟隨在後，慢慢拉近距離。

藍妮：該死。

她的手指在皮革方向盤上掐出手指印。

藍妮一手拿著皮包，開始在皮包內翻東西。

藍妮：快點、快點。

她找到了手機，又掃了一眼鏡子，看到班尼特的車子正跟在後面，讓她的臉都白了。班尼特用一根手指做出指責的手勢。

藍妮：你去死啦！

她快速打開手機，雙手在顫抖，試著要撥打電話。

藍妮掃視了一眼電話，看到她已經按了「八一一」，露出了痛苦的鬼臉，清除號碼，又再撥打了一次。

日產Xterra運動休旅車按了兩聲喇叭。

藍妮猛然抬頭。

一輛貨車在她的右邊。

藍妮：該死！

她丟掉電話，雙手抓緊方向盤，猛然轉向另外一側。

她的車子前頭差點要撞上貨車的保險桿。

但現在她行駛在錯誤的車道上，與前方來車正面相向。

她倒抽一口氣，轉回她的車道，但意識到會撞車，所以就加速，想讓福斯金龜車以緩慢的速度，和貨車面對面在各自的車道上擦身而過。

但她的前方，在錯誤的車道上，一輛老舊卡車快速的迎面駛來，按著喇叭。

藍妮：我看到了啦！

她持續往前開，用莽撞的速度和對方比試著膽量。

班尼特跟隨她開進錯誤的車道。現在藍妮被包抄，死亡從前後兩側靠近中。

老卡車非常接近了。

藍妮咬緊牙關，一眼掃到貨車就在她旁邊，幾乎是旁邊了。

老卡車用力煞車，後面的輪胎冒煙，轉到旁邊。

在最後一秒鐘，藍妮的方向盤往右轉，朝著貨車駛去。

老卡車失去控制時，輪胎發出又長又尖銳的摩擦聲，還伴隨著憤怒的喇叭聲，午後的空氣瀰漫著這兩個刺耳的聲響。老卡車的後輪隔了很久才停下來，忽然間卡車就這麼翻出路面。

看到藍妮轉向，貨車這才反應過來，猛然轉向一邊，試圖避免衝撞。太遲了！老卡車的側面已經碰上貨車，兩輛車都失去控制，在原地打轉。

但是藍妮衝過了兩輛車。

還有更好的事情！兩輛車漸漸停下來，她看到兩輛車塞住了太平洋海岸公路。

班尼特的運動休旅車被困在兩輛車中間。

藍妮喊叫、歡呼，拍打車頂。

但是，她是以時速一百英里的速度，行駛在全美國最危險的路段。即將遇到一個彎道，無情的轉彎處除了空氣、一段很長的懸崖，以及下面的大海外，別無他物。

她用力煞車。車子跳動起來，突然轉向。她只能與方向盤拔河，和甩尾打轉搏鬥。

她的車子往旁邊撞上了道路護欄。一連串金屬摩擦聲，金屬碎片飛向天際。

她失去控制，整個世界在旋轉。擋風玻璃外有天空、樹木、峽谷壁，還有天空。

藍妮努力往後拉，試圖停住打轉。但是金龜車衝往柵欄。

藍妮：不！

藍妮猛然撞上金屬護欄，她放聲尖叫。

她的身體被安全帶扯回來。安全氣囊爆炸了。

整個世界一片混亂，四處是破碎的玻璃、煙霧瀰漫。

然後，忽然間，一切都結束了。

藍妮呻吟著，她笨拙的舉起手，碰觸自己的臉。嘴唇裂開，安全氣囊上有一抹血跡。但她還活著。

破碎的擋風玻璃外，她只能看見天空與海水。福斯汽車的引擎發出噗噗聲，車體顫抖著。

藍妮：老天爺。

她將引擎拉到停車檔，和安全帶拔河，驚慌的要拉開安全帶，試到第三次才成功。

旁邊的乘客座位上，她的袋子震開了。化妝品、單肩皮包、太陽眼鏡、防身噴霧器散落在座位上。

五捆二十元鈔票也是灑得到處都是。

轉瞬間藍妮猶豫了一下，然後將錢全都塞進皮包裡，重新收好手機和錢包，然後跳出來。

她搖搖晃晃的站好，觀察四周。小金龜車已經撞毀柵欄，前面的車輪飛越懸崖，掉落在懸崖外一英尺遠處。

她還活著。

藍妮看著後面。從彎道處看不見卡車的車禍，而且那頭還短暫的封閉。有車子正從另外一頭開來，但是距離此地還很遠。不，沒有人可以幫她。

而班尼特很快就會到達此地。

她冒出一個想法，並且迅速行動。上半身爬進小金龜車裡，放下煞車，然後轉動引擎發動車子。她拉大油門，同時跳出車子，用醜陋的姿勢落地。

金龜車往前衝。動力將車子拖下懸崖。

車子撞在岩石上，像是啞鈴掉下樓梯一般，每一個撞擊力道都發出驚人的聲響，然後是噗通一聲，水花四濺，最後響起海浪聲。

她靠在懸崖邊往下看。她的小車子上下顛倒，漂浮在海浪裡，然後往下沉。一個輪胎慢慢的旋轉著。

後面傳來引擎呼嘯聲。

藍妮急忙穿過太平洋海岸公路，躲進另外一邊那堆低矮的樹叢中，平躺在一處壕溝中，在乾燥的樹叢底下蠕動著。

引擎聲靠近了。

日產Xterra運動休旅車煞車，來到嚴重損毀的道路護欄旁。門開了，班尼特單腳跳下車。

藍妮屏住呼吸。如果班尼特往這邊看，就會發現她。

班尼特急忙跑到懸崖邊。傾身往下看。

班尼特：喔！幹！

他用手摩擦著前額。

然後他轉身，急忙跑上卡車。Xterra快速駛離。

藍妮只等了幾秒鐘，然後爬出來，開始一拐一拐的往另外一個方向走，袋子掛在身後。

藍妮：老天爺啊！老天啊！（看起來一副被打垮的樣子。）你應該已經死了。

約一百碼遠處，有一條登山步道，蜿蜒通往懸崖的另外一邊，她的目標是那裡。

藍妮：你已經**死了**。藍妮・薩爾已經死了。你再也不是藍妮・薩爾了。

她開始爬向山坡時，遠方傳來警笛聲響。

□

「一開始……」藍妮說，「我只是想要擺脫班尼特。但之後我意識到，如果班尼特認為我死了，應該就會停止了。這招要能夠成功，當然要讓每個人都認為我死了，甚至你也是。」

「為什麼……」

「你知道班尼特有多聰明。他可能在監視房子，甚至監聽電話。他喜歡安排麥克風、隱藏式攝影機那些事情。如果他意識到我還活著，就會轉而追你。」

「所以你的計畫是什麼，永遠低調的過日子？這沒有意義。」

她聳聳肩。「你是作家，你計畫事情，我則是即興創作。」

「即興創作。」

「這就是女演員做的事情啊！親愛的。」

「所以你只是想要讓我認為……」

「只要等到我找到安全的聯絡方式，頂多一、兩天，我就會跟你聯絡了。我知道這對你來說太可怕了，我只是還沒有找到機會。但後來你就消失了。而我以為，嗯，如果班尼特認為我死了，或許這樣做就會有用，或許會給我一個機會接近他。所以我就打扮成一個清潔婦，變成一個叫做麗拉・巴尼斯特的女人。我回到家裡，拿出一把你的槍，然後開始找班尼特。也找你。」

丹尼爾瞪著天花板，心中放映著飛車追逐的連續鏡頭，以及藍妮一拐一拐行走的畫面。「我了解你是怎麼活下來的了。但是，首先，為什麼班尼特要追你呢？他是誰？你怎麼會認識他的？」

藍妮很沒有幽默感的哈哈大笑：「是喔，對啊！」

「我是認真的。」

「我不想要再重新來過一次，好嗎？我不想要吵架。那都是很久以前的事情了。」

丹尼爾變得僵硬，胃開始不舒服。很久以前是什麼事？每一次他得到一個答案，就有兩個新問題冒出來。

然後他意識到：他早就知道一切，一定早就知道，只是所知道的一切消失了，和其他的記憶一起消失了。

「而且，難道你就沒有過去？」藍妮繼續說，聲音拔高。「那個以前你老睡她的年輕醜女人叫什麼名字？那個懷孕了，告訴你和其他四個男人說你們都是父親，還跟你們要錢的女人。她叫什麼名字，哼？」

「我不知道。」丹尼爾說，一邊揉揉雙眼。

「對，我想也是。所以你不能……」

「藍妮。」

「我從沒想過班尼特會回到我們的人生，我想那都過去了……」

「我需要告訴你一些事情。」他抓住了藍妮的手。**你要怎麼解釋這一切？跟蘇菲說你不記得蘇菲是一回事，但是這是你的妻子。**「你知道你剛剛問的那個女人嗎？」

藍妮的肩膀變得僵硬。「這有什麼關係……」

「我不記得那個女人的名字，我真的完全不記得那個女人，事實上……」他試著大笑，但是聲音不對……「我不記得我大部分的人生。」

「什麼？你什麼？你怎麼又開始哲學起來了？現在可不是跟我說什麼沙特的好時機。」

「不，我不記得了，這完全是字面的意思，我得了某種失憶症。」

藍妮瞪著他，他迎向藍妮的目光。過了很久，藍妮說：「你在說什麼？」

「我自己也還在弄懂這一切。事情慢慢回來了，很多事情。但是大部分的過去，那些記憶……我不記得了。」吞吞吐吐間，他將過去一週的生活說給藍妮聽。驚慌、疼痛的步行，半死一般的在國家的另一端醒來。追逐、無止盡的開車、孤獨、夢境，慢慢搞懂關於他們兩個人的人生。喔，對了，還有他發現自己已婚時的複雜情緒與驚嚇，但這點他只是輕描淡寫的帶過，最後是藍妮的死亡，他的悲痛與憤怒、試圖報復。

藍妮聽著，臉上不帶任何色彩，似乎是有意識的壓抑，不作任何評斷，好似某人正在說一個可能會冒犯她的笑話，她正在等最經典的那一句話出現，正在等待那個時機可以插入。藍妮的克制使他越說越快，劈里啪啦一字接一字，希哩呼嚕端出他的言論，織出他所知的最佳故事，好對藍妮描繪他的人生狀態，他遊走在瘋狂邊緣，還有長期的不確定感。最後，藍妮打破沉默說：「你不記得任何事情。」

「就像是我說的，記憶慢慢回來，某些事情。而我希望，現在我們在一起了……」他停止，意識到這話聽起來多麼沒有說服力。

「你不是在開玩笑？」

「不是。」

「這不是什麼古怪的把戲。」

「不是。」

「去年聖誕節，我烤了雞，我們躺在後院看星星。這件事情你不記得了。」

「不記得。」

「我們的婚禮，在緬因州的沙灘上。」

慢慢的，他搖搖頭。

「我們相識的那天。」

「我……我很抱歉。會忘記什麼事不是我的選擇，相信我。」

她轉頭。「你完全不記得我。」

他深呼吸。過去一週以來，罪惡感與羞愧是最佳同伴，但是現在這兩種情緒以新的方法來綑綁他。「我知道我愛你。我有一些確定的事、印象、小小的……插曲，慢慢迎向我，我猜。我不能控制這些插曲，但是我可以告訴你，你對我來說有多麼珍貴。」

藍妮冒出一個聲音，那聲音聽來原本是要笑的。

「我意識到那有多……特別……我的意思是，你知道。」他用手比畫了一下扯成一團的被褥。

「剛才你在電梯裡面就是試著想跟我說這個。」

「藍妮，對不起。如果我能夠關掉這一切，擺脫這一切，我會做。打從我在那個沙灘上醒來，這一切就快把我撕裂，我不知道我怎麼到那裡的。」他伸手去碰藍妮，卻在手指碰到前停止。「我只知道這麼多。」他靜靜的說，「甚至當我什麼都不記得時，我知道你在某處。我知道我得回來。我跟著一個電視影集，一個印象，穿越整個國家。甚至在我知道你的名字以前，我就開始追著你。我試著回家，而你就是我的家。」

她玩著手指，繞來繞去，手心向上……*這是教堂，這是尖塔，打開，看看所有人*……然後跟他們說話。「你需要看醫生。這可能是腦部腫瘤，或是一種失憶症。」

「不！」他說。他告訴藍妮核磁共振診所的事情，以及那個放射科技術人員聳聳肩說：「老兄，你想要看醫生，隨便你，但這是你的腦子，裡面什麼問題都沒有。至少，生理上沒問題。」

「可能是別的原因。某種不會顯現在核磁共振上的東西。」

「我不這麼認為。」

「醫學的東西你知道多少？我的意思是，如果不是生理上的，那怎麼會發生這種事呢？」

「我只是猜測的。」

「好。」

「我想，我的腦子只是在自我保護。」

「保護什麼？」

「保護腦子……不會死亡。」

「死亡？你這話是什麼意思？」藍妮忽然轉身，眼裡燃燒著熊熊烈火。

他看向他處。

「丹尼爾？」

「我不確定。我想，或許我曾經……」他嘆了一口氣。「或許我曾經試圖殺死自己。」

「什麼？」

「我不知道……」

「**試圖殺死自己？**你在說什麼？」

「嗯，我的意思是……」他試著做出一個微笑，但是沒成功，反而看起來很悲慘，他只好將頭轉開。「關於這一切是怎麼開始的？以下這個說法已經是我所能想到最合理的假設。我猜造成失憶症的原因是，我認為你死了，所以我試圖殺死自己。」

「什麼？」

「我不知道，好嗎？我不記得了。我只知道我以為你死了，然後我能拼湊在一起的下一件事情，就是我在我們結婚的沙灘上醒來。所以我猜，我曾經……」他聳聳肩。「很迷惘，很悲慘。我逃離洛杉磯，一直逃，直到我抵達那個海灘。我帶著一把槍，而我猜，或許我打算將那把槍用在自己身上，不過最後我決定游向大海。這似乎比較符合常理，某種程度上來說，而且……」

「混蛋！」

丹尼爾眨眨眼：「什麼？」

「有必要弄得像羅蜜歐與茱麗葉那麼浪漫嗎？你有沒有停下來想過半秒鐘、想想你做的事會帶給我什麼影響？你有嗎？」

「嗯，我不記得了。但是看到你是怎麼死的那一刻，我猜我沒腦子想別的了。」

藍妮看起來想要繼續大叫，但是他的話打動了她，只能搖搖頭，空洞的說：「喔！」

「我一直有一種可怕的罪惡感，我的意思是，無法忍受的罪惡感。自從我醒過來以後，一直都有。還有這些夢，其中有一個夢一直持續出現，夢中我站在一個黑色隧道的前面，隧道裡面似乎有什麼可怕的東西，有什麼我不能帶回家的東西。如果我試圖殺死自己，這就有意義了，不是嗎？」

「一個隧道？」藍妮的臉上閃過一絲異狀。

「對。某個水泥砌成的地方，還有一個隧道。」

「所有的一切，你只記得這個？」

「夢境嗎？是的。」

藍妮緩慢的點點頭。「所以，班尼特的事情你一點都不記得？」

「不記得。」

「過去幾個星期的事情也都不記得？」

「不記得。」

「不記得任何事？一點都不記得？」

他歪著頭。「有什麼事情是……」

「沒有，我只是想要慢慢習慣這個狀況。」藍妮看起來像是要繼續說，但後來卻閉上嘴，給他一個「我了解」的表情：「那一定很可怕。」

他點點頭。他們坐了一會兒，丹尼爾說：「那麼，他是誰？」

「他是……一場惡夢。我的惡夢。」

「那個男人是做什麼的？」

藍妮再次瞪著自己的手，他得花很大的意志力才能克制自己不發問，安靜等待藍妮準備好。

「我十四歲開始從事模特兒工作，一開始都是一些小案子，當地的小案子，像是百貨公司童裝店廣告之類的東西。但就在十七歲時，我參加了亞伯克倫比[1]的試鏡，約有兩百個女孩參加，就在

1 Abercrombie，美國服裝品牌Abercrombie & Fitch（簡稱A&F）旗下的三個附屬品牌之一。

芝加哥。不知怎麼的，主辦單位選了我。這是全國性的比賽，獲獎作品會在各個商店展出。忽然之間，我變成了一個有名有姓的大牌模特兒，簽了經紀約，經紀人還接了很多電話。我爸爸不知道該怎麼處理這件事，但是我就要十八歲了，爸爸知道他也只能再管我幾個月，所以就放棄了。那一整年，我飛往各地，賺了很多錢。才十七歲而已，我一週賺的錢就比我爸爸在倉庫工作一年拿回家的還要多。那時我以為人生就是一場偉大的冒險，華服、名人、派對。就在其中一個派對上，我遇見這個傢伙。」

「班尼特。」

「他和其他人不一樣，這個世界對他而言是一場遊戲。他對每件事都有自己看待的角度。他知道每個人的事，不管是滑稽的事，還是難堪的事。」

「他是個騙子？」

藍妮的笑聲中少了幽默感。「米開朗基羅也畫過一些騙人的畫。但班尼特會摧毀人，他騙人、敲詐勒索、玩弄人、挖掘他人的祕密。他總是說：『每個人都有罪，我只是在那裡看著那些罪。』」

「你的罪是什麼？」

「愚笨。」一撮卷髮滑落下來，藍妮將頭髮往後梳：「我那時候十七歲，十七歲的少女都很笨，都迷騎摩托車的男孩。而班尼特很神祕、迷人、聰明。」

「那麼……」他吞下要說的話。他真的想要知道這個問題的答案嗎？「發生了什麼事情？」

「你要知道，我的人生到那時候為止，過得都非常超現實。其他女孩努力想得到一件衣服好去參加學校舞會，或者只想去看足球比賽的時候，我正在為《浮華人生》和《君子》這類雜誌擺姿勢、拍廣告。那時候我覺得『真是太棒了』，但是現在回頭一看，我會覺得『喔，你真是太笨了，笨女孩』。我的意思是，這些廣告都是臀部往後、頭部抬高、雙唇張開、舌頭伸到齒縫間……」藍妮裝出那個姿勢。「一切的重點都是性，那才是這個行業的重點。模特兒賣的不是衣服，模特兒賣的是性幻想。而我還是個處女的事實，似乎就顯的，我不知道，可能是不成熟？或者，根本是錯的！我認為童貞是我該擺脫的東西。我知道那不是愛情，但還是很誘人。大部分的女孩都是在車子後座失去童貞，我則是在四季飯店的閣樓套房。」

丹尼爾汗毛直豎。你這個邪惡、狗娘養的賤種，你竟然讓藍妮交出她無法要回來的東西，卻只是為了好玩。你對蘇菲所做的、對我們的人生所做的，就已經夠讓我想要你的命，現在再加上這一樁……

「第二天……」藍妮停頓了一下。「就在第二天，班尼特告訴我，那個傢伙正在競選國會議員。一個男人和家族財富，他說那個男人喜歡……」藍妮在空中比畫著引號。「喜歡『年輕的甬道』，而我要幫忙勒索那個人。」

丹尼爾的思緒滿是污水、惡臭、黑色。

「他在飯店藏了相機，拍下了我赤裸的相片、拍下了我們……辦事的相片。他說會把這些相片寄給我父親、我兄弟、貼在我就讀的高中。」藍妮搖搖頭。「現在我會想：誰在乎？我爸爸的確不會喜歡，但是很多青少年都發生過性行為，世界也仍舊在運轉。這種事情不會要了老爸的命，甚至也不會毀滅我的世界。但，那是現在才會這樣想。想像一下，你才十七歲，每個人都對你指指點點；想像一下你和家人去教堂，每個參加聚會的人一見到你就移開眼光，看向他處；每個人都有你赤裸的相片，而且不只是赤裸，還有……」藍妮停住。「愚蠢，虛榮。但這就是班尼特做事的方式。」

丹尼爾移動身體，在藍妮的身後用雙臂環抱住她。「所以你做了？」

「對，我……」她顫抖了一下。「我勒索了，感覺像是豁出去了，但我就是做了。班尼特得到他想要的，我得到自由。我離開芝加哥，來到洛杉磯，想要重新投資自己，這裡是全世界最好的地方。我來到這裡，我對自己說：『你再也不是伊蓮．塞德拉希克，不再是模特兒、不再是受害者，也不再是笨女孩。你是藍妮．薩爾，是個剛起步的女演員，你有邁向成功的條件，你會變成巨星，最後還會遇到一個真正的男人、墜入情海，所以再也不需要想起班尼特了。』」

他閉上雙眼，藍妮的背靠在他的胸膛上，背很熱，味道瀰漫在他的鼻間。「他什麼時候回來的？」

「兩週前，他竟然等了這麼久，真讓我驚訝。畢竟他早知道我的罪行，或許他把我看成是一項投資品，等著要拿更多的錢。不管怎麼樣，當他回來時，拿的就是我十七歲時和那個已婚國會議員的錄影帶。」

「他說要公開錄影帶。」

「或許我的事業會因此化為灰燼，或許會，也或許不會。對大眾原諒過的每一個『茱兒．芭莉摩』[2]來說，還有數百個沒人記得名字的女人。此外，他已經敲詐勒索過政客了，所以沒有方法能證明我就是錄影帶裡面那個人。但真的，我在乎的不是那些事情，我在乎的是你，我不想要你經歷那些事情、那些難堪，還有，別人看待你妻子的方式……」藍妮轉著手上的戒指。「而且，他想要的就只是錢。」

「所以你買了那個項鍊，想要花錢讓他離開。」一想到要用獎賞的方式讓這個狗娘養的賤種離開，他就怒火中燒。或許這樣處理事情最簡單，但是班尼特該得到的獎賞不是錢，應該是開一台車撞死他。

「他特別指明要那條項鍊，還有一萬美元的現金。」藍妮語音停頓，疑惑的看著他。「我不懂，為什麼他不想要全都拿現金。」

「拿那麼多現金會引人注意，大部分銀行都不會白白把五十萬美金放在後面的金庫裡。此外，帶那麼多錢，很容易就會拿到串連號碼的鈔票，而聯邦調查局就能追蹤了……幹嘛？」見到藍妮一臉怪異的神情。

「幾乎跟你之前說的話一模一樣。」

「之前？」他抓到重點。「你之前問過我？」藍妮點點頭，他說：「怎麼？這是測試嗎？」

「我只是正在慢慢習慣這個狀況。但很有趣啊！你不覺得嗎？你的回答幾乎完全是一模一樣。我記得是因為當你提到銀行金庫放了五十萬美金時，我閃過了一個影像，你知道，螢光燈、一個金屬大門、一疊疊現金在櫃子上。我感覺這些字句好像就在你腦子裡，等著你說出來。」

「對。我的腦袋是個奇妙的地方，」他說完，一陣沉默。通往陽台的玻璃門開著，陣陣微風吹拂，窗簾片片揚起。「我可以問你一些事情嗎？」

「問什麼都可以。」

「你跟我說過嗎？班尼特的事情？」

「當然！」她轉身面對他，眼神堅定、親密。「我幾年前就告訴你了，全部。」

「那我是怎麼……」他意識到自己很害怕這問題的答案，但無論如何他非得問這問題：「我是怎麼反應的？」

「你跟我求婚。」

「我跟你求婚？」

2Drew Barrymore（1975-），曾是好萊塢當紅童星，後來染上酗酒、吸毒惡習，在經過治療後，於九〇年出版自傳敘述戒毒經歷，而後成功轉型，演出不少叫好叫座的影片。

「那就是為什麼我們會在緬因州的海灘上結婚。那時候我們已經約會了差不多一年，但去緬因州卻是我們第一次真正一起旅行。你一直忙著寫《憂鬱兄弟》……」藍妮卡了一下，解釋道：「那是一部警匪片，很棒的影集，但被低估了，第一季播到一半就下檔了……我們在緬因州的海灘上躺著聊天，可以聽到海浪聲，我感覺很……安心，所以就告訴你了。我說完以後，你要我嫁給你，而我說好，你就說，你的意思是『現在』。」藍妮的雙眼幸福的望著遠方。「所以我們付了五百美金給一位牧師，隔天下午就在海灘上結婚。你給牧師相機，拍了幾張相片，然後你說：『謝謝，我們很感激你所做的一切，但現在，你這個該死的傢伙快滾吧！因為我要跟我老婆好好辦事了。』」

丹尼爾是個作家，但是現在卻找不到適當的字眼為流過身體的感覺命名。這感覺是溫暖、愛、信任，也有回到家、真正相愛的感覺，然後這些全部加起來，再和解脫感融在一起。過去一週，他感覺到的只有羞愧，還有懷疑自己真的做出什麼可怕的事，但是現在他知道自己曾經天真單純過，這種感覺倘若只能用一個字來形容。

那個字或許是「恩典」。

班尼特等了三分鐘，不是太長的時間，差不多是用微波爐加熱一碗湯的時間。不是太長的時間，但藍妮和丹尼爾都沒有來取車時，這一段時間就長到足以讓他知道藍妮和丹尼爾不會來了。

喔，嗯。

他爬出傑瑞的積架，穿越停車場。尖叫聲已經停止，奔跑的人潮也停止。但典型的群眾風潮中，立即的危險結束時，好奇心會取代恐懼。現在農夫市場的停車場裡面，外加附近這一帶，總共約有兩百人四處竄動。人的行為、思考模式真容易預測。閃著燈的警車進駐時，他靜靜的觀看四周。甚至有幾次警察還打開警笛，好清出一條路；兩個警察走下車，匆忙進入室內，每個人都盯著警察看，沒有人注意到他打開隨身攜帶的小刀，割破丹尼爾的ＢＭＷ與藍妮的破爛箱形車的輪胎。若沒有其他狀況發生，至少他可以短暫的限制這兩人的行動。

花了他半小時的車程才回到蘇菲・齊格勒的住家附近，班尼特搖下車窗，雙臂置於車窗上，風灌注到車內。帕利薩德斯這一區非常平靜、富足。稍稍露出了一點陽光，一個婦女在寬敞的車道上拉開她的車篷。他將積架停在蘇菲的房子前面，中指不停的敲著雙唇。

真是一團亂。

將近有二十年，他靠著小心謹慎擊垮了秩序與體系，靠著保持距離以確保沒有人知道太多他的事情。別人的錯誤他引以為戒，時間粹煉了他的技術。一次又一次，人們落入重複的情境，甚至連罪犯都會粗心犯錯。與人太過接近，就會牽扯太多個人情緒。

這件事情牽扯到個人情緒嗎？

他認真思考。如果是，他需要立刻離開。開始有了在乎的情緒，一切就會化成泡影。這個世界是場賭博，過於看重手中的籌碼，就贏不了。手上的籌碼只是讓你能夠走到最後的工具。

多年來他一直在觀察藍妮的事業發展。藍妮是他的技術股，他用便宜的價錢買進藍妮，藍妮的價值會不斷提升。再過兩年，藍妮可能會擔綱要角，賺進大把大把的鈔票，他可以從藍妮身上撈到一大筆錢。他現在正在處理的這場混亂，與拿到一大筆報酬相比，只不過是一個小插曲。他們在農夫市場裡面暗算他，勝過他這一次，當然也只是一個小插曲。

他在乎嗎？他的「在乎」跟其他人使用這個詞的意義不同。

所以這件事並沒有牽扯私人情感。按照現在的情況來看，風險依舊很大。此外，永遠都還有其他獲利的機會。

但他急於行動的主因是時間。國土安全局、聯邦調查局也是他決定加快行動的因素。經過了芝加哥那件爛到爆的事之後，所有聰明的男孩都帶著昂貴的玩具在找他。該是行動的時候。移轉到某一個比較溫暖的地方，到貪贓枉法的政府做得比較成功的國家。或許是，墨西哥。透過交換協議，帶一大筆錢進入墨西哥。對一個小心謹慎、手腳俐落的男子而言，用這種方式吸進一筆財富比較簡單。

不幸的是，你只是當下眾多事件中的一件。

班尼特戴上手套，開進蘇菲房子的私人車道。花了不到一分鐘的時間，就打開前門的鎖。屋內很涼，冷氣機穩定的運作。他漫步走廊，觀看相片。蘇菲在那些相框中，燦爛的銀色人生被框起來，像是板子上的蝴蝶一樣被釘起來。

蘇菲的床是訂做的，那種乾淨整齊的程度只有女人才辦得到；羽絨被鬆鬆軟軟的，枕頭垂落一旁。衣櫥門是開著的，小燈亮著。班尼特一個接著一個看，搖搖頭。該死！

他進入浴室確認。浴巾吊在欄杆上；還記得上次他拿下浴巾遞給蘇菲時，蘇菲臉上那種一副早知道他在做什麼的表情。跟其他同年的人相比，蘇菲有殺手級的苗條胴體，那時的蘇菲瞪大了眼、赤裸裸、滴著水，接下遞過去的浴巾。

班尼特打開藥櫃。乳液、藥劑、乳霜、爽身粉。四種不同的染髮劑，但身體芳香劑全是有機的。比基尼區除毛膏和剃毛刀，還有好幾罐處方藥：安眠藥（Lunesta）、普利樂胃酸抑制劑（Prilosec）、抗過敏性鼻炎用藥艾來錠劑（Allegra）、維他命補充品、昂貴的護手霜、鎮痛藥雅維（Advil）。

沒有牙刷，沒有牙膏。蘇菲跑了。

他離開浴室，走向廚房。咖啡杯在水槽裡，咖啡壺還開著。以後他會有多想念蘇菲呢？

牆上有一個電話，他拿起電話，按下＊69。無聲，然後出現一段電腦語音：「很抱歉，您要查詢的電話沒有登錄資訊。」應該是公用電話或是易付卡手機，那對幸福夫妻想過要先警告蘇菲。

蘇菲不只是跑了，還藏起來了。

蘇菲的辦公室在後面，一個小空間，灑滿陽光。有一張輕巧的、用淡黃色木頭製作的書桌，一個文件櫃，一書櫃的書。他注意到書櫃裡面全都不是法律書籍，而是真正的書，小說。他瀏覽了書目，蘇菲的品味全都是國家圖書獎的得主。

這個地方和房子裡其他地方一樣乾淨、整齊。一個寫著「信件」的資料夾裡放了一疊帳單和幾期《綜藝》雜誌（*Variety*）。一盞紙檯燈、一罐筆、一個釘書機、一台多功能事務機，不過沒有電腦，蘇菲應該是帶走了。他打開文件櫃，看過一張張整齊的標籤，直到找到蘇菲的銀行存款證明。

哇，真應該當一個娛樂業的律師。

班尼特將最近幾張銀行存款證明放在多功能事務機上，按了複印鍵，還加入三張他發現的信用卡帳戶資料、蘇菲的汽車保險資料，以及手機帳單、去年的退稅資料。等他把資料都蒐集齊全時，事務機上的資料已經有四分之一英寸厚。看來得要花幾分鐘的時間才能複印完畢。

他走回廚房，打開冰箱。六瓶裝的紅鉤啤酒放在最上層的架子上，他拿出一罐，在水槽旁的抽屜裡找到開瓶器，打開啤酒，灌了好大一口冰啤酒。

如果他們跑去找警察呢？

他第一次接近藍妮時，小心翼翼的裝扮，讓藍妮以為自己看到的是一個拿著雞尾酒的癟三。羞辱！是的，但同時也損及藍妮的事業、她向上的動力、她如何在法律之前為自己辯駁，以及她將如何面對她的丈夫。選對時間當然是要素。再相見時，他漫步走進SPA，一想到藍妮看見他露出的表情，令他不禁露出微笑。那個美到難以置信的藍妮．薩爾，正大大張開她那雙美麗的腿，讓另外一個女人在她的陰部貼上熱蠟。那個叫什麼去了？好像叫做陰部造型設計師吧？總之，那個女人正準備放聲大叫時，他對她發出噓聲，說：「我們是老朋友了。」

那時候藍妮臉上的表情真是無價，但還是夠了解狀況，藍妮安撫了那女人，請她離開，讓他們獨處片刻。熱蠟在赤裸的陰毛上變涼前，藍妮依舊試圖保持尊嚴。

之後就是一些小事。想要攻破某個人的心防，是需要搭配一些看起來是解決之道的方法。藍妮有能力付錢，但承擔不起找警察的風險。

農夫市場的那一幕改變了一切嗎？他不這麼認為。只是丹尼爾和藍妮的行動與心思變得更加無法預測、更飄忽，超過他能欣賞的程度。或許該對他們釐清情況了。

事務機發出嗶嗶聲，他進辦公室，輕拍這一疊紙，將紙張弄平整，然後影印本取代了原始的資料放回文件櫃中。他走出走廊，走出大門，一手拿著紙張，另外一手拿著瓶子。氣溫開始上升，冰啤酒的味道嚐起來真是太美妙了。

回到他的車子裡，他拿出手機，開始打電話。

□

熱水燙了藍妮的皮膚和大腿一下，她縮了縮腹部和胸部。但浸入浴盆，水蓋過肩膀時，熱度已經進入體內，全身肌肉都放鬆了，往後靠，享受唉呀呀的愉悅時刻。她將客房贈送的沐浴鹽倒在水龍頭下方，熱水有了柑橘與鼠尾草的芳香。大理石吸收了熱水的熱度，又反射熱度，很快的，她就難以察覺她的肌膚和浴缸之間的溫差。

她閉上雙眼，頭往後靠。你再也不是蓓琳妲．尼可斯，你是藍妮．薩爾。哇，回家的感覺真好。

她知道事情沒那麼簡單，不管怎麼樣，感覺還是很棒。自從班尼特重新回到她的人生，生命是一個又一個悲慘事件堆疊起來的日子。恐懼、羞愧、奮鬥、丹尼爾可怕的反應、夜晚的恐慌，她的假死、假想人生，獵殺班尼特的不成熟計畫。一個比一個還糟糕，現在全都可以叫暫停了，真好。

重做藍妮．薩爾真好。假扮成別人既舒服又緊張。每次她假扮蓓琳妲．尼可斯、芭柏．席洛爾德、妮姬．波溫時，就是她覺得不需要面對人生損失的時候，不需要擔心她丈夫的時候。但是假扮他人也是是一種沉重的耗損，感覺每一個角色都進入她體內，製造了她人格中的黑暗面。

現在一切都結束了，她和丹尼爾又重新在一起了，一部分的苦難已經結束。現在他們只要解決班尼特，還有解決丹尼爾的失憶問題。

她想像丹尼爾在沙灘上，失去一切，多麼可怕、孤寂的經驗。想要記起每一件能讓你活下去的事情，但生命中什麼都沒有出現。在疼痛、恐懼中醒來，像一隻受傷的野獸。

但是，從奇怪的角度分析，那又會是怎樣一種自由的感覺呢！丹尼爾可以選擇做任何一個他想要做的人。原本的真實人生、骯髒真相、糟糕的錯誤等，都不再束縛他。雖然最終這一切都還是會回到他身上，但或許也不會回來了。或許他只會想起願意記起的事情。挖掘記憶就像是挖掘恐龍骨頭，得十分輕柔的從地底下將物品挖掘出來，然後清洗、擦拭，直到骨頭發亮為止。骯髒的部分最好忘記，最好能夠永遠埋藏。她可以幫助、引導丹尼爾，只接觸某些記憶，遠離某些記憶。

這應該是一種福氣。

藍妮撕下一塊滋潤皂外包裝上的紙標籤。整整一週睡在箱形車上，在加油站的洗手間裡面清洗，她身上有了可怕的味道，性愛更增添了汗液、唾液、精液等體味。她全身痠痛，美妙的痠痛，甜蜜的痛，走路時候會感受到的痠痛，疼痛提醒她在床上發生過的一切。兩人談完話後，又再次做愛，這一次更緩慢、更溫和，整個過程中，她忘記了兩人所有的問題，忘記了追著兩人的所有事情，在幸福裡迷失的那一瞬間，是性愛最棒的部分。真的，高潮不是最棒的，忘記一切的那一刻才是最棒的。

水涼了，她流掉幾英寸的水，打開熱水，重新添加熱水。她伸展一隻腿，緩慢、仔細的洗刷，真希望自己能有一塊絲瓜或是某些去角質的東西，然後她不禁自嘲：只能過最低標準的生活了。別要求太多了。

她最好的朋友在她的皮包裡說話。

藍妮瞪著聲音來源，她的動作好似海嘯推動浴缸的水。她能看到那微弱的綠燈在皮包裡閃爍，然後再次聽到羅伯特的聲音，隱隱約約卻很清晰的說「鈴鈴，甜心」。一年前，他們在等燈光架設的時候，羅伯特玩起她的手機。他非常得意搞懂了怎麼樣錄製來電鈴響，從那個時候開始，每次有人打電話來，羅伯特的聲音就會在她的皮包或是口袋裡響起，說著「鈴鈴，甜心」。

手機用羅伯特的聲音沒什麼，除了她喜歡保有隱私，極度保護隱私，除了丹尼爾，只有少數幾個人有她的手機號碼，她的經紀人、導演、爸爸、兄弟，還有一堆值得信任的朋友，例如羅伯特。

但是，大家都以為他死了。那麼，是誰打電話……

來電顯示上面是另外一個名字。

藍妮的身體滑入大理石浴缸裡，她趕緊抓住浴缸邊緣，慢慢拉起自己。水潑灑到浴簾，浸濕了厚厚的白色浴室踏墊，她很快將手弄乾。「鈴鈴，甜心」一直在響。她在皮包裡一陣亂摸，將手槍放到一旁，還摸到箱形車的鑰匙、一疊現鈔。她回頭一瞥，確定門是關上的，然後她按下通話鍵。

「你猜我是誰？」

不！不不不不不……

「真好笑耶，如果我知道你還活著，早就打電話了，這樣就能節省一些時間。」

「你想要……」她降低了音量，看著浴室的門，降低音量到只比耳語大聲一點。「你想要幹什麼？」

「這真是有趣吔！要是你不想被找到，就該把手機電池拔起來，至少關上手機也好，這是最基本的。你現在這樣子，就像是帶著一個追蹤器，只要有人比對訊號，要找到你只是小事一樁。」

她的胸部緊縮壓迫到了喉嚨，切斷了空氣。槍。她打開皮包，手滑進去，驚慌的感受打敗了不喜歡武器的感覺。如果班尼特可以藉由比對訊號找到他，他肯定能的，那麼他現在人在哪裡？在大廳嗎？他能精準到跟昨天在走廊上一樣……

電話那頭，班尼特大笑：「哈哈哈，我只是嚇你的，我可是不懂哪種玩意兒。」

藍妮沒有放下槍。「你想要什麼？」

「我知道我這裡應該要接一些名言，像是『世界和平』，或是『一杯熱肥油，外加阿弗雷德・賈西亞的頭[1]』等等的，但何不就用經典對白『這是你欠我的』呢？」

---

1 這裡是借用一九七四年的電影《驚天動地搶人頭》（*Bring Me the Head of Alfredo Garcia*）的英文片名。

藍妮正要回嘴時，卻聽到有腳步聲靠近浴室的門，讓她不免心跳如擊鼓，立刻快速的將手機丟在洗臉台上，猛然抓起手槍，門滑開時，她的雙手顫抖，門似乎等了一輩子才打開……

「啊，哇！」丹尼爾吃驚的往後退，雙手舉起。

她意識到自己剛剛一直在屏息，便急忙吸了一口氣。「老天爺啊！」她很快放下槍。

「這是搞什麼鬼？」

「寶貝，對不起，我……唔……」她的眼神掃向他處，落在手機上。匆忙中，手機並未掛斷。可惡！現在沒辦法在不注意的狀況下拿起手機。她看向他處，將手槍放在洗臉台上。暗暗祈禱班尼特不會說話、丹尼爾不會注意到手機。「我只是隨便比畫一下。」

丹尼爾發出他的招牌笑聲，用指尖輕觸太陽穴。「嗯，這下子倒叫我清醒了。」

「對不起。」

「沒關係。只是，你記得，不要對我開槍。」

她努力運動臉部肌肉，擠出一個微笑。鏡子反射出她的笑容，看起來夠自然了：「我可不保證喔！」

丹尼爾大笑：「我要叫客房服務。你想要吃點什麼嗎？」

「沙拉？看起來好吃的都行。」

「沒問題。」他開始關上門。「小心點，好嗎，女牛仔？」

「我會的。」門一關上的瞬間，她往前一步，解除按鍵鎖，然後拿起手機。

「你知道，」班尼特說，「祕密是導致信任瓦解的開始。」

「你又懂什麼是信任了？」

「伊蓮，這可是我徹底了解的主題。信任、還有愛。說到愛與信任時，詩人的東西對我全都沒有用，對一個專門處理離婚案件的律師也無用。沒有了愛與信任，我就沒有了工作。所以，告訴我，為什麼你不希望你深愛、信任的丈夫知道你在跟我通電話呢？」

她想不出答案，就閉上了嘴。

「那我們換個方式吧。丹尼爾怎麼了？在市場的時候，他似乎有點不在狀況內。當然啦！在那之前，他不知道我實際的長相，對吧？」

她起了雞皮疙瘩，雖然空氣中充滿了熱氣。

「還有……」班尼特繼續說：「好笑的是他竟然還提到警察。」

「我們會去找警察。」

「你們當然不會去找警察。」班尼特說，「你們會清償欠我的債務，然後繼續你們的人生。」

「我手上沒有項鍊。」

「你可別告訴我，項鍊跟著你可愛的小車子一起跌入懸崖了，我知道的比你想像得更多。」

「不是。」她承認。

「那項鍊在哪裡，我的小甜心？」

「聽著！」她說，「我知道你聽到這會有什麼感覺，但我接下來要說的都是事實。丹尼爾……」她吸了一口氣。「丹尼爾的記憶出現問題。」

「什麼?!他得了失憶症？」

「對。」

電話那頭語音停頓。「你在唬我。」

「我沒有。」

「失憶症。」

「是的，或是類似的問題，某種暫時性失憶。他的記憶慢慢在恢復，可是還……他不知道項鍊在哪裡。」

「哦。」班尼特的聲音帶著一種怪異的體諒口氣。她原以為會聽到嘲弄、懷疑，甚至是威脅。班尼特這麼快就聽進去了？甚至可能還相信了？她可不敢奢望這一點。

「所以，重點是，我們無法付錢給你。我會給你錢，我真的會。我只希望一切快點結束。但是我們兩個人大部分的現金都被我花光，買了那條項鍊。我們不能賣房子或是其他東西，不能現在賣，不能在我還是……」

「死亡狀態的時候。當然囉！我了解。」

「你……你真的了解？」

「你知道還有什麼嗎？我甚至相信你。」

可能嗎？「我說的是實話。」

「我一點都不在乎。」

脆弱的希望垮了。「可是……」

「你還是得償還我應得的錢，我手上仍然持有你的巨星演出，我還是會很高興讓那個演出片段流傳出去。或許我應該架設一個網站，就叫做：『看看藍妮．薩爾的雞叫聲.COM』，你覺得如何？」

「我……」

「小妞，你知道嗎？那捲錄影帶並不是你願意付出代價的真正原因。你願意付錢不是為了你的事業，也不是為了避免刑事追訴，更不是為了不讓你的先生蒙羞。你現在願意付出代價，是因為你不希望丹尼爾再一次發現真相。」

她的胃扭動起來。「你這個邪惡的……」

「對，對，我造的惡業都臭了、爛了，我知道。但是丹尼爾第一次沒有處理好，不是嗎？我打賭他應該抱著馬桶，把膽都吐出來了。」

她用盡全身的力氣，但還是沒辦法開口。「我告訴過你，我不知道項鍊在哪裡。」

「找到項鍊。快！」

然後班尼特掛上電話，她全身赤裸的站在那裡，顫抖著，耳邊持著通話中斷的手機。

□

丹尼爾只穿內褲，傾身靠在陽台的欄杆上，下面的比佛利山丘在一場閃耀、富足的夢中展開，洛杉磯人在人行道上上移動，手上拿著購物袋，一息輕柔的微風扯動樹梢，某處汽車警報器聲音大作。

他露出微笑，伸展身軀，陽光和性愛使身體溫暖。兩人再一次做愛，這一次更緩慢、更甜蜜、眼睛鎖在對方身上，這整個經驗充滿熱情的索求。現在他發現自己已然找到回到人生的路，再也不會迷失了，他的記憶會即時回來。美麗的妻子會站在身旁，幫助他走過一切，他再也不會孤獨。

丹尼爾慢慢踱回到房間，讓落地窗開著，風就能夠拉動窗簾。浴室的門後傳來吹風機的聲音。這間房間真是華麗，具有品味的現代風格，每個細節都非常奢華。徹底擊敗那間爛斃了的「大使館」。

門上傳來柔和的敲門聲，聲響使他跳起來：「誰？」

「客房服務。」

他從衣櫥裡扯出一件浴袍，一邊綁著帶子，一邊走向門。透過門上的眼洞看出去，看到一個侍者，肩膀高度處托著一個沉重的拖盤。丹尼爾打開門，侍者走進來。「午安，先生。」

「午安。放在那裡就好了。」

侍者點點頭，將托盤拿到床旁邊。丹尼爾抽出現金，侍者搖搖頭。「先生，我們經理里爾先生已經處理好了。」

侍者離開後，丹尼爾輕敲浴室的門，告訴藍妮食物已經送來。他舉起沉重的銀色蓋子，裡面有藍妮的沙拉和他的餐點，是牛排三明治佐藍起司與金黃微焦的洋蔥。他用開瓶器打開了一瓶內華達山脈啤酒，痛快的、長長的灌了一口。

藍妮在一陣煙霧環繞下走出浴室，浴袍敞開，皮膚是明亮的粉紅色。藍妮捕捉到了他的表情，露出微笑，走向托盤。「哇，那個三明治看起來真讚！為什麼幫我點的是沙拉？」

「我會分你。」

「我愛死我老公了。」藍妮坐在床上，一隻腿捲曲擺放在床上，然後舉起一半的三明治，傾身就著托盤咬了一口。

丹尼爾坐在床上，靠著床頭板。牛排很軟、帶血、多汁，甚至還滴著湯汁。

「那個，我接到一通電話。」藍妮說：「洗澡的時候。」

「你還留著手機？」

「我甚至還買了一個汽車充電器，以防你打電話給我。」

他搖搖頭。「一直開著。」

「是啊！不管怎樣，是好消息。」藍妮咬了一口，嚼了一下子，才又繼續說，「是一個和我有點交情的女孩，回去芝加哥了。一整個星期我都試圖聯絡她，她也知道班尼特。」

「真的嗎？」

藍妮點點頭。「幾年前我曾經在比佛利山的某個派對上見到她，那時候我們誰都不想跟過去扯上一點關係，所以當時並沒有交談。但現在我想，或許她知道點什麼，可以幫助我們。」

「例如？」

「我不知道，或許她有相片，或許班尼特也逼迫她做過什麼，所以我們可以利用這一點。」

「和她談話安全嗎？你不是說，班尼特會監視每個人。」

「我不認為班尼特知道她在這裡。」

「我們為什麼不直接去找警察呢？」

「不。」他說。

「為什麼不？」

「警察會逮捕你的。」

「為了什麼理由逮捕我？你還活著。」

「可是你拒捕逃亡過。」

「那算什麼大事。我真的不在乎這一點。」

「好，可是，如果警察真的逮捕你呢？班尼特還在外面某處，而我又會變成孤單一人。」

這念頭使他開始發冷。

「聽著！」藍妮說，「我並不是說我們不要去找警察。我是說我們暫時還不要去找警察。這樣才能讓我們持續保有開放性的選擇。」

「好吧！」他說：「挺公平的。我會請樓下櫃檯幫我們叫一輛計程車。」

「不！」她說，「我必須自己去。」

「門都沒有。」

「丹尼爾！」藍妮開始使性子。「她會幫忙的唯一情況，就是如果只有我在。」

「所以我不會跟你進去。」

「對啊，在她的私人車道盡頭停著一輛計程車，而裡面又坐著一個陌生男人，這一切看來都很令人安心。」

「藍妮……」

「我得要單獨行動。」

他敲著手指，他才剛找回藍妮，連一分鐘都不想要跟她分開。但是，從另一方面來看，藍妮並不是什麼恐怖電影裡的柔弱女子，上個星期她都一個人單獨行動了。還有，別忘了，腦子出問題的可不是藍妮。「你們見面會花多久時間？」

「一小時，或許兩小時。」

「你會非常、非常小心？」

「當然。」

「如果任何事讓你起疑……如果有人跟蹤你，或是那個女孩似乎在隱瞞什麼……。」

「相信我，我不會冒險。」

丹尼爾放下他的三明治，抓起了他的啤酒，走到窗戶邊，瞪著下面的城市。

「我認為這是正確的事情，應該做。」藍妮在他身後說，「但是，如果你真的不想要我去，我就不會去。」

這是個大城市，班尼特不可能監視所有的一切，而且藍妮是對的，如果你被警察逮了，藍妮就真只能靠她自己。那就不會是一、兩個小時單獨行動而已，而是好幾天，甚至是好幾週。

況且，不論是哪種情況，都令他害怕。他舉起啤酒，靠近嘴邊的時候才發現瓶子空了。

「帶著槍。」他說。

□

離開前，藍妮打了一通電話給卡麥龍，她花了兩分鐘的時間使卡麥龍相信真的是她，又花了五分鐘的時間讓卡麥龍平靜下來。終於，她找到機會切入。「羅伯特，我保證，我會告訴你每一件事情，但是之後再跟你說，好嗎？現在，我需要你的幫忙。」

「當然，對不起，我只是……太高興了，我甚至不知道該用什麼話形容。我能幫什麼？」

「借我你的車？」她和丹尼爾都不知道警察會在農夫市場待多久，實在不值得冒險。而且她相信卡麥龍會保守祕密。

「甜心，你可以擁有我的車。」

藍妮露出微笑。「你可以幫個忙，把車子送來給我嗎？」

「你在哪裡？」

「比佛利威爾榭飯店。」

「真是個『要死了』的好地方，我正有個拍攝空檔，我可以現在送去。」

「不，不需要，工作完了再送來。」她把房號給了卡麥龍。「把鑰匙留給侍者？」

「等等，什麼啊！我想要見你。」

「我知道，我也想見你，可是我不能冒險。」

「為什麼不能？」

「我們必須遠離眾人的視線。」

「我們？」

「丹尼爾和我。」

「丹尼爾。」卡麥龍可能說了「垃圾」之類的話。

「對。我先生。」她知道卡麥龍和丹尼爾有些摩擦。跟男人的權力爭奪有關，加上三人又一起工作，增加了摩擦的機會。「聽著，現在不是談論這些事情的好時機，我是需要你的幫忙，你會幫我嗎？」

「當然囉！但為什麼要搞得這麼神祕？你至少可以讓我知道這點吧！」

「對不起，我不能，現在不能。」

電話那頭有很長的靜默。「藍妮，你還好嗎？」

「不好。」她說：「但是我們兩個人正在努力中。」

在浴室柔和的燈光下，她的手穩定的在偽裝出來的臉龐上塗著，重新將紫紅色的胎記放回臉上。之後，他讓丹尼爾檢查了她的手機狀態，電源滿格，彈匣裝滿子彈的西格紹爾。她踮起腳尖親吻她的丈夫，然後走出套房，穿過走廊，搭上通往大廳的電梯，步入陽光燦爛的世界，另一個完美的洛杉磯午後。

一切完美，她的臉上絲毫沒有露出一點點的破綻。

你再也不是藍妮．薩爾，你現在是伊蓮．海斯，你沿用了母親的名、丈夫的姓。你現在處於一個公眾人物的私人時間，這個公眾人物私底下比較喜歡將週末夜花在喝紅酒、玩拼字遊戲上，而非扮演巨星、趾高氣昂的走紅毯。你抬頭挺胸，直視他人的眼睛，但是不要擺姿勢，也不要精心打扮，你只要用尺寸正常的太陽眼鏡就好。

走在比佛利山的大街上，她一直重複對自己訴說上面的資料。她不是往前走向計程車，也不是走向一個穿著西好萊塢風的夢幻少女，而是走向一個無聊的機構，機構的大廳裝飾著假植物、螢光燈、無趣的地毯。為什麼銀行會讓每個人都安靜呢？在其他地方排隊時，人們會交談、開玩笑、接手機。但是一牽扯到錢，每個人都變得安靜，唯一的聲音是翻閱紙張的聲音。偶爾有一、兩聲咳嗽，或是某人看手表時摩擦衣袖發出的聲響。

這裡有錄影機、保全人員，你又是個名人。如果某人認出你……

「很高興為您服務。」銀行行員看起來是個新人，西裝還不錯，但沒有型，臉頰紅潤。

「是這樣的。」她說，「我在這裡有個保險箱，」句末讓語音高一點，可以強調她存放在此的不是假護照、不是未登記的武器，而是一般人都會存放在此的證件，這類文件並非人們會時常來查看的物品。或者，存放的是一個非常小的新穎物品，但並非是不值錢的東西。

「是的，女士，」銀行行員說：「請隨我來，大名是……」

「海斯。」

「海斯女士。」銀行行員帶著她來到一張空桌子——為什麼銀行裡面隨處都有可滑動的空桌子呢？——並站在桌子後方。「請出示駕照。」

她點點頭，從皮包裡面掏出錢包，再倒出身分證明。上面的相片是幾年前的舊相片，大概是《蜜糖女孩》剛剛播出時拍的，相片上的她是原來的頭髮，深棕色，齊肩長，有層次，頭髮環繞著臉。和一百張廣告看板、雜誌廣告相比，這張相片真是死氣沉沉的，而且臉頰上沒有酒紅色的胎記。駕照在她手中拿了有一分鐘，就是不想要遞過去。如果這傢伙認出呢？身分證明上的是她的真實姓名，伊蓮・海斯，不是藍妮・薩爾，但兩者之間的差距還是太小了。

找到項鍊。快！班尼特的聲音在耳邊響起。

伊蓮・海斯將駕照送到桌子另一側，並露出微笑。

那個接待人員敲了幾個鍵，眼睛專注在電腦螢幕上。他掃了駕照一眼，又敲了幾個鍵。最後他說：「有了。第一五二一號保險箱嗎？」

「是的。」

「好。」接待人員又打了更多字。「你有聽到新聞嗎？」

「什麼新聞？」

「在農夫市場發生槍擊事件。」

「真的嗎？」

「今天早上的新聞。」他從桌子那頭看了她一眼。「你能相信嗎？」

「哇，難以置信，我丈夫和我老是去那裡耶。」

「很嚇人，對吧？以為自己很安全的時候，那種事情就會在附近發生，但是……」他搖搖頭。「就是這裡了，海斯女士。」

她跟隨接待人員，保持頭往下。她感覺攝影機正對著她，像是一雙雙逼視的眼睛。接待人員帶著他走向旁邊的門，在號碼盤上按了一個快速碼。一盞LED燈從紅色變成綠色，然後接待人員打開門，比畫著請她進入。

房間跟她記憶中的一樣。一面牆壁上滿是標示了號碼、有金屬門的箱子，地上舖著灰色地毯，有一種乾淨、但附著灰塵的味道。角落有一台閉路攝影機。

「我們到了。」他說，「您可以使用這張桌子，以保護隱私。」他對著一張桌子四周環繞的簾子比手畫腳。「使用完畢，您只要將盒子放回去。您離開後，門會自動鎖上。」

「謝謝。」她說，並等著接待人員離開。然後她拿出鑰匙圈，用最小的那隻開鎖，拉出盒子，帶到桌子上，拉上四周的簾子。

她對宇宙做了一次小小的祈禱：拜託，請讓項鍊在這裡、請讓項鍊在這裡，然後我們就能夠安靜的結束一切，丹尼爾永遠都不會知道。

伊蓮輕輕打開盒子的蓋子。裡面是一些紙張，夾在一些硬紙文件夾裡，是合約、稅務證明；兩本護照，她的和丹尼爾的；一個信封，裡面有一打相片。她都忘記這些相片了，是她讓丹尼爾幫她拍的相片，丹尼爾稱這些相片是「性愛照」，而她稱這些相片是「情色照」，當初擺這些姿勢的時候很好玩，她一想起就臉紅，但同時她也知道五十年後他們手中還會握有這些相片，照片中的兩人會永遠年輕、健壯、赤裸。後來，因為影集大紅了，兩人就將相片移到此處，以免某個野心勃勃的假朋友，仔細搜查他們的抽屜，將相片賣給狗仔隊。還有一個女用胸針，是母親的，看到胸針她腦中閃過一抹記憶，金黃色的陽光，蜂蜜香味的頭髮，母親傾身靠向她時晃動的頸子。

沒有在盒子裡面的，顯然沒有的東西，就是那個價值五十萬美金的鑽石項鍊。

她想要將盒子整個翻過來，用力搖晃。她想要猛敲桌子、大聲喊叫。

鎮定！如果你想要守住祕密，你必須鎮定。

伊蓮關上盒子，將盒子放回框內。走出門，經過時，同一位銀行行員跟她道午安，但她只是頭低垂，一路步行走回威爾榭大道。

事情似乎變得更糟，而非更好。藍妮舉起一手，放在前額，用手指壓了壓太陽穴。她認為這裡是最後的希望了。丹尼爾還能把項鍊放到哪裡去呢？這裡是最安全的地方。雖然現在回想起來，她無法想像丹尼爾會從馬利布市開車來此寄存項鍊，然後離開，展開跨國自殺之旅。這就是即興創作的困難，你只能期待自己走在正確的方向。如果能夠付錢、如果項鍊在此，她就可以打電話給班尼特……

「喲，這不是藍妮・薩爾嗎？」

她轉身。

班尼特對他微笑，他和從前一樣穿著無趣衣服，同樣溫和的表情，但是一隻手拿著甜筒冰淇淋，一球粉紅色冰淇淋在一球白色冰淇淋上面。

「你怎麼……你在做……」

「上一次我溜進你們家的時候，已經看過你們所有的銀行紀錄。我這個習慣真糟糕！我看到你們有個保險櫃，心想你們可能會把我的項鍊放在這裡。」他咬了一大口冰淇淋。

「沒有。」儘管陽光炙熱，她的皮膚還是很冷，槍枝撞擊著她的肚皮。「我以為丹尼爾會放在這裡，但是不在這裡。」

「想要舔一口嗎？」班尼特拿著甜筒對著她。她只是瞪著班尼特時，班尼特聳聳肩，嘴唇舔過冰淇淋，繞著剛剛咬過的那個地方舔著。

「我需要更多時間。」她說。

「小妞，我們都需要更多時間。」

「我已經在試了，可是我不知道項鍊在哪裡。」

「丹尼爾知道。」

「聽著，他的記憶，我告訴過你了……」

「而我也告訴過你，」班尼特擦去滴在下巴上的粉紅色冰淇淋。「我不在乎。丹尼爾知道。回去在我們的小男孩身上下工夫。」他咬了一口冰淇淋，然後將甜筒隨意丟在路邊。冰淇淋在街道上留下一長條污漬。他擦擦手。「或者，我會來下工夫。」

班尼特轉身走開。她瞪著班尼特，班尼特的背正對著她。這很簡單，抽出手槍，小心對準，跟她練習過的一樣，扣一下扳機……

是啦，光天化日下在威爾榭大道上的銀行前面開槍射殺他?!這計畫還真是夠完美了。

她咬緊牙根，直到下顎都疼了。

然後她繼續往前走。

「洛杉磯警署。」

「喂，喂，喂，老兄，想我嗎？」

「可惡！」接待處後面傳來窸窸窣窣的聲音，然後聲音降下去。「我告訴過你，不要再打電話給我了。」

「你的確說過，沒錯。」

「那麼你幹嘛……」

「我還需要你再幫我一個忙。」

「不幫！再也不幫了。」

五、四、三、二……

「要做什麼？」

「我需要一個地址。」

「誰的地址？」

「我不知道。我只有電話號碼，需要你幫我反向搜尋。」

「你以為我是誰啊？你的電腦技術人員嗎？不會用那該死的網路嗎？」

「這個地址沒有列出。」

「那就打電話找你自己的關係啊！」

「這不就是我現在正在做的。」語音停頓，然後音調往下沉。「老兄，你不必喜歡我，我也能忍受拒絕。但只因為你避免在你們的警察軟體上按幾個鍵，我就要分享我所知道的事情，你不會是真的想看到這種結果吧？」

「我再也不要幫你這種忙。小心點，你可不要逼得太緊，天天都有人消失不見。」

「哇！聽起來真可怕。說真的，我都感到一陣寒風經過。」

「聽著，你這隻蟑螂……」

「不！你才給我聽著，要是我消失了，一大堆的祕密就會浮現，包括你的祕密。你真的希望那樣子嗎？」語音停頓。「你早該從我這種工作上，學到債務的真正重量，你也知道這一次我還有一些本錢可用。所以就別再浪費時間，快點做反向搜尋。」

一聲嘆息。「電話號碼幾號？」

丹尼爾在一個水泥峽谷裡。

再一次回到了水泥峽谷中。

淌著細細的水流，血紅的太陽將每件東西都染成火紅。往前，有一個隧道，又高又寬。隧道口有個黑得徹底的陰影，他知道黑暗中有東西在等著他。等著他、窺視著他。

某一件可怕的東西。

這一次夢境很清楚，峽谷後方是一棟又一棟建築物，地平線上有一棟黑色骨架的高樓，和紅色的天空相對，窗戶閃爍宛如一雙雙眼睛。白日的光線即將褪盡之際，建築物模糊不清，看來就像是戴著兜帽的法官似的。

他的手很沉重。

隧道的幽暗處響起一個令人昏眩的刺耳聲音。是移動的聲響，但太微弱模糊了，是蛇群蠕動，相互爬過同類身上，是某個巨獸緩緩吸入獵物。孩提時的恐懼全然攫住他，他想要逃走。

那裡有什麼？

為什麼我在這裡？

他往前跨了一步，擔憂貫穿了他的背脊。他有一種模糊、飄忽的感覺，幾近要醒來了。他無法控制自己的行動，但是可以輕推，可以提議。他也知道這是個夢。這一切感覺很熟悉，而且熟悉感不只是來自以前做過類似的夢。難道，這不是一個夢，而是一段糊成一團的記憶、想像、恐懼？

隧道口有個黑得徹底的陰影，不自然的黑色，光線在穿過邊界時消失。

黑暗中，有東西正在等著他、窺視著他、瞪著他。

評判他。

跟恐懼一樣多的是罪惡感，罪惡感遠遠壓倒了恐怖、羞愧的感覺。

夾帶大量灰塵的微風拉扯他的衣物。

他的手非常沉重。

他往前踏了一步，又踏了一步，幾乎要抵達隧道了……

「丹尼爾？」

眼睛猛然睜開，頭猛然往後，撞到木頭床板。他發出一聲咕噥，眨眨眼。隧道不見了，取而代之的是飯店的房間。他怎麼會睡著了？藍妮離開後，他站在陽台上，看著街道，走來走去，把地毯都走出痕跡了。最後他決定用新聞分散自己的注意力。進入廣告時間，行銷人員的驢叫聲很吵，他關掉聲音，往後靠，閉上燒痛的雙眼，只是閉了一秒鐘就……

藍妮說：「你沒事吧？」

「沒事。」他扮了個鬼臉，往後抓了抓背後的頸骨，然後將雙腿立在床上，傾身靠在膝蓋上。他從來都不是個愛睡午覺的人。雖然睡午覺聽起來是個還不錯的習慣，但是每次午覺醒來他都呆呆的、迷迷糊糊的，感覺比躺下去午睡前還要糟。「對不起，我猜，我只是慢慢的就睡著了。」過去這週幾乎沒有好好睡過覺，從在沙灘醒來後就沒有真正睡過。他眨眨眼，抬頭往上看著藍妮。「你呢？你沒事吧？」

藍妮點點頭，從桌子邊拉來一張椅子，碰一聲坐下。

「你的事情進行得怎麼樣？」他的思緒慢慢回來了。「跟你見面的那個女人。」

「什麼？喔。」藍妮搖搖頭。「不怎麼樣，只是浪費時間。」

「她不願意幫助我們？」

「她什麼都不知道。」藍妮的手耙梳過頭髮，往後紮成一束，然後又讓頭髮落下。「如果，我們付錢給他了事呢？」

「嗄？」

「那是我們正準備做的，之前啦！就是在他忽然出現在太平洋海岸公路上嚇我一跳，而我逃跑之前，之後每件事情都變得複雜了。但為什麼不付他錢呢？」

他搖搖頭。「在他對你做了這些事情之後？」

「那只是錢，不是我的人生。」藍妮用指甲將牙齒敲得滴答響。「項鍊在哪裡？」

「再說一次？」

「那條項鍊。」

「我以為……項鍊在你那裡？」

「沒有。」

丹尼爾大笑。「嗯，這樣子就太糟了。」

「你不知道在哪裡？」

「或許我知道，我不記得了。見鬼了，我甚至不記得我們是哪一天結婚的。」一種真正的悲傷、失望流過藍妮的臉上。**我真是混蛋！**他趕緊說：「對不起，我不是故意表現得輕鬆自在。我只是……嘲笑這件事情是我避免自己四分五裂的唯一方式。」

藍妮將自己的一段頭髮纏繞在指間。

「但是，我有個方法。」丹尼爾站起來，伸展身體。「你離開後我左思右想，你去見那個女人……那女人叫什麼名字？」

「嗄？喔，麗莎。」

「麗莎，你去見麗莎，希望麗莎能有些什麼可以幫助我們的東西，對吧？即便是一張相片？你離開以後我想，一張相片能做什麼？但你是對的，這的確是聰明的想法。」

藍妮揚起一邊的眉毛。

「聽著，事情是這樣的，如果我們現在去見警察……」

「丹尼爾，不……」

「聽我說完。如果我們現在去見警察，能做的就只有陳述，對吧？蘇菲也可以來，她會為我們的故事背書，而且你還活著，事情就只會這樣結束。但我們手上的確沒有東西可以掐住班尼特，沒有警察可以抓班尼特的有力證據，也沒有方法可以確保他不會來找你，尤其是萬一我被關了的話。」

「對。」藍妮說，他記得這種說話的語調。每次他談論糾結在藍妮身上的情節時，藍妮都是用這種語調回答。他的腦子裡面快閃過一個畫面，充滿陽光的所在，可能是他在家裡的辦公室，而藍妮會將身體往後靠，帶著點微笑說：「對。」，好似他剛剛為藍妮說了一段高潮迭起的故事。這是很棒的回憶，感覺很棒，他跟著感覺走，帶著感情將想法寫成一個劇本。

「所以，如果我們真的從班尼特身上拿點什麼東西呢？」他停頓了一會兒。「如果，我們拿班尼特不想要洩漏出去的東西來交換呢？」

□

接近入夜時分，西木村的街道開始變得擁擠，加州大學洛杉磯分校的學生往北前往山谷區，往南前往馬維斯答。班尼特轉入布羅克斯頓，經過了一間三明治店、一間電影院、一間推理書店。他忽然被一個事實驚醒：這裡自稱為「村」，還果真像是某個有簡陋小屋和善良農夫的地方。

「K-Earth 101，給您地球上最熱門的音樂！」台呼剛剛說完，黛安娜・蘿絲的聲音就出現，唱著不能急著求愛，不，只能等待。班尼特開大音量，跟著吹口哨，黛安娜在她那個時代就是個棒透了的女人。

他的手機響了，來電音樂是一個緩慢的乒乓聲，像是聲納一樣。班尼特改用左手操縱方向盤，右手持手機，他瞄了一眼來電顯示。「嗨，藍妮。」往西轉。「可真快啊！」

「如果給你項鍊，你就不會再打擾我們了嗎？」

「我掛保證。」他說。

話筒中很久都沒有聲音，而後藍妮說：「要在我們覺得安全的地方交貨。」

「哪裡呢？」

「聖塔摩尼卡碼頭。」

「真是太沒有創意了，你不覺得嗎？」他轉入一個安靜的街區，在校區的西邊。「我的意思是，為什麼不在好萊塢那塊指示牌的下面，幹嘛要跑那麼遠？」

「你來不來？」

「何時？」

「日落的時候。」

「好浪漫喔！」

「我們會付清一切，之後我們就再也不想見到你了。」藍妮掛上電話。

他將手機隨手丟在旁邊的座位上，瞥了天空一眼。他還有一小時的時間，也許更多。

房子很大，維持得很好，前面有花、有草坪。之後步行一小段就能夠到校區，這一帶住的是一批教授和學生。他拿到手的地址竟是一間一層樓的房子，外型深受西班牙風格影響，樹木灑落的陰影覆蓋住了角落停車處，兩個樹幹間懸著一張吊床。班尼特開過去，將車子停在街道對面街區的盡頭。

一件事情帶出另一件事情，他觀看通話記錄，標示出五個最常顯示的電話，然後選擇了在週末、深夜撥的號碼，就得到了這組號碼。然後，他的警察朋友又調出地址和姓名。

當然啦，是經過小小的說服之後，才得到的資訊。

班尼特有能力影響這個披著警察外衣的男人，已經有十年之久了。不過說實話，這份影響力越來越薄弱了。當然啦，這個男人沒有意識到給了地址以後，他就要永遠與班尼特這種人為伍了。

一件事情帶出另一件事情，和十七歲的藍妮調情，帶出他對藍妮的興趣，也讓藍妮變成一個最棒的誘餌，釣到一個前景看好的國會議員，讓他得到一筆很棒的收入。然後，槓桿的平衡又再次回到藍妮身上，這就是事情運作的方式。

這間房子的所有人有一個不像名字的名字：查爾斯．查里曼先生。稍微調查了一下，這位查爾斯是個律師，之前當過教授，現在還是一間很小、但獲利很好的公司有名無實的合夥人，也因此他才有了這間寓所。

大律師！真了不起啊！

班尼特爬下車，走過街區，用口哨吹著黛安娜．蘿絲的歌。他不想走前門，因此繞遠路爬上了隔壁的私人車道，然後穿過一旁的圍欄，進入後院，查里曼在後院開闢了一個蔬菜園，一個很舒適的小露台，還有製作精美的烤肉架。法式風格的門看起來像是通往廚房。

他套上一雙手套，將袖子拉到拳頭上方，拳頭一揮，啪的一聲打在一扇窗的玻璃上。玻璃破碎聲結束前，他已經把手伸到房內，打開了門。

有兩聲嗶嗶聲，是警報器。

班尼特奮力跑向大廳，他可以聽到驚慌的聲音，有其他人在屋內。人在這種狀況下的第一個反應就是跑向前門，他完全能夠預測，所以趕緊衝到前門。轉過角落時，門栓正好打開。他發出的聲響，有個女人聽到了，只好轉身，雙手往上舉，眼睛睜大面對他。

「嗨。」班尼特微笑。「我們先從解除警報器開始吧！」

□

丹尼爾漫步在聖塔摩尼卡碼頭時，太陽已經沉到地平線以下，天色很快暗了，輝煌的紅色與冷酷的黃色慢慢變成一片紫色，他檢查了手機上的時間。

海浪緩緩拍打著沙灘，浪花消失在沙灘上，陣陣泡沫般的浪花像蕾絲或是白鑞的顏色。衝浪者蓄著短髮，在水面上浮著，呼喊著彼此的名字，時不時雙手划水追逐漲潮時的浪頭，在波浪下墜前半路趁勢爬起。一大堆攝影師帶著相機、三腳架，架在三腳架上的長鏡頭捕捉到外海的景致，希望能夠拍到完美的圖庫相片，把夏日午後美夢一般的景色一路賣到美國內陸正中央堪薩斯州的威奇塔。

藍妮打電話給班尼特之後，他們就離開了飯店。卡麥龍的為人和信用一樣好，他真的將他那一輛銀色的克萊斯勒PT Cruiser留給了飯店侍者，同時還附帶了一張紙條：

藍：

我希望你知道自己在做什麼，請你一定要小心，我愛你。

羅

「由你開車。」藍妮說，「我要把我的手機架好。」

他點點頭，坐上了駕駛座。車子很舒服，但他還是想念他的ＢＭＷ，那輛車已經成為他的家、他的基地。

「好了。」藍妮說，「試試看。」

他打開他的易付卡電話，撥號。卡麥龍的來電聲音出現：「鈴鈴，甜心。」

「那是你的來電音樂！」

「只是測試，好嗎？」

丹尼爾將手機塞進襯衫口袋，思緒卻還停留在這件事情上，最後他說：「小姐，你老公有『同性戀恐懼症』。」

藍妮掛上電話，按了一個鍵，手機喇叭傳出一個小小、微弱、隱約的聲音，但還是能夠清楚辨識那是他的聲音，說：小姐，你老公有同性戀恐懼症。

「我不知道耶。」藍妮說，皺著眉頭。

「什麼意思？一切進行得很好。」

「是，可是過於平靜了。」

「這個計畫能奏效的。」

「我寧願付他錢。」

「用什麼付？」丹尼爾聳聳肩。「我的計畫會成功的，到時候我們會有他的相片，還會有他威脅我的錄音，這些應該就夠我們用了。」

「我不喜歡你單獨一個人在那裡。」

「我們只有這個方法了，如果你也在那裡，班尼特就沒有理由不抓我們，但只抓我沒有什麼好處。」他往後靠，碰觸到藍妮的頭髮。「你說班尼特很小心，能存活靠的就是沒有人知道他的任何事，所以他不會希望我們帶著這些東西去找警察。」

藍妮沒有回答，落日讓空氣變得金光閃閃的。

丹尼爾動了動手指，在方向盤上敲了幾個節奏。在旅館只睡了幾分鐘提醒他，他有多麼疲倦。「想來好笑，用一段錄音對抗班尼特。」

「很諷刺。」

「是啊！最近很多事情都很諷刺。你知道，如果這件事情不是這麼可怕，這個經驗還滿有趣的。」

「有趣？」藍妮的一邊眉毛斜歪上揚。「你在跟我開玩笑吧？」

「這件事情改變了我思考事情的方式，我如何看待『真實』。你以為你知道自己是誰、人生有什麼意義、你記得發生過的事情。但是，說真的，那些都不怎麼真實，不是嗎？記憶只是一連串的故事，我們告訴自己這些故事，用這些故事解釋我們是怎麼走到現在身處的地方。但記憶並非絕對，記憶全是主觀的。」

「我的記憶才不主觀。」

「你的記憶當然主觀！你只是安於記憶給的秩序，但你會選擇保留某些記憶，丟掉某些記憶。或許不是有意識的選擇，但依舊會篩選記憶。」

「我們沒有選擇性記憶的。」

「你知道我們會，跟你選擇扮演另外一個人的方式相同。當你扮演其他那些女人的時候，你也會給那些角色記憶，然後你使用那些記憶讓那些角色變得真實。」

「那是不一樣的！」

「怎麼不一樣？」

「因為……」藍妮發出惱怒的聲音。「就是不一樣，當我變成其他人的時候，我不是真的變成那些角色，我還是知道我自己是誰。」

「但是，你看，我不知道我是誰。這讓我意識到，記憶是自己抓取的。」他轉動了座椅，面對藍妮。「就像是錄影帶，班尼特偷錄你的錄影帶。」

藍妮掃了他一眼，眼睛瞇了一下。「那個錄影帶怎麼了？」

「裡面是你，對吧？做著你不開心的事情，你希望時光能夠重來一次，希望和你發生關係的男人是……」他切斷自己的話。「問題是，還有另外一段錄影，是你在廚房，唱著《查理布朗聖誕歌》，還一邊跳舞。」

藍妮露出微笑。「我記得這件事情。」

「兩段錄影都存在。難道會有哪一段比另一段更真實嗎？難道我們要把兩段錄影拿來秤一秤，看看是否一樣重？錄影的內容全都過去了，凍結的瞬間不會再回來。自從這兩段錄影發生後，你也改變了。」外面的世界慢慢往後移動，溫和的慢慢遠離，不論是車子、大型看板還是其他人。「過去一週以來，如果說我學到什麼，那就是：你就是那個你選擇成為的人。每一個時刻都是。過去已經遠離，記憶不會比夢境更真實。唯一真實的事，就是現在。就是這樣。」

「所以，我們做過的事情都沒有價值？」

「那些事情當然有價值，但是我們能夠決定那些事情的價值，而且我們能夠決定我們希望現在是什麼樣子，我們能夠決定要用什麼方法活下。我們擁有每一分鐘，做我們想要做的人。」

藍妮沉默了很長的一段時間，最後她說：「我想，有些事情會改變我們是誰，有些事情是我們無法忘記的。或者，是我們無法克服和難以忘懷的。」藍妮對著擋風玻璃說了這一段話，語調平穩且慎重。

溫和點。你正在戳一個傷口。「聽著，我不在乎你十年前做過什麼，那不是我的重點，我只想要跟你在一起。我想要記住的，是你唱歌、跳舞的那段影像。」

藍妮沒有回應，他讓話題在此落下句點。車流緩慢，天色逐漸變暗，他發現自己想起了那個有黝黑陰影的水泥峽谷與隧道，建築物朦朧宛如法官。「我又做了那個夢。」

「哪個夢？」

「從我醒來以後，就經常做的那個夢。我在夢中覺得非常有罪惡感，像是我做了什麼可怕的事情。在我發現你之前……」

「是我發現你的。」

「……我發現你之前……」他繼續保持微笑。「我開始暗自揣測，那個夢是否代表我的潛意識，是否我在告訴自己，是我殺了你。」

「你的潛意識裡面有好多東西喔！」

「我知道。」他大笑。「不過，儘管如此，我仍暗自猜想，這個夢是什麼意思。既然你還活著，這個夢不是應該離開了嗎？還有什麼事情會讓我感覺有罪惡感呢？」

藍妮聳聳肩。「或許是男性意識作祟。」

「這話是什麼意思？」

「嗯，你認為我已經死了，男人不是都希望解決問題嗎？獵殺長毛象，保護他的女人。但是你做不到，因為我死了。」

「哈。」或許。

十分鐘以後，他看到高速公路上標示通往聖塔摩尼卡的出口，下了高速公路，迴轉，轉進碼頭旁一個很寬闊的停車場。這是週六的午後，停車場應該很擁擠，但現在卻只有四分之一滿。碼頭上的雲霄飛車翻滾了一圈，發出的轟隆聲響隨著寒冷的海風飄散。他減慢速度停下來。兩人一起瞪著窗外瞪了一會兒。

「到了獵殺長毛象的時間了。」

藍妮仔細檢查了一下，因緊張而繃緊了臉部線條。「丹尼爾……」

他等著藍妮往下說，但是藍妮沒再說話。「一切都會沒事的。」

「我愛你。」

「我也愛你。」他伸手握住門把。

「嗨。」藍妮說：「你忘了某件事情。」

他轉身，看著藍妮的微笑，意識到他忘記了什麼。他花了點時間整理好裝備。

丹尼爾走到碼頭盡頭時，發現半打以上的攝影師都將頭貼著三腳架，長鏡頭對著大海，對著衝浪者猛拍相片，褪去的夕陽和碼頭的白光在即將來臨的黑暗前不停閃爍著。他選擇了一個遠離其他人的攝影師……

一開始攝影師不了解丹尼爾想要什麼。「這，這是，要拍電影嗎？」

「類似那樣。聽著，拍越多相片越好，盡可能拍下走向我的男人。他的臉部要用特寫，拍我們兩個人在一起的時候，拍下任何你能夠拍到的細節。」

「五百美金？」

「五百美金。」

「老大，我是你的人啦！」

這就是丹尼爾現在身處的地方，站在碼頭上，在褪去光線的天空下，天色是血污般的紅色與冷酷無情的黃色，遠方有金屬色的海浪與不斷跳躍的衝浪者。一堆攝影師試圖拍到完美的相片；是否有攝影師的鏡頭對著他，從這個距離來看，無法判斷。

理論上，這個構想很單純。他只要保持冷靜，冷靜得久到足夠讓班尼特自曝其短時，他就可以將一切攤開來，告訴這傢伙他做了什麼，並且提供這傢伙一個簡單的解決方法：只要班尼特走開，他們就不會將錄音或相片交給警察。他可以繼續保持低調，他們也可以保全他們的生活。

希望這個理論能夠成立。

海風非常冷，丹尼爾努力與顫抖搏鬥。一個來度假的家庭在一旁的欄杆上拍照，另外一邊的欄杆上，一對情侶緊握雙手坐在那。

丹尼爾檢查了他的手機。時間到了，卻還沒有任何徵兆。他繼續漫步，從這一頭的防風板移動到另外一頭，試著不踏到生鏽的金屬螺栓。當成是玩遊戲吧。他盡量讓自己想想別的，別去在意自己是如此暴露在大庭廣眾之中。

如果班尼特決定直接幹掉你，然後再對付藍妮呢？

如果班尼特把槍直接對著你的背後，逼你打電話給藍妮呢？

如果班尼特不在乎錢了，只是想要抓著你們不放……

「你是海斯嗎？」

詢問的女人非常瘦小，加上身上的外套頂多一百磅重。女人的臉非常漂亮，但是太尖，看起來像是手一碰到臉就會被割傷，金色短髮則凸顯了靈動的雙眼。

「我……」你的相片已經出現在新聞中，某人認出你只是時間早晚的問題。現在這個女人只需要大叫，就會引得全世界都跑來圍堵你，而你乾淨俐落的計畫遇到這件事情就會……「嗯。」

這女人很快的掃了四周一眼，然後從口袋裡拿出一包菸，用不太靈敏的手指輕拍出一支菸。

「我要跟你拿包裹。」

「什麼？」

「他說來跟你拿包裹。」女人點了一根火柴，然後又點了一次，用手環住火柴。「希望你不會介意我抽菸。我太緊張了。」

這是什麼意思？什麼包裹……

喔，可惡！

丹尼爾的嘴巴張大。他太過注意自身的安全，選了一個班尼特不能攻擊他的地點。結果，這男人派人包抄他們。

丹尼爾踮起腳尖，環顧整個沙灘，沒有班尼特的蹤跡。他花錢收買的攝影師正忙著拍照，但那些相片完全無用。

女子點著了香菸，大大的吸了一口，他可以看出煙霧吸進肺部時，女子徹底放鬆下來的模樣。

「所以，你有包裹嗎？」

「他在哪裡？」

「他說別閒聊，只要拿了……」

他往前跨了一步，抓住女子的手腕：「他在哪！」

女子試圖掙脫，但是他抓得更緊。「噢！讓我走！」

度假家庭的父親聽到了女子的聲音，看向丹尼爾的方向。他咬緊牙根，鬆開手，女子猛將手臂收回，用另外一隻手按摩被抓住的手臂。「混蛋！」

「聽著！」他說，想要抓住女子纖細的身體，將女子綁在欄杆上搖晃，搖到她願意說出他想要知道的事情。「我不知道班尼特跟你說了什麼，但是他在追我的家人、我的妻子，他試圖殺死我們兩人。」

女子猛然望向他。「我什麼都不知道。他只是……我欠班尼特的，他叫我來拿這個包裹。班尼特說你們打算要他，而且，在跟你說話的這段時間，他得解決其他事情。」

這是什麼意思？「我為我剛剛的行為道歉。但是，拜託，我求你告訴我，他在哪裡？」跟我說話的這段時間，他得解決其他事情。

「聽著，我告訴過你，他正在……」

……當她跟我說話的時候……

喔，可惡！

丹尼爾膝蓋一扭，跳下了碼頭，留下那女子在她後面大叫。他的慢跑鞋持續敲打在乾燥的木頭上，這是童年時期熟悉的聲音。他往前拚命的跑，雙臂揮舞，呼吸越來越急促。恐怖的幻像從背部、上升到視網膜。恐怖的幻影中，他們借來的車子空了。更糟！是藍妮躺在車中。這一次是真的死了，雙眼空洞，瞪了雙眼。

「走開！」丹尼爾推撞開一群咯咯笑的高中女生，將一個冰淇淋甜筒撞飛了。他身後冒出了兩種不同語言的咒罵，他閃過一輛腳踏車，然後跑過碼頭邊，抓住了欄杆，彎腰穿過欄杆，跳落十英尺，落到沙灘上，落地時感受到身體下方的腳踝和腿筋傳來一陣陣的疼痛，但他還是彎身奔跑，跑向停車場，跑向他和藍妮約定要見面的地方。停車場是藍妮一個人單獨留守的地方，也是班尼特可能會從各種方向出現攻擊藍妮的地方。老天爺啊！他怎麼會這麼笨！他怎麼會沒想到這一點，怎麼可能會沒計畫到班尼特還有這一招，然後他的雙足踏到水泥地，跑向更遠的盡頭，他看到了卡麥龍的銀色克萊斯勒PT Cruiser停在那裡，陽光消失，擋風玻璃隱藏住車內的一切……

駕駛座旁的門開了，藍妮踏出車外，朝著太陽方向瞇著眼睛看，舉起一隻手遮住雙眼。

丹尼爾跑了幾秒鐘，就到了她面前，他伸出雙臂擁住藍妮，幾乎要將她揉碎在胸膛裡。他感覺到太陽溫暖了藍妮的身體，秀髮在他的鼻息之間，他可以摸到她肋骨的線條。

「你沒事吧？」藍妮問，聲音傳入他的胸膛。

「來的是別人，壞蛋派了別人來。」

「我知道，我聽到了，然後一切靜止了。之後我就看到你在奔跑……」

丹尼爾嘲笑了自己一、兩聲。「手機，我竟然完全沒有想到，我太害怕了，只想要跑來你這裡。」他從口袋裡拿出手機，關上電話。「寶貝，我搞砸了。」

「這不是你的錯，班尼特太擅長這個了。」

藍妮的語調使他苦惱。「他有粉絲俱樂部嗎？」

「別傻了。」

丹尼爾還沒來得及回答，手機就響了。他看了一眼來電顯示，接了電話。「蘇菲，現在不是一個……」

「你知道為什麼電視的劇情這麼容易預測嗎？」

不是蘇菲的聲音。世界垮了，天空在旋轉，棕櫚樹斜向一邊，他的膝蓋變得虛弱無力。

「電視的劇情之所以容易預測，是因為電視劇本是由你這種人寫的。」

「我對天發誓……」丹尼爾衝口而出。「如果你敢……」

「……『傷害她，我會殺了你！』了解我的意思了吧？我甚至不需要你來說完這句對白。我可以自己跟自己說。事實上，我想我可以這麼做。『老天，自己。你真的認為到處蠻幹是個好主意嗎？』『自己，你知道嗎？我不認為那個主意有那麼聰明。我想我應該直接把錢給那個男人就好了。不然，誰知道那個男人會**做出**什麼？』」

「班尼特……」

「似乎你還沒有抓到重點。那麼，讓我強調一下。丹斯洛與雷維林。」

「什麼？我不……」

「……跟你說過了。」

「不，等等，班尼特，拜託，我很抱歉，我們會……」

電話掛斷了。丹尼爾站在停車場，站在漆黑的天空下，嘴巴開開，耳朵邊的電話了無聲息，同時卻聽得到碼頭那邊傳來歡笑聲，空氣聞起來像是炸熱狗和車子排的廢氣混在一起的味道。

「親愛的？」藍妮隔著車子看著他，眼睛張大，前後搖晃，像是一個不倒翁。「發生什麼事情了？」

丹尼爾放下電話，吞了一口口水，他覺得自己像是吞了一團沙紙一樣。不知從何處飄來一段音樂。「蘇菲。」他說，「班尼特找到蘇菲了。」

「怎麼會？」

「我不知道。」

「什麼……你跟蘇菲說過話了嗎？她是不是……」藍妮結結巴巴的說不完整句話。

他搖搖頭。各種念頭紛至沓來，在他心中相互對抗角力。他得幫助蘇菲，得打電話給警察；這是個陷阱；沒有用，她死了；她可能需要幫助。「丹斯洛與雷維林。班尼特說丹斯洛與雷維林。我不知道那是什麼，你知道嗎？」

藍妮的臉色變得蒼白。「在加州大學洛杉磯分校旁邊，查爾斯住在那裡。」

「誰？」

「查爾斯。蘇菲正在交往的人，查爾斯是個法學教授，我們一個月前去過他家吃晚餐。」

當然，很合理。蘇菲突然接到通知，她會去哪裡？當然是去她覺得很安全的地方。不是蘇菲的辦公室，也不是旅館，而是她男朋友的家。

然後，班尼特不知怎麼的找到了蘇菲男朋友住的地方。「我們必須去那裡。」

「等等，如果班尼特是……」

「我管不了那麼多了。」他繞過車子，強硬的伸出手，「我來開車。」

「這可能是個陷阱。」

「你認為我會不知道嗎？」他的臉僵硬有如橡膠，雙手笨拙好似木頭。「我們不能把蘇菲留在那裡。」

一瞬間他以為藍妮要跟他辯論，但藍妮將鑰匙丟到他的手中。「我們走吧！」

□

兩英里的路程像是花了一輩子的時間，他避開高速公路，行駛在偏僻的街道上，不確定時藍妮會指示方向。尖峰時間，這些道路都是洛杉磯最著名的堵塞地區，每一個方向都是一片煞車燈形成的燈海，開車變成了走走停停的惡夢。他穿過停車場，高速穿過車陣，闖過黃燈和剛變換成紅燈的路口，全然不在意尖銳的喇叭聲和閃爍的燈光。

都是你的錯。

他低估了班尼特。甚至在藍妮告知一切以後，還是忽略了班尼特躲在暗處，而且他喜歡阻擋勝過攔截；他也忽略了班尼特從不走進別人控制的情境中，他會更改方向，重新拿回控制權。

你的雙手沾染上鮮血，丹尼爾，你的靈魂沾染上鮮血。

他們抵達時已是黃昏，表面上鄰近地區有如田園一般：美麗的房屋、美麗的樹、美麗的人遛著美麗的狗。他們先抵達了列維林，繞了一圈又一圈才繞到十字路口。

「那一棟。」藍妮指著一棟西班牙風格的房子，座落在街角，藍妮環視過四周。「看起來不像是發生了什麼事情。」

「或許他只是虛張聲勢。」

藍妮咬著嘴唇，沒有回應。

「我知道你在想些什麼。」他說，「我也正在想一樣的事情，但如果蘇菲就在那裡面，她會需要幫助……」

「你想要怎麼做？」

他仔細檢查了一下。「你的槍。」

「是你的槍。」藍妮拉出槍。「這裡。」

距離他在前座置物櫃發現格洛克手槍，他已經跑了三千英里，那好像已經是上輩子的事了。但是手中握著這把西格紹爾手槍，感覺很好、很對。他從彈匣中退出子彈，拍了拍彈盒，重新塞入子彈，將彈盒塞回手槍，關上彈匣保險卡榫。

看看你自己。你可能為了寫作而學會怎麼開槍，而且可能已經發射過一百發子彈……在紙標靶上。

「好了。在這裡等。」

「什麼？」

「如果有任何麻煩，打電話給警察。」

藍妮搖搖頭。「絕不！這可不是什麼長毛象的情況。」

「藍妮……」

藍妮推開了駕駛座旁的門，走上人行道，扮了一個鬼臉，他只能跟上。塞車的聲響從州際四〇五號公路傳到西邊。某處，某個人開始吹葉子，傳來音樂。每走一步，他的心臟就跳兩下。

藍妮走向前面的通道，他想要爭辯，可是看不出更好的方法。如果班尼特在那裡，就沒有什麼安全或祕密的路可言，而且，沒有時間可以浪費了。

丹尼爾抵達前門，轉動門把。沒有上鎖，握好手槍，放低、槍頭往外，他推開門。

走廊很黑。他沒有等到雙眼適應，只想在藍妮能夠看清楚前搶先走進屋內。他把手中的槍舉在胸前。他努力想起在一部警匪片中看過的所有策略。**保持冷靜，千萬不要因為只是某個東西移動就開槍。**

他的呼吸聽起來很大聲，藍妮跟在他的身後踏入屋裡，關上門。門鎖的聲音使他嚇了一跳，他踏出一步，又踏出另外一步。這個地方似乎很熟悉，雖然他不記得室內布置是如何。

大廳內發出哐噹聲。

丹尼爾的行動比意識快，不加思索就立刻往該處跑，衝過樓梯間，穿過客廳，舉著槍，飛奔過去。這一帶視線很模糊，光線穿過一處拱門，拱門後面有一扇門。他看到後院曬了一排內褲。又有另外一個聲響，他無法確認聲響發出的地點，轉過轉角，身體放低，向不知名的力量祈求蘇菲沒事，祈求班尼特會出現在他的視線之內，祈求……

他看到的第一件東西是一隻貓，粗粗短短、混雜著橘色斑點的貓，坐在角落。一個裝著烹飪工具的容器被踢倒在旁，貓咪正在拍打小鏟子。

他看的第二件東西是蘇菲，背部朝下躺在廚房的桌子上，雙臂都被吊起，空洞的雙眼張著。

「不！」他開始搖頭。安靜、機械式的搖動過後，他看到蘇菲的前額有一個圓形小洞，流出的血塊凝結在桌子上。「不！」

藍妮在他的後面進來，喘著氣，雙手飛快的矇住臉。

一個男人坐在桌子的主位上。灰色的頭髮、飽經風霜的臉，大捲膠帶將男人綁在椅子上，手臂上有一條條深深的切痕，裂開的皮膚有著一條條紅色的血跡。肌肉與脂肪突起，像是一個過度填充的靠墊。

藍妮啜泣著。「我的天。」

丹尼爾目瞪口呆。體內的作家思維使他組合出眼前這一幕是如何演出的：班尼特強迫蘇菲觀看他如何折磨蘇菲的愛人。一邊問問題一邊告訴蘇菲，如果他想要知道的事情，蘇菲都能告知答案，酷刑就會結束。尤其是，如果蘇菲告訴他，那條價值五十萬美金的項鍊藏在哪裡。

他問了一些蘇菲不知該如何回答的問題。

藍妮來到他的身後，將臉藏在他的背後。他可以感覺到藍妮身體傳來的溫暖，也能夠感覺到藍妮心臟不規則的跳動。他的手機震動起來，像是觸電般驚人。他往後一陣亂摸，一隻手快速的在口袋裡亂摸，拉出手機，解除鎖定。「狗娘養的死賤種，你這個狗娘養的賤胚。」

「這筆帳是算在你頭上的。」

膽汁都溢入他的喉嚨。「我對天發誓……」

「喔，停停停，你該做的就只有付錢給我。」

「我永遠都不會他媽的給你……」

「那麼，我會去拜訪每個人。或許，藍妮的哥兒們，羅伯特．卡麥龍。畢竟他人那麼好，好到還把車子借給你們。」

丹尼爾挺直身體，推開藍妮。班尼特怎麼會知道……

「一輛克萊斯勒PT Cruiser，對演員來說，這是個有趣的選擇。很特別，我猜，但是有一點平庸。」

腎上腺素湧入他的血管，他將藍妮從拱門旁推開，衝進客廳，一隻手拿著電話，另一隻手拿著槍。在窗戶邊緣小心的移動，盯著外面。入口處空空的，所以是在草坪和前院的走道。

對街有一輛銀色的積架，他的視線一落在那輛車子上，車內頂燈忽然就亮了。車子內部的白光和夜晚的紫色光線形成對比，班尼特靠在方向盤上，舉起一隻手，雙唇移動，一秒鐘後，丹尼爾聽到手機傳來班尼特的聲音。「嗨。」

丹尼爾瞇了瞇雙眼，往後退了一步，舉起手槍。

「棘手的狀況啊！」班尼特說：「斜角三十英尺的距離，中間還有兩扇窗，而你只有單手。外加……」車頂燈忽然熄滅，積架內部隱藏在黑暗中。「現在你甚至看不到目標了。丹尼爾，你會怎麼做，想要嘗試看看能不能來個幸運的一擊嗎？」

他瞪著槍管，對準班尼特的頭，他可以做得到，他知道他做得到，他的手很穩，他的目標確定。

發射！現在。

他的手指不肯移動。

「至於我這邊，我也有手槍，靠著座位的支撐，還用兩手對準目標。陽光男孩，你認為呢？要賭一賭我們兩個誰的槍法比較準？要猜一猜你可愛的妻子之後會發生什麼事？」

他眼前浮現了藍妮坐在蘇菲位置的畫面，一陣寒顫侵入體內，汽車遊移在視線之間。丹尼爾放下槍，從窗前離開。「我們手上沒有項鍊。如果你殺了我們，你就什麼都得不到了。」

「我知道，為什麼你認為我不知道內情呢？」

一個可怕的真相抓住他。「你殺死蘇菲只是給我一個教訓。」

「對！而你還有其他朋友，這可不是拳擊賽，我們不會公平對打。你要是打算再要我一次，或許這次就會是羅伯特．卡麥龍被綁在那裡，像個女童子軍一樣哭哭啼啼。你要是敢跑去找警察，就在警察處理你的案件時，我會來處理藍妮。沒有人可以保護你，也沒有安全的地方可以躲。你了解嗎？」丹尼爾閉上雙眼。他朋友殘破的身體正在黑暗中瞪著他。「是。」

「說一次。」

「我了解。」

「現在，我相信你身上沒有項鍊。你藏在某處，找出來，或許明天，我會一一拜訪你其他的朋友。」電話掛斷了。過了一會兒，傳來引擎發動的聲音，丹尼爾從窗前往後退了一步，看到積架車開走。他瞇了瞇眼睛，看到車牌號碼：5BBM299。當然囉，這個車牌就跟你掛在BMW上的一樣，也不是他自己。

「丹尼爾？」

他轉身，藍妮站在拱門下，廚房的燈光照射出藍妮的輪廓。

「他離開了。」**但是不會離開太遠，永遠都不會離開太遠**。他試了兩次才鎖上西格紹爾手槍的安全卡榫，他的手指麻木，雙腳沉重，失去感覺。「他說，我們得找到那條項鍊。如果我們不給，他就會去找羅伯特和其他人。我應該要……那個時候有一秒鐘的時間我應該可以……我為什麼不開槍射他呢？」

「停！」藍妮往前跨了一步，用雙臂環住了他。他身體僵硬。他不想要被碰觸、不想要被安慰。他不配！那麼美麗的一個人、那麼美好的一個朋友，離開了。蘇菲人生的最後時刻是處於驚恐中，而這一切都是因為他。

啜泣聲使他驚訝，似乎身體深處有條線斷了。藍妮的手往上伸，撫摸著他的頸子。他掙扎著。

「讓我……」

「寶貝，別動、別動。」

藍妮似乎是用自己的全身抱住他。「別動。」

他用力閉緊雙眼，用力到眼冒金星了，這些金星幾乎模糊了蘇菲的影像。他的身體顫抖，胸膛起伏，發出的聲音不太像是哭泣，比較像是咕噥聲，像是動物的聲音。沒有流出眼淚，只有沉痛破碎的喘氣聲。

「噓，噓。」藍妮將他壓往自己的身上，給予最原始的安撫。

他不知道兩人以那樣子的姿勢站了多久，直到外面的世界整個變黑了，他沒有開火的槍重新插回他的腹部，而蘇菲的……

終於，他深呼吸，拍拍藍妮的背。他推開她，這一次藍妮放開了他。

丹尼爾動了動肩膀，搖搖頭。他閃過蘇菲在自家廚房的影像，洗著馬克杯，轉過頭跟他說話。蘇菲是第一個擁抱他的人，那擁抱將他從死亡之境帶回來，就是今天早晨……**我的天，才不過是今天早上的事嗎？**

他深呼吸，然後打開他的手機。

「你打電話給誰？」

「打給九一一。」

「什麼？」

丹尼爾按了「撥號鍵」，將電話舉到耳邊，轉頭看向窗外。**鎮靜一點，但是要說明清楚。告訴警察地址，告訴警察這裡發生了一樁謀殺案……**

他的手被猛然拉離耳朵。他頭一轉，很驚訝，但是藍妮一把抓住手機，成功的搶走電話，然後立刻切掉電話。他瞪著藍妮。「可惡！你在幹嘛？」

「再多想一分鐘，好嗎？」

「想什麼？蘇菲死了。那傢伙殺死她，拷問她，我們必須打電話給警察。」

「然後告訴警察什麼呢？告訴警察我們破門而入，進入她家，發現她死了？你知道這聽起來像什麼？警察已經認定你是個殺人凶手了。」

「對，可是我不是，記得嗎？而且，我們兩個人有什麼理由需要傷害蘇菲和她的男朋友呢？」

藍妮搖搖頭，將他的手機滑入自己的口袋。「寶貝，不能找警察，我們不能。」

「為什麼不能？」

藍妮沒有立刻回答，只是舉起手，用手耙了耙自己的頭髮。「這樣子是無法解決事情的。」

「你在說什麼？」

「你說，他威脅要對付羅伯特，對吧？」

「對，可是……」丹尼爾伸長了手。「聽著，現在情況不一樣了。他殺死了蘇菲。還有蘇菲的男朋友。現在警察會去追他。如果我們告訴警察一切，那傢伙就沒有理由傷害羅伯特了。」

「如果他不需要理由呢？」

「那我們就讓羅伯特跟我們在一起。他會安全的，到時候我們……」

「聽我說。」藍妮往前跨了一步，將他的手放在自己的手中。藍妮的眼光堅定，一雙能催眠的藍色雙眼鎖住他的目光。「我們不能去找警察。」

「你是什麼意思？」

「就是那個意思。我知道你為什麼想要撥電話給警察，我知道，而且我也希望我們能撥這通電話，但是我們不能。」

「為什麼……」

「我知道這一切都很讓人困惑，我無法想像你有多麼害怕。雖然我也害怕，但是我還記得我有我的人生要過，所以我們不能去找警察。」

他張開嘴想要辯駁。是啊，事情看起來很糟，但誰會相信他們要殺蘇菲呢？相反的，找警察能夠處理什麼？還沒有太多證據可以指證班尼特。班尼特很謹慎，一定戴上了手套，帶走了彈殼。此外，假使真的因為某些奇蹟讓警察逮到了班尼特，最後的結局頂多就是審判，甚至坐牢。這算哪門子結局？一個牢籠怎麼夠！他想要班尼特死，班尼特對藍妮所做過的一切，包括他和藍妮相遇以前的事，他該為這些而死；班尼特為了報復而做的惡事，特別是對蘇菲所做過的一切，他該為這個而死。丹尼爾是個作家，相信故事裡面有正義，但適合班尼特的唯一結局就是，死。

但他還沒來得及開口說出一個字，還沒來得及和藍妮爭辯，還沒來得及同意藍妮的論點，一個可怕的想法就閃過他的腦中：如果藍妮不想要他去找警察，並非是因為班尼特會做些什麼，而是有其他原因呢？

如果，這裡面還有一些事情是他不知道的呢？

「拜託，寶貝。我愛你。還有，我需要你！」他的妻子睜著大眼，柔和的凝視他。妻子的溫暖雙手握著他的雙手。他可以聞到一絲柑橘味，是藍妮的洗髮精味道，聞起來真棒。「你能相信我？」

我不知道。

上帝幫幫我。

我不知道。

一架飛機晃動了世界。

這裡很靠近洛杉磯國際機場，所有飛到西岸的波音七四七客機一靠近機場，就會為天空帶來一串白色的條紋，丹尼爾幾乎可以碰觸到那些條紋。波音七四七起飛時造成的震動，弄得他肚子一震一震的，然後轟隆巨響漸漸變成噪音。窗外那些閃著降落燈的飛機就像一隻隻鋁製鴨子，引擎冒出的煙霧使一切都變得模糊，連月亮也看來像是晃個不停。

十一點，在另外一間廉價旅館，那種三流商人會長期停留的旅館。房裡的「廚房」，是一台迷你冰箱加上冰箱上的微波爐。印花床罩破破爛爛，沙發散發著一股香菸的惡臭。窗外是一個停車場，就位在州際四〇五號公路旁。雙向車道來車的前照燈與尾燈形成一股穩定的燈流，每個人都有一個地方可以去，一個安全、溫暖的家在等著他們。另外一邊是一個巨大的廣告看板，宣傳的是電影《今日將死》，看板上一個怒氣沖沖的演員持槍指著他。

這個演員是蘇菲的客戶，丹尼爾舉起免洗塑膠杯，又吞了一口波本威士忌。

「這不是你的錯。」藍妮的聲音從他的身後傳來，好似能夠讀出他的心思一般。

他沒有回應，藍妮將他的沉默視為對蘇菲之死的罪惡感。當然，藍妮是對的……**你的雙手沾染上鮮血，丹尼爾，你的靈魂沾染上鮮血**……但事實更複雜。他的腦子裡面糾結著各種矛盾的思緒、各種半成形的計畫、動物性的衝動。面對一個他幾乎不認識的男人，腦中燃燒著炙熱的恨意。腦中還有對警察和班尼特的恐懼，也害怕明天不知還會出現什麼新的恐怖事件。

但最糟糕的是，還有一個可怕的問題反覆出現在腦海：他能相信藍妮嗎？

如果不能相信藍妮，他會迷失。藍妮是他的家，他將自己帶回到這個家。藍妮是兩人故事的守護者，是這個世界上唯一個真的知道他們彼此相屬的人。如果他的記憶會回來，在記憶回來前，唯一的真相全是出自藍妮的口。

此外，有什麼理由讓他認為藍妮不能相信呢？只是因為藍妮不想要去找警察嗎？儘管他無法完全同意藍妮的考量，但這離欺騙還有一大段距離。想要更深刻解讀藍妮的遲疑，那就像是在一個派對上，人們一開始大笑，就假定這個笑聲是針對自己。但是沒有證據。

不只是這樣，你這個混蛋。在你知道自己的名字之前，藍妮就深入你心中，你就知道該尋找藍妮。藍妮厭惡暴力，但是當她認為你身處危險，毫不猶豫就抓起手槍，追逐惡徒。藍妮的雙腳永遠都是冰冷的，但你的下巴卻可以完美、舒適的依偎在她肩上；藍妮閱讀劇本時開闔的雙唇……總而言之，你愛她。

所以，停止吧！別任由疲倦與恐懼使你變得偏執。是你自己選擇成為這樣的你。

累了，他好累。他又啜飲了一口波本威士忌。

「你不想要和我談談嗎？」他轉身，靠在窗戶上。藍妮坐在床邊，雙手擺放在膝蓋中間。藍妮的臉色蒼白、扭曲。

「對不起，不是你的原因，我只是在思考。」他搖搖頭。「我還是不記得蘇菲。你想，這樣子是不是能夠讓傷害小一點。」

「為什麼傷害會小一點？你愛蘇菲。要我說，世上若有我們無法改變的事情，愛就是其中之一。」

「是嗎？」對，他意識到了。的確是這樣，稍早他說過什麼了？記憶是我們告訴自己的故事，用這些故事解釋我們是怎麼走到現在身處的地方。「我想，你是對的。我只是……我欠蘇菲一個記憶，而我想不起來。」

藍妮沉默了一會兒，然後往後靠，用手肘支撐著自己。「你還記得伯尼嗎？」

他搖搖頭。

「幾年前，蘇菲整修花園，這隻小狗跑進她的花園。蘇菲不喜歡狗，我想可能是童年時期發生過什麼事情。反正，蘇菲用聲音嚇走小狗。五分鐘以後，小狗又出現了，就只是坐在那裡。蘇菲只好再追趕小狗一次。五分鐘以後，小狗又回來了。這就是為什麼蘇菲開始喊小狗伯尼，她的前夫就是這個名字，也是很難擺脫。這隻小狗是一隻哈士奇，會慢慢變得很大，光看就知道，小狗全身覆蓋著毛茸茸的毛皮。我的意思是，那種小狗應該是在阿拉斯加拉雪橇的狗，你懂嗎？小狗在洛杉磯會熱死的。」藍妮搖搖頭。

「反正，蘇菲不想管小狗了，回到屋內，為自己準備了一份三明治。但伯尼爬上了她的門廊，噗通一聲倒在陰影下。蘇菲就是蘇菲，雖然不喜歡狗，還是回到屋外，更靠近一點觀察。小狗身上完全沒有項圈，卻在皮毛脫落的地方，或是某些看起來不太對稱的地方，出現一些傷痕。有人虐待這隻小狗，也可能小狗打過架，她不能讓小狗就這樣離開。所以蘇菲打開門，給小狗一些水，還把吃剩下的三明治給了小狗，讓小狗在家裡的沙發上入睡。」

「她領養了小狗？」

藍妮大笑。「沒有，她張貼告示，幫小狗找主人，撥電話給鄰居，但沒有人知道這隻小狗的背景。這是一隻走失的小狗，可能會有危險，或傷到別人家的孩子，大家都告訴蘇菲，撥電話給動物收容所。」

丹尼爾想，他可以看到後來事情的演變。「但是蘇菲不肯，她或許不喜歡小狗，但也不喜歡動物收容所。」

「嗯哼。光想像小狗在鐵欄裡面日益衰弱、等著被撲殺的畫面，蘇菲就無法忍受。所以她在報紙上刊登了一則廣告：『尋找甜蜜家庭的小狗』。」

「她真好。」

「我還沒說完。蘇菲接到各種電話，但不知道為什麼，蘇菲無法做決定，就是無法結束這件事。好像是因為這些人總是忽略了小狗，因此激怒了蘇菲。所以她在報紙上刊登另外一則廣告：『純種哈士奇，聰明、忠心、四百美金。』

「她賣掉了小狗？」

「她最後篩選出三個有興趣的人，撩撥這三人競爭，將價錢抬到了六百美金。」

儘管發生了這麼多事情，丹尼爾還是笑了：「你一定是在開玩笑。」

「沒有。看！這就是蘇菲看待事情的方式，如果她單純的把伯尼送走，伯尼永遠都會是一隻走失的小狗。但這樣一來，伯尼會變成一樣特別的東西。此外，她用這筆錢辦了一個晚餐派對，叫做：伯尼的盛宴。」

丹尼爾露出微笑，揉揉眼睛，他的肚子因另外一架飛機的聲響震動。他想起自己坐在蘇菲的桌子前，啜飲著咖啡。蘇菲用她的方式不讓他開口說話。掛在蘇菲家中牆上的相片，蘇菲的人生都在相片裡。早期的她，不論是哪一張相片中的她，都無法想像後來在她身上發生了什麼事情。飛機呼嘯飛過頭頂。

「停止！」藍妮說。

「嗄？」他往上看，很驚訝。

「你正在責怪自己。」

「你怎麼……」

「因為我了解你。你坐在那裡，想著這是你的錯。」

「這**的確是**我的錯。」

「不！你這個自以為是的混帳東西，不是你的錯。你沒有傷害蘇菲，是班尼特做的。你沒有殺死蘇菲，是班尼特做的。」

「對，可是……」

「而且，如果我真的在那個懸崖上死了，那也不是你的錯。如果要責怪某個人，那應該是我。班尼特是來找我的，不是你。」

「對……」

「可是，或許這樣子還回溯得不夠，或許應該要責怪我高中時期的混蛋男友，都是他讓我以為這就是男孩對待女孩的方式。或許應該要責怪馬龍・白蘭度，都是他教會女孩子要喜歡騎摩托車的男孩子。或許應該要責怪我的父母，都是他們孕育了我。」

「拜託，都是我想出的那個笨蛋計畫殺死了蘇菲。」

「不。你撥過電話，叫蘇菲逃走，班尼特找到蘇菲不是你的錯。而且你還不了解班尼特嗎？班尼特無論如何都會殺死蘇菲的，那就是班尼特能夠活著的方式。沒有人知道班尼特的任何事，班尼特不信任任何人。他就只是班尼特，沉默寡言、單獨行動。蘇菲知道太多了。」

「你沒辦法確認這一點的……」

「離開碼頭後多久，你的手機就響了？」

「我不知道，大概兩分鐘……」他抓到了藍妮的思考邏輯。

「懂了嗎？那個時候蘇菲已經死了。」藍妮身體往前傾。「你是個好人、是個聰明人。不能因為你把人生看成是一幕幕情節組成的故事，就認為你必須要為事情運作的方式負責。又不是你在為這個該死的世界寫劇本。」

他張開嘴，又閉上嘴。

藍妮往後倒在床上，拍拍身旁的空間。「來這裡。」

丹尼爾將杯子放在窗台上，走過房間，踢掉鞋子，然後躺在藍妮旁邊。藍妮往後靠，頭剛好靠在他的胸膛上，雙手環抱他，他的鼻息噴灑在藍妮的髮間，他可以聞到藍妮身上的味道，是泡泡浴的味道。藍妮打了個呵欠，把頭埋得更深。他們靜靜的躺著，這樣應該很棒，應該是個聖殿。他以為丟失的東西，一件件都回來了，但是他的腦子不肯讓他享受一切。只要他一閉上眼睛，就看到蘇菲的臉。他張開雙眼時，赤裸的天花板絕望的回瞪他。

藍妮對著他的胸膛說：「對不起。」

「為什麼對不起？」丹尼爾撫摸著藍妮的頭髮，這個手勢這麼熟悉，他知道自己應該已經做過一千次以上。

「每一件事，所有的事。」

「這不是……你那時候不懂事，只是個孩子。班尼特才是該被責怪的人，不是你。」

「我知道。可是，還是……」藍妮的頭抬起，感覺到自己的呼吸，「我們現在該怎麼辦？」

「我不確定。」

「如果我們能夠解決項鍊在哪裡的問題……」

「不！」他幾乎要咬碎了這個字，「或許你是對的，或許我們不能去找警察。但是我不要付錢給他，在他對你做過了這麼多壞事以後，還要給他錢？不可能。」

「但如果我們不給他錢，他會繼續殺人的。」

藍妮是對的，這是個陷阱。每一條路都是通往地獄，唯一的問題是如何選出一條路。

他的眼睛又乾又痛，每一次心跳都讓頭更痛，他的整個人都在發疼。已經失去又再次獲得，為了維持平衡卻又失去更多，全都是在極短的時間內、在同一個空間中發生。原來遙遠的過去能夠粉碎現在。藍妮在與丹尼爾相遇以前犯了一個錯，這個錯甚至發生在丹尼爾喪失那些記憶之前。

窗外，車流回堵下了高速公路，穩定的車流好似海灘上的海浪。大型看板上，一個演員假扮成邪惡的幫派份子，但演員其實是一個饒舌歌星假扮而成的。真正的惡人埋伏在暗處，只有在他們虛弱的時候才會發動攻擊。他的過去在玩捉迷藏，他們的未來又宛如脫軌的火車急速奔向他們。

這與你曾經是誰無關，也與你能夠記得什麼無關，而是關乎你現在是誰，你可以選擇做什麼樣的人，或是決定做什麼事情。

「我好害怕。」藍妮說，聲音那麼輕柔，卻撕裂他的全身。

「我也是。但現在睡覺吧！我們會解決的。」

「怎麼解決？」

「我不知道。」他說，「我不知道。」他撫摸著藍妮的頭髮，直到藍妮的呼吸穩定，肌肉放鬆為止。然後他的手臂滑下，空出的手拿起手槍，一邊瞪著天花板，手放到了扳機的位置。

那個男人能夠預測你的每一步，要怎麼樣才能夠打倒他？這個男人永遠都不會直接面對你，要怎麼樣才能夠打倒他？這個男人靠著隱藏自己存活下來，既沒有缺點讓人抓，又能夠很自由的踩住別人的痛腳，那麼到底要怎麼樣才能夠打倒他？

特別是一個演員和一個作家會怎麼處理這件事情？他想起藍妮的指責：他沒有為全世界寫腳本。這些話既刻薄，卻又安慰人，只是在現在的處境下，聽起來很傷人。如果他能寫劇本，他知道自己會給那個狗娘養的賤種寫一個什麼樣的結局。

他們無法得到援助，他們無法付錢給那個傢伙，他們無法逃跑也無法躲藏。

那還剩下什麼？

第三幕

我有記憶，但那只是一個笨蛋把過去儲藏在未來。

——大衛・吉羅德[1]

1 David Gerrold（1944-），美國科幻小說作家。大學時代以寫電視劇本起家，作品包括電視劇《星艦迷航記》（*Star Trek*）等。

「我們必須殺了他。」

藍妮聽到了，但沒有真的聽進去。她已經處於半清醒狀態好一會兒，躲在朦朦朧朧的夢中，期盼每一件事情都會在情況轉壞前結束。大家都說不會死在夢裡，但她無法記得自己在夢中死了沒有，雖然在她醒來之前，常常都是快要死的狀態。「什麼？」

「我們必須殺死他。」

她剛剛聽到的話顯然無誤。她眨眨眼，坐起來。左邊的窗簾拉上，她所處的這一半空間就陷入陰鬱的暗影中，清晨的天色則在另外一半的空間燃燒，勾勒出丹尼爾的剪影：頭髮狂野的豎起，尖尖的髮梢刺向各種方向，手中拿著槍。

「你有睡覺嗎？」

「你有聽到我說的嗎？」

「有。」她的嘴巴像黏住了一般，腦子和身體也變得僵硬。「我聽到你說的了。」

「這是唯一的方法。我們不能跑、不能躲，也得不到幫助，所以我們必須殺死他，然後一切就會結束。」

「好。」她比畫著手指，擺弄成一把槍的形狀，對準窗戶。「砰！他死了。」

「我是認真的。」

「我需要咖啡。」

「你能不能別鬧了？」

她的身體伸展到一半，丹尼爾的語調讓她的手臂僵住。「你能殺他嗎？」

「我不能。」

「我是個吃素的，而你替一個叫做《蜜糖女孩》的影集工作。我們兩個該怎麼做才能殺死他？你要怎麼做，用筆把這個人賜死？」

「事實上，是的。」

「顯然你也需要咖啡。」藍妮轉身，坐到床邊，頭部血液在流動，周遭的世界在旋轉。

「聽著，很簡單。我們需要做的就是讓那個傢伙出來見我們，我們會為他寫一幕戲，一齣引誘他的戲。讓他以為他掌控了情況，但其實他沒有。」

「就那麼簡單。」

「嗯，其實不簡單。但我從創作的角度想到這點，我要讓班尼特當壞蛋。然後我想，如果這是個劇本，你該做什麼？」

「那你該做什麼？」

丹尼爾告訴她。

丹尼爾說完以後，她站起來，走到窗邊，拉開窗簾，瞪著陽光照射在來往車輛的擋風玻璃上，光線一閃一滅的。她在洛杉磯居住的這段時間，此地的煙霧狀況改善許多，但要從「越來越好」走到煙霧「消失」可是一段漫長的路，幸好現在與車子的距離又過濾了一些黃濁的物質。她瞪著窗外瞪了很久，感覺到丹尼爾還在等著，每一次他冒出一個想法，都是用這種方式在等，帶著不耐煩的希望。「如果，班尼特派別人來呢？」

「他不會。」丹尼爾說。

「他昨天就派了別人。」還有在水泥峽谷那一次也是。

「差別是，這一次我們的手上會有項鍊。不只是那樣，他還會知道我們手上有項鍊。想不到吧！我知道。班尼特是個小心翼翼的傢伙，對吧？昨天他一定是懷疑我們不會直接來真的，才不肯曝光。但如果確定我們的手上有項鍊，他就會出現。」

「為什麼？」

「因為班尼特不信任任何人，一條價值五十萬美金的項鍊實在是太誘人了。不管他派誰來，那個人都有可能會帶著項鍊跑走，那他就要從頭再來一次了。」

「如果你是錯的呢？」

「要確保我不會出錯，我們就必須要將項鍊當作誘餌。除了這一點，還要讓他知道我們在幹什麼。」

倘若這是個劇本，我會買單，但這不是一個劇本。

「所以，你覺得呢？」

我覺得又累、又痛、又怕得要命，所以我無法想像這一切會變成什麼樣子。我覺得我們會輸。

她說，「我覺得，我應該一開始就把他想要的給他。」

「他會殺死你的。」

「這樣子話，至少你會沒事。」

「對。」丹尼爾說，那種側重一邊臉的微笑，正是她喜歡的樣子。「到那時候，只要光想到失去了你，你就能看到我有多沒事。」他搖搖頭。「我知道這個計畫很嚇人，但只要我們兩個人都全心投入、互相信任、彼此幫助，這計畫就會成功。這是我們可以擊敗班尼特的唯一方式。」

丹尼爾的表情中有種情緒，讓她想起兩人的第一次約會，那時候她都移居洛杉磯好幾年了，從模特兒轉型為演員的旅程才走到一半，她曾和一堆同一種調調的洛杉磯男孩約會過。有製片，也有財務人員，這些洛杉磯男孩全都熱切的想要讓她留下深刻的印象，帶她到當時最熱門的餐廳、到私人俱樂部。但是丹尼爾帶他到西洛杉磯的一間塔可餅連鎖店，那種店會用護背膠膜的菜單，還有一堆錯字。丹尼爾是她印象中第一個不浮誇、不玩花招的男人。丹尼爾沒有詢問她以前在芝加哥的事、沒有詢問她的初吻，喝雞尾酒的時候才談到他來自阿肯色州，談及家庭關係中令他感到遺憾的事。這類的事情，其他人絕對不會承認。在洛杉磯，每個人都西裝筆挺，假裝他們打從一出生，就是生活在這個寒冷的太平洋沿岸。然後，就在他們的關係往前更邁進一步時，丹尼爾在開著他的裕隆日產Sentra送她回家的路上，跟她說了那個與二十個七歲的人發生性關係的笑話。那時候她忽然了解，原來男女相處應該是這樣子：兩個人有連結，沒有閃亮、搖擺的誘餌，沒有騎著摩托車的壞男孩，不是所有時間都要保持魅力，兩個人只需要對話、聆聽、大笑。

此外，丹尼爾真是個接吻高手。

現在，她看著丹尼爾，看著丹尼爾最認真的表情、傻氣的頭髮、燃燒的雙眼，然後她想：**所以我們會輸。班尼特會從你身上拿走那一件他至今都還沒法擁有的東西，但至少你的祕密永遠都會是祕密。**

你是一個女演員。演戲吧！

「我幾年前就已經給過承諾了。」她迎向丹尼爾的目光，與之對望。「我們的下一步是什麼？」

丹尼爾的體內發生變化，讓他震動，肩膀放鬆，眼神變得溫暖，雙唇微開，好似她的支持正是他需要的燃料。「那條項鍊。我一直在想，我們有沒有保險櫃、儲藏櫃，任何那一類東西？」

藍妮一陣激動並趁這股情緒顯露在臉上之前說：「沒有。」

「太棒了。那麼，那條項鍊應該在家裡。」

「為什麼？」

「那條項鍊是在你死掉那天買的，對吧？」

「我想是你藏起了項鍊。」

「那是我生命最糟糕的一天，我還會在乎一條項鍊嗎？我大概就是隨便扔在哪個抽屜裡。」他揉揉下巴，發出一種揉搓沙紙的聲音。他眼睛泛紅，急需刮鬍子了。「只有一件事情我一直想不通……」

「什麼事情？」

「嗯，我知道班尼特，對吧？知道他勒索我們。」

「對。」

「既然我以為你已經死了，一定會認為我有責任。如果我相信我有責任，為什麼沒有抓起一把槍，跑去追他呢？或許班尼特會殺了我，但反正我都要死了，何不從班尼特身上討點什麼回來。但似乎我連試都沒有試，我不知道為什麼。」

藍妮瞪大了眼睛，極力要擠出一段讓丹尼爾覺得說得通的即興表演，但她什麼都想不出來，所以只能說：「寶貝，我不知道。或許你的意識並不想要這麼做。」

「拜託，我相信想要殺死某個人並不容易，但是對付那個狗娘養的賤種？」丹尼爾繃著臉，露出怒容。「一定有原因。如果不是你說的那樣，那我就真的很不喜歡過去的我。」

「我喜歡過去的你。」她的一隻手觸摸他了臉頰，露出微笑，然後改變話題。「所以，項鍊。」

「首先，我們必須解決某些事情，跟交貨地點有關。我想過機場，但是機場行不通，我們得要買票才能夠通過安檢，而且我們無法出示身分文件。你可以想到任何有金屬檢測器的地方嗎？」

藍妮邊咂著嘴邊想：金屬探測器，醫院裡面可能有，在急救室。政府機關大樓也有，但班尼特絕對不會進去。學校呢？絕對不行。

她瞪著窗外下方綿延的洛杉磯街市，太陽的角度使得對比更為明顯，車陣綿延在州際四〇五號公路上，飛機在高空造成的凝結尾在天空中畫出十字，一個《今日將死》的巨幅廣告看板正對著窗戶，圖・基拿著一把槍指著他們。很多人帶著敲門磚入行，想要變成電影明星，以她自己為例，是從模特兒變成演員，她的基礎並沒有比其他人高多少。真的，除了威爾・史密斯、摩斯・戴夫[1]、皇后拉蒂法[2]之外，大多數人得到演出機會的電影，都是演出入幫派、貧民窟，或是販售毒品之類的人。為了得到一個角色，他們被困在貧民區的強悍外衣裡……

藍妮大笑。「想要參加派對嗎？」

□

這就像是釣魚。班尼特從沒有釣過魚，但讀過海明威。他喜歡海明威，這個男人很難打敗[3]。當有人提起他的罪惡時，他表現得很坦率，毫不在乎。他也是個獨來獨往的花花公子，因此有很多老婆。

不管怎麼樣，海明威論及如何釣魚：如果是跟一條大魚搏鬥，就得要先讓魚一點，然後才能拉起魚。不能所有的時間都是在猛拉，否則釣魚線會斷掉。

所以他給那兩個人一夜的時間。讓兩個人糾纏、逃跑、掙扎，最後因為試圖和他的魚鉤搏鬥而累死。讓兩人一次、一次、又一次運作各種決定，試著想到一個解決之道。

---

1 Mos Def（1973-），美國饒舌歌手、演員。曾獲得金球獎、艾美獎與多座葛萊美獎的肯定。

2 Queen Latifah（1970-），美國饒舌歌手、模特兒、女演員。她曾獲得金球獎、兩座美國演員工會獎和葛萊美獎等多座獎項，亦曾入圍奧斯卡。

3 Ernest Hemingway（1899-1961），美國記者與小說家，曾獲諾貝爾文學獎。他的著名作品有《老人與海》、《戰地春夢》等。他在小說《老人與海》中曾寫下一句名言「一個人可以被摧毀，不可以被打敗」。

電話響起時，他正坐在傑瑞的游泳池台階上曬太陽，沒有穿上衣，褲子捲起來，這樣子雙足都能夠伸到水中。他看都沒看來電顯示，就接起電話。「早安。你睡得可好？」

「你贏了。」丹尼爾聽起來已經是精疲力竭了。「我們會給你那些該死的錢，但是有條件。首先，拿了錢之後，你就得離我們遠遠的，永遠！」

「我保證。」

「第二，我們要在我們選擇的地方交貨，不是你來選。」

「不！」

「你聽我說，你這個神經病。你想要嚇我們？你的伎倆成功了，我們嚇死了。所以我們不會在任何你能傷害我們的地方見你。」

「反社會份子。」

「嗄？」

「其實，兩個說法我都不喜歡，但是或許我比較接近反社會份子，神經病這個詞有戲謔的意味。我並不以傷害人為樂，我傷害人是為了拿到錢。」他晃了晃雙腳，看著太陽光在游泳池底舞動。這兩個傢伙有錄音嗎？無所謂。他們最後也只能拿到一卷有聲音的錄音帶，還有一個手機號碼，而他明天就一走了之了。「隨便啦！你們心裡到底在盤算什麼呢？老兄，怎麼樣才會讓你覺得心安呢？」

「今天晚上有個派對，在一場試映會之後。地點在市中心的一家俱樂部，叫做『奢華』。參與電影演出的演員租下了貴賓室，他們是饒舌歌手，會仔細做好安全檢查，所以入場時會有金屬探測器。」

班尼特大笑。「丹尼爾，你怎麼這麼足智多謀啊！太了不起了。」

「我們現在會去拿項鍊。我們會在九點半到俱樂部。」

「聽起來很有意思，我會在那裡跟你們碰頭。」他準備掛上電話，然後又說：「嗨，那是什麼電影？」

「什麼？」

「試映會，什麼電影？」

暫停了一拍。「那部電影叫做《今日將死》。」

「唷，壞兆頭呢，嗯？」

一段長時間的停頓。「九點半。之後你就不要再來煩我們。」電話掛斷了。

班尼特露出微笑，身體靠回游泳池台階的石頭上，太陽烤熱了瓷磚，背上的溫度很舒服。他摸到胃部附近的疤痕，手指頭找到子彈孔留下的凹痕：一、二、三，三個疤痕。這是在巴爾的摩一場交易留下的紀念品。

丹尼爾和藍妮可能還以為他會讓他們倆人活著，但他可沒這麼有把握。之前還可能留下他們的命，但現在事情已經偏離軌道太遠了。

不，他們是變聰明了，或許那裡會有警察臥底，或許是一個朋友，某個不稱職的硬漢想要幫忙，甚至可能就是那個饒舌歌手。

最重要的是，他們算好他不會帶槍。因為他沒有武裝，還有那麼多目擊者，那個地點讓他們感到舒適、安全，覺得不會有壞事發生在他們身上。

這些感覺顯示他們有多缺乏想像力。

□

丹尼爾切斷電話，放在杯座上，他在座位扭動身軀，將剩下一半的貝果咀嚼幾下，配著咖啡吞進胃裡。吃完後，一路開回馬利布市的路上，他並沒有好過多少。昨夜他將整件事當成一個故事，寫了一個結局。但班尼特不只是劇本中的一個麻煩角色，所有的故事也不會只有一個結局。

「他們已經修好了。」藍妮說。

「什麼？」

藍妮從方向盤上舉起一隻手，往前一指。他沒看到任何特別的東西，只有一個金屬柵欄，已經彎曲變形了……喔，這個啊！「對不起。我沒在思考。你……」

「我沒事，只是感覺很奇怪。」藍妮對著擋風玻璃說話。「感覺好像什麼事都沒發生。或者說，已經發生過了。」

「人生是一顆雨滴。」

「什麼？」藍妮轉頭看著他。

「是蘇菲跟我說的，人生是一顆雨滴。」

「好美，這句話是什麼意思？」

「我不知道。」他暫停了一下。「我猜想，意思是每一個人的人生都很美、很獨特，但也很短暫，全然無足輕重。」

「你真懂得怎麼安慰女孩。」

「什麼？」

一號高速公路上的車流量很小，藍妮保持限速前進。這條路跟以前一樣美麗，路旁的房屋跟以前一樣壯觀，景觀跟以前一樣豐富，但是感覺好遙遠，好似是透過一層厚厚的玻璃在看一切。

「你確定警察不會在那裡？」

「我認為他們不在那裡。」丹尼爾說。「警察忙得很。找個人坐在車子裡，日夜守在我們房子的街區，只是徒增工作量，尤其他們也猜到我們不會回去那裡了。」

「上次你回去的時候，警察還去過，你去拿我們結婚照的時候。」

「對，不過那只是一次巡邏，警察大概就是一小時開車經過一次，晚上巡邏的次數會多一點。」

「那，如果……」

「我們沒有太多的選擇。」

藍妮慢慢的點點頭，但抓住方向盤的手並沒有放鬆一點。

半小時後，他們回到了那附近，每件事物似乎都跟以前一樣安靜。克萊斯勒PT Cruiser毫無污點、閃亮，應該沒有人會找這輛車的麻煩。藍妮又上了妝，眼睛四周有酒紅色的胎記，現在她把金色頭髮放下來。若只看一眼，他們就跟平常人一樣。

他們先開車到附近，而不直接開到居住的街道，只去探探附近的情況，他利用這段時間重新檢視計畫。跟做情節大綱一樣模擬著，琢磨驚奇處、糾結處、對手會有具體行動之處。紙上的行動看起來很棒。

但藍妮是對的，這個世界的劇本，並不是你寫的。

他的胃翻攪著，但是臉部卻保持平靜。「看起來沒有障礙，我們走吧！」

三分鐘以後，他們開到了大門處。真奇特，眼前這棟有一大片玻璃的加州現代建築，竟然對他有這麼多不同的意義：這棟房子他在電視上看過、在夢裡看過、在還不知道自己是誰的時候拜訪過，甚至還跑回來查他生命開始的那一天。現在，是最後一次拜訪，也是最後行動的開端。這棟房子是他們計畫贏回人生的核心元素，當然它也可能是他們步向死亡的起點。

藍妮鍵入密碼，他們的結婚週年紀念日，當然是這個號碼。安全大門打開，藍妮開車進入，轉了一個圈，確保車子不會暴露在他人視線內，也讓車頭朝前。關掉引擎時，鑰匙在藍妮顫抖的手中叮噹作響。

□

室內場景：丹尼爾與藍妮的門廳

時間：午後

影片是由一個鏡頭朝下的攝影機拍攝的，攝影機鏡頭對準低處、前門。

門打開，藍妮．薩爾與丹尼爾．海斯進來。丹尼爾關上門，然後瞪著門旁邊的窗戶看。

丹尼爾：沒有警察的蹤影。

藍妮：呼！

兩人走上樓梯。

丹尼爾：我們隨時都可以去找警察，不用……

藍妮：我們已經討論過這件事情。

兩個人爬上樓梯時經過了攝影機，持續收錄兩人的聲音，聲音中的緊繃感很明顯，但是談話的內容並不清楚。

室內場景：主臥室，承接上一景。

攝影機是從床頭櫃的角度拍攝的。藍妮移動到梳妝台前，打開抽屜，丹尼爾渴望的盯著床看。

藍妮：項鍊放在哪裡，你真的沒有任何印象嗎？

丹尼爾：沒有。

丹尼爾移動到了床頭櫃，檢查床頭櫃。跪下來，看著床下。

藍妮：有嗎？

丹尼爾：沒有。

丹尼爾直起身，看看四周，顯然很沮喪。

藍妮：或許項鍊不在……

丹尼爾：一定在。

藍妮：為什麼？

丹尼爾：就找吧。

兩人持續搜尋。

藍妮直起身，抓抓後背。兩個人相視一眼，藍妮搖搖頭。

他們離開。

室內場景：丹尼爾的辦公室，承接上一景

攝影機的角度是上方、廣角。兩個人走進室內，繼續搜尋。

丹尼爾徹底搜索他的桌子，將物品亂扔到地上。紙張、鉛筆、廢棄的舊物品如雨點般落下。

藍妮：東西不會在抽屜裡面。

丹尼爾：為什麼不會？

藍妮：因為班尼特已經找過了。

丹尼爾猛然拉開抽屜，將抽屜上下顛倒，所有的東西掉落在地上，他蹲在地上一一翻找。

藍妮（繼續說）：如果在這裡，應該藏起來了。
丹尼爾：我們有保險櫃嗎？
藍妮搖搖頭。然後一個念頭閃過腦子，藍妮站起來。
藍妮：等一下。
藍妮走向書櫥，伸手在攝影機附近拿下某個東西。走回來，露出微笑。
藍妮拿著一本厚厚的書，遞給丹尼爾。
丹尼爾：《契約法研究，第二冊》？
藍妮：打開。
丹尼爾打開書。
書是中空的，有一個藏貴重小物品的地方。
藍妮（繼續說）：你和你的一堆小玩具，你總是想要找個理由弄這種東西。
丹尼爾把手伸到書裡面，拿出了一條攝人的**鑽石項鍊**。項鍊閃閃發光，炫目耀眼，好像它本身就會發光似的。
丹尼爾：所以，五十萬美金就是長這個樣子。（搖搖頭）這是蘇菲的生命，一串閃閃發亮的石頭。
藍妮：我一直在想，我想要給他。
丹尼爾：不。
藍妮：如果我們給他，他就會離開。
丹尼爾：我不想要他離開，我想要他死。
藍妮：你不是殺手。

丹尼爾將項鍊塞到褲子的口袋裡，合上書，塞到書桌裡。

丹尼爾：我們只能集中精神。熬過今晚。

藍妮：所以你想假裝自己是查爾斯・布朗遜[4]？

丹尼爾：藍妮，你想要什麼？他幾乎殺死了你，他奪去了我的記憶，謀殺了我的朋友。

藍妮：因為這樣子，你就打算找死？

丹尼爾：這個法子會行得通的。

藍妮：如果行不通呢？

丹尼爾大步邁向門。藍妮遲疑了一會兒，咬著嘴唇，然後跟上。

藍妮（繼續說）：對不起。可是我愛你，我不想要看到你受傷。**班尼特是一個殺手**。

他們離開房間。

丹尼爾（旁白）：今晚他不是。

室內場景：丹尼爾與藍妮家的前廳，承接上一景

兩個人匆忙下樓，丹尼爾在前。

藍妮：聽著……

丹尼爾猛然轉身，面對攝影機。他舉起手臂，一副「你想要對我幹什麼？」的手勢。這動作讓黑色T恤繃緊，露出他塞在皮帶上的西格紹爾手槍。

丹尼爾：藍妮，我不知道該跟你說什麼，我沒有其他選擇。

---

4 Charles Bronson（1921-2003），美國著名的動作明星，以「硬漢」形象走紅。

藍妮（輕柔的）：我嚇死了，如果你發生任何事情……

丹尼爾：聽著。今晚結束時，只有我會手持一把裝滿子彈的槍，他沒有槍。

□

班尼特按下暫停鍵，往後靠在傑瑞的人體工學椅上，筆記電腦螢幕上的丹尼爾．海斯停格了。手槍的把手從丹尼爾的皮帶上露出來。班尼特舔著嘴唇，眼睛注視窗外，整個山谷往下延伸，閃耀著大地的光輝。晚上的景色更棒。

他可以派個人去取，小蘇西只跑了碼頭一趟，還不夠還清債務。而且小蘇西絕對絕對不敢偷他的東西。

反之，丹尼爾與藍妮或許不會將項鍊交給小蘇西。如果這兩人想要利用這次的機會殺死他，就不會放棄唯一一件可以將他引出來的東西。

他可以讓整件事情做個了結，或許抓住藍妮的演員朋友，在最後一分鐘撥電話給這兩個人，讓那個演員對著電話啜泣，給一個新的交貨地點。但這意味著又會再製造一具屍體，還會引起警察更多的關注。何必這樣呢？他都知道這兩人要做什麼。當祕密外洩時，這個祕密就沒有那麼好了。

他們手上有項鍊，他們願意見面。

那就見面吧！就照你們的方式。

□

丹尼爾並沒有睡太久。

朋友，你上一次睡覺是什麼啊？他揉揉眼睛，打了個大大的呵欠；拉起襯衫，拿出西格紹爾手槍，打開彈匣，又裝回去；然後拉出槍頭扁扁的史密斯維森手槍，槍是從書房書桌的抽屜下面拿出來的。微亮的光線中，兩把槍看起來極為不祥。

希望我們不會被警察攔下來。

他應該趁著天亮前，抓住機會睡個幾小時，但因為又作夢了。那個水泥峽谷，黑暗、罪惡感的恐怖夢魘。還有一個新的夢，蘇菲尖叫，但蘇菲張開嘴時，發出的聲音是吵鬧的飛機引擎聲。他靠著書桌旁的椅子撐住自己，雙腳架在窗台上。整個人又硬、又酸、又累，無法移動，就只能坐在那裡，放空自己。

不知怎麼的，他想起去年聖誕節。有好幾年聖誕節，他們都飛回芝加哥見藍妮的家人，但是每次聖誕節的拜訪都讓人悶悶不樂，整個過程很尷尬。他的岳父是個技工，會修理壞掉的東西，一點都不了解以人生為材料，創造出某種短暫的娛樂有什麼意義。藍妮的兄弟說話時，又老像在嘴裡含滷蛋似的，說都說不清楚。

所以去年聖誕節他們決定留在家。兩人睡得很晚，懶散的以咖啡和劇本開始一天。藍妮給他的第一個聖誕禮物，是坐在沙發的另外一頭，抬頭看著他說：「寶貝，你想要我為你扮演愛蜜麗嗎？」兩個人大笑著擠進臥房，藍妮扮演愛蜜麗與他做愛，不論是矯揉做作還是呻吟，全都是藍妮，卻有些不一樣，過程十分火熱，結束時，兩個人全身都是汗。他們花了一整個下午看電影、閱讀，還烹調出一頓精緻的晚餐。藍妮幾乎完全吃素了，卻老是想要烤一隻雞，結果那一隻雞十分完美，外皮酥脆，顏色金黃。他們直接用手扒來吃，手指沾滿了油而發亮，佐餐的飲料是從店裡面買來的蛋酒與藍姆酒調和的飲料，兩種酒類的組合擊敗他們，兩人酩酊大醉，卻又感覺溫暖愉快。差不多九點左右，他們在後院共享一支大麻，他串了一串聖誕節燈飾，兩人緊握著彼此的手，坐在酪梨樹下凝視天空，尋找他們能夠看到的星星。

他發現自己陷入一個蠢念頭的迷宮內，其中一個難解之結是他無法明確的指出進入迷宮的確切地點。一連串事件，某一個時間點、經過長久思考後做出決定，帶領他與藍妮各自離開出生地，在某一個柔和的傍晚，出現在馬利布市。他試圖對藍妮解釋他所想的、試圖解釋這個可能性有多低。如果他的母親沒有跟那個混蛋結婚，或者他的高中女朋友沒有甩掉他，他就不會離開小岩城。如果藍妮的車子沒有在行駛到西好萊塢的時候，剛好消音器壞掉，就永遠不會在行駛到麥德斯時將車開到路邊，而他正好在那裡換自己的消音器。種種因素給了他們兩個人半小時的時間，就著一杯難喝的咖啡在等待室聊天。他鼓起勇氣邀請藍妮出去的時候，心臟噗通噗通的跳。若用數學分析，他們會相遇的機率近乎零，是奇蹟般的機率使兩人相遇。

「這就像是投擲飛鏢。」他說：「沒什麼好驚奇的。丟了飛鏢，飛鏢射中某個地方。如果嘗試往回追蹤每一個引導飛鏢落在那裡的因素，包括丟擲的力量、角度、空氣阻力等，所有一切都必須要完美、要恰到好處，飛鏢才會落在那個地方。」

藍妮將頭轉到一邊，露出微笑說：「你恍恍惚惚的時候，真滑稽。」

「我沒有恍恍惚惚的時候，也很滑稽。」

「咩！」然後藍妮大笑，他也加入藍妮大笑，一切又很完美了。很像是法國哲學談論「愛與人生」的論點，有一種「沒什麼是真的，只有做出了選擇」的感覺。換言之，大部分人談論的愛情，其實是習慣，也可以說，或許愛情不是承諾而是選擇，選擇要與誰在一起，每個時刻都在選擇。

然後他意識到他真的、真的很餓。他們累倒在床上之前，就把剩下的雞肉全都吞了。

過了好一會兒，他才意識到自己想起了一切，也傻笑了好久。過去正慢慢回來，這個想法大大的安慰了他，時間持續了大概有十秒鐘之久。然後他想到班尼特，就思考剩下的人生不知是否還有機會慢慢的過日子。

想到這裡，他開始思考未來。想著今天回去過的房子，想著今晚，想著殺死班尼特，想著帶著殺人的事實逃脫，這樣子才會有未來。

過去已經想夠了，未來也已經想夠了。現在是你所有的，把焦點放在現在。

他看著藍妮。藍妮正瞪著窗外，嚼著一塊雞皮。

「對不起。」他說。

「對不起什麼？是我把我們搞成這個樣子的，不是你。」

「為……每件事情對不起；為所有我應該道歉的事情對不起；為所有我浪費的時間、愚蠢的爭吵、工作太多、酗酒太多惹你擔心，為所有一切對不起。」

「別這樣，我們之間發生過的任何事情都不會讓我遺憾，我沒有一分鐘遺憾過。」

「真好騙。」

「對啊！」藍妮用一隻手開車，另外一隻手揉揉肩膀。「說實話，我只希望事情快點結束。這種等待才真的是磨人。還有幾個小時，或許是我們的最後幾小時，我卻無法盡情享受這段時間，這真的很像是第一週拍攝《蜜糖女孩》的時候。」

他大笑。「你每天早上都嘔吐，我還以為你可能是懷孕了。」

「我每天下午也嘔吐，你還帶口香糖來給我。我那時候很確定他們要開除我，讓愛凡琳・莉莉回來演。記得嗎？」

「知道嗎？我都記得。我也記得你揭穿了這件事情，不管是不是因為緊張，你**殺**到那裡，阻止了這件事情。」

在完全沒有想到的情況下，這個字眼就脫口而出。老天！對一個擅長雙關語的人來說，這時用上這個字真是夠蠢了。他很快的用別的話掩飾失誤。「現在，想想我們該怎麼進去奢華俱樂部？」

「那裡應該會有一些工作人員在準備派對。」

「那麼，走吧！」他指了指雜物箱。「這兩樣東西放在身上，真讓我緊張。」但這東西也能夠讓我們倆轉移注意力，不用去面對底下這個想法：

等太久了。但如果這個計畫沒有成功，那就是能夠活著的時間太短了。

從這個角度看過去，丹尼爾與藍妮只是棋盤上的小東西，這個景象立即取悅了班尼特。

他已經檢查過奢華俱樂部，沒有問題。這個地方以前是一間倉庫，大小幾乎有一整個街區那麼大。內部裝潢漆成金色，不是黃色，是金色，入口的大廳還掛著巨大的草寫字：「奢華」。前面的走道夠寬廣，足夠排上繩索、架起動線，甚至還能擺上一張紅毯。晚上看起來應該很有派頭，但在下午的大太陽底下，店名的字體就顯得太招搖了。

他兩個小時前就到了。看完錄影後，他就開始收拾工具，整理行囊，然後花了一小時的時間清理傑瑞的房子。用了一整罐濕紙巾，擦拭所有物品的表面、擦去每一個可能留下指紋的地方。餐具用洗碗機洗過，整間房子也用吸塵器洗過。但牽扯到染色體的問題時，百分之百清除是絕對不可能的，但他盡力了。而且過了今晚，就是「洛杉磯，拜拜」，「哈囉，陽光燦爛的墨西哥」。

他站在一個建築物頂端，這裡正在改建成俱樂部。這一棟建築和他事先探查過的一樣，是全世界最容易進入的大樓，通過西班牙佬塗的石灰牆與波蘭佬安裝的電路設施，然後攀爬上後面的樓梯，就能來到提供該地區全景的屋頂。北邊是大樓，進駐的是財務公司，大樓有鏡面外觀，恰能反射太陽光。西邊，他可以辨別出是洛杉磯河流域的峽谷，每年此時都屬於乾枯期。南邊是州際十號公路，公路後方是工業大樓林立的貧乏地區。

剩下西邊，正是奢華俱樂部，華麗俗氣的好似展場女郎，俱樂部前方是一輛克萊斯勒PT Cruiser，丹尼爾剛剛從車子裡面爬出來。班尼特蹲在屋頂推出去有三英尺寬的屋簷上。在他下方的丹尼爾慢慢轉身，用一隻手擋著眼睛。他很滿意這兩人是單獨前來，丹尼爾比手畫腳，藍妮爬出車子，兩人急急忙忙走向入口。

班尼特從袋子裡拿出碟型收音器，支撐在磚塊上，碟子對著前門。耳機輕掛在耳朵上，傳來了一陣破裂的聲音，然後是刺耳的聲音，伴隨著腳步聲。

「鎖上。」丹尼爾的聲音傳到他的耳朵中，丹尼爾砰的一聲關上門。藍妮似乎已經準備好糟蹋她的美麗肌膚，一頭金髮亂糟糟的，棕髮比較適合她，眼睛附近沒有那團奇怪的胎記會更好。

過了一會兒，門發出摩擦的聲響，然後打開了幾吋寬。一個魁梧、雙臂刺青的男人往外看著他們兩人。「有什麼需要嗎？」

「你好。」丹尼爾說，「我是約翰．富賴爾，這是蓓琳妲．尼可斯，我們是圖．基的公關小組。」

「嗯哼？」

「其他組員稍晚就會到，但是圖要求我們先來看一看，確認貴賓室裡面的一切都已經安排好了。」

「我們還沒有準備好。」

「我知道。但是你介意我們只是繞一圈、看一眼嗎？這樣子我們就能告訴老闆我們做過事了。」

刺青男聳聳肩，說：「當然，沒問題。」他往內退了一步，撐住開著的門。「也沒有太多好看的。」

「沒關係，我確信這會……」關門聲切斷了丹尼爾的謊言後半段。

班尼特拿下耳機，掃了一眼手表。*孩子們，你們有什麼計畫？*

他有一個對策。事實上，是兩個對策，班尼特再次將手探進包包內，拉出一個包著紙的三明治，撕開紙，咬了一口。還需要加一點鹽。

展示錄影帶中的項鍊，每一吋看起來都是那麼華麗，跟他在海瑞溫斯頓珠寶店裡看到的真品一模一樣。除了項鍊上面有很多鑽石而如此昂貴之外，還因為它的製作技術與設計風格。反正他一定要拿到這條項鍊，尤其是項鍊上面的高品質鑽石，每一顆的克拉數都一樣。若他覺得整條項鍊一起賣掉很冒險，還可以一次賣一顆鑽石。甚至，萬一他必須賤價售出，還是能賣個三十或三十五萬美金。這些錢足夠讓他拿到一張乾淨的身分檔案、一個安全的藏身地點、計畫下一次行動所需要的花費。這些錢綽綽有餘了。

前門打開，丹尼爾和藍妮走出來時，他正好將三明治屑包在紙裡面，捏成一團，兩人直接前往車子。班尼特沒有使用麥克風，只是看著這兩人開車離開街區，轉彎離去。他等了十分鐘，然後背起背包，走下樓。一個帶著工地帽子的工人掃了他一眼，班尼特點點頭，繼續往前走。

只花了幾秒鐘砰砰敲門，就讓刺青男跑來打開前面的門。「有事嗎？」

「嗨，聽著。對不起，打擾你了。我是約翰・富賴爾的助理，幾分鐘前才來過的那個男人，那時候跟他在一起的女人叫做蓓琳妲。蓓琳妲剛剛撥電話給我，說她可能笨得把手機留在這裡了。你能夠幫忙找一找嗎？」

「不能。」

「你介意我進去找一找嗎？只要一分鐘。」

刺青男聳聳肩。「好啊，當然好。」刺青男往後退一步，班尼特跟著他進去。

室內電燈照得入口大廳非常明亮。大廳一邊是寄物間，另一邊是旋轉樓梯，再往裡走進雙層大門就到了俱樂部的主要部分。巨大的水晶吊燈低垂，幾乎要垂到地板上，一個男人正在修整，更換燈泡。牆壁上是厚重的布簾，裝滿含酒精飲料的箱子疊了有五層之多，前面還有兩箱，應該是刺青男留在那裡，然後跑去替他開門的。

「不錯的地方。」班尼特說。

刺青男發出一聲嗯哼。「貴賓室在樓上，手機可能是掉在那裡了。不是那裡，就是垃圾桶裡。」

「貴賓室在哪裡？」

刺青男指著酒吧區。「不用完全走到底，在左邊。」

「謝謝。聽著，我不想要浪費你的時間。你去做你的事情，我只需要一分鐘。」

班尼特走上旋轉樓梯。貴賓室是一個包廂，可以俯瞰整個大廳，沙發、墊子散亂各處。一張巨大的黑白相片從天花板上垂掛下來，將整個空間分隔開。相片中煙霧瀰漫，肉體與布料緊緊交纏在臀部與背部。一個西班牙婦女正在使用吸塵器，巧妙的閃過相片，用臀部撞開椅子，耳朵上掛著頭戴式耳機。

他們會藏在這裡？

他不這麼想。這裡有太多可變因素：清潔婦女、貴賓人員。在丹尼爾被追緝、藍妮已經死亡的情況下，這兩人不會冒險跑進有人會認出他們的地方。只露過幾次臉的演員、三流製片，狗仔，那種人才會往這裡跑。

班尼特回到樓下，在大廳裡面閒晃。一個洞穴狀的房間，掛著喇叭，兩側是吧台延伸，刺青男和另外一個男人正在吧台後面搬動一箱一箱的酒。上千顆的水晶宛如星星一般懸吊在舞池的天花板上。

男用廁所內是大理石地板，黑色的天花板。水龍頭、毛巾懸掛處、甚至是垃圾桶都是鍍金的，或者，鍍上某種看起來像是鍍金的東西。他檢查了第一間廁所，沒找到任何東西，第二間和第三間也是。

第四間廁所，馬桶水箱後面貼著一個管子，是槍。他露出微笑。心思、行動能被料中的人，他的確非常愛呀！

他小心翼翼不撕壞膠布，從下方剝開，拿出手槍。一把小型的西格紹爾P250手槍，很好的武器：組合式、精準、小巧。他退出子彈，一手抓住子彈。點四五柯爾特子彈。輕巧型。

丹尼爾的小計畫還不賴嘛！早點來這裡，藏好手槍，然後他就能夠走進有金屬探測器的地方，不用擔心被搜出槍枝。若一切都按著腳本進行，屆時丹尼爾會有武器，班尼特沒有。

他們才真的很不幸，因為他們不是唯一看過《教父》的人。

他可以拿走槍，可是當他們來到這裡，發現槍不見的時候，會感到驚慌。最好還是讓這兩人保持鎮靜，以為早了他一步。

班尼特將子彈塞回彈匣，然後將手槍放回去，輕輕的用膠布貼好。讓這兩人有槍，如果這樣子他們才會感到安全，現在已經知道這兩人在計畫什麼，而手槍根本算不上是威脅。人們看了太多電影，才會將握有一把手槍跟贏得一場決鬥畫上等號。他知道的更多。此外，他並不打算讓丹尼爾把槍拿得太久。

他停下來洗手，在褲子上擦乾手，然後步出廁所，吹著口哨。

「你找到了？」刺青男站在吧台後面。

「對啊！」丹尼爾說，「我找到了。」

□

這西裝是亞曼尼的，灰色、薄布料、單排扣、胸圍四十一，中等身材。丹尼爾將西裝掛在手臂上，移動到鞋區，綁鞋帶的淺口便鞋有一長排，各種想像得到的顏色都有。這些鞋子在百貨公司的無陰影光線下閃閃發亮。七彩的材質，鮮明的顏色。綠色宛如一大片海洋在十層海浪下變得更加柔和；藍色是育嬰室的天花板顏色；黃色則是炎夏盛暑裡檸檬雪糕的顏色。

這個世界多麼美麗，處處有驚奇，即便是最世俗之處也有。

他掃了一眼新手表，價值五百二十五美金。老天爺啊！他應該要看五百五十次以上，但才過了一小時。

他選擇了一件藍色、有精美灰色條紋的襯衫，拿了兩個尺寸。

「我想我準備好了。」藍妮從他的身後走出來，手臂上掛了一堆洋裝。

室內樂不知從何處流洩出來，空氣中有一百種以上的香水味。玻璃櫥窗抓住光線，讓光線舞動。他跟著藍妮，看著藍妮的臀部優雅的律動。他可以跟在她身後走上一整天、一整晚、人生剩下的所有時光，並且認為自己真是個幸福的男人。

一個店員計算過他們購賣的衣服總價後，打開兩間更衣室供他們使用，猶豫了很久，才確定兩人想要使用不同的更衣室。丹尼爾開始更衣，脫下T恤，放在一旁的長椅上。長褲滑下雙腳，踏出鞋子，細細審查每一個感覺：冷空氣吹在胸膛上，棉布移動滑過大腿，襪子底下是編織厚實的地毯。

他看看鏡中的自己。在緬因州那間小小的廉價旅館中，他做過同樣的事情，但那似乎是很久以前的事情了；那時候的他，瞪著鏡中的自己，期盼能認出自己；那時候的鏡中人，是一個酷似活人的幽靈，彷彿認識，卻又不認識；那張臉的主人失去一切、包括自己的身分，還曾經試圖結束生命。冷氣使他打了個寒顫，就在幾天前，他想要死，想要丟下人生離開。現在，他再次面對自己，現在他渴望活下去的慾望幾乎跟當時一樣。

人類一直想要永生，為了永生而三更半夜去運動，哲學對此議題也有討論。厭倦了去想某天人類會消失、絕種的想法。然而，最讓人感覺沉痛，最糟糕的背叛是：人消失，世界還是繼續存在。

但盯著鏡子，意識到「生命可能消失」這個問題不是哪一天才會發生，而是現在、今日、今晚生命就會消失，這種感覺真不一樣。

將一切安排好，她需要你，你必須要相信你會贏。

你必須要相信今晚結束時，你會拿著一把裝滿子彈的槍，而班尼特沒有槍。

又掃了手表一眼，五點二十九分。丹尼爾從衣架上拉下褲子，準備著裝。

他步出更衣室時，一位最珍貴的天使站在鏡子前。藍妮穿了一雙銀色的涼鞋，一件蜜桃色的洋裝，洋裝看起來像是量身訂作似的。是一件露背洋裝，但是裙子長至膝蓋以下，旋轉時，衣服摺邊也在轉。藍妮抓到他盯著自己的腳看，面露微笑。

「哇！」

藍妮的嘴唇發出啪的一聲，雙手放在自己的兩側：「你喜歡嗎？」

「哇！」

「你呢？」藍妮說：「看起來像詹姆士・龐德。」

「西恩・康納利版的？」

「丹尼・克雷格版的。」

他大笑。「你還少一樣東西。」他從口袋裡面拿出項鍊，跨到藍妮背後。藍妮舉起頭髮，讓他扣上鉤子。

他們並肩站在鏡子前。兩人凝視鏡中的畫面，而鏡中的兩人也凝視著鏡外的他們。這樣漫長的等待時間，這樣短暫的存活時間。

「我有個想法。」藍妮說。

□

「我們要去哪裡？」

「你會知道的。」

「藍妮……」

「往左轉。」

「我們沒有時間……」

「在那裡停車。」

「海灘？」他們付錢以後，藍妮帶著他走出百貨公司、走向車子、丟給他鑰匙，然後就是不肯告訴他任何事情，除了方向。但是，「那裡」是一個廣大的停車場，腳下是一大片廣闊的沙地。他猜是曼哈頓沙灘，但這不重要。整個海岸地區的西側，有一百碼左右都是光亮的砂石，一個接著一個的海灘相連。他開往停車處。「現在要幹嘛？」

藍妮伸手在後座抓了皮包，斜背在一邊裸露的肩膀上，老天，這件洋裝實在是……然後打開門。「來吧！」

他第一個立即的感覺是沮喪，一種浪費時間的感覺。然後，想到他們的生命或許只剩下一點點時間，就跟隨藍妮往前走。

藍妮走得很快，名牌涼鞋在鋪好的路面上閃動。空氣中有鹽巴與太陽的味道，天空有各種秋天的顏色。就在藍妮走到沙灘前緣的人行道時，他跟上了。

「現在要幹嘛？」

藍妮彎曲一邊膝蓋，伸手解下涼鞋的鞋帶，隨後也解下另外一隻腳的鞋帶。搞什麼鬼！他解開新鞋子的鞋帶，脫下襪子，然後加入藍妮走上海灘。腳下涼涼的，但是感覺很好。他扭動腳趾，感覺到砂石在腳趾間滑過的感覺。**世界如此美麗**。

「準備好了嗎？」

「準備好要做什麼？」

藍妮面露微笑。「開始！」

然後藍妮開始跳躍、頭髮在身後拍打，洋裝的摺邊飄動，一隻手抓著肩膀上的皮包背帶。

他跟藍妮後面開始跳躍，一手抓著一隻鞋，赤足深深刺入海灘上的砂石中。每插入一步，都會挖掘出埋在底下的彩色砂石。海風不斷的、溫柔的擁抱他。長褲在膝蓋處緊繃著，領帶像是一條小尾巴似的在肩膀處飛揚，穿著一套嶄新、價值一千美金的西裝在海灘上奔跑，實在很滑稽。他發現自己沒有發出任何聲響的大笑著，內在的笑聲是靈魂喜悅的呼喊，他任由自己全心全意的笑著、跑著。藍妮背對著燃燒的天空，足部閃耀著，緊貼著臀部曲線的洋裝也在閃耀著。藍妮轉過頭來，嘴巴微張、眼睛閃耀的她，正是廣告需要的美麗瞬間。光線像是融化的奶油，讓空氣發亮，他的呼吸聲、雙腿上的布料發出的沙沙聲，一切都太完美了，讓人全忘了周遭的世界。海水泡泡中有一個褪色的救生員座椅，藍妮試著坐上去，他更用力的推開椅子，並非想要贏，只是想讓自己全然進入活著的此時此刻，太好了，什麼都沒有，只有這一刻，抓緊這滿滿的、完整的、神奇的一刻，然後，這一刻如同一顆雨滴般轉瞬落下。

藍妮手持一根木頭拍了他一、兩下，然後高高舉起手臂。「勝利！」

「喔，是嗎？」他往前踏了一步，高高舉起藍妮，扛在肩膀上。藍妮不停扭動、大笑，頭髮拍打在他的腰上，雙手拍打著他的背部和大腿。再往前約走約十步的距離，他就會走到堅硬的海中沙地，碰觸到金屬色的浪花。

「你會弄皺西裝的。」藍妮警告。

「我不在乎。」他踏進水中，冰冷的海水真可愛、真驚人、在他的足間、小腿間、膝蓋間奔流而過。長褲的布料在浪花間旋轉。「換你了。」他的身體繃直了。

「不！」藍妮的雙手從揮打狀態變成抓牢狀態，緊抓住他的衣服。「不。」

他大笑，然後溫柔的將藍妮放下來，足部先著地。下一波海浪拍打她的小腿，小腿處濺起浪花。藍妮尖叫，飛舞似的背對海水往前跑，拉著他跟上，直到跑到水深至腳踝處的地方才停下來。丹尼爾的手臂環繞著藍妮，親吻她，此時太平洋的海水捲來、退去，永無止盡的反覆。

最後藍妮將頭靠在他身上，埋在他的胸前說話。「你知道這讓我想起什麼嗎？」

「知道。」砂石穿過他的雙足，在他的足底、足部四周。「我只是希望，我是靠自己記得這一切。」

「你會的。不過，在你想起一切之前……」藍妮推開他，拉過她的皮包，扭著手掏東西，手抽出來時，緊握著一樣東西。「……在你想起來之前，我們可以製造新的回憶。」

藍妮張開手指，一個銀色的戒指閃耀著。他看著戒指、看著藍妮。

「丹尼爾．海斯，你願意和我維持婚姻狀態嗎？即使你不記得你是誰了，即使我死了？」

他看著藍妮，曾經失去過、又找到這個女人，為了這個女人再次冒著失去一切的風險。然後，他拿起戒指，讓戒指滑入自己的左手，戴上戒指，忽然意識到這只戒指缺席了好一陣子，現在一部分的他回歸原位了。他在手指上轉著戒指。「我願意。」然後他往天上看、露出微笑。「你已經好久都沒留意你身邊的世界了。」

□

兩人盡最大的努力將時間消磨掉。沙灘上還有少數人逗留，但有足夠的沙子和空間距離能讓他們與其他人隔開來，假裝沙灘上只有他們兩個人。太陽消失，天色變黑，海水從銀色變成了灰藍色。海風從未停止，丹尼爾發現自己竟想著：這海水是從多麼遠的地方來，一路穿過海洋，千里迢迢只為了來到他們的腳下。

終於，他無法再假裝還有時間了。「我們……」

「我知道。」藍妮嘆了一口氣。「該是離開的時候。」

他起身，拍拍褲子上的砂石，一隻手扶起藍妮，兩人一起走回海灘。當他們終於走到人行道時，藍妮看看四周，說：「我得要去趟廁所，以免因為尿急、膀胱脹破而死？這種死法太沒道理了。幫我拿皮包好嗎？」

「當然好。」一面矮牆隔開停車場和沙灘，他靠在牆上。洛杉磯從未真正天黑，但是他可以看到少許星星，海風的感覺真好，光坐在這裡就是一種享受。每一種感官都沉醉其中。

「鈴鈴，甜心。」

是個男人的聲音，聲音很熟悉。丹尼爾轉頭，看看身後。沒人。

「鈴鈴，甜心。」

藍妮皮包內部的某個角落閃著亮光，是藍妮的手機，有人打手機找她。這聲音是卡麥龍的聲音，是藍妮的來電音樂。

誰會打來？

他將手伸進藍妮的皮包，拉出電話。沒有顯示來電者的姓名，只是一串數字。撥錯電話？他用一根手指按下「拒絕接聽」，讓來電自動轉入語音信箱。電話再次震動，卡麥龍的聲音再次出現，然後電話斷了，最近的來電紀錄顯示出了一組數字，但這一排紀錄底下是……

世界在旋轉，丹尼爾用另外一隻手穩住自己。銳利的海風穿透身上的衣服，喉嚨一陣發緊。

他往上看，藍妮還在廁所。

耳中有一陣噪音。他又看了一次電話，確信這不是他的幻想。

班尼特 3102090415

昨日 3:12PM

昨日，下午三點十二分。那正是在旅館的時候。

就在兩人做愛之後沒多久。那時候藍妮正在洗那個永無止盡的泡泡澡，也就是他闖入的時候。

他打開門，看到藍妮用槍指著自己，幾乎要嚇破膽。藍妮那時候站在水槽旁，全身濕漉漉，皮膚散發著熱氣，皮包就放在洗臉台上……

……而手機在旁邊。

手機螢幕亮著。你那時候沒有注意到，沒有真的注意到，但是某部分的你知道了。

藍妮正在跟班尼特通電話。藍妮欺騙你，一邊欺騙你、一邊微笑，還請你幫她點了一份沙拉。

那就是神祕的外出，她的「朋友」或許能夠提供幫助……

每次提及警察時，她失去控制的方式……

有十幾次她的眼中都閃著小小的遲疑……

儘管發生了那麼多事情，她堅持要付錢給班尼特的樣子……

無言的站在黑漆漆的牆旁，聽到馬桶沖水的聲音，他關上來電顯示記錄。抓起藍妮的皮包，將手機塞進去，將一雙汗濕的手斜插進口袋。海風變得越來越冷，還聞得到腐爛的海藻味。

藍妮一邊甩著潮濕的雙手，一邊走出廁所。她穿著吸引力十足的名牌洋裝，頂著亂七八糟的頭髮，還搭配一個電視上的微笑。「準備好了嗎？」

丹尼爾看著她。「我一直都處於備戰狀態。」

各色聚光燈橫掃來去、相互交錯，一陣陣紫光閃動照亮了那些撫摸自己腹部的手指。現在是晚上八點半，按照洛杉磯的標準來說還很早，但奢華俱樂部的停車場裡面已經停了很多輛車子。班尼特忽視俱樂部服務人員的指示，開離車道，到靠近出口的地方找到一個位置，很快的做了一個前駛、後退、再前駛的三點迴轉，將積架停成車頭朝前。他深呼吸，轉動肩膀，扭動指關節。

他從皮帶上拉出柯爾特手槍，關上彈匣保險卡榫，塞到前座底下。從乘客座位上的粗呢包包裡拉出便宜的相機機身，裝上一個五十釐米的長鏡頭。儘管這台相機功能很差，但是透過鏡頭可以看到停車場上的車牌。好。他抓起了碟型收音器與一副耳機，然後走向俱樂部。

奢華俱樂部晚上看起來比較好看，金色的油漆閃閃發亮，像是裝飾著某種金屬一樣。並不高貴的設計，但搭配上紅色天鵝絨繩索與超大尺寸的加框電影海報，這個金色就是很好的背景布幕。

這個時候排隊入場的隊伍長度還可控制。他站在兩個穿著短洋裝的閃亮女孩後面，兩人都擺著好看的姿勢、精心打扮過，假裝寒風毫不影響她們赤裸的雙腿。每次有人進入俱樂部，就會發出一個音量不大的爆破聲。

「你是媒體人員嗎？」保鏢的胸膛繃緊了西裝的縫線。

「自由撰稿人。」

保鏢點點頭，說：「請你放下攝影機，交給我。還有那個東西，那是什麼？」

「這是一個麥克風。」班尼特將兩樣東西都交給另外一個保鏢，另外這個是西班牙人，除此之外沒什麼特別的。

「我做過功課，但從沒看過這種麥克風。請舉起雙手。」保鏢一隻手持著金屬探測器，掃過班尼特的雙腿、背部、滑下雙臂。

「你是一個演員嗎?」

「大部分的時候都是替身。我在陶比・麥奎爾最新的電影裡面有個角色。」

「有說話嗎?」

「靠,你幹嘛不移動?」

「嗄?」

「那是我的台詞:『靠,你幹嘛不移動?』。我是執行員乙。」金屬探測器發出嗶嗶聲響。「掀起你的襯衫,翻開你的皮帶。」

班尼特讓保鏢看了皮帶的扣環內側、皮帶後面的腹部。另外一位保鏢,將相機的鏡頭蓋拔下,透過相機的取景窗看著四周。

「雖然只有一句台詞,陶比和我混得可熟了。他的下一部電影還會用我。」

「我相信他會用你,祝好死。」

「嗄?」保鏢的眼睛瞇了瞇。

「我說:我相信他會用你,祝好運。」他露出溫柔的微笑。保鏢邊搖頭邊說:「給這個狗仔他的工具。」班尼特將相機掛到身上,移向大門。身後傳來聲音,那個保鏢說:「最好不要被我抓到你在貴賓室搞鬼,只有獲邀的貴賓才能進去那裡。」

「好。」他打開門。重低音沉沉的震著肚子:咚—咚—咚—咚。吊燈在屋頂燃燒,燈光使垂掛在牆上的紅色天鵝絨看起來更貴氣,一個步履蹣跚的金髮女子問他是不是前往派對。他回答「不是」時,金髮女子跟他索價二十五美金,告訴他貴賓室今天晚上不開放。

大姊,不開放也沒關係,我的心中有很多間不一樣的貴賓室。

班尼特走過樓梯間，穿過寬闊的雙層大門，進入主酒吧區。兩側的吧台之間，散布著幾百個人，人頭鑽動，咖啡桌擺成一長串。一組近乎專業等級的舞者正在表演，舞池裡面大概有二十個人正在觀看。排得滿滿的各色聚光燈在頭頂密集閃耀，搭配著刺眼的白色光束。每當光線掃到成千水晶中的一個，就會反射出彩虹的光影，這個效果使空氣都閃耀起來。各方射來的光束包圍他、壓迫他，音樂從腳底響起，音波一路往上升到雙臂。他認不出這個音調，一個舞者伴隨幾首饒舌歌曲舞動著，或許是圖・基的某一首作品。

他來到場邊，發現一張沒有人占據的桌子，視野也很好。丹尼爾與藍妮約九點半，離現在還有一小時。他掃視過群眾，確認這群人不是摩肩擦踵的媒體，媒體可能要等到十一點才會出現，他沒有看到那對夫妻。

班尼特往後靠，保持低調，別引人注意，就當自己是窗簾上的垂飾好了，只是一個坐在桌邊的人。他將碟型收音器放在桌子上，將耳機往上拉。因為好玩他把麥克風對準了貴賓室，圖・基的電影工作伙伴等一下會在等候室裡面舉行派對。

「……聽說他的經紀人替他從這部片子弄到了三百萬……」

「圖賺了三百萬，嗄？嗯，很好。經歷過這麼多以後才三百萬。」

「人生很辛苦。」

「這是實話。」

班尼特露出微笑，輕按了「關掉」的鍵。身體往後靠，雙眼掃視、分類、歸類，標示出保鏢、保全人員在吧台的位置。工作人員的出入口應該是通往某個儲藏室，可能是辦公室，也可能是一個出口。打量人群、尋找潛在的威脅。

他的身體一陣震顫，使他動了動身體。顫抖的瞬間，他感覺到血液通過血管，感覺到吧台旁每一具身體的扭動，並預測著聚光燈掃射的方向。

殺戮時刻到了。

□

「你沒事吧？」藍妮在主酒吧區的門外停下來，臉上寫滿關心。

她騙你，她從一開始就騙你。

你和這個女人共組家庭，你為你的妻子賭上一切。她騙你。

「我沒事。」他說。

「回來的路上你好安靜。」

「我只是在思考。」騙你、騙你、騙你、騙你、騙你……「拜託，我們得要準備好，他可能隨時都出現。」他在藍妮能夠反駁前踏進室內。

俱樂部裡面還沒有很擁擠，但是已經比丹尼爾期待的人群數量還多了。太多臉孔，模糊的雙眼和嘴。騙你、騙你、騙你。

他深呼吸，掃了一眼手表，還有幾分鐘才到九點。他這一生有過多少個九點鐘。

「你覺得他已經在這裡了嗎？」藍妮光芒四射。七彩燈反射的光線照在藍妮的皮膚上，讓肌膚看起來更誘人。騙你、騙你、騙……

「我不知道。」他站在進入俱樂部的大門前，讓眼睛習慣昏暗的燈光。看看四周，下午也見過這個地方，但是此刻這個地方看起來非常不一樣。他的脈搏跳動聲和心跳聲一樣大，卻更快，腋下一片濕冷。「替我們兩人在吧台邊找個空間。」

「丹尼爾。」

他轉身，藍妮往前踏了一步，執起他的手，凝視他的眼。「我愛你。」

他讓自己對藍妮露出微笑。「替我們找個位置。」他捏捏藍妮的手然後奮力往廁所的方向走，途中聽到了不同的對話。

「……和派拉蒙有了兩部片約，背後還有……」

「……應該看看這個地方，真是太神奇了。或許之後我們可以喝一杯……」

「……所以我說：『聽著，我不在乎你在《窈窕淑女》裡面演什麼角色，就是不能刪除……」

「……我的意思是，這個女孩實在是難以置信。她的那對眼睛，老兄，真是迷倒我了……」

「……那是《麻雀變鳳凰》對上《噩夢輓歌》……」

「……給我另外一杯，好嗎？坎特伏特加，上等、純淨、高純度、藍色……」

男廁的門外大排長龍，男廁裡的裝潢全是大理石和鍍金。喇叭播放一首西班牙歌曲，西班牙文的和聲說著：「*¿Puedo afilar mi lapis?*（我可以削鉛筆嗎？）」然後第二個聲音唱著：「我可以削尖鉛筆嗎？」只有幾間廁所裡面有人，但他的那一間廁所有人。如果能夠選擇，男人大多數會選擇後面的廁所，而非中間的。丹尼爾踏進去，摸索著門鎖關上門。西格紹爾手槍還貼在廁所水箱的後面。他撕掉膠帶，手槍在手中，感覺既美好又恐怖。

Me siento enfermo……我覺得不舒服。*Me siento enfermo*……我覺得不舒服。

丹尼爾跌坐在馬桶上。瓷磚的溫度很冰冷，穿透過長褲薄薄的質料傳到皮膚上。他將頭埋在雙手裡，手槍用力的頂著他的太陽穴。

她騙你。

可是，為什麼呢？

藍妮和班尼特是一夥的嗎？這會是某種精心設計的詐騙嗎？

似乎不可能。沒有人可以設計他的消失、失憶。

所以，發生了什麼事情，導致局面演變成這樣？

他能夠記得的人生片段，全都是燦爛光明的部分，但他人生有大部分都已經成為歷史了。過去一、兩週內藍妮「死亡」，他沮喪到自殺，但過去一、兩週的記憶他全都不記得，只剩下簡短的片段。他所記得的是困惑、悲痛；他還知道罪惡感、羞愧、噁心；一定發生過一件可怕的事情，他猜測與班尼特出現有關。

但如果你是錯的呢？如果有其他的事情呢？

如果你發現了某件事情，改變了你對她的感覺呢？

如果，她不是你想的那樣呢？

有一種強烈的推動力使他想要嘔吐、哭泣、放聲大哭，這種衝動幾乎撕裂他。他用握著槍的手拍打頭部、重重的拍打，撞擊力道之大，使他發疼。

從緬因州醒來後，他對外在的信任感都放在藍妮身上。他重建身分的方式也一樣，是繞著藍妮而建立的，甚至當他想到藍妮死了，就認定自己已隨她而死。

如果藍妮從一開始就有問題呢？

他有一種強烈的衝動要站起來，走出廁所、走出俱樂部、走出這個城市。就只是想要離開。隨意選擇一個方向，將一切留在身後，所有確定、不確定的問題全都留下。管他該怎麼解決，只要在某處以某個身分重新開始。

但是，以什麼身分重新開始？在哪裡重新開始？為什麼要重新開始？

你選擇成為什麼樣的人。這是否意味著你可以一再的選擇、選擇、選擇？沒關係嗎？

不，你已經做出決定，是活或是死都跟這些決定有關。此外，或許有解釋。問問看，給她一個

機會解釋。

然後再把你該做的做完。不管結果為何，一切都會在今晚結束，全部都會結束。

即便這意味著所有事情的終點。

他準備好西格紹爾手槍，塞進腰帶，站上廁所的水箱。

□

班尼特的桌子位於陰影中，從這個角度他可以看到丹尼爾走出廁所。這個男人看起來不太好，臉色蒼白、身形搖晃，似乎因為心情沉重而過於緊繃，說不定輕輕一碰就會讓他炸開。

儘管如此，他的西裝真不錯。灰色、合身，外套的扣子已經扣上。

丹尼爾穿過人群一路走到吧台邊，藍妮在那裡等著。藍妮看起來真棒，洋裝正面露出乳溝，但是下擺較長，平衡了放蕩的感覺。金髮真不適合藍妮，原有的棕色頭髮比較襯膚色。不過，她脖子上那串鑽石項鍊的吸引力更大。

丹尼爾擠到藍妮旁邊。藍妮勉強擠出微笑，雙手煩躁的玩弄皮包的背帶。丹尼爾接過皮包，吊掛在椅背上，然後對酒保說了些什麼，酒保點點頭。

難道手槍放在藍妮的皮包裡？

班尼特將相機放在桌邊，使機身保持穩定。對焦的時候，數位相機的螢幕閃爍，鏡頭放大了影像，可以更貼近丹尼爾的上腹部，影像清楚到好似他就站在丹尼爾旁邊。

不！左側的腹部有一個凸起。這是丹尼爾以前塞槍的地方。人的思想、行動是很容易預測的。

他戴上耳機，打開麥克風。

□

「一杯夏德奈白酒，和一杯布魯克威士忌，不加水，雙份。」酒保放下了他們點的酒。

丹尼爾點點頭，在吧台上放了二十元。「留著零錢。」

「謝謝。」

「為了討好運？」藍妮握著酒杯的杯柄。

「類似吧！」丹尼爾舉起他沉重的威士忌杯，吞了一口。塞在長褲前面的西格紹爾手槍感覺怪異，沉重又親密，槍的瞄準器戳著肌肉。他往後靠著吧台，掃視四周。這個地方已經擠滿了人，閃耀的燈光讓人都認不出彼此了，只有牙齒、肩膀、頭髮、汗水。

「那個……」

「有。」丹尼爾說，對著藍妮的皮包點點頭，背帶掛在椅背上。「和我們計畫的一樣。」

他追著藍妮的雙眼，看見眼中的驚慌。藍妮討厭槍，至少，他認為藍妮討厭槍。這點可能也是個謊言。「我可以問你一些事情嗎？」

藍妮抬頭看他。

「有什麼事情是我不知道的嗎？」

「什麼？你說這話是什麼意思？」

「我只是有這種感覺，有一件非常重要的事情，我好像遺漏了。我幾乎快要想到，但是還沒完全得到答案。你知道，就是你試圖想起某個人的名字，你知道那個名字的起音是『ㄌ』，就只能一直想著：羅伯特、萊恩、里克、藍迪、羅傑……羅傑……羅傑……我覺得像是那樣。」

「嗯。」藍妮聳聳肩。「你還在失憶中。」

「我知道。」他說。*拜託，寶貝，我求你。*「但是我覺得有一件特別的事情。」

「你已經一個星期都沒睡好了，你累壞了。你的腦袋也可能迷糊了。」

他很累。老天，他累了嗎？可以用這個理由解釋事情嗎？偏執和疲倦是危險的混合體。丹尼爾吞了一口威士忌，卻完全嚐不出味道。你知道自己在她的電話上看到什麼。「班尼特很快就會到這裡。然後我們全都要進入戰鬥。贏和存活，或是輸和死亡。而我猜，我猜想，我只是問問，是不是有什麼事情，是你認為應該讓我知道。」他轉頭看著藍妮。「任何事情。」

藍妮啜飲了一口葡萄酒，口紅印在了酒杯邊緣。「丹尼爾，你在暗示什麼？」

「我也不確定。」他凝視她。*寶貝，就是這個。這是你的機會，我們的機會。*「我希望你會告訴我。」

就在這一秒鐘，最微小瞬間，藍妮遲疑了。他讓自己保持希望，希望這一切不是個謊言，希望藍妮沒有跟破壞他們兩人生命的野獸有關係，希望自己不要在救了自己的生命後，才發現這其實是毀滅。

然後，藍妮說：「對不起，我不懂你在說什麼。」

丹尼爾瞪著她，讓臉部維持柔和、鎮靜的表情，但這張臉後面，一切碎裂成片。

全都徒勞無功。

徒勞無功。

「但是我希望你知道……」藍妮繼續。「我愛你，遠超過你能想像的。」

「我也是。」一個聲音從他後面傳來。「我愛你們。」

□

他單獨行動是有原因的。

班尼特被這兩人的對話逗樂了。可憐的丹尼爾，知道的片段僅足以懷疑自己被騙了，所以導出錯誤的結論。可憐的藍妮，這麼用力保護她的男人。這兩個人都太純潔、太誠實，卻走到了衝突的軌道上。冰山和鐵達尼號兩方都沒有邪惡的意圖，但是兩者相撞卻造成地獄般的毀滅。

這真是一部好的電視劇，但是他沒空看。

所以他拔掉耳機，將相機安放在椅子上、收音器的旁邊，他快速的摸了摸這兩樣東西，就留下東西走開了。人變多了，他穿過派對人群走過去，看到丹尼爾和藍妮出現在視線內、離開視線、又出現在視線內、又離開視線。然後，他抵達時剛好聽到藍妮愛的宣言。

「我也是。」他帶著微笑說，「我也愛你們。」

藍妮先動作，很快吸了一口氣。他出現時，丹尼爾似乎完全鎮定下來，帶著一種不訝異的表情，有這種表情的男人是在期待最糟糕的狀況。「你來早了。」

「我是個幹勁十足的人。」班尼特掃了藍妮一眼。「很可愛的項鍊。」

「拿去。」藍妮一邊說，一隻手就伸到了脖子上。

丹尼爾說：「不能在這裡。」

不能？老兄，現在你想要去一個安靜一點的地方了，對吧？「哪裡？」

「那裡有個出口。」丹尼爾以手對擁擠的舞池另外一邊比畫了一下。「在窗簾後面。」

「那裡可能會有警報器。」

「沒有，我下午檢查過了。」

「為什麼不去前面就好？」班尼特很好奇，這個男人到底想出了什麼謊言。

「現在那邊有太多攝影師了。如果有人注意到藍妮，我們就麻煩了。」

「忽然間你們不想要人群保護了?」

「我們知道你沒有手槍,這才是重點。」

你們當然知道我不需要靠一把手槍就能解決你們兩個人,所以我會將你剛剛說的那一句話解讀為外行人的過度自信。所以現在我應該要表現出被取悅了,因為你們願意跟我一起走到一個無人的巷弄,一路上還會一直猜想你們是不是有手槍。老兄,真狡猾啊!你應該更尊敬你的對手才是。班尼特說:「好吧!在我們走之前,我希望你們知道,這只是一筆生意。」

「這是死亡的吶喊。」

「我想,我們之間應該要有一些正式禮節,對吧?」

「我想要你的承諾,之後你會永遠離開我們。」

「我承諾。」班尼特伸出手說。

人類的優點之一就是:你的手伸出去夠久,即便是敵對的那方也會接受。丹尼爾帶著厭惡的眼光瞪著他,過了很久,丹尼爾回報以握手。

就在兩人接觸的瞬間,班尼特緊緊握住丹尼爾的手,然後左手猛然拉開丹尼爾的西裝,要搶那把西格紹爾。而在丹尼爾的西裝外套大開、槍掉到地上之前,班尼特先接住了槍。他拇指一撥,打開保險卡榫,用槍指著丹尼爾的肚子。

「不介意我拿著這個,不介意吧?」

丹尼爾的嘴巴打開,熱血衝上了他的臉。

「這裡有太多人了,我可以槍斃了你們,然後趁著人們驚慌大亂時逃走。」他的臉保持鎮定,那張悠閒自在的面具下,藏了很多的事情。「但是我不想要那麼做。好嗎?」

「怎麼做?」丹尼爾抓到話鋒。「你想要怎麼做?」

「首先，我想要你的美麗妻子，把我的項鍊給我。」

藍妮的臉色已經發白了。慢吞吞、不情願的藍妮手往上，解下項鍊，遞給他：「這裡。」

班尼特沒有鬆開丹尼爾的手，眼睛也沒有離開丹尼爾。「放在我的口袋裡。」

藍妮遲疑了一下，然後將手伸向他。他感覺到藍妮的手滑進他的褲子口袋裡，也感覺到寶石鋒利的邊緣。嗨，**墨西哥，我來了**。藍妮的手還在他的口袋裡時，班尼特對丹尼爾眨眨眼。

「很好。現在，讓我們全都去散步吧！」

藍妮開始反抗。「可是你說……」

「大姊，放輕鬆。我不會殺死你們任何一個人，我只是想要耽誤你們幾分鐘的時間。」

丹尼爾說：「或許，你直接離開就好。」

「你們不會跑去找保鏢？對不起，我無法相信。不行！我們三個人一起走出去。只要我們一走到外面，就各走各的路。」他鬆開握住丹尼爾的手，往後退了一步。「幾乎就要結束了。只是聚在一起幾分鐘，然後一切都會結束。我保證，看這裡。」班尼特將槍塞進皮帶。「看吧？」

或許是這些話、或許是這個行動、或許是情急拚命與獸性的願望，丹尼爾和藍妮對看一眼，然後藍妮拿起皮包，帶著一股英雄豪情，轉身背對他，率先走向前往小巷弄的門。丹尼爾跟著，班尼特走在最後，緊跟著，近到這兩個人都無法逃走，但是也遠到這兩人不會為了搶奪手槍而上演一場自殺秀。

每個細節都是快、狠、準。一個滿臉雀斑的女孩，穿著袒胸露背的衣服，舉起一只馬丁尼酒杯。舞池上方的水晶天空裡，閃著星光。丹尼爾的西裝外套質料、褲腳上臨時固定用的安全別針；藍妮裸露的肩膀、脖子上一顆顆的汗珠。低音的咚—咚—咚節奏正好搭配班尼特的心跳聲、腳步聲。五十萬美金在他的口袋裡，一把槍塞在皮帶上，現在純粹就是迎向勝利。

還有什麼理由要讓這兩個人活下去，他想不出來。

□

藍妮的心一分鐘跳了一百下，呼吸變得很淺。這些舞者似乎很會扭曲身體，動作又很慢，致使動作在閃光燈下顯得焦躁不安。她可以感受到音樂，卻不想要聽到。

成功了，計畫奏效了。

在酒吧的時候，一瞬間她以為整個計畫瓦解了。丹尼爾顯然在懷疑她，難道丹尼爾想起發生了什麼事情嗎？他變得這麼尖銳，背後到底有什麼原因？

她不知道。但是丹尼爾想要套出某些事情，同時間她自己的內心正進行著狂熱、殘酷的交戰。有一部分的她想要不顧一切告訴丹尼爾事實，不管說了以後會對丹尼爾造成什麼影響，另外一半的她則提醒自己，這個事實曾經幾乎毀了丹尼爾，這一半的自己同時辯駁，當下丹尼爾所承受的痛苦，到頭來將會轉換成勝利的果實。最後她採用了務實的決定，無需冒險毀滅丹尼爾。現在不能，他們兩個人才正要開始完成一切。

藍妮轉頭掃了身後一眼，約在背後五英尺處，班尼特輕輕拍了拍藏在襯衫底下的槍。她畏縮了一下，往前看，利用行進當作掩護，讓皮包的帶子滑下來，這樣皮包就會打開。她能感覺到皮包的重量更重，還有堅硬的邊緣。

她曾害怕班尼特會要求拿皮包，甚至是檢查皮包。班尼特來到他們後面時，唯一可能會做的就是檢查皮包內部，那樣的話，一切就玩完了。

丹尼爾走在她的後面，距離半步遠。等到他們關上門，她就能以完美的姿勢伸手探進包包，拿出槍頭扁平的左輪手槍，遞給丹尼爾。這就是他們的計畫。

只是她在心裡面稍微修正了計畫，這是她惹出來的亂子，是她把班尼特帶進他們的人生。清理一切的人應該是她。

不知怎麼的，她的心跳得更快了。

這樣才對，丹尼爾已經做得夠多了，現在輪到你來完成分內的事情了。

他們很快的、太快的穿越擁擠的舞池。漆成黑色的大門，有一半隱藏在天鵝絨的窗簾下。藍妮再次回頭一看，丹尼爾不肯看她的眼睛。他知道你騙了他。

沒關係，再過幾秒鐘，一切都會結束。

她推開門，夜晚的空氣覆蓋在汗濕的皮膚上。卸貨區非常寬敞、明亮，一盞鹵素燈掛在大樓邊上，讓水泥地上的髒污、凹痕在燈光下無所遁形。兩輛巨大的大型垃圾車駛過牆邊，垃圾車上的金屬生鏽了。空氣中瀰漫著酸味。

等到這兩個男人都走到外面，一切就結束了。

她加快速度，多走了幾步，耳朵一緊。她可以感覺到他們在她身後，阻隔了室內的噪音。直到……

沉重的門砰一聲關上，阻斷了音樂聲。

就是現在。

藍妮的手探進皮包內，感覺碰到了左輪手槍，手指努力摸索著冰冷的邊緣……

……玻璃杯？

她猛然伸出手，發現手上拿的是一個底部沉重的無腳酒杯，酒杯底部還有一、兩滴琥珀色的液體。

一個影像閃過眼前，班尼特來到他們後面時，和她的皮包距離近到足以能往下看。

班尼特應該看到槍了，然後手伸進她的皮包，用一個杯子換了手槍，以維持一樣的重量。

老天爺。喔！老天，不。

她轉身，想要警告丹尼爾，告訴丹尼爾快跑，但是班尼特也在那裡。班尼特的笑容溫和、冷酷。「所以，丹尼爾，你錯了。今天你在你家的時候說，今晚結束時，你會是那個持槍的人……」班尼特手伸到腰部，拉出手槍，對著她美麗的丈夫。「……而我是沒有槍的人。」

不，計畫行不通了，現在不要、不要……

「你跟我說說：你是一個作家，應該要了解人心之類的東西。你叫人們相信你的時候，為什麼那些人真的就得相信你呢？」

「因為我們想要相信彼此。」

「就那麼簡單？」

丹尼爾聳聳肩。「我不認為那很簡單。」丹尼爾看著藍妮。

他在等你遞手槍給他，而你有的只是一個玻璃杯。

她的頭、她的心都在狂叫，該有點行動，試試別的方式，例如，衝向班尼特。

「信任對我來說一向沒有意義，言語只是呼吸瞬間發生的事。例如，我答應不會傷害你們。」班尼特扣了扳機。

手槍的擊錘咔答一聲拉下，如她所預期。

「事實上……」丹尼爾將手探向背後，取出一把槍頭扁扁的左輪手槍，左手從口袋裡掏出一把子彈。「我說的是：我會手持一把裝滿子彈的槍，而你沒有槍。」

那種感覺像是一條鐵繩就要砸到她身上，但有人中途切斷繩索，忽然間她能呼吸了，能露出微笑了，甚至能大笑了。丹尼爾辦到了。

不知怎麼的，她的寶貝奪到了槍。

然後，丹尼爾轉身，用手槍指著她。「去，站到那個傢伙旁邊。」

□

一個高分貝的聲音穿過他的腦子，他知道那是怒吼聲，他不願意自己發出的怒吼聲。

她對你說謊，她和班尼特是一夥的。沒有方法可以贏，但這不表示你要讓他們為所欲為。

藍妮說：「什麼？」

班尼特說：「為何？」

「我在廁所藏了兩把槍，我們拿的這把……」他移動槍頭，對著班尼特。「……是今天下午從家裡取出來的，我藏在廁所天花板上。我們的計畫是將這一把槍放在藍妮的皮包，以防止你會搜我的身，但那是我在知道她欺騙我之前的計畫。」

「丹尼爾，你在做什麼？」藍妮的聲音狂亂。「你在……」

「我看到你的手機了，你昨天和這個傢伙通過電話，在旅館裡。」

藍妮看著班尼特，然後轉向他。「對。但事情不是……」

「我不想要聽。」他的頭痛像山崩、像潰堤、像颶風。「你知道，自從我失去記憶以後，一直在尋找你，我以為你是我的世界中心，但其實你是我試圖殺死自己的原因，是嗎？」

班尼特冷靜的面具滑落，露出藏在面具後的那個怪物，是個稜角分明、精打細算的怪物。班尼特的視線從槍移轉到藍妮、再移轉到卸貨區後面的大街，然後往後踏了半步。

「別動，你這個狗娘養的賤種。」丹尼爾舉起槍，這把槍在手上的感覺真對。**不，錯了，感覺不對，不是對的感覺，你不想握槍的，因為不久前……**他眨眨眼，試圖讓手穩定。都到了這個地步，他無法再錯失什麼，唯一能做的就是扣扳機。然後，移動幾吋，對準藍妮，再次扣扳機。最後將槍桿對準自己的嘴，終結他在緬因州開始的事情。

藍妮的雙眼像是驚慌的深潭，藍妮踏步走向他。

「不要過來。」

「不！」藍妮凝視著他，這個女人一直在騙他……**你愛這個女人……藍妮的臉龐那麼美麗……那麼可怕……一隻野獸……你的人生……**「你不會這麼做的，丹尼爾！」

「我必須這麼做。」

「不！你不會的，你不記得了嗎？」藍妮語氣輕柔的說，「我知道你記得。你在蘇菲家無法開槍射殺他，就是因為這部分的記憶，你會一直做那個夢，也是因為這個記憶……」

「你在……」

「……那個水泥峽谷的夢。」藍妮往前又踏了一步。「只是，那不是一個峽谷，丹尼爾。」她的眼睛催眠了他。「那是一個水泥河道。」他覺得頭昏，幾乎像是他在……

「那個水泥河道是你上次企圖殺死班尼特的地方。」

……墜落。

□

戶外場景：水泥河道

時間：中午過後不久

水泥河道上方是深紅色、金色的天空，潺潺的流水流過河道中央。天際線模糊。

一輛銀色BMW駛過水坑，濺起水花。

室內場景：BMW車內，接續上一景。

丹尼爾・海斯在靠近高架橋的地方停車，緊握雙手，雙手又鬆開。

他盯著擋風玻璃外。橋下，車前大燈閃了一次。

旁邊的座位上，手機震動了。來電顯示上出現藍妮・薩爾的相片。

他看著手機，沒有接。

丹尼爾：不，寶貝。

他打開座椅前方的置物櫃，拿出一個紙袋。

丹尼爾（繼續說話）：在他對你做了這些事情以後，不能！

丹尼爾走過高架橋，左手拿著紙袋。

走了十幾步以後，他停在陰影的邊緣。

水泥河道上傳來腳步聲。

一個陌生人的輪廓出現，隨著陌生人越走越近，五官特徵越來越明顯。一個身材中等、健壯結實的男人，刮過鬍子的臉，兩隻手臂上全都是刺青。

陌生人：你來晚了，你的妻子呢？

丹尼爾：只有我來。

陌生人消化著這一句話，然後對著紙袋點點頭，伸出手。

陌生人：拿過來。

丹尼爾：我了解你，你是隻蟑螂。

陌生人：哇！真強悍。

這男人微笑時，露出過去搏鬥、坐牢時留下的痕跡。

丹尼爾：我們不怕你。我只想給你一次機會，就只有一次。快走！別來煩我們。

陌生人：不然你要怎麼樣？這又不是電視影集。

丹尼爾：我會給你這個，但是我現在跟你說：你最好離開，別來煩我們。

陌生人：你在幹嘛，幫我開一條通往天堂的道路嗎？幹！

丹尼爾：不！

他的手探進紙袋內，掏出格洛克手槍。

陌生人：等等……

丹尼爾：去你的！

丹尼爾扣了扳機，一次、兩次、三次。

每一顆子彈都像是用錘子往下重擊一下。陌生人絆倒，鮮血從他的頸子噴出，噴灑在丹尼爾的T恤上。

陌生人的臉上露出孩子般的恐懼與困惑。

然後，陌生人虛脫倒下。

丹尼爾先瞪著陌生人，然後又瞪著手槍。

屍體在地上抽搐，痛苦中雙唇扭曲。

鮮血噴灑在骯髒的水泥上。

丹尼爾目瞪口呆，看著那個男人，等著有人大喊：「卡！」

但沒有人喊卡。

陌生人口吐鮮血，死了。

丹尼爾看看四周，臉色發白。
地平線一片模糊，高高聳起的地表像是帶著兜帽的法官。
突如其來的抽搐攫住丹尼爾，他抽搐了兩次，一隻手摀住嘴巴，幾乎無法阻擋自己嘔吐。
他搖搖晃晃回到車子。

室內場景：BMW車內，承接上一景
丹尼爾在車椅上崩潰。
槍在手中，持槍的手在顫抖。
他瞪著擋風玻璃外的男人，他殺死的男人。
然後他猛然拉開座位前方的置物櫃，將手槍丟到裡面，車子發出一聲長嘯後離去。
這一段車程是霓紅與黑暗交互拼貼的蒙太奇之旅。
尖銳的喇叭聲不斷，不合時宜的響起。
丹尼爾的指關節緊抓著方向盤。
他的臉毫無血色，毫無表情。
他對著自己咕噥，破碎的話語是他腦子裡面的自我辯論。憤怒、害怕、恐懼。
丹尼爾：必須……他應該……沒有……我不是……故意要……為什麼……幹！……喔，幹！
窗外的城市呼嘯而過，車子快速前進。
太平洋海岸公路上，沿途都是搖曳的燭光。
太平洋的海水冰冷穩定。
恐怖的氛圍在夜晚四處穿梭。

室內場景：丹尼爾與藍妮位於馬利布市的家

時間：稍晚

藍妮・薩爾坐在家中前廳的台階上。

藍妮對著手機說話。

藍妮：丹尼爾，拜託，不管你要做什麼，都別做。我知道你試圖保護我，但是你不會想要這麼做的。（停頓一下）接電話啊！寶貝。（停頓一下）接起你的電話啊！

一聽到汽車的引擎聲傳來，藍妮立刻跳起來，跑到前門，猛然拉開門，此時丹尼爾走進來。

丹尼爾的白色T恤染上腥紅色。

藍妮：喔，我的天啊！

丹尼爾飛快的走過藍妮身旁。

藍妮：你沒事吧？

藍妮急忙追上丹尼爾，來到……

室內場景：廁所，接續上一景

藍妮來到浴室，丹尼爾正蜷伏在馬桶前面，大吐特吐。

藍妮：跟我說話。你受傷了嗎？

丹尼爾用力的喘氣，胸膛猛烈起伏。他直起身，看著她。

丹尼爾的眼神就像是一個人被吊在懸崖上那樣，這眼神顯示他正慢慢的失去理智。

藍妮跑向他，開始輕拍他的身體。

藍妮：這血跡是從哪來的？

丹尼爾：不是我的血。

這幾個字深深的撼動了藍妮。

丹尼爾的手指抓著瓷磚。

藍妮：你**做了**什麼？

丹尼爾：我不是故意的。

他用手背擦擦嘴，眼神盯著遠方的某個東西。

丹尼爾（繼續說）：我給了他機會，叫他別來煩我們。（停頓一下）或許，我是故意的。

藍妮開始踱步。

丹尼爾（繼續說）：這跟我想得不一樣，感覺更糟。（停頓一下）我開槍的時候，就像是一幕戲，有爆炸、還有假血漿。我甚至還想：哇，這傢伙真讚，他演得真逼真。我幾乎相信他是真的在……

另外一波噁心的感覺襲來，他又對著馬桶大吐特吐，喘氣間還咳嗽、吐口水。

藍妮蹲在他的身後，慢慢摩擦著他的背。

丹尼爾吐完，雙臂交叉坐在地板上，頭埋在雙臂中間。

藍妮：沒……關係。我們會解決的。（停頓一下）我希望你早一點告訴我，我就能阻止你。（停頓一下）或者，我會跟你一起去。

丹尼爾：我沒想到會是這樣子。

藍妮：有人看到你嗎？

丹尼爾似乎沒有聽見。

丹尼爾：沒有方法回到從前了。有什麼辦法嗎？一旦你做了，就變成不一樣的人了。（停頓一下）永遠都不一樣了。（停頓一下）代價太高了。

藍妮似乎想要說些什麼，但是不知道該接什麼話。

丹尼爾（繼續說）：班尼特對你做了些事情以後，我想要做。我是那麼……（停頓一下）但是他沒有殺人。**我有**。

一個模糊的聲音，可能是一個男人的聲音。藍妮從口袋裡掏出手機，正準備要切掉。但她看到了來電顯示上的名字。

她瞪著手機，目瞪口呆。

她無法理解。

然後她接起手機。

她一邊講電話，一邊看著丹尼爾。

班尼特（配音）：你知道，我總認為那一句「不斬來使」的台詞，是一個隱喻。

藍妮發出一句嗚咽。丹尼爾坐在地板上，抬頭看著她。

班尼特（配音）：我們的小丹丹覺得怎麼樣？他知道殺錯人了嗎？（停頓一下）好好想一想，現在警察會怎麼幫你們吧！

□

……頭昏，幾乎像是下墜了。丹尼爾搖搖晃晃的站著，吸進一口冷空氣。記憶突然襲來的力量、水晶一般清明的意識、噁心與驚恐相互共鳴，全使他暈眩。

藍妮瞪著他。他眼中出現一絲異樣，想告知藍妮他想起了一切。「現在，你知道為什麼我必須要騙你了吧？知道為什麼我一直阻擋你去找警察，還有，為什麼我就是想要給這傢伙那條項鍊，甚至是現在都想給。我不要你再次想起這些，我不要你再次面對這些。」

噢，我搞砸了！

剎那間回憶湧現，他迷失在其中，但現在他發現自己又回到水泥峽谷，手中扶著一個死人。不，這其實是一個裝卸貨區，而非乾枯的水泥河道，但情況沒變。

隨著時間一分一秒流逝的只有心跳聲，左輪槍依舊指著班尼特。貝斯的聲音透過俱樂部的牆壁傳來，依舊砰砰砰作響；街燈也依舊耀眼、發出唧唧唧的聲響。

但是每件事情都不一樣了，他知道自己做過什麼。

也知道他得為做過的事情付出代價。

班尼特的臉漸漸清晰，五官漸漸清楚。班尼特將手伸出來，毫無表情的舉起手。「放輕鬆，老兄，放輕鬆。這種事你已經試過一次，上一次你並不怎麼愉快。」

丹尼爾瞪著自己的手臂：肩膀、二頭肌、手肘、前臂、手、手槍，全都連在一起。**手槍只是執行意志的工具，扣下扳機，眼前這個男人就會死了。**

殺人的不是手槍。

「我跟你說，這樣吧！」班尼特放下手。

「不要動。」丹尼爾的嘴巴很乾，喉嚨很緊。

「放輕鬆！我只是要拿出你們的項鍊，好嗎？」班尼特非常緩慢的將兩隻手指滑進他自己的口袋裡，拉出閃耀的項鍊。「這裡。」他將項鍊丟在水泥地上。「看到了吧？」

一切都回歸此處。你行駛過的每一英里，你追逐的每一個記憶，短暫一生的每個時刻，這一路上你學習到的每一件事情，都是計畫著要將你帶回起點。

汗滴下前額，他用另外一隻手抹去。藍妮看著他，他的藍妮，他深愛的女人，同時也是深愛著他的女人。

我的天，你幾乎……你幾乎要……

「寶貝，對不起。我不知道，我不……」

「沒關係，我了解，我愛你。」

「聽著，丹尼爾。」班尼特的聲音很鎮定。「有些事我們可以一起解決。」

你又回到此處。只是，這一次你了解這件事情代表的意義。

上一次他開車前往水泥河道，將槍置於前座的置物箱內，當時他一直告訴自己，應該給這個男人一個離開的機會。但其實他知道自己並非真的想要給出那個機會，反倒是比較想要那個男人給他一個殺人的理由。他去的時候，心中是帶著殺人的念頭。

只是，那時候的你不了解自己的想法。那時候的你以為一切只是你寫的另外一個故事。你不知道帶走一條生命會改變你，會讓自己的一部分也隨之死亡；你沒有意識到那是你以丹尼爾・海斯存活的最後幾天，至少是你以為的那個丹尼爾・海斯。

但是扣扳機跟在鍵盤上打字是不一樣的，和你為自己人生設想的故事不一樣，和你撰寫的寫實場景不一樣，你為班尼特寫的腳本被扭曲了，最後剩下的只有你手中這把上了膛的槍。

「你用不著殺人，丹尼爾。」班尼特平靜的說。「我們各走各的吧！」

「閉嘴。」藍妮轉向丹尼爾。「你不需要這麼做。」

「現在還有什麼選擇？」

藍妮伸出一隻手。「把槍給我。」

「什麼？」

「我來動手。」

像是一拳揮過一扇紗門，這幾個字撕裂了他。他能夠看出藍妮眼中的恐懼、懼怕。他能夠看出藍妮還記得殺人對他造成的影響，而他也知道同樣的事情可能會發生在藍妮身上，也就是某部分的藍妮將會隨著班尼特而死。但藍妮還是願意這麼做，不是因為藍妮想做，而是她想要解救丹尼爾，不要他再次承受那個可怕的情境。

他搖搖頭。「不，我不會讓你做。」他想要躺在某處，然後閉上雙眼。那個地方會有冷冷的微風，滿布花香。**你可以選擇要成為什麼樣的人。但是要確定你可以與你的決定共存活。**

他放下手槍。

班尼特露出微笑。

「對不起，寶貝。」

「不需要。」藍妮說。「你沒什麼好說對不起的。」

你可以選擇成為什麼樣的人。

「有。」丹尼爾說，「我有。」

他轉身，猛然舉起手槍，扣了扳機。在卸貨區，爆炸聲更顯巨大。槍聲之大，使得第二槍的聲響顯得小了，也使隨之而來的寂靜變得更沉重。

確定你可以與你所做的決定共存活。

班尼特難以置信，搖搖晃晃的雙腳還是站著，舉起手，碰觸胸膛，手指上沾滿鮮血，他瞪著手指，眼睛張大、非常震驚，好像是無法相信自己所看到的一切。

然後，班尼特虛脫倒下。

丹尼爾凝視一切。那一刻一切好似一陣煙閃過：過去幾天的長途旅行；驚駭、困惑、危險；一路上的孤寂、疲憊、罪惡感；他失去藍妮與人生，然後又再次尋獲。

蘇菲，閃過最多的畫面是蘇菲。

他看著水泥地上的屍體。

我確定我可以與這個決定共存活。

丹尼爾・海斯雙手環抱著他深愛的女人，將這女人拉向自己。

室內場景：電視公司攝影棚

時間：清晨

電視節目「今日」的片頭花體字閃過螢幕，之後螢幕上出現一張桌子，立於巨大的窗戶前。窗外景致是曼哈頓的寒冷清晨。一群遊客身著雪衣，凝視著窗戶，拼命拍照、揮手。

桌子前面坐著四個人，分別是：有著鄰家女孩氣質的梅若迪絲．維葉拉、有著友善雙眼與笑容的艾爾．洛可[1]、看起來很不安的丹尼爾．海斯，以及光芒四射、怡然自在的藍妮．薩爾。

維葉拉：今天早上，我們要與所有的觀眾朋友分享一個驚人的故事，我們今天的來賓是藍妮．薩爾。藍妮遭遇了可怕意外，各位觀眾可能都聽過了。我們當然也熟知媒體圈的各種報導，包括警方調查是否牽扯謀殺等等的傳聞。今天早晨，藍妮與她的先生，電視劇作家丹尼爾．海斯，首次要與觀眾分享他們的所有經歷。這背後到底是一個什麼不為人知的故事呢？

藍妮、丹尼斯，謝謝你們來上節目。

藍妮：謝謝你們的邀請，我們可是你們節目的忠實粉絲。

維葉拉：我們都已經聽過了官方版本。但是，藍妮，可以分享在事件發生當下，你的個人反應嗎？

藍妮：可以分享一點點。（藍妮大笑）我有失憶症的問題。

洛可：告訴我們，是什麼樣的失憶症？

藍妮：嗯，這其實稱為「解離性神遊」，人處於創傷狀態時，有時候心智會偏離軌道。醫生認為，這是一種解決方式，是心智保護自己的最後一道防線。但是這種案例太少，所以醫生也不是很清楚實際的狀況。

維葉拉：以你的案例來說，解離性神遊會被觸發，是因為你的車子跌入懸崖。

藍妮：我想是的。

電視畫面插入剪接過的新聞畫面，回顧了那一輛藍色福斯金龜車上下顛倒，在海裡載浮載沉的畫面，車體已經壓壞、解體。

藍妮（口述）：我只記得，我醒來時，人在海上，我好冷，全身每一處都好痛，一開始我只是努力要爬上岸。但是當我爬上岸後，卻發現不記得任何事情。首先，我不記得怎麼會掉到海中，也不記得其他事情。

攝影機畫面切回桌前。

洛可：那一定讓人很害怕。

藍妮：真的很害怕。我也很迷惑。我記得怎麼走路、開車、算帳，但是我不記得我是誰。

維葉拉：那你做了什麼？

藍妮：嗯，這聽起來很詭異，但是醫生說這是正常的。是我誇張了。（藍妮大笑）我確定我的記憶會慢慢回來，所以同時間我就只是變成另外一個人。

洛可：這是一個女演員的自然本能會做的事情。

藍妮：我想那是一部分的原因，我已經習慣扮演其他人了。

維葉拉：你為什麼不去找警察，或是，上醫院呢？

藍妮：我嚇壞了。假若不記得自己是誰，所有的人、事、物對你來說都是一種威脅。

---

1 Meredith Vieira與Al Roker兩人皆為「今日」的節目主持班底。

維葉拉：那是當然的。丹尼爾，此時你並不知道藍妮還活著。

丹尼爾：是的，但我覺得她還活著，我就是認為她還活著，一部分的信心來自於警方尚未找到她的屍體。但不只是這樣，不知道為什麼，我就是覺得她還活著，而且我也感覺到她需要我的幫助。

維葉拉：警方卻認為你涉入這起意外死亡事件。

丹尼爾：我不怪警方，警方只是在盡本分，但我只在乎如何找到藍妮，所以我出發去尋找她。

維葉拉：然後我們全都聽過後來發生了什麼事情。你駕車行駛，跨過了整個國家，抵達你們結婚的海灘，再駕車回到洛杉磯，甚至還逃過警察。

丹尼爾：我知道我的行為是錯的，但我深愛的女人有了麻煩，其他的事情都不是重點，我都管不上了。

洛可：這整件事情聽起來很像是推理小說。

丹尼爾：有點類似。

維葉拉：你們夫妻尋找對方的方式，你們夫妻在這些不可能的情境下相互連結的方式，全都太不可思議了。這個過程讓你們學到了什麼？

丹尼爾與藍妮相看了一眼。

藍妮：學到了：人生就是一顆雨滴。

丹尼爾看著藍妮，露出微笑，執起她的手。

維葉拉：人生是一顆雨滴？

丹尼爾：某一位我摯愛的朋友告訴我的。我猜這一句話的意思，基本上是說：證明你存在的每一件事情，似乎是因你的選擇才存在的。但無論你的選擇是什麼，人生總是會在一瞬間改變。

藍妮：所以，要謹慎選擇。

丹尼爾（捏了捏藍妮的手）：然後，永不放手。

藍妮露出微笑，傾身靠向丹尼爾，親吻他。

維葉拉：「永遠不放手」。多驚人的故事！還有，多棒的一對夫妻！（梅若迪絲轉向鏡頭）說到神奇，休息片刻，英國廚師傑米・奧利佛將與您分享如何為家人做一隻完美烤雞的祕密。請不要轉台。

□

窗外的洛杉磯朦朧，煙霧瀰漫。

這麼疲倦，睡著已經成為一件不容易的事。睡不著有部分原因是，要處理的事情太多：律師、媒體、在電視上曝光、飛到紐約等等，還有醫生和測試。冷酷的事實是：沒有人可以告訴他，他的過去何時、或者是否會回來。

但睡不著的大部分原因是受到水泥河道的記憶所影響，那個時候留下的震驚還未減輕。每次他閉上眼睛，就發現自己回到過去，每一次都是在全身汗濕、滿是驚慌中醒來，那個夢就是不願意離去。

那個夢永遠都不會消失，除非你付出代價。

後來都是由藍妮開車，這樣子或許對他的神經是最好的。窗外的洛杉磯陽光普照，模糊明亮：舊金山捲餅店和泰式肉排店、晨間ＳＰＡ與按摩複合店、整體治療中心、高檔流行女裝店與數千家可以喝到咖啡的商店、汽車與路面碎裂的人行道、大型廣告看板與林蔭大道。

「我還是不喜歡這樣做。」藍妮又說了一次。「這可能是個騙局。」

「或許。」他的聲音有些粗啞。「但是他說有些事情要告訴我，而且那是件重要的事情，我們也不能永遠躲在律師後面。」

「如果，他逮捕你呢？」

「那你就撥電話給珍．佛伯斯，告訴她該工作了。」那個刑事案件律師先是熱切的擺出高姿態，發函給洛杉磯警局與媒體，控訴警方與媒體將丹尼爾描述成殺人犯。**我們不會贏，律師說：但是我他媽的確定，他們得付出遠超過他們願意付的代價。**

「只有你在警察面前逃走，警察逮捕你時，這個方法才行得通。」藍妮說。山坡上纏繞著樹木，樹間灑落斑斑樹影。「如果，他知道班尼特的事情呢？」

「到時候我們就來解決這件事。」他往後靠在乘客座椅的椅背上，閉上雙眼。「我必須要面對這件事情，這是我得要做的事。」

「我只是不想要再次失去你。」

「喂。」他坐直身，轉頭。「你永遠都不會失去我。」

藍妮對他微笑，藍妮再次將髮色還原成之前的顏色，她的雙眼發亮，宛如加州的天空。「如果，是我先開始發出老人味呢？」

他回報以微笑：「我會買一個鼻塞。」

又過了五分鐘，他們抵達好萊塢山的山頂。傍晚時分，想要觀看日落遊客很多，停車場應該會塞滿車子。但是，在這個時候，藍妮竟然非常容易的就找到了一個停車位。「至少，讓我陪你一起去。」

「不，他說想要單獨和我談。此外，得有個人能夠撥電話給律師。」**更重要的是，你或許會阻止**

我，甚至犧牲你自己，我不能讓你這樣做。他伸手探向門把。

「丹尼爾。」藍妮傾身靠向他。「小心。好嗎？」

「我會的，我愛你。」他步出BMW。他眼前的葛瑞費斯公園天文台，十分巨大、陰森。這是一棟較早期的建築，看起來像是蘇丹的皇宮，白色、宏偉的建築，上面覆蓋著灰色的圓頂。孩童在草坪前後蹦蹦跳跳，他們的父母則擺出各種姿勢在拍照。丹尼爾沿著小徑繞到旁邊，有一個高度約到腰部的石頭欄杆。欄杆外側的山下，是一片讓人止息的城市風光，在熱氣與煙霧中閃閃發光。

羅傑・華特斯警探坐在圍欄邊，背對著丹尼爾，雙足在圍欄外擺盪著。

丹尼爾深呼吸，他厭惡對藍妮撒謊，但是藍妮永遠都不會了解情況，永遠都不會了解他必須出面自首。藍妮怎麼會了解？沒有經歷過的人是無法理解的。

他能夠與殺死班尼特這件事情共存活，因為班尼特是一頭野獸，但是在水泥河道的那個人，只是一個與班尼特有關係的人。因為班尼特，那個人與丹尼爾有了關係，那個人是一個犧牲品。

那個人讓丹尼爾也變成一頭野獸。

你可以選擇要成為什麼樣的人，但同時得確定你可以與你所做的決定共存活。丹尼爾聳了聳肩膀。他說：「我認為你不應該像那樣子坐在懸崖邊。」

「這就是有警察勳章的好處。」華特斯轉頭。「你犯了幾條法律。」他拍拍身旁的水泥地。「坐下吧！」

「我要站著。」他吸了一口氣。「聽著……」

「這景色真漂亮，不是嗎？」華特斯警探瞪著遠方。「人們說，洛杉磯是一個虛假的城市，這不是真的。若是真的，就不會有回憶了。我說的對吧？」

「我……」搞什麼鬼？「我猜，有些事……」

「我請你來這裡，是因為我想要告訴你一個故事。」華特斯警探在恐嚇他。「這個故事的主角叫做賴瑞．摩根。賴瑞出生在瑞西達，但是這個故事要從賴瑞十九歲開始賣古柯鹼說起。賴瑞其實不擅長這門生意，洛杉磯警署抓到了他，讓他坐了五年的牢。在牢裡，他加入了兄弟會。你知道艾里安兄弟會嗎？……可能是存活最久的一個兄弟會。」

丹尼爾往後靠在欄杆上，這是某一種嚇人的伎倆嗎？用一個強悍的傢伙的牢獄故事來打擊他？

「這些人只是一盤散沙。警探，其實，我有些事情必須要跟你……」

「沿著這個人生脈絡，賴瑞認為他在兄弟會裡面學到了好論點。出獄以後，他決定將他的生意和極端的哲學理念結合，重回交易之列，他不賣古柯鹼了，改賣『純』的古柯鹼。這樣一來，他販售的對象大部分是黑人。他利用孩童販售，全都是十六歲以下，你知道為什麼嗎？」

「要起訴小孩比較難。」丹尼爾身上的作家因子無法抵抗這種問題。

「這是部分原因，另外一個原因，是因為小孩子能到校園裡販售，這能夠讓賴瑞增加利潤。看，他給這些最漂亮的小女生賒帳一陣子，但還債的時間到了、又沒錢還債的時候，他就會派這些孩子出去為他騙錢。華特斯抬頭往上看。「我跟這些小女孩談過，都才十一、十二歲。」

丹尼爾吞了一口口水，「聽起來像是個混蛋。」

「他曾經是個混蛋。」

「曾經？」

「是的。」警察再次看向別處。「三週前，賴瑞被槍殺了，死在洛杉磯河的一座橋下。」

整個城市在眼前晃動，丹尼爾很高興剛剛他選擇站著。他努力保持臉上的反應，但不確定自己是否做到了。「真的？」

「是的。三顆子彈，出自同一把九釐米的手槍。」

「你為什麼要告訴我這個故事?」

華特斯撣了撣褲子上的一個污點。「法律是一個好東西。法律讓人類與動物有所區別,但是法律也很嚴苛。」華特斯暫停了一下。「沒有人會懷念賴瑞・摩根,沒有賴瑞的世界會比較好,但是法律不在乎,法律不會在乎賴瑞其實是坨狗屎。如果有人出面承認殺死賴瑞,那個人就會被控謀殺,這個人會失去一切、會去坐牢,但監獄可不是一個快樂的地方。」

丹尼爾瞪著地平線,千萬思緒進出腦子,但是沒有任何一個想法停駐腦中。

「前幾天我看見你上電視了,真是一個好故事。」華特斯暫停了一下。「好笑耶!你竟然沒有提到我們講電話時,我跟你提過的事。」

「你是說,你跟我說你找到藍妮屍體的那一段?」這個回嘴又快又氣。

華特斯聳聳肩。「沒有法律規定一個警探得告訴嫌疑犯事實。」

「這可真是便宜行事啊!」

「是啊!對。」華特斯轉身,雙腳落在人行道上,然後從懸崖邊跳起來。他啪啪啪的拍掉褲子上的灰塵。「聽著,警方已經確認過你的妻子並沒有死亡,再也不會追捕你了。你是一個非常幸運的男人,如果我是你,我會數算著我的恩典過日子。並且謹慎小心,不搞砸我所擁有的一切。你懂我的意思嗎?」

丹尼爾目瞪口呆。他?這個警探真的在告訴他……

「我得要回去工作了,你和藍妮還是照往常那樣過日子。」警察才跨步要離開,又轉頭。「就像我說的,這個地方沒有回憶。」

丹尼爾看著華特斯走開,心裡回溯剛剛的對話,將不連貫的空白處填滿。這個警察知道他殺了賴瑞。如果華特斯知道這一切,那麼應該也會知道班尼特。

兩樁謀殺案，但是，華特斯就這麼結案了。

反之，華特斯也可能是在釣大魚，希望他會自己吐露謀殺的實情。只是，他都已經決定要認罪，這個警察卻又不給他機會說出來。

你搞錯重點了。

殺死班尼特變成你得與之共存的事，並非因為班尼特對你做的惡行，而是因為班尼特對蘇菲所做的惡行，那才是班尼特無法原諒的罪，那部分才合理化了你的行動。當班尼特殺死蘇菲的時候，班尼特將自己置於道德之外。

但之前在水泥河道，你將自己置於道德之外。你是一頭野獸，至少因為你相信自己是一頭野獸，所以願意出面自首。你認為自己犯下了不可原諒的罪，因為你殺了一個無罪的男人。

但是，你錯了。賴瑞・摩根的邪惡跟班尼特有得比。

你最近這一週全花在要讓自己變成以前的你，但以前的你已經死了，你已經將以前的你殺死在緬因州的海灘上。而你重建起來的你，又在殺死班尼特的時候死了。

但唯有如此你才能復活。

你是誰，現在選擇權在你。

他轉身，身體用力的從靠著的牆上彈開，快速走向停車場，身後的整個城市正在日正當中的陽光下閃耀。萬里無雲，天際開闊。

藍妮靠在BMW的引擎蓋上等他，他露出微笑，直接走向藍妮，一步也沒有停，直到將手放到藍妮的腰上，一把拉近，像個自由的男人親吻她。

「他說什麼？」

「他說……」丹尼爾暫停了一下。「我重生了。」

「嗄？」

「他說一切都結束了。」

「真的？」藍妮給了他一個很滑稽的表情。「全部都結束了。」他大笑，向後跨了一步，嘆了一口氣，晃了晃手臂。他想要上下跳躍，像個孩子一樣大叫。他想要嚎叫、想要哭喊，但他想要的還有更多。「我們上床吧！」

「你得回頭再去跟那個警探談談。」

「我才沒有想到性。」他露出微笑。「我該去睡覺了。」

□

羅傑・華特斯從高處的隱蔽點觀察著丹尼爾・海斯與藍妮・薩爾，看著兩人親吻、聽著男人大笑，看著他們回到昂貴的車子裡，搖下窗戶。這兩人留給他的最後一眼是丹尼爾將一隻手臂伸出窗外，像是完全不在乎這世界一樣，晃動著手臂。

這兩個人買帳了，他的小故事奏效了。很好。

處理過海斯的良心問題後，海斯出面承認犯下殺人案的可能性近乎零。誰會放棄美好的生活、明星老婆、馬利布市的房子，為一個有戀童癖的古柯鹼毒販兼皮條客尋求制裁？其實華特斯並不認識那樣的混蛋，但他手上有一份很完美的混蛋型錄，可組合出一個混蛋小傳。

現在沒留下任何痕跡了，這兩個人會保持沉默，不會有愚蠢的殉難者了。想要清除灰色地帶的天真想法擺平了，這兩個人會保持沉默，數算他們的恩典過日子。

這意味著，沒有事情會將你和蘇菲・齊格勒的死串連在一起。

想到這件事情，他的胃攪動起來。如果當初班尼特來要地址的時候，他就知道這個傢伙心裡在打什麼主意就好了。

是真不知道？完全不知道？

總之，現在沒關係了，現在他已經洗刷嫌疑了。如果丹尼爾膽敢出面，整個故事就會曝光，全部的故事，然後他們會利用蘇菲・齊格勒的殺人事件，作為射殺班尼特的辯護理由，那就會引出下一個問題：那個狗娘養的賤種是怎麼找到蘇菲・齊格勒的。

但現在沒有事情會將華特斯和蘇菲・齊格勒的死綁在一起了。

嗯，還有一件事。但是，他已經料理好了。

窗外的光線十分明亮，連空氣都閃閃發亮。窗外有樹木，是發育不良的品種，多刺、很難照料的品種。小鳥棲息在樹上，小鳥的歌聲透過玻璃窗還是能夠聽見。

房間樸素，卻很乾淨，一個塑膠窗簾遮住了大廳的方向，電風扇發出嗡嗡嗡嗡的聲音。

在視線看不到的某處，某個人用西班牙文在說某件事，而另外一個人在大笑。

床上的男人看著天花板上的瓷磚，整個世界瀰漫著一種雲霧。思緒支離破碎、緩慢，飄進來又飄出去，任意的混在一起。

他怎麼會來到這裡？他幾乎可以想起來，幾乎……

一個穿著綠色袍子的男人踏進他的房間，突然拉開旁邊的塑膠簾子。男人的眼睛下方出現黑眼圈，還有快速長出的鬍渣。說這人是個醫生，他看起來太累了；說這人是個護士，他看起來又太乾淨了。他是一個住院醫師。住院醫師開始檢查靜脈注射管，檢查袋子內注射液的多寡。

床上的男人忽略綠袍男，追逐著自己的記憶。每一次回憶，記憶都更清楚一點，一層層的衛生紙被剝開。

他記得一個聲音，一個男人的聲音。

靠！你怎麼就是不會死呢？你會死嗎？

然後有另外某件事情浮現。是什麼？好像是與手指有關的某件事情。然後……角度？

這一點很重要。手指甲，手指做著步行的姿態、手指撿拾……

指紋。

*我有你的指紋、你的基因、你的相片。*另外一層衛生紙撕開，露出臉孔。警探羅傑・華特斯。

他的雙唇緊閉，鼻子上的皮膚發亮。你或許有我的把柄，但是現在我也有你的了。

我把你送出邊界後，我們就兩不相欠了，再也別來煩我。

洛杉磯再也不是你他媽的地盤了。聽到我說的嗎？永遠不是了。

喔。對。這樣就說得過去了。

「晚安！」住院醫師用西班牙文打招呼，一副剛剛才注意到床上有個人的樣子。「你覺得怎麼樣？」

床上的男人眨眨眼，擠掉記憶，讓住院醫師的臉進入視線。黑色的皮膚、黑色的頭髮。一個好看的男人，但是好像少了什麼。不只是空氣中瀰漫的疲憊，也不只是帶有腔調的英文，好像少了些什麼。

他的瞳孔，兩隻瞳孔都擴張了。

擴張的瞳孔是受了興奮劑的影響。

一個住院醫生有擴張的瞳孔，意味著某人盜用了醫藥櫃裡面的東西。有趣。

「先生？」住院醫師斜歪著頭，用西班牙文叫他。「您醒了嗎？」住院醫師的聲音又快又急。

「喔，是的，老兄。」床上的男人露出微笑。「我醒了。」

致謝

為了完成這一本書，我受惠於許多人的幫助。謹對以下這些朋友，致上我最誠摯的謝意：

我的經紀人Scott Miller，我的伙伴。

我的編輯：Ben Sevier，只要是他碰過東西都會變得更好。

整個Dutton/NAL出版團隊，特別感謝BrianTan、Sandra Harding、Christine Ball、Amanda Walker、Rich Hasselberger、Melissa Miller、Carrie Swetonic、Jessica Horvath。

Cooper Bart Holmes醫師與Gene Mindel醫師，感謝兩人耐心的分享他們研究解離性神遊狀態的經驗。

我的哥兒們：Brett Battles與Gregg Hurwitz，感謝他們真誠的擔任我在洛杉磯的旅遊嚮導。

Mike Biller，感謝他導引我、支持我進入核磁共振科技的領域，還建議我要做一次頭部的核磁共振檢查。

Jason Jacobson警官，感謝他訓練我如何使用泰瑟槍，並且抓出了一堆我開槍時的毛病。

Phil Wang，前任洛杉磯警署的警探，幫助我直接了解警署的現況。

Dana Kaye，我的Maggie，一切的一切。

Sarah Self，好萊塢女王。

Gillian Flynn、Blake Crouch、Michael Cook、Tommy Heffron，以及Alison Janssen，他們是最早一批閱讀草稿的人，感謝他們的閱讀與真誠的回饋意見。

Joe Konrath，這一回他救了我的臀部兩次啊！

Sean Chercover，我的創意伙伴、我的重型摩托車。

所有的書商與圖書館人員，我們愛你們。

媽媽、爸爸、Matt，少了你們我就迷失了。

特別要感謝我的妻子 g.g.，永遠感謝她，不論用多少張紙都寫不完感謝理由。